मंगला से शयन तक

उपन्यास

मैं

इन्सानियत में बसता हूँ
लोग मुझे मज़हबों में ढूँढ़ते हैं

मंगला से शयन तक

डॉ. अचला नागर

लोकभारती प्रकाशन

लोकभारती प्रकाशन
पहली मंजिल, दरबारी बिल्डिंग, महात्मा गाँधी मार्ग
इलाहाबाद-211 001
वेबसाइट : www.lokbhartiprakashan.com
ईमेल : info@lokbhartiprakashan.com

शाखाएँ : 1-बी, नेता जी सुभाष मार्ग, दरियागंज
नयी दिल्ली-110 002
अशोक राजपथ, साइन्स कॉलेज के सामने
पटना-800 006
36-ए, शेक्सपियर सरणी
कोलकाता-700 017

प्रथम संस्करण : 2018

आस्था पेपर कन्वर्टर
इलाहाबाद द्वारा मुद्रित

MANGALA SE SHAYAN TAK
by Dr. Achala Nagar

ISBN : 978-93-88211-28-4

मूल्य : ₹ 495

महान कथाकार मुंशी प्रेमचंद एवं शरतचंद चट्टोपाध्याय
को समर्पित जिनके कथा साहित्य ने कच्ची उम्र में ही
हृदय को ऐसे सम्मोहन में जकड़ा कि मेरी कलम ने
बोलना सीख लिया

मुझे कुछ कहना है...

इस उपन्यास का मुख्य पात्र उस्ताद रमज़ान अली ख़ान उर्फ़ नन्हें भाई, विगत दस वर्षों से मेरी क़लम के माध्यम से पाठकों के बीच आने के लिये मचल रहे थे। शायद इसलिये कि वो भी उम्र भर उसी 'मज़हबे इन्सानियत' में जीते रहे, जिसमें मेरे पिता (प्रख्यात साहित्यकार पद्मभूषण अमृतलाल नागर) ने बाल्यकाल में ही हम बच्चों को दीक्षित कर दिया था। छोटी आयु में ही मैं बाबू जी से अलग होकर आगरा में अपनी नानी जी के पास रहने लगी थी। भले ही हमारे बीच जगह की दूरी हमेशा ही रही, लेकिन पत्रों के माध्यम से वो सदा मेरे साथ रहे। वो जब भी आगरा आते, अपने लाड़ दुलार और सुविचारों के माध्यम से एक पिता का कर्त्तव्य पूरा करते रहे। बच्ची होने के नाते मैं कम-से-कम समय में अधिक-से-अधिक उनका ध्यान अपनी ओर खींचे रखना चाहती थी।

एक बार वो आगरा आये हुए थे, किसी स्पर्द्धा में भाग लेने के लिये स्कूल से मुझे एक फार्म मिला था, जिसे भरने के लिये मैंने बाबू जी के सामने रख दिया, उसमें 'रिलिजॅन' (धर्म) के खण्ड में उन्होंने 'ह्यूमेनिटी (मानवता)' लिखा, हिन्दू या ब्राह्मण नहीं। मेरे पूछने पर कि मानवता का क्या अर्थ है? उन्होंने अपनी सात वर्ष की पुत्री को सरलतम शब्दों में समझाया, 'अच्छाई, अच्छी चीज़ों, अच्छे लोगों से प्रेम करना और बुराई, बुरी चीज़ों, बुरे लोगों से घृणा करना, उनसे दूर रहना।' एक पत्र जो उन्होंने मेरे बड़े भाई कुमुद नागर को उस समय लिखा था जब मेरी नानी जी मेरे दोनों भाइयों कुमुद और शरद के यज्ञोपवीत की तैयारियाँ कर रहीं थीं। बाबू जी ने लिखा, 'तुम्हारी नानी तुम्हारा जो जनेऊ

करवायेंगी उसमें मन्त्रोच्चार के साथ तीन धागोंवाला एक जनेऊ तुम्हारे गले में पहनाया जायेगा। मैं सोचता हूँ अगर एक धागा गीता का, एक कुरान का और एक बाइबल का हो, और तीनों को एक गाँठ में बाँधकर तुम दोनों को पहना दिया जाय तो कैसा रहे।' एक पत्र में उन्होंने लिखा, 'लोगों से मिलने पर अथवा पत्र लिखने पर अभिवादन के रूप में 'जयहिन्द' कहा करो, इससे जातिबोध से बचा जा सकता है।'

इसी मानसिकता में मैं बड़ी होती रही। मेरा बचपन और किशोरावस्था नानी जी के सरंक्षण और बड़े भाई डॉ. शरद नागर के सान्निध्य में आगरा के गोकुलपुरा मोहल्ले में बीता, जो संयोग से मेरे माता-पिता का जन्म स्थान भी है। इस मोहल्ले की मिली-जुली संस्कृति से मैंने बहुत-कुछ प्राप्त किया। यहाँ अगर एक ओर नागर ब्राह्मणों के बहुत सारे घर थे, तो दूसरी ओर मुसलमान, जुलाहे, तेली, ठठेरे और देश के विभाजन के बाद आ बसे सिक्ख, सिन्धी और पंजाबी परिवारों की भी कमी न रही। इस मोहल्ले में ही रहते हुए अपने शरद भाई का हाथ थामें मैंने हर उस राह पर चलना सीखा जिन्होंने मुझे आज की मंज़िलों तक पहुँचाया। घर के नज़दीक स्थित नागरी प्रचारिणी सभा के पुस्तकालय में तेरह चौदह की आयु तक हमने बहुत सारा हिन्दी साहित्य पढ़ लिया था। 'भारतीय जन नाट्य संघ' (इप्टा) की पहली शाखा आगरा में खोलनेवाले प्रख्यात रंगकर्मी आदरणीय राजेन्द्र रघुवंशी जी के निर्देशन में हमने अनेक नाटक किये। हमने संगीत का क्षेत्र भी छूने का प्रयास किया था, ग्वालियर घराने के महान् संगीतकार आदरणीय रघुनाथ तलेगांवकर जी के संगीत केन्द्र में कुछ समय तक स्वर ज्ञान भी प्राप्त किया था, किन्तु वो आगे न बढ़ सका। मेरी नानी का घर मोहल्ले के बड़े लोगों में गिना जाता था और परिवार के नाम पर उनके पास हम बच्चे ही थे, सो जब भी किसी पड़ोसी (दूधवाले, ठठेरे, सोनार, मुसलमान, जुलाहे आदि) के यहाँ से विवाह, मुण्डन, कनछेदन, चाकपुजाई आदि के बुलावे आते तो नानी जी के ज़ोर देने पर, बेमन ही सही, पर उनके यहाँ जाना अवश्य पड़ता।

यहीं रहते हुए पन्द्रह-सोलह की आयु में स्थानीय अख़बारों में मेरे लेख, कहानियाँ, व्यंग्य आदि भी छपने लगे थे। छोटेलाल जी की दुकान पर सोंधे दूध से भरे कढ़ाह, बुलक्खी चाचा की जलेबी, गुझियाएँ, करीम चाचा की दुकान का अनारदाना चूर्ण, कंस दरवाज़े पर कंस-वध और होली मिलन, स्त्रियों द्वारा गाये जाते लोकगीत...

'चिरी तोये चांवलियाँ भावै,
घर में सुन्दर नार बलम तोये पर नारी भावै।'

इस तरह के वातावरण में बड़े होते हुए एक तरह से मैं संस्कारों और मूल्यों की सम्पत्ति से सम्पन्न होती रही। ये तो सभी जानते हैं आगरा शहर विश्व के सात

अजूबों में से एक ताजमहल का शहर है, किन्तु ये शायद कम लोग ही जानते होंगे कि इसी शहर में लगभग दो सौ वर्ष पहले नज़ीर अकबराबादी नाम का वो शायर भी रहता था, जो जितना मुसलमान था उतना ही हिन्दू भी था। वो मधुपुरी (मथुरा) के कृष्ण का दीवाना था। इसी दीवानगी में उन्होंने अनेक कविताएँ, शायरियाँ लिख डालीं जो आज तक लोगों की ज़बान पर हैं। जिनमें से, 'यारों सुनों यह दधि के लुटैया का बालपन, और मधुपुरी नगर के बसैया का बालपन।।' सबसे अधिक लोकप्रिय हुई। नज़ीर के प्रिय त्योहार बसन्त पंचमी के दिन आगरा शहर के संगीतकार, कलाकार, कवि, शायर, साहित्यकार आज भी उनकी मज़ार पर पहुँच अपने-अपने अन्दाज़ में उनकी रचनाएँ गाते-बजाते हैं।

नज़ीर अकबराबादी के अतिरिक्त विश्व विख्यात शहनाईवादक उस्ताद बिसमिल्लाह ख़ाँ साहेब भी मेरे दिल में बसे एक महान् चरित्र रहे। जब मैं आकाशवाणी में उद्घोषिका थी, उनके रिकॉर्ड बजाती थी उन्हीं दिनों मुझे ये ज्ञात हुआ कि अपने शहर बनारस स्थित बाला जी के मन्दिर में भोर में मंगला आरती के समय वो शहनाई के सुरों के द्वारा अपनी अक़ीदत पेश करते थे। इनके अतिरिक्त एक तीसरे व्यक्तित्व के बारे में न केवल मैंने सुना, उनके दर्शन, भेंट और बतियाने का सौभाग्य भी पाया। ये हैं मथुरा निवासी नज़रिया पहलवान जो रिश्तेदारों के ताने, तिसने सुनने के बावजूद लगभग चालीस वर्षों से न सिर्फ़ नमाज़ पढ़ते हैं, नियम से द्वारिकाधीश मन्दिर में दर्शन और गुरुद्वारों में कार सेवा भी करते हैं, कभी-कभी चर्च भी जाते हैं। लोगों का विरोध बढ़ने पर उन्होंने घर भी त्याग दिया और अब वो यमुना किनारे एक आश्रम में रहते हैं। उन्होंने कहा, 'मालिक एक ही है। सच में दम है झूठ में नहीं, सच ही भगवान् है वो ही ख़ुदा है।', उन्होंने ये भी कहा, 'हम न हिन्दू हैं न मुसलमान हैं, हम इन्सान हैं।' नज़ीर, बिसमिल्लाह ख़ाँ, नज़रिया पहलवान ये तीनों ही मेरे नन्हें भाई में आ समाये हैं, जिनके इर्द-गिर्द मेरे बाबू जी का जन्मस्थान और मेरे बचपन के शहरे आगरा का गोकुलपुरा मोहल्ला उनकी और उनसे जुड़ी अनेक कहानियाँ सुनाने के लिये बावला हैं।

बरसों से जो मैं कहना चाह रही थी उसे एक कहानी के रूप में बाँधकर मुझे बहुत आनन्द प्राप्त हुआ, जिसके लिये मैं आभारी हूँ उन सभी की जिनसे मुझे इस उपन्यास से जुड़े अनेक विषयों पर जानकारियाँ प्राप्त हुईं। आगरा के श्री केशव तलेगांवकर, डॉ. शशि तिवारी, डॉ. ज्योत्स्ना रघुवंशी, आदर्श नन्दन गुप्त, विनोद शर्मा, फैज़ अली शाह नियाज़ी और डॉ. विजय शर्मा। मथुरा के डॉ. सईद अहमद सईद, स्वयं नज़रिया पहलवान जी जिन्होंने मुझे अपना अमूल्य समय दिया। मेरे ज्येष्ठ पुत्र सन्दीपन नागर का नाम लेना भी आवश्यक है, जिन्होंने मुझे इस द्विधा से निकाला कि इस उपन्यास को किस शहर की पृष्ठभूमि में उतारूँ। मेरे बड़े भाई स्वर्गीय डॉ.

शरद नागर जो, ये उपन्यास लिखते हुए हर स्थान पर मेरी प्रेरणा बनकर मेरे साथ रहे उन्हें नमन। अन्त में वो नाम लेना चाहूँगी जिन्होंने मेरी आँखों की कम होती रोशनी में मेरी आँखों का स्थान लिया, मेरे सहायक और लिपिक कृष्णा आर. विश्वकर्मा। इन सभी महानुभावों के सहयोग के बिना ये उपन्यास लिखना मेरे लिये सम्भव न होता, अतः सभी को पुनः एक बार हार्दिक धन्यवाद।

जो जैसा लिखा पाठक परमेश्वर के समक्ष प्रस्तुत है।

—डॉ. अचला नागर

मंगला से शयन तक

§ 1 §

फरवरी का महीना लग चुका है फिर भी जाड़ों की ठण्ड में कोई ख़ास गिरावट नहीं आयी है। यूँ भी साल-दर-साल 'ग्लोबल वॉर्मिंग' के चलते मौसम के मिज़ाज का कोई अता-पता नहीं रहता। पहले के वक्तों में दिसम्बर के महीने से कड़ी ठण्ड का जो दौर शुरू होता था, जिसे चिल्ला कहते थे वो मकर संक्रान्ति तक हल्का पड़ जाता था। लेकिन अब तो न मौसमों के आने का कोई पक्का समय न जाने का। जब चाहे सर्दी बढ़ के लोगों की कुल्फी जमा दे, जब चाहे सर्दी में ही ऐसी गर्मी पड़े कि लोग आइसक्रीम खाने लगें। होली के आसपास धुआँधार बरसात हो जाये और खड़ी फसल बर्बाद हो जाये। मौसम के तेवर भले ही जैसे भी रहें, कैलेण्डरों पर महीनों के हिस्से-बाँट हो ही जाते हैं, और कैलेण्डर के हिसाब से फागुन का महीना लग चुका है। आज से फागुन कृष्ण पंचमी यानी बसन्त पंचमी.. आज के दिन से शुभकाज आरम्भ हो जाते हैं। आज भी अकेले आगरा शहर में लगभग पाँच सात हज़ार जोड़े विवाह-सूत्र में बँधेंगे, सो ज़ाहिर है सुबह-सबेरे से ही आवा-जाही जोरों पर होगी। रिक्शे, ताँगे उनके बीच से जबरन रास्ता बनाते आगे बढ़ते दुपहिया वाहन, ऑटोरिक्शा, चन्द मोटर गाड़ियाँ भी। ताजगंज की ओर जाती सड़क पर भी ऐसी ही आवा-जाही चल रही है। लेकिन उन्हीं के बीच से आगे बढ़ता एक ताँगा धीमा हुआ जा रहा है, एक जगह तो जैसे रुक ही गया, जब कि ताँगे वाला बार-बार ताँगे की रास खींचते हुए कभी प्यार से तो कभी गुस्से में चिल्लाये ही जा रहा है।

'अरे तोए का है गयो है दुलारी... अरे हम काऊ बरात में ना जाये रए, मलको गली जाय रए हैं मलको गली, वैसे भी तू कौन-सी पहली बेर जाय रई है, हर बरस ही तो बसन्त पंचमी के दिना हम नज़ीर बाबा की मज़ार पे आये हैं... कैसौ भड़िया मेलौ लगे यहाँ पे.. चल सरपट भाज'। किन्तु इस बात का विपरीत प्रभाव होता है और ताँगा पूरी तरह रुक जाता है। लाचार-सा सईस अपने बायीं ओर बैठे व्यक्ति को देखता है जो उसकी पीठ थपथपाते, 'चल भग्गो... नीचे उतर और मोये यहाँ बैठने दे', भग्गो यानी भगवती ताँगे से उतर जाता है और घूम के नन्हें के ख़ाली हुए

स्थान पर बैठते कहता है, 'अब देखना पण्डज्जी.. कैसे बहलावें अपनी लाड़ली ए जे नन्हें भाई' इस पर पीछे बैठे दो लोगों में से एक जो चन्दन का टीका लगाये हुए है, मुस्कराकर पास बैठे व्यक्ति को देखते हैं जो खुल के हँसते हुए कहता है 'अरे नन्हें भाई के जादू में तो पूरा राजामण्डी, गोकुलपुरा बँधा हुआ है इस बेचारी दुलारी की क्या औकात क्यों श्रीराम जी' 'सही कहो प्रोफ़ेसर साहब।'

इस बीच नन्हें ताँगे से उतर के दुलारी को प्यार से सहलाते हुए कहते हैं 'तू जाने न बेटा आज कौ दिन भौत बड़ौ है... आगरावासी अपने सबसे बड़े सूफ़ी सन्त को सजदा करने जावें... या मारे, कि न उनसे बड़ौ कोई हिन्दू न कोई मुसलमान... बो आगरे के, आगरा उनकौ' नन्हें अपने कुर्ते की जेब में हाथ डाल के कुछ निकालते हैं और मुट्ठी घोड़ी के मुँह की तरफ़ ले जाकर खोलते हैं, जिसमें बादाम है, घोड़ी फ़ौरन ही उन्हें मुँह में भर लेती है... नन्हें एक बार फिर उसे सहलाते और थपकते कहते हैं 'अब सरपट दौड़ और सीधे मलको गली पे ही जाके रुकियो.. अब देर करी तो तेरे नन्हें बाबा की नाक कट जायेगी' आख़िरी बार वो घोड़ी को थपक के ताँगे में बैठ जाते हैं और जैसे ही रास खींचते हैं दुलारी सरपट भागने लगती है।

कुछ दूर से ही एक जगह दस बारह ताँगे, रिक्शे, इक्का-दुक्का कारें खड़ी नज़र आ रही हैं। प्रोफ़ेसर वेद प्रकाश के मुँह से निकला 'लीजिये मलको गली भी आ गयी' नन्हें भाई का ताँगा भी धीमे-धीमे होते हुए सवारियों के पास एक जगह रुक गया। एक-एक कर ताँगे के पीछे से पण्डित श्रीराम शर्मा और प्रोफ़ेसर वेद प्रकाश उतर आये। नन्हें भाई भी फुर्ती से नीचे उतरे और दुलारी पर लाड़ से हाथ फिराते भगवती उर्फ़ भग्गो की तरफ़ दस का नोट बढ़ाते बोले ,'घण्टा-दो-घण्टा लगेगौ... तू चाय वाय पी लियो और दुलारी को पानी पिला दियो... अभी लौट के भी तो अपने गोकुलपुरा तक जाना है।'

मलको गली मोहाने पर आठ नौ फिट चौड़ी ही रही होगी, जब तक नन्हें, श्रीराम और प्रोफ़ेसर साहब गली तक पहुँचे, कई ऑटोरिक्शा, साइकिल और बाइक अन्दर आ चुके हैं। अन्दर से लाउड स्पीकर पर आती आवाज़ें सुनकर श्रीराम कहते हैं, 'आज आने में देर हो गयी कार्यक्रम शुरू हो चुका है।'

'अरे अभी तो स्थानीय प्रशासन की ख़ानापूरी चल रही है अपना गुणगान कर रहे हैं।' इतना कहकर प्रोफ़ेसर ख़ुद ही हँस पड़ते हैं, 'वो तो ठीक है प्रोफ़ेसर साहब लेकिन मैं और नन्हें तो समय से पहले ही आ जावें, इन्तज़ाम-विन्तजाम में भी थोड़ी मदद कर देवें, अरे दो दो स्कूटर हैंगे कबीर कौ और कुलदीप कौ, बैठे नहीं कि घण्टा-भर में पहुँच जावें, पर इन लाट साहब को तो अपनी बग्घी ही चाहिए।'

भीतर की तरफ़ बढ़ते हुए इन लोगों की दुआ-सलाम भी होती जा रही है। आगे जाती गली अब पहले जैसी पतली नहीं रही, दोनों तरफ़ रिहाइशी मकान बने हुए हैं, और आगे बढ़ने पर एक काफ़ी खुली जगह नज़र आती है, जहाँ एक हिस्से में फ़र्श बिछाकर कुर्सियाँ डाली गयी हैं, उस पर कार्यक्रम में आये लोग बैठे हुए हैं। उन्हीं में से एक सरदार बेचैनी में नज़रें घुमाकर यहाँ वहाँ देखते हुए अपने मोबाइल पर एक नम्बर लगता है। कार्यक्रम स्थल में प्रवेश कर चुके नन्हें स्क्रीन पर कुलदीप का नाम देखकर फ़ोन कान पर लगाकर कहते हैं, 'पहुँच गये हैं हम कुलदीप' ये सुन सरदार यानी कुलदीप मुड़ के देखता है, कुछ दूर से आते नन्हें और श्रीराम को देख उसके चेहरे पर तसल्ली के भाव आते हैं। इस जगह के चारों तरफ़ भी मकान बने हुए हैं, एक तरफ़ उस ख़ुदाई बन्दे की मज़ार स्थापित है जो शहरे आगरा की संस्कृति का आईना और जनमानस का शायर था—मरहूम नज़ीर अकबराबादी... जिन्हें शरीर छोड़े दो सौ वर्ष पूरे होने को आये किन्तु आगरा आज भी उनकी रचनाओं में उनकी उपस्थिति अनुभव करता है। इस समय माइक पर आगरा के कोई साहित्यकार नज़ीर के जीवन पर प्रकाश डालते हुए कह रहे थे, कि आर्थिक विषमताओं के चलते भी नज़ीर ने कभी पैसों के लिये कोई समझौता नहीं किया। वो जनमानस के कवि थे, वो जितने मुसलमान थे उतने ही हिन्दू थे। उन्होंने अगर ख़ुदा की तारीफ़ में कुछ कहा तो कृष्ण कन्हैया के बालपन के चित्र भी उकेरे। इस जगह के नज़दीक ही काल भैरो का प्राचीन मन्दिर है जो उनके समय में भी था। नज़ीर भैरो जी की आरती में अक्सर चले जाया करते थे, और उनसे प्रभावित होकर उन्होंने 'भैरो जी की स्तुति' लिख डाली जो पन्द्रह छन्दों में लिखी गयी है, इस कविता को आज भी लोग मन्दिर की आरती के रूप में गाते हैं। नज़ीर ने आगरा की होली, दीवाली, दशहरा, जन्माष्टमी, बसन्त पंचमी आदि सभी त्योहारों का वर्णन अपनी कविताओं में किया है। नज़ीर आगरा की होली के मुरीद रहे और स्वयं भी अपने मित्रों के साथ गली मोहल्लों में होली खेलते। एक मोहल्ले से दूसरे मोहल्ले जाकर होली खेलने के अपने तजरुबे को उन्होंने कुछ इस तरह कहा है—

'सभी को लेके किनारी बाज़ार में आये
फिर मोती कटरे, फुलट्टी के लोग सब धाये
कि पीपल मण्डी या पन्नी गली के भी आये
जहाँ तहाँ से ये घर—घर के लोग सब धाये
कि बेनवाओं के देखे जमाल होली में'

हिन्दू त्योहारों के साथ ही नज़ीर ने मुसलमानों के 'शबे-बरात' और 'ईद-उल-फित्र' का वर्णन भी अपनी कविताओं में किया है। इतना ही नहीं सिक्खों के गुरु

नानकदेव पर भी नज़ीर ने कविताएँ लिखीं। उनको आगरा से बहुत प्रेम था, पैसे-पैसे को तरसते लेकिन उन्हें आगरा छोड़कर जाना गवारा नहीं था। कहा तो ये भी जाता है कि लखनऊ के नवाब सआदत अली ख़ाँ ने नज़ीर को अपने यहाँ आने का न्योता दिया—और नज़ीर जाने के लिये तैयार होकर घोड़ी पर बैठकर आगे बढ़ लिये, लेकिन उनकी घोड़ी बार—बार पीछे मुड़कर देखती रही, ये देख नज़ीर ने भी पलट के देखा दूर हीरे-सा दमकता ताजमहल अपनी पूरी आन, बान, शान के साथ खड़ा था। नज़ीर की आँखें भर आयीं उन्होंने अपनी घोड़ी वापिस मोड़ ली और कहने लगे, 'जब ये जानवर ही इस ख़ूबसूरत ताज के साये को छोड़कर नहीं जाना चाहता तो भला मैं कैसे जा सकता हूँ।' उसके बाद नज़ीर साहब ने भरतपुर के राजा का बुलावा भी ठुकरा दिया और वो जीवन की अन्तिम साँसों तक आगरा के आम आदमियों के साथ ही जीते रहे।

इस बात पर सभी जोर से तालियाँ बजाते हैं। तालियों के बीच ही कार्यक्रम के संचालक माइक पर आकर आगरा जननाट्य संघ के अध्यक्ष 'जितेन्द्र रघुवंशी' को मंच पर आमन्त्रित करते हुए कहते हैं, 'इस अवसर पर जो यहाँ पहली बार आये हैं उन्हें ख़ासतौर पर मैं ये बताना चाहूँगा कि जितेन्द्र जी के पिता स्वर्गीय श्री राजेन्द्र रघुवंशी जी जब तक जीवित रहे, इस प्रोग्राम को ऊँचाइयों तक ले जाने में स्थानीय प्रशासन के साथ-साथ उनका भी बड़ा योगदान रहा। इतना ही नहीं नज़ीर अकबराबादी साहब की मज़ार की सुरक्षा के लिये बनवायी ये जो बाड़ आप देख रहे हैं ये रघुवंशी जी के प्रयासों का ही फल है।' इस बीच जितेन्द्र रघुवंशी को मंच पर आया देख संचालक माइक उन्हें देते कहते हैं, 'श्री जितेन्द्र रघुवंशी जी'। जितेन्द्र कहते हैं, 'नज़ीर साहब के बारे में सब-कुछ ही कह दिया गया है.. मैं बस इतना ही कहना चाहूँगा कि नज़ीर साहब हमारे आगरा शहर की गंगा-जमुनी तहज़ीब के ख़ास प्रतिनिधि थे, उन्होंने सभी जाति धर्म के लोगों को मोहब्बत दी और बदले में सभी से मोहब्बत पायी। ये उसी का नतीजा है कि उनके जाने के दो सौ वर्ष बाद भी हम उन्हें और उनकी रचनाओं को याद करने के लिये, उनके पसन्दीदा त्योहार बसन्त पंचमी के दिन यहाँ जमा होते हैं। मुझे ये कहते हुए भी गर्व का अनुभव हो रहा है कि हमारे शहर आगरा में छिट-पुट वारदातों को छोड़ मज़हब को लेकर दंगे कभी नहीं हुए। एक कलाकार होने के नाते मैं तो ये भी कहना चाहूँगा कि हम कलाकारों, शायरों, अदीबों, संगीतकारों का अगर कोई मज़हब होता है तो नज़ीर की तरह ही मज़हबे इन्सानियत ही होता है। हम अगर अपने इस मज़हब का पालन करते रहें तो आगे भी हमारे शहर में शान्ति बनी रहेगी' इतना कहते हुए अचानक जितेन्द्र की नज़र थोड़ा पीछे बैठे नन्हें भाई पर पड़ती है और वो मुस्कराते हुए कहते हैं, 'मैं जिस मज़हबे इन्सानियत की बात कर रहा हूँ उसकी एक मिसाल इस वक़्त मेरी नज़रों में कैद हो

चुकी है और मैं चाहूँगा कि वो मंच पर आयें और जनाब नज़ीर अकबराबादी की सबसे ज़्यादा लोकप्रिय रचना अपने मीठे स्वर में हम सब को सुनायें।', सभी मुड़कर देखने लगते हैं और इस बीच नन्हें अपनी कुर्सी से उठकर मंच की तरफ़ बढ़ने लगते हैं। उन्हें देखकर सभी ख़ुशी में भरे और ज़ोर से तालियाँ बजाने लगते हैं, शोर के बीच ही जितेन्द्र जी कहते हैं, 'यूँ तो आप सभी जानते होंगे, अगर नहीं जानते तो मैं आपको बताता हूँ... बसन्त पंचमी के मुबारक दिन जब कि हम नज़ीर साहब को याद करते हैं, वही दिन हमारे शहर के चहेते गायक, उससे भी बढ़कर बड़े दिलवाले उस्ताद रमज़ान अली ख़ान उर्फ़ नन्हें भाई का जन्म दिन भी होता है। इत्तेफ़ाक़ से तारीख के हिसाब से भी आज यानी अट्ठारह फरवरी दो हज़ार नौ के दिन ये आयु के साठ वर्ष पूरे कर रहें हैं।' ये सुनकर लोग तालियाँ बजाने लगते हैं। इस बीच नन्हें भी मंच पर आ चुके हैं, झुककर सबको अभिवादन करते हैं। तभी एक साथ कई आवाज़ें उभरती हैं 'नन्हें भाई मुबारक हो' 'हैप्पी बर्थ-डे' नन्हें झुककर सबका अभिवादन स्वीकार कर रहे हैं इसी बीच अब एक साथ कई आवाज़ें उभरती हैं, 'क्या-क्या कहूँ मैं किशन कन्हैया का बालपन'।

'नन्हें भाई नज़ीर साहब के अलफ़ाज़ अपनी रूह में उतारकर हम तक पहुंचा दीजिये।'

'हाँ नन्हें भाई... हम तो बरसों से यही सुनने के लिये यहाँ आते हैं' नन्हें सबको हाथ के इशारे से शान्त होने के लिये कहते हैं, फिर एक बार थोड़ा पलट के मज़ार की ओर देख सिर झुकाते हैं और फिर माइक हाथ में लेके नज़ीर अकबराबादी की जगत् प्रसिद्ध कविता झूम-झूम के सुनाने लगते हैं।

'यारो सुनो यह दधि के लुटैया का बालपन।
और मधुपुरी नगर के बसैया का बालपन।।
मोहन सरूप निरत करैया का बालपन।
बन—बन के ग्वाल गौएँ चरैया का बालपन।।
ऐसा था बाँसुरी के बजैया का बालपन।
क्या-क्या कहूँ मैं किशन कन्हैया का बालपन।।'

नन्हें भाव-विभोर होकर जैसे नज़ीर के लिखे को जीवित रूप दे रहे हैं और सभी श्रोता उस भक्ति भाव के रस में डूबे चले जा रहे हैं। इस बीच कुलदीप आकर श्रीराम के पास बैठकर कार्यक्रम सुन रहा है। कविता की समाप्ति पर जैसे ही नन्हें रुकते हैं, वहाँ उपस्थित सभी ज़ोर-ज़ोर से तालियाँ बजाते 'वाह-वाह' करने लगते हैं। जितेन्द्र नन्हें को गले लगा लेते हैं। अब दोनों ही एक साथ मंच से उतरते हैं और कार्यक्रम संचालक आगे के कार्यक्रम की उद्घोषणा करने लगते हैं। नन्हें जितेन्द्र के

साथ अपने स्थान पर लौटकर जैसे ही बैठने को होते हैं, श्रीराम धीमी आवाज़ में उनसे कहते हैं, 'अब यहाँ से निकल चलो... वहाँ मोहल्ले में तेरा इन्तज़ार हो रया होगा, जितेन्द्र भइया सँझा के कार्यक्रम में तो आ ही रहे हो न?' क्षमा-याचना के स्वर में जितेन्द्र बतलाते हैं उनके घर कोई अतिथि आनेवाले हैं इसलिये उनका आना सम्भव नहीं है। श्रीराम, जितेन्द्र का कन्धा दबाते नन्हें और कुलदीप के साथ बाहर की ओर जाते हैं, कुलदीप अपनी बाइक उठाता है और कहता है, 'तो चलो गोकुलपुरा में मिलते हैं' और वो बाइक स्टार्ट कर निकल जाता है। श्रीराम को प्रोफ़ेसर का ख़्याल आता है और वो उनके लिये यहाँ वहाँ देखते हैं लेकिन शायद वो पहले ही जा चुके हैं। नन्हें और श्रीराम गली से बाहर निकलने के लिये आगे बढ़ते हैं, और ताँगे में ऊँघते हुए भग्गो को जैसे ही आवाज़ लगाते हैं, वो चौंक के सीधा बैठ जाता है, 'आप लोग आय गये भइया।'

'नाय... हम ना आये.. हमारौ भूत आयौ है चल ताँगे ऐ मोड़ ले' दोनों दोस्त ताँगे में बैठ जाते हैं और ताँगा घूम के अब किनारी बाज़ार, मोती कटरा, नूरी दरवाज़ा की सड़कों पर दौड़ने लगता है। और जैसे ही ठण्डी सड़क पर दौड़ते हुए आगरा कॉलेज के पास पहुँचता है नन्हें कहते हैं, 'बस नागरी प्रचारिणी के पास रोक दे और ताँगे ऐ घुमा के अशोक नगर ले जा' ये कहते श्रीराम पण्डित और नन्हें भाई ताँगे से उतर जाते हैं, और नागरी प्रचारिणी से सटी गली में आगे बढ़ने लगते हैं।

§ 2 §

गली के दायीं तरफ़ एक काफ़ी बड़ा परकोटा है, जिसके बाहर ठण्डी सड़क की तरफ़ एक मज़ार है और दीवार के उस पार अहाते के अन्दर अनेक मन्दिर हैं, जिनमें से प्रमुख चन्द्रेश्वर महादेव का मन्दिर है। पास में ही हनुमान जी और पथवारी देवी के मन्दिर भी हैं। अन्दर थोड़ा चलने के बाद बहुत पुराना नागरी प्रचारिणी पुस्तकालय वाचनालय है, समयान्तर के साथ यहाँ कुछ अन्य भवन भी खड़े हो चुके हैं। परकोटे का एक द्वार ठण्डी सड़क की ओर खुलता है और दूसरा उस गली में जहाँ से इस समय नन्हें भाई और श्रीराम गुज़रते हुए गोकुलपुरा मोहल्ले की तरफ़ बढ़ रहे हैं। नन्हें इधर-उधर नज़रें घुमाते भावुक स्वर में, 'इन गलियों में आते-जाते पूरी उम्र गुज़र गयी, यहीं जन्म हुआ, लोट-पोट कर बड़े हुए, जवान हुए, पढ़े- लिखे... और आज पूरे साठ के भी हो गये', आगे बढ़ते हुए ये दोनों अब वहाँ पहुँच चुके हैं जहाँ से बायीं तरफ़ का रास्ता कंस दरवाज़े की

तरफ़ जाता है। होली के दिन गली मनसा देवी से निकली कृष्ण बलदाऊ की रथयात्रा अनेक गलियों पर रुकती आगे बढ़ती है, जगह-जगह भक्तगण प्रेम से उनकी आरती उतारते हैं। धीरे-धीरे ये रथयात्रा अपने अन्तिम पड़ाव यानी इसी कंस दरवाज़े पहुँच जाती है, जहाँ दिन-भर के होली के हुड़दंग के बाद शाम को कंस वध के पश्चात् होली मिलन समारोह होता है। उस तरफ़ नज़र जाते ही नन्हें की आँखों में बचपन के न जाने कितने चित्र कौंध जाते हैं। नन्हें और श्रीराम अब बायें हाथ की ओर मुड़ जाते हैं, जिसकी सीधी सड़क नन्हें के जन्मस्थान कंगीगली, साथ ही अनेक गलियों से होती हुई आगरा के प्रमुख मोहल्ले राजामण्डी से जुड़ जाती है। दस बारह गज़ चलने के बाद नन्हें और श्रीराम उस चौराहे पर पहुँच गये जहाँ गोकुलपुरा की सबसे बड़ी होली जलती है। दरअसल गोकुलपुरा मिले-जुले जाति धर्म और पेशेवालों का मोहल्ला है—यहाँ हिन्दू, मुसलमान, सिन्धी, सिक्ख, तेली, जुलाहे, ठठेरे बड़ी संख्या में रहते हैं। होलीवाले चौराहे के बायीं ओर मुड़ती सड़क की अनेक गलियों में नागर ब्राह्मण भी बहुतायत में रहते हैं। वहीं उनके कुलदेवता हाटकेश्वरनाथ जी का मन्दिर भी है। यही सड़क और आगे बढ़ती है जहाँ नयी गली और काछीगली हैं। काछीगली के ठीक सामने लगभग सौ-सवा सौ साल पुराना कुंज विहारी जी का एक मन्दिर है। ये मन्दिर वर्षों पहले जैसा था वैसा ही इसलिये रह गया क्योंकि ये एक पारिवारिक मन्दिर था। श्रीराम पण्डित के दादा ने अपने घर में राधाकृष्ण की मूर्ति स्थापित की, और नियम से प्रात: तड़के से लेकर रात तक उनकी सेवा में लगे रहते। गली पड़ोस के भक्तगण, दर्शनार्थ आते और श्रद्धा के अनुसार सीधा, चढ़ावा चढ़ा जाते। किन्तु श्रीराम के दादा का छोटी आयु में निधन हो जाने के कारण श्रीराम के पिता पण्डित विष्णुराम शर्मा पर बाल्यकाल में ही ठाकुर जी की सेवा की ज़िम्मेदारी आ गयी जिसे उन्होंने बड़े प्रेम से निभाया। छोटी आयु में ही विवाह हुआ और फिर काछीगली में रहते हुए उनकी गृहस्थी भी बढ़ी। दो पुत्र हुए, बड़ा हरिराम और छोटा श्रीराम। उसके बाद 60 के दशक के अन्तिम दिनों में जब गोकुलपुरा के ढलान से नीचे उतरते ही बायें हाथ के इलाके में एक बस्ती बसने लगी, तब पण्डित विष्णुराम ने भी किसी श्रद्धालु की सहायता और कुछ अपनी गाढ़ी कमाई से एक ज़मीन ख़रीद ली। फिर अपनी आवश्यकतानुसार एक छोटा-सा मकान बनवाकर परिवार के साथ वहीं बस गये, किन्तु ठाकुर जी की मंगला से शयन तक की सेवा में कोई अन्तर नहीं आने दिया। यूँ तो श्रीराम की रूचि भी बाल्यकाल से ही पूजा-अर्चना में रही और वो पिता के साथ मन्दिर की सेवा में हाथ बँटाता रहा, किन्तु विगत लगभग तीस वर्षों से स्वास्थ्य की

गिरावट के कारण पण्डित विष्णुराम का नियम से मन्दिर आना नहीं हो पाता था इसलिये मन्दिर का पूरा उत्तरदायित्व ही श्रीराम ने ले लिया। बड़े भाई हरिराम की इस छोटे से मन्दिर में आरम्भ से ही कोई रुचि नहीं थी, और उसने माईथान से लेकर सदर तक के बड़ेझबड़े घरों की जजमानी ले ली। इन्हीं जजमानों में से जो आगरा से बाहर चले गये थे, वहाँ भी शादी–ब्याह या किसी भी शुभ प्रसंग के लिये हरिराम को ही बुलाया जाता। इस तरह गुजरात उसका दूसरा घर बन चुका था जहाँ आये दिन उसका जाना–आना लगा ही रहता। इन्हीं तगड़े जजमानों के कारण उस पर तेज़ी से लक्ष्मी की कृपा भी होती चली गयी। किन्तु श्रीराम अपने पिता की तरह ही गोकुलपुरा के श्रद्धालुओं से मिले सीधे, चढ़ावे पर ही जैसे–तैसे जीवनयापन करता रहा। वो अलग बात है कि बचपन का लंगोटिया यार नन्हें बिना बताये, जतलाये ही समय–समय पर उसके परिवार की सहायता करता रहता है।

अभी नन्हें और श्रीराम होलीवाले चौराहे से बाँयीं तरफ़ मुड़ने को ही हैं, तभी सामने की ओर से एक छोटे से लड़के को 'नन्हें बाबा–नन्हें बाबा' पुकारते सुन नन्हें कहते हैं, 'अरे शौक़त'... लड़का शायद तेज़ी से भागकर आया है इसलिये हाँफते- हाँफते कहता है, 'बाबा... वो... बेबे... बेबे आपका इन्तज़ार कर रही हैं... जल्दी घर चलो' ये सुनते ही नन्हें को जैसे अपनी ग़लती याद आ जाती है वो ज़बान काटते अपने सिर पर हल्के से हाथ मारते हैं, 'ओफ्फ.. बेबे ने सुबह ही कह दिया था ताजगंज से होके सीधे इधर ही आना' अब श्रीराम को देखते

'श्रीराम तू चल मैं बेबे के पास होके हुये आऊँ।' ये कहकर नन्हें लड़के के साथ सीधे आगे बढ़ जाते हैं और पण्डित श्रीराम बांयीं तरफ़ मुड़ जाते हैं।

§ 3 §

नन्हें कंगीगली तक पहुँचे उसके पहले ही पतंग–सा दौड़ता चिल्लाता लड़का गली में दाख़िल हो के सीधे न जाकर दाँयें हाथ की गली में मुड़ जाता है...शोर- शराबा सुन के सूनी गली में जैसे आवाज़ों की बाढ़ आ जाती है। घरों में से औरतें दुपट्टा सम्हालती ड्योढ़ी पर खड़ी हो जाती हैं। गली में सेलम खड़िया से ताजमहल और खिलौने बनानेवाले काफ़ी कारीगर रहते हैं जिनकी छोटी–छोटी दुकानें भी हैं, उनमें से भी कुछ हाथ का काम छोड़ के अपनी टोपियाँ और तहमद सम्हालते बेबे की गली के मुहाने पर आ खड़े होते हैं। कुछ के हाथ में गुलाब के फूल हैं, एक दो के हाथ

में पैक किये हुए डिब्बे हैं जिसमें शायद सेलम खड़िया का ही कुछ सामान है। इस बीच नन्हें भी गली में दाख़िल हो चुके हैं उन्हें देखते ही सभी अपने-अपने अन्दाज़ में सालगिरह की मुबारकबाद देने लगते हैं 'नन्हें भाई... आज की ख़ास सालगिरह मुबारक।'

'हाँ-हाँ... आज तो नन्हें भाई की साठवीं सालगिरह है' कुछ जवान लड़के...'हैप्पी बर्थ-डे नन्हें बाबा', छोटे बच्चे भी नन्हें को हैप्पी बर्थ-डे कहते घेर लेते हैं... नन्हें भावुक हो जाते हैं और बच्चों के बाल और गाल सहलाते हुए चारों तरफ़ देखते कहते हैं, 'मुझसे लती हो गयी जो ख़ाली हाथ चला आया, न चॉकलेट, न टॉफी... माफ़ करना बेटा' गली के आख़िरी मकान के दरवाज़े पर खड़ी बेबे जो लगभग पचासी वर्ष की अवश्य होंगी लेकिन लगती इतनी नहीं हैं... गोरा रंग, लम्बा कद, भरा शरीर, आँखों पर सुनहरी फ्रेम का चश्मा, एक हाथ में छड़ी और दूसरे में आरती की थाली लिये दमदार लेकिन ममता भरे स्वर में कहती हैं, 'माफ़ी-वाफ़ी माँगने की कोई ज़रूरत नहीं है पुत्तर जी... सारे गलीवालों के वास्ते मिठाई की प्लेटें लगी रखी हैं... तू आ, पहले तेरा मुँह मिट्ठा कराऊँ फिर सारों को शहज़ादी नाश्ता करा देगी'— ये सुनते ही जो बच्चा नन्हें को बुलाने गया था, दौड़कर बेबे के घर में घुस जाता है, नन्हें भी अब बेबे के दरवाज़े पर पहुँच चुके हैं। बेबे का इशारा समझ नन्हें सिर पर रूमाल रखते हैं और बेबे उसकी नज़र उतार के उसे अन्दर आने के लिये कहती है। जाते-जाते बेबे सबसे कहती हैं 'आप लोग ऐत्थे ही रुको मैं सबदे वास्ते मिठाई भेज दी।'

बेबे का ये घर बाहर से भले ही जीर्ण-शीर्ण लगता है लेकिन भीतर जाने पर मालूम होता है कि ये दोमंज़िला घर है। नीचे एक बहुत बड़ा आँगन, फिर दो तरफ़ दालान, उनके साथ-साथ बने कमरे, रसोई, स्नानघर आदि। एक सीढ़ी ऊपर की ओर भी जा रही है, आँगन से ऊपर के कमरों के जो दरवाज़े, खिड़कियाँ दिखलायी पड़ रही हैं वो बेहद ख़ूबसूरत हैं। उनमें मेहराबें हैं जिनमें रंग-बिरंगे कांच लगे हुए हैं। उन्हें देखते हुए नन्हें एक बार फिर पुरानी यादों में उतर जाते हैं, आँखें भर आती हैं। तभी एक कमरे से निकल कर कुलदीप को आते देख नन्हें ख़ुद को सम्हाल लेते हैं। कुलदीप नन्हें को अपनी तरफ़ खींचकर गले लगाते हुए गर्मजोशी में कहता है, 'ओये यारा... सालगिरह बोत बोत मुबारक.. उधर तो तैनू विश करन दा मौक़ा ही नहीं मिला था.. चल बैठ बेबे ने तेरे लिये ख़ास पिन्नी बनायी है।' नन्हें घड़ी देखते हुए कहते हैं, 'अरे यार.. उधर पूरा मोहल्ला मन्दिर के बाहर खड़ा होगा.. निकलना चाहिए।', तभी बेबे की क़रीब आती आवाज़ सुनायी देती है 'बगैर मुँह मिट्ठा किये घर से कैसे जायेगा पुत्तर.. घर भी कौन-सा, वो जहाँ तू बड़ा हुआ' पास आकर बेबे नन्हें का मुँह पिन्नी से भर देती है, नन्हें झुककर बेबे के पैर छूते हैं, बेबे पीठ पर

हाथ फिराते आशीर्वादों की झड़ी लगा देती है और कहती है, 'अब तुम दोनों छेती-छेती मन्दिर पहुँचो.. मैं अपने गलीवालों को नाश्ता पानी करवा दूँ' सिर हिलाते नन्हें और कुलदीप बाहरी दरवाज़े की तरफ़ बढ़ते हैं और बेबे शौक़त को आवाज़ें लगाती रसोई-घर की तरफ़ बढ़ती है। बेबे रसोई-घर में जैसे ही पाँव रखती है, देखती है नाश्ते की प्लेटें लगी रखीं हैं और शौकत एक बड़ी प्लेट में सारी खाने की चीज़ें भर के बेबे की मूढ़ी पर बैठा गपर-गपर खा रहा है बेबे हँसते हुए कहती है 'खोते दा पुत्तर।'

§ 4 §

नन्हें और कुलदीप कंगीगली से बाहर आकर आगे बढ़ रहे हैं, रास्ते में मिलनेवालों से दुआ-सलाम भी होती जा रही है, मन्दिर के लिये दायें हाथ पर मुड़ने के पहले नन्हें की नज़र बुलक्खी हलवाई की दुकान पर पड़ती है, फिर छोटेलाल दूधवाले की दुकान पर भी—दुकानें बन्द हैं। चौराहे से गोकुलपुरा की तरफ़ मुड़ने पर जो दुकानें हैं वो भी बन्द हैं, हैरत में भरे नन्हें पूछते हैं 'आज ये सब दुकानें क्यों बन्द हैं?'

'झल्ले... ये भी भूल गया, पूरा मोहल्ला सारे काम धाम छोड़ के तेरा बर्थ-डे सेलिब्रेट करने के लिये वहाँ जमा हुआ है वो देख', अपनी ही धुन में चले आ रहे नन्हें का ध्यान अब गोकुलपुरा के उस छोर पर जाता है जहाँ कुंज बिहारी जी का मन्दिर है, उसके होठों पर मुस्कुराहट तिर जाती है।

नयी गली से लेकर काछीगली के थोड़ा आगे तक का इलाक़ा झण्डियों से सजाया गया है। मन्दिर के बाहरी भाग पर फूलों की सजावट है। काछीगली के सामने और मन्दिर से जुड़ी गली के बाहर ही कुछ कुर्सियाँ रखी हुई हैं, जिनके पीछे लम्बी-सी मेज पर नाश्ते का इन्तज़ाम बैठाया जा रहा है। एक तरफ़ स्टोव पर चाय उबल रही है और कुल्हड़ रखे हैं, कुछ छोटे-छोटे बच्चे बार-बार आकर पूछते हैं 'जलेबी कब मिलेगी?'

'नैक सबर करो... नन्हें बाबा आ जायें उसके बाद मिलेगी', संयोग की बात हुई कि इधर एक तरफ़ से कुलदीप के साथ नन्हें आये, और दूसरी तरफ़ से श्रीराम रवि के साथ व्हील चेयर पर अपने पिता पण्डित विष्णुराम जी को लेकर वहाँ पहुँचे। नन्हें को देखते ही कोई लाउडस्पीकर पर गाना चालू कर देता है—

'बधाई-हो-बधाई जनमदिन की तुमको,
जनमदिन तुम्हारा मिलेंगे लड्डू हमको
हैप्पी बर्थ-डे टू यू'

विष्णुराम की व्हीलचेयर कुर्सियों के पास ही लगा दी जाती है, जिन पर मोहल्ले के कुछ विशिष्ट लोगों को बैठाया गया है, जैसे ठठेरों के सम्माननीय स्वर्गीय झम्मनलाल जी का पोता, बुलक्खी हलवाई के सुपुत्र जगदीश, छोटेलाल दूधवाले के पुत्र, गोकुलपुरा की सबसे पुरानी और रात दिन चलनेवाली किराना दुकान के मालिक क़रीम बख़्श यानी करीमा चाचा के बेटे, और कुछ अन्य भी। नन्हें को आया देख जगदीश अपनी कुर्सी से उठ उन्हें वहाँ बैठाना चाहता है, लेकिन नन्हें उसे बैठाते हुए आदर से विष्णुराम जी के पैर छूते हैं जो उसकी पीठ सहलाते, 'जीते रहो... फलो फूलो... दीर्घायु हो' कहते उसे अपनी साथवाली कुर्सी पर बैठा लेते हैं। अब श्रीराम लाउडस्पीकर बन्द करने का इशारा करते हैं और शान्ति होते ही कहते हैं, 'इतनी बड़ी संख्या में गोकुलपुरावासियों का अपने काम छोड़-छोड़ के यहाँ आना जा बात कौ प्रमाण है कि जे नन्हें, या पूरा नाम बोलो तो रमज़ान अली ख़ान, सबन कौ कितनौ चहेतो है। अरे हम तो कहें मुसलमान भाइयों के लिये जे अगर रमज़ान का पवित्र महीना है तो हम हिन्दुअन के लिये राम की जान है' इस पर ज़ोर की तालियाँ बजने लगती हैं, 'अब मैं इसके बारे में अगर बोलूँगौ तो बोलतौ ही चलौ जाऊंगौ... क्योंकि हम दोनों मित्र तो दो शरीर एक जान हैं' यहाँ-वहाँ देखते हुए...'बल्कि दो नहीं तीन कहो, एक और हैगा हमारी तिकड़ी में.. अरे वो कहाँ है पगड़ीवाला.. कुलदीप', कुलदीप पीछे भीड़ में से आकर श्रीराम के पास खड़ा हो जाता है, 'अब हमारा ये मित्र नन्हें के बारे में कुछ कहेगा।' फ़ौरन ही पीछे हटते कुलदीप कहता है, 'मैं क्या कहूँगा... यहाँ उपस्थित लोगों में नन्हें के बारे में अगर कोई बोल सकता है तो वो हैं हमारे चाचा जी' और वो विष्णुराम जी से आग्रह करता है कि वो नन्हें के बचपन के बारे में कुछ बतायें, और ख़ुद ही किसी से माइक लेकर विष्णुराम जी के हाथ में पकड़ा देता है। एक हाथ से माइक पकड़े और दूसरे हाथ से नन्हें की पीठ सहलाते पण्डित जी कहते हैं, 'अब जे नन्हें... ठाकुर जी की कृपा से आज साठ बरस के हो गये, तो जे समझो पचपन छप्पन साल पहले जे कित्ते का रहा होगा' हाथ के इशारे से बताते...'इत्ता-सा... कोई चार पाँच बरस का, हमारा जे श्रीराम इससे एक साल बड़ा है और जे कुलदीप श्रीराम से छै महीने छोटा होगा... मतलब तीनों मित्र साठे में ही हैं, पर मोये तो जे सब इत्ते-इत्ते से ही लगे। आज की सी बात लगै, हमारे मन्दिर में तारा भैन जी... अरे वो तारा भैन जी, जिनका संगीत जगत् में भौत बड़ा नाम है... तब वो कंगीगली में रहती थीं और मंगला आरती में रोज़ आया करती थीं। एक दिना उनके पीछे-पीछे जे नन्हें चले आये और संग-संग तोतले-पोतले कछु गायवे लगे, मैंने हँसते हुए भैन जी से पूछौ जे कौन बालक है? उन्होंने कही समझ लो उनकौ ही है... फिर धीरे धीरे सारी बातें पता लगती गयीं और इसके प्रति मेरौ प्रेम भी बढ़तौ चलौ गयौ। साँची कहूँ जब पहली बार इसे देखौ तो देखतौ ही रै गयो।

एक़दम गोरौ चिट्टौ, गुलगोंथना, लाल गुलाबी गाल, कन्धे कन्धे तक घुँघराले बाल मोये ऐसो लगौ जैसे साक्षात् ठाकुर जी ही सामने बैठे गाय रै हों। जे श्रीराम भी नित्य प्रात: हमारे संग आता था, और देखते-ही-देखते दोनों बालकन में पक्की दोस्ती है गयी, जो आज तक बनी हुई है। नन्हें अगर शहर के बाहर हैं तो और बात, लेकिन सामान्य रूप से इसकौ मंगला आरती में आयबे कौ क्रम कभी न टूटौ। हमें तो ऐसा भी लगता है जा दिना जे नन्हें गैरहाज़िर होयें, हम ही नहीं ठाकुर जी भी उदास रहवें। हम तो आज के दिना जे ही कहेंगे इनकी सौ बरस की उमर हो और जे ठाकुर जी की सेवा में ऐसे ही गाते रहें।' तभी वहाँ खड़े लोगों में से कोई विष्णु जी से पूछता है, 'पण्डित जी क्या कभी किसी हिन्दू ने इनके मन्दिर में जाने पर आपत्ति नहीं उठायी?' कुछ सोचते हुए पण्डित विष्णुराम कहते हैं, 'हाँ एक बेर ऐसौ भयौ कि अपने मोहल्ले के एक बड़े आदमी पुत्र जन्म के अवसर पे मन्दिर में ही कथा रखवाना चाहते थे लेकिन संग में शर्त जे रख दी कि जे विधर्मी छोरा उस दिना मन्दिर में न आवेगौ... सुनते ही हमने साफ़ कह दियौ, हम शर्तों पर ठाकुर जी का काम नहीं करते, जे मन्दिर हमारे परिवार कौ है, यहाँ हर वो व्यक्ति आ सकता है जिसके मन में ठाकुरजी के प्रति श्रद्धा भक्ति है। ठाकुर जी के लिये जाति धरम कोई मतलब ना रखे, उनके लिये तो भगत का प्रेम ही सबसे बड़ी चीज़ है।' ये सुनकर सभी तालियाँ बजाने लगते हैं अब श्रीराम सबकी तरफ़ देखते कहते हैं, 'हमारे नन्हें के बारे में और किसी को कुछ कहना हो तो इधर आ जाये।' कुर्सी से उठते हुए जगदीश नन्हें को देखकर हँसते हुए कहता है, 'नन्हें बाबू तो हमारे भी दोस्त ही हैं, हम जब छोटे रहे अक्सर पिता जी के संग दुकान पर आ जाते थे। ये नन्हें हमसे पाँच सात साल छोटे रहे होंगे, जब कभी ये तारा भैन जी या बेबे जी के साथ हमारी दुकान के सामने से गुजरते तो ठिठक जाते और गुझिया की तरफ़ इशारा करने लगते, पिता जी बिना तौले चार गुझिया पुड़िया में बाँधकर इन्हें पकड़ा देते। कभी-कभी ऐसा भी होये कि गुझिया ख़तम हो गयी हो या बनी न हो तो इनका मुँह उतर जाता, और पिता जी बड़े प्यार से कहते, मन छोटौ मति करे लाला गुझिया बनते ही तेरे घर भिजवा दूंगौ।' इस पर नन्हें हँसते हुए कहते हैं, 'अब इतनी बात कही है जगदीश तो ये तो कहना ही पड़ेगा कि गुझिया तुम भी बढ़िया ही बनाते हो, लेकिन बुलक्खी चाचा के हाथ जैसी बात नहीं है।' सभी हँसने लगते हैं। अब ठठेरा समाज के प्रतिष्ठित परिवार यानी झम्मनलाल जी के परिवार से आये उनके प्रपौत्र कहते हैं, 'नन्हें भाई के बारे में हमने अलग-अलग लोगों से इतनी बातें सुनी हैं कि हमारा तो इनके पाँव छूने का मन कर रहा है।' वो आगे बढ़कर नन्हें के पाँव छूना चाहता है, लेकिन नन्हें उन्हें रोक देते हैं। वो आगे कहता है, 'जैसा कि हमें बताया गया इनका जन्म कंगीगली में हुआ, और कुछ अठारह बीस की उमर में ये तारा भेन जी के साथ अशोक नगर की कोठी में

रहने चले गये। उस बात को भी चालीस साल से ऊपर हो गये, लेकिन कोई दिन ऐसा नहीं जाता, जिस दिन ये गोकुलपुरा के दो चक्कर काट के सबों से उनकी ख़ैरियत न पूछ लें। इतना ही नहीं अगर किसी की कोई परेशानी है, और ये पूरी कर सकते हैं तो बिना किसी के कानों कान ख़बर हुए दूर भी कर देते हैं।' अब करीमा चाचा का बेटा खड़े होकर कहता है, 'अरे हमारे आगरा की ये ही तो ख़ास बात है जिसे नमाज़ पढ़नी हो नमाज़ पढ़ो, पूजा करनी हो पूजा करो। लेकिन जब मिलो तो गले लग के मिलो। हमारे अब्बा करीम बख़्श को तो आप सब जानते ही होंगे, इतने बड़े गोकुलपुरे में उनकी इकलौती छोटी-सी किराने की दुकान लेकिन उनको साँस लेने की फ़ुर्सत नहीं होती थी। 'करीमा चार आने की रेवड़ी दे दे', 'एक रुपये का सरसों का तेल दे दे'। और वो बड़ी शान्ति से सबसे कहते—'हवाल दूँ दो मिनट रुको', सबको अब्बू की दुकान से ही सामान चाहिए था। यहाँ तक कि जब आस-पास एक दो दुकानें और खुल गयीं, तब भी भीड़ हमारी दुकान पर ही लगी रहवै थी। और एक वो बात बताऊँ जो हमारी अम्मी बताती थीं। हमारा घर दाँतवालों के घर के साथ लगी गली में है, जहाँ इक्का-दुक्का ही घर रह गये हैं। अब्बू को दुकान समेटते-समेटते रात को दस बज जाते, उसके बाद वो थके-थकाये अपनी खटोलिया दुकान के दरवज़्ज़े में बाँधकर वहीं पड़ जाते। हम छोटे-छोटे बच्चों को लेकर अम्मी अकेली डरती थीं, ख़ास करके तब, जब हिन्दुस्तान पाकिस्तान का बँटवारा हुआ और गली मोहल्लों में तनाव-सा रहने लगा। तो एक दिना अम्मी बेचारी गली पर खड़ी रोने लगीं, तभी दाँतवालों के घर से बाबू जी निकले और ये जानकर कि ये इस डर से रो रही है कि कहीं हिन्दुओं का हमला न हो जाये। तो बाबू जी ने अपनी दबंग आवाज़ में उन्हें तसल्ली दी, 'तू घबरा मति बहू हम गली में ही खटिया डाल के सो रहेंगे, फिर किसकी मजाल जो तुम्हें परेशान करे' कहते-कहते करीम के बेटे का गला रुँध गया और बाक़ी सब भी भावुक हो गये, चुप्पी-सी सध गयी। माहौल को हल्का करने के इरादे से कुलदीप माइक हाथ में लेकर कहता है, 'भई सौ की एक बात साड्डा गोकुलपुरा सबसे न्यारा और हमारा यार नन्हें सबका प्यारा' इस बात पर सब हँस पड़ते हैं, और श्रीराम कुलदीप से माइक लेकर कहते हैं, 'भाइयों, गोकुलपुरावासियों के लिये नन्हें के जन्मदिन के अवसर पर गोकुलपुरावासियों की तरफ़ से ही चाय पार्टी है। इससे पहले कि आप लोग दावत का आनन्द लो, लगे हाथों ये भी बता दूँ कि आप सब के लिये और ख़ास कर नन्हें के लिये गुझिया, जलेबी और समोसे ये सब जगदीश बाबू ने अपनी दुकान से भिजवाये हैं, चीनी, चायपत्ती ये सब करीम चाचा के बेटों ने भिजवायी है, दूध छोटेलाल जी की दुकान की तरफ़ से... और हाँ मोतीलाल की दुकान की मशहूर तेल की कचौड़ियाँ भी आयी हैं', तभी श्रीराम के कान में कोई कुछ कहता है और वो आगे कहते हैं, 'भाइयों,

मोहल्ले के ठठेरा समाज की ओर से कुछ बर्तन भेंट किये जा रहे हैं जो इस बोरी में भरे हुए हैं।' फिर कोई श्रीराम के कान में कुछ कहता है श्रीराम कहते हैं, 'जब हम छोटे-छोटे थे ये मोहल्ला नागरों के घरों से भरा हुआ था लेकिन अब चार छह परिवार ही रह गये हैं। जो भी हो, नागर समाज की ओर से नन्हें के लिये भेंट स्वरूप दुशाला और एक लिफ़ाफ़ा है जिसे दवाई की दुकानवाले पण्ड्या जी के सुपुत्र नन्हें को भेंट करेंगे।' पण्ड्या जी के परिवार से कोई आगे बढ़ के नन्हें को शॉल ओढ़ाता है, लिफ़ाफ़ा देता है सभी तालियाँ बजाते हैं। नन्हें सबसे मिल रहे इस प्रेम और सम्मान से झुके जा रहे हैं। तभी श्रीराम की नज़र एक तरफ़ मोबाइल कान पर लगाये कबीर पर पड़ती है वो कहते हैं, 'अरे बेटा इतनी देर से तुम कहाँ थे?'

'यहीं था चाचा जी'

'अपने बाबा के बारे में कुछ बोलना चाहोगे?' झिझकते हुए कबीर कहता है, 'अब हम क्या कहेंगे चाचा जी सब-कुछ तो आप लोगों ने कह दिया।'

'अच्छा ठीक है' अब श्रीराम हँसते हुए हाथ जोड़ के सबको देखते कहते हैं, 'गली में सबके चाय नाश्ते का प्रबन्ध है चलिये।' सब गली में जाने लगते हैं, श्रीराम का इकलौता पुत्र रवि अपने दादा विष्णुराम जी को व्हील चेयर पर सम्हाल के अशोक नगर लिवा जाने के लिये आगे बढ़ रहा है। गली में जाता कोई आदमी कबीर को देख कहता है, 'कबीर बेटा तू भी चल ना।'

'चाचा जी बस दो मिनट में' कबीर फ़ोन लेकर एक तरफ़ चला जाता है और वहाँ खड़ा होकर ज़ोर से कहता है, 'देखो हिना, अगर तुम्हें झगड़ा ही करना है तो थोड़ा सब्र करो थोड़ी देर में हम घर पहुँच ही रहे हैं।'

§ 5 §

लगभग 70 के दशक में अस्तित्व में आया अशोक नगर अब एक पूरी तरह बसा मोहल्ला है। गोकुलपुरा से यहाँ की सड़क अपेक्षाकृत चौड़ी है, नये मकानों के साथ ही कुछ काफ़ी पुराने ढाँचे भी खड़े हैं। इक्का-दुक्का अहाते भी हैं जिनके भीतर अनेक छोटे-छोटे घर हैं। एक नज़र में देखने पर ये इलाक़ा निम्नवर्गीय और मध्यमवर्गीय लोगों का ही लगता है। यहीं थोड़ा बायें हाथ चलने के बाद दायें हाथ पे एक दोमंज़िला मकान है जिसके आगे-पीछे भी थोड़ी जगह है, आगे की तरफ़ आम और पपीते के पेड़ हैं, इतनी खुली जगह है जहाँ दस बारह कुर्सियाँ डाली जा सकती हैं। पिछवाड़े में जगह कुछ ज़्यादा है यहीं नन्हें बाबू का ताँगा खड़ा रहता है, और

कबीर की मोटर बाइक। तारादेवी की एक बहुत पुरानी मोटरकार भी कवर से ढँकी एक तरफ़ खड़ी है जो चालू हालत में है। इस दोमंज़िला मकान की ऊपरी मंज़िल में तीन चार बड़े-बड़े कमरे हैं, रसोई और बाथरूम है। नीचेवाले तल में कमरे तो दो ही हैं लेकिन सामने ही एक विशाल हॉल है। इसके अतिरिक्त नीचे भी रसोई और बाथरूम हैं। दरअसल जब पण्डित विष्णुराम शर्मा ने अशोक नगर में अपना घर बनवा लिया तो उन्होंने ही तारादेवी, से कहा कि वो चल के एक बार जगह देख लें, अभी ज़मीनें सस्ती हैं कोई मौक़े का बड़ा प्लाट मिल गया तो वो बड़ा घर बनवा सकती हैं और हुआ भी ऐसा ही। इस मकान से दो मकान छोड़कर ही पण्डित विष्णुराम शर्मा का घर है। उन्होंने अपनी सामर्थ्य के हिसाब से उस समय जितना हिस्सा बनवाया था वो यथावत् है। किन्तु उसी ज़मीन पर उनके बड़े पुत्र हरिराम ने अपने पैसों से ऊपर कई कमरे बनवा लिये और वो भी पूरी लक-दक के साथ, एक नज़र में देखते ही एक ही परिसर में दो नये और पुराने मकानों की अनुभूति होती है।

पण्डित विष्णुराम जी के दो पुत्रों में से बड़े हरिराम और छोटे श्रीराम में दो वर्ष की ही छोट-बड़ाई है, इसलिये दोनों के विवाह एक साथ ही कर दिये गये थे। बड़ी शान्ति और छोटी सुशीला—दोनों ही आगरा से थीं। विवाह के एक वर्ष के भीतर ही सुशीला ने एक पुत्र को जन्म दिया जिसका नाम पण्डित जी ने रवि रखा। साल-पर-साल निकले जा रहे थे किन्तु हरिराम के परिवार में औलाद की आमद नहीं हो रही थी, पण्डित जी ने पूजा-पाठ सभी उपाय कर डाले, स्वयं हरिराम ने सन्तान प्राप्ति के लिये चारों धाम की यात्रा, झाड़ फूँक, टोने-टोटके सब कर डाले किन्तु बालक की किलकारियां उसके लिये दुर्लभ ही रही। नि:सन्तान होने का सारा दोष वो अपनी पत्नी पर ही मढ़ता रहा, किन्तु मन-ही-मन घुलते रहने के बावजूद शान्ति सदा मौन ही रही। एक बात ये भी थी कि ध्यान बँटाने के लिये ससुर की आज्ञा लेकर उसने एक कन्या पाठशाला में पढ़ाना भी आरम्भ कर दिया था। रवि पन्द्रह वर्ष का हो चुका था और दसवीं की तैयारी कर रहा था, तभी एक दिन पाठशाला में ही शान्ति बेहोश हो गयी। संगी-साथी अध्यापिकाएँ उसे तुरंत निकट के दवाखाने में ले गयी, डॉक्टर ने उसे दवाएँ देकर एक दो दिन विश्राम करने के लिये कहा, किन्तु कुछ ही दिनों के बाद इस बात की पुष्टि भी हो गयी कि शान्ति गर्भवती है पूरे परिवार में ख़ुशी की लहर दौड़ गयी। उठते-बैठते पत्नी पर लांछन लगानेवाला हरिराम अब जैसे उस पर निहाल हुआ जा रहा था, वो स्वयं उसका ध्यान रखता, खाने-पीने में कोई कसर न रह जाये इस बात की तसल्ली भी ख़ुद करता। समय आने पर शान्ति ने एक स्वस्थ पुत्र को जन्म दिया, जिसके नामकरण पर हरिराम ने सामर्थ्य से बढ़ के ख़र्चा किया, बालक का नाम राकेश रखा गया। यूँ तो वो सभी का दुलारा था लेकिन हरिराम के

तो प्राण ही जैसे उसमें बसते थे। इतने वर्षों तक शान्ति की गोद सूनी रही किन्तु जब ठाकुर जी की कृपा हुई तो दो वर्ष पूरे होते–न–होते राकेश की एक बहन भी आ गयी—शारदा।

पण्डित जी के छोटे बेटे श्रीराम का पुत्र रवि घर–गृहस्थीवाला हो चुका था, जिसकी पत्नी मीराँ सुशिक्षित और समझदार स्त्री है। परिवार की आर्थिक कठिनाइयों को भी कम करने में उसने अपने पति का साथ दिया। घर के बाहरी बरामदे में सुबह शाम बच्चों को ट्यूशन देकर दोनों अब घर ख़र्च में अपना योगदान देने लगे। ये आवश्यक भी था, क्योंकि उनकी अपनी बेटियाँ तुलसी और राधा भी अब सयानी हो चुकी थीं। कुल मिला के श्रीराम के परिवार की आर्थिक स्थिति सदा ही डाँवाँडोल रही, जब कि उसी चारदीवारी में बसे हुए हरिराम का परिवार आर्थिक दृष्टि से सम्पन्न कहा जा सकता है।

पण्डित जी के आसपास के घरों में मिली–जुली आबादी है। कई घरों के नीचे दुकानें बनी हैं। सरस्वती कुंज के सामने की ओर कुछ ऐसे मकान हैं जिनके कमरों में किराये पर विद्यार्थी रहते हैं। इन्हीं मकानों के नीचे बनी दुकानों में से एक भोजनालय, आटे की चक्की, ठाकुर किराना स्टोर, पंजाब टूर्स ऐण्ड ट्रैवेल्स, और इन्हीं दुकानों से सटी लकड़ी की दो खोखेनुमा दुकाने भी खड़ी हैं जिनमें से एक में सार्वजनिक टेलीफ़ोन के साथ मोबाइल के सिमकार्ड आदि भी मिलते हैं। और दूसरी में पान सिगरेट। उसके आगेवाले मकान के नीचे भी दो दुकानें हैं जो ख़ूब चलती हैं एक तो हेयर कटिंग सैलून और दूसरी पप्पू चाय की दुकान। कुल मिलाकर इन दुकानों के आसपास ही मोहल्ले के नौजवानों की अड्डेबाजी चलती है। किराये पर रहनेवाले लड़कों को भी एक तरह से नीचे सारी सुविधाएँ मिल जाती हैं। इसके अतिरिक्त भी यहाँ ऐसा कुछ है कि निठल्ले लड़के घूम फिर कर चाय के बहाने यहीं दिखते हैं और वो आकर्षण है 'सरस्वती कुंज'। जहाँ नन्हें बाबू से संगीत सीखने के लिये बड़े–बड़े घरों के लड़के–लड़कियां आते हैं। सुबह के दस से बारह तक और उसके पश्चात् सन्ध्या पाँच से सात तक। अब तो लड़कियाँ भी धड़ल्ले से बाइक का इस्तेमाल करती हैं और कहीं भी पहुँच जाती हैं। सो संगीत प्रशिक्षण के दोनों समय में चाय की थड़ी पे लड़के घण्टों उधर ही दीदे गाड़े चाय– पे–चाय पीते और सिगरेट के धुएँ उड़ाते खड़े रहते हैं। इस प्रकार पप्पू चायवाले और द्वारका पानवाले की दुकानों के लिये 'सरस्वती कुंज' जैसे लक्ष्मी का आशीर्वाद बना हुआ था। आज तो बात ही कुछ और है, नन्हें भाई के छात्र–छात्राएँ अपने गुरु जी के जन्मदिन के अवसर पर 'सरस्वती कुंज' को सजाने में कोई कसर नहीं छोड़ रहे हैं। पुराने शिष्य विजय की देख–रेख में स्टूल पर चढ़ के लड़के घर की दीवारों को फूलों की लड़ियों से सजा रहे हैं, तो लड़कियाँ दरवाज़े पर रंगोली बना रही हैं। मुख्य द्वार पर लगी

सरस्वती की प्रतिमा का भी श्रृंगार किया गया है। यहाँ अगर इतना कुछ चल रहा है तो चाय और पान सिगरेट की दुकानों को तो आज दौड़ना ही है।

घर के बाहर की गहमागहमी ये है, और दूसरी तरफ़ घर की ऊपरी मंज़िल में कबीर की पत्नी हिना के बिगड़े हुए मिज़ाज की गर्मी भी कुछ कम नहीं है। वो और पड़ोस में ही रहनेवाली उसकी चचेरी बहन करिश्मा इस समय सामने रखे गिलास, तश्तरी और चम्मच पोंछने में लगी हुई हैं। हिना का पारा तभी से चढ़ा हुआ है जब फ़ोन पर कबीर से उसकी बात हुई। हर बर्तन को पोंछकर नीचे पटक कर जैसे वो उन पर अपना गुस्सा उतार रही है—'हम सच्ची कहें करिश्मा ये सारे-के-सारे मर्दुये एक ही मट्टी के होवें, एक ये मेरा शौहर ब्या के पहले तो दौड़ा छूटा ताजगंज पहुँच जाये, कभी कोई तोहफ़ा ले के तो कभी कोई तोहफ़ा ले के । मेरा चाँद का टुकड़ा, मेरे दिल की धड़कन, यों समझ ले कि इसने मोये दुनिया के सारे चाँद तारे दिखा दिये। नौ महीने हुए नहीं कि मेरी छाती पर दो-दो लौंडियाएँ डाल दीं, फिर काहे की मोहब्बत काहे का प्यार, और वो दूसरा मर्द मेरा बाप, अरे अब तो दाढ़ी-वाढ़ी बढ़ा के बड़ा हाजी कहलाये। बिसने क्या किया, मोये नवासा चाहिए, मेरी लाखों की जायदाद का बोई वारिस होगा। अब क्या करूँ यहाँ तो दो-दो छोरियाँ हो गयीं। फिर दूसरी बेर जब दिन चढ़े तो अम्माँ मोये संग लैके जाने कहाँ-कहाँ झाड़ फूँक करवाने ले जातीं, और वहाँ बैठे मरद जो ख़ुद को ख़ुदा समझे गारण्टी दे रहे हैं कि छोरा ही होयेगौ। बाप मेरो बहुत खुश्श, लेकिन ऊपर बैठा ख़ुदा भी सब समझता है, जो औरत की इ़ज़्ज़त नहीं करेगा उसे सबक सिखाता है। बिसने भी अब्बा के इरादों पर पानी फेर दिया, मैं सीढ़ियों से ऐसी गिरी कि पेट का बच्चा गया सो गया डॉक्टरनी ने ऊपर से ये और कही कि अब बच्चा नाय होयेगौ। तू जाने इसी बात पर चिढ़ के अब्बा ने अपना सौ डेढ़ सौ भैंसों का चलता हुआ तबेला, पन्द्रह लाख नगद और डेढ़ किलो सोना, सब-का-सब वक़्फ़ के नाम कर दिया और ख़ुद हज्ज करने चले गये। अरे कोई पूछे, मेरी छोरियाँ बिस हाजी की कुछ न लगे? छोरा होता वही सब-कुछ होता?' ये कहकर हिना ज़ोर-ज़ोर से रोने लगती है। करिश्मा उसकी पीठ पर हाथ फिराती कहती है, 'आपा रोना बन्द करो, इसमें कोई शक नहीं कि चचा ने ग़लती की। अंजुम-संजुम के लिये भी कुछ छोड़ना चाहिए था पर छोड़ो, चाहे जो होवे पर जीजा अब भी तुम पर जान छिडकें।'

'अरे क्या जान छिडकें', सौ बेर कही जे रोज़-रोज़ का हाथ फैलाना हमें ठीक ना लगे। घर-ख़र्च के रुपये एक साथ हाथ पे धर दिया करो, पर ना, जब तलक औरत भिखमंगन बन के मर्द के आगे खड़ी ना होवे तो उसकी मर्दानगी कैसे साबित होवे, अपने लिये मैं कौन से रोज़िना पैसे माँगूँ, बस कभी-कभी आइ-ब्रो बनवाने मीराँ के संग ब्यूटीपार्लर चली जाऊँ, सोची आज चार लोग घर पे आय रै हैं तो थोबड़ा

नैक ठीक-ठाक करवाय आऊँ, ऐई सोच के दोपहर इनसे हज्ज़ार रुपये माँगे थे, जवाब में ये कहकर घर से निकल गये, अभी जल्दी में हूँ लौट के दूँ... और देख जे बखत हो गया।', वो आगे कुछ और कहती, तभी नीचे से अंजुम-संजुम की चहकती आवाज़ आती है, 'मम्मा... दादू और पापा आ गये' ये सुनते ही हिना दुपट्टे से आँसू पोंछते प्लेटों और ग्लासों की गड्डियाँ लगाने लगती है।

श्रीराम अपने घर में आते हैं सामने ही खटोले पर पिता जी लेटे हैं जो उसी की ओर देख रहे हैं, श्रीराम पिता के पैताने बैठ जाते हैं, 'पिता जी तबीयत तो ठीक है? इसलिये पूछ रयौ हूँ कि आज भौत दिना बाद आप बाहर निकले, बोले बतियाये... थक तो नाय गये?'

'ना.. मेरे नन्हें की वर्षगाँठ है, ख़ुशी कौ मौकौ है मैं काहे को थकूँगौ... सुशीला और मीराँ भी दिन-भर सरस्वती कुंज में ही थीं, सारा इन्तज़ाम करके अभी आयी हैं... अब तू भी झटपट तैयार होके बाल बच्चन ऐ लैके पौंच जा' तभी आहट पाकर विष्णुराम खिड़की की तरफ़ देखते हैं और हरिराम को ऊपर जाते देख उसे पुकारते हैं। हरिराम पलट के उनकी तरफ़ देखता है, 'जी पिता जी'।

'तू नन्हें के घर जायगौ न?' हरिराम को ख़ामोश देख विष्णु जी ख़ुद ही बोलते हैं, 'मैं जानूँ तू नन्हें को इस घर में आवौ-जावौ पसन्द ना करै, ये भी जानूँ इस मामले में तू अपनी मइया पर पड़ौ है, बिसे भी जीते जी नन्हें कभी फूटी आँख ना सुहायौ। खैर जे तो अपनी अपनी समझ की बात है फिर भी इतना ज़रूर कहूँगौ साठ बरस पुरानौ सम्बन्ध है दिखावे को ही सही, एक बेर नन्हें के घर झाँक ज़रूर अइयो।'

'देखूँगा पिता जी मुझे अपने माईथानवाले जजमान के घर भी जाना है।' विष्णुराम जी सीढ़ियों पर चढ़ते अपने बेटे को उदास आँखों से एकटक देखे जा रहे थे।

सरस्वती कुंज की निचली मंज़िल का जो कमरा अब नन्हें का है वो कभी तारादेवी का निजी कक्ष हुआ करता था। इसमें दीवारें सीमेण्ट की जगह नक्क़ाशीदार शीशम की लकड़ी की हैं जो आज भी जस-की-तस हैं। एक बार जब तारादेवी संगीत कार्यक्रम में विदेश गयीं थीं, वहाँ उन्होंने इस तरह की दीवारें देखी थीं, जो उन्हें भायीं और अपना शौक उन्होंने इस घर में पूरा करवाया। यहाँ की एक दीवार के चौथाई हिस्से में शानदार बेल्ज़ियम मिरर लगा हुआ है जो ख़ास विदेश से ही मँगवाया गया था। इस कमरे के रख-रखाव के साथ नन्हें ने तनिक भी छेड़छाड़ नहीं की। तारादेवी के बाद अपनी पत्नी जन्नत के साथ वो इसी कमरे में रहने आ गये थे। बच्चे कबीर और नर्गिस जब बड़े हो गये तो ऊपर के कमरों में रहने लगे। ब्याह के बाद नर्गिस तो अपने ससुराल दिल्ली चली गयी, और अब ऊपर के हिस्से में कबीर अपनी बीवी हिना और दो जुड़वाँ बेटियों अंजुम, संजुम के साथ रहता है। परिवार का खाना तो

ऊपर की रसोई में बनता है लेकिन नीचे की रसोई में भी हर समय हलचल बनी ही रहती है क्योंकि नन्हें के पास आने-जानेवाले, साथ ही संगीत केन्द्र के छात्र-छात्राओं का नाश्ता पानी सब यहीं होता है। नन्हें का सबसे पुराना और ख़ास शिष्य विजय जो उत्तराखण्ड का है उनके साथ यहीं रहता है। अब तो वो घर के सदस्य जैसा ही हो गया है, ऊपर के घर में जाने के लिये भी उसे कोई रोक-टोक नहीं है।

दीवार पर लगी लम्बी-सी घड़ी शाम के साढ़े छह का इशारा कर रही है, इस वक़्त नन्हें महरून रंग का सूट पहने शीशे के सामने खड़े नीले रंग की टाई की नॉट बाँध रहे हैं। ठीक पीछे की दीवार पर लगी जन्नत और उनकी तस्वीर का अक्स आईने में साफ़ दिखलायी पड़ रहा है नन्हें के हाथ रुक जाते हैं, आँखें जैसे जन्नत की आँखों से मिल जाती हैं, 'हम कैसे लग रहे हैं बीवी'।

'आप तो हमेशा ही ख़ूबसूरत लगते हैं... एक मिनट रुकिये हम काजल का डिठौना लगा दें कहीं आपकी किसी शागिर्द ने नज़र लगा दी तो?' नन्हें के होठों पर हल्की-सी मुस्कराहट तिर जाती है, 'अब हमें कौन नज़र लगायेगा... बस एक तुम्हीं तो थीं जो हमें धोखा देकर अकेला छोड़ गयीं' नन्हें की आँखें पनीली-सी हो आयी हैं तभी उनका मोबाइल बजता है जिसे वो ड्रेसिंग टेबिल से उठाते हैं, उस पर बेबे का नाम देखकर फ़ौरन ही 'पैरीपोना बेबे'।

'जिन्दा रह पुत्तर... मैंने इस वास्ते तैनू फ़ोन लगाया कि तुझे वो सूट पसन्द आया कि नहीं जो मैंने कुलदीप के साथ भेजा था?'

'कैसी गल करती हैं बेबे... मेरी पसन्द तेरी पसन्द से अलग कैसे हो सकती है अरे बेबे वही सूट पहना हुआ है मैंने, तू बोले तो आ के दिखा दूँ', फ़ोन में दूसरी तरफ़ से ज़ोर से हँसने की आवाज़ आती है और फ़ोन कट जाता है। इस बीच बाहर हॉल से लोगों की आवाज़ें उन तक आने लगती हैं—इसका मतलब मेहमान आने शुरू हो गये हैं।

ऊपर कबीर के कमरे में हिना पूरी तरह से तैयार हो चुकी है तभी जुड़वाँ लड़कियों में से संजुम भागी-भागी आकर कहती है, 'प्लीज़ मम्मा ये दुपट्टा पिनअप कर दीजिये, बार-बार नीचे फिसल रहा है' बिना उसकी तरफ़ ध्यान दिये हिना अपनी साड़ी में पिन लगा रही है 'मम्मा प्लीज़... दुपट्टा बार-बार गिरेगा तो सुशीला दादी डाँटेंगी पिन लगा दो न।', इस बीच हाथ में कंघी लिये धड़धड़ाती-सी अंजुम भी वहाँ पहुँच जाती है पीछे-पीछे कबीर भी है, 'अरे बेटा रोती क्यों हो? पापा तुम्हारी चोटी बना देंगे इधर आओ' दोनों बहनें साथ-साथ ठुनक रही हैं, हिना झुँझलाहट में अपने कान बन्द करते, 'ओफ्फो... कभी-कभी तो महूरत निकलता है हमारे सजने-धजने

का, लेकिन नहीं इन धींगड़ियों से फ़ुर्सत मिले तो ही हम सजे-धजें न', अब जैसे आग में घी पड़ जाता है दोनों ही लड़कियाँ ज़ोर-ज़ोर से रोने लगती हैं। कबीर प्यार से दोनों को लिपटाते चुप कराने की कोशिश करता है—'बेटा मम्मा को भी तैयार होना है न.. अच्छा तुम दोनों अपने रूम में चलो हम सब ठीक कर देंगे... आओ चलो-चलो' कबीर दोनों को लेकर निकल जाता है।

घर के नीचेवाले रसोई-घर में बड़ी गोल टेबिल पर नाश्ते की प्लेटें लगी रखी हैं, प्लेटफ़ार्म पर सुशीला और मीराँ चाय की तैयारी कर रही हैं, पास में ही खड़ी पिस्ता उनका हाथ बँटा रही है। पिस्ता नन्हें के घर में दो समय आकर साफ़-सफ़ाई और हिना अगर कोई ऊपरी काम बता दे वो भी फ़ौरन कर डालती है। पिस्ता विधवा है जो दो चार घरों में साफ़-सफ़ाई का काम कर अपना घर चलाती है। उसकी सोलह साल की एक बेटी है केसर—जो हाईस्कूल पास करने के बाद इण्टरमीडिएट की प्राइवेट तैयारी कर रही है, उसकी संजुम-अंजुम से ख़ूब पटती है, हिना को भी उससे घर के कामों में पर्याप्त मदद मिल जाती है, कुल मिला के लगभग पूरा ही दिन वो इस घर में रहती है और शाम को घर चली जाती है। केसर दिखने में भी सलोनी है दुबली-पतली, तीख़े नाक-नक़्श और लम्बे-लम्बे बाल। गली से आते-जाते उसे देखकर लड़के छेड़खानी से बाज़ नहीं आते। कई बार उसके मन में आया कि वो अपनी माँ को बता दे, लेकिन ये सोचकर चुप रह गयी कि माँ बेचारी तो पहले से ही दस तरह की चिन्ताओं में घुली रहती है। हिना उसे अंजुम, संजुम की उतरने भी देती रहती है, और भी कई घरों में माँ को कपड़े लत्ते मिलते रहते हैं और माँ बेटी का निर्वाह हो जाता है। कबीर, केसर को अपनी बच्चियों की नज़र से देखता है और आज के ख़ास दिन के लिये अंजुम, संजुम के साथ ही केसर के लिये भी एक सलवार सूट लाया था, जिसे पाकर केसर बहुत ख़ुश है और दौड़-दौड़ के काम कर रही है। तभी बादल गरजने की आवाज़ सुन पिस्ता कहती है, 'भाभी बादलों के मारे इस बखत ठण्ड बढ़ गयी है चाय में अदरक डाल दो तो अच्छौ रहैगो बोलो कूट के दूँ?'

'हाँ-हाँ दे-दे स्वाद भी बढ़ जायेगा' पिस्ता सुशीला को कुटी हुई अदरक देती है। तभी सुशीला को जैसे कुछ याद आता है वो मीराँ से कहती है, 'मीराँ ये करके तू ज़रा प्लेटों में ध्यान से देख लियो नाश्ते की कोई चीज़ छूट तो न गयी' तभी पीछे खड़ा प्लेटें चेक करता रवि कहता है, 'मम्मी डोण्ट वरी मैंने सारी प्लेटें देख ली है सब ठीक है बस समोसे अभी तक नहीं आये', इस पर विजय फ़ौरन कहता है, 'श्रीराम चाचा ने कहा है एक बार सब लोग आ जायें तो मोती हलवाई एक़दम गरमा-गरम समोसे पहुँचा देगा' तभी मीराँ का फ़ोन बज उठता है पापा का नाम देख वो फ़ौरन ही मोबाइल कान से लगाकर पूछती है, जी पापा, बात सुनकर फ़ोन बन्द करते

मीराँ कहती है, 'पापा कह रहे हैं कुलदीप अंकल पन्द्रह-बीस मिनट में केक लेकर जैसे ही आ जायें तुम लोग चाय रेडी कर लेना।'

सरस्वती कुंज के विशाल हॉल का आधा भाग संगीत प्रशिक्षण केन्द्र के रूप में इस्तेमाल होता है और आधा भाग घर के बैठकखाने के रूप में। आधे में गद्दे बिछे हुए हैं साथ ही बड़ी एहतियात से तानपूरे, तबले की जोड़ियाँ और हारमोनियम रखे हुए हैं। उसी भाग में एक दीवार पर सरस्वती का चित्र टँगा है जिसके आसपास ही समय-समय पर तारादेवी को विभिन्न संगीत सम्मेलनों और संस्थाओं से मिले सम्मान पत्र भी लगे हुए हैं, जिनके बीच में शोभायमान हो रहा है उन्नीस सौ पचहत्तर में तत्कालीन राष्ट्रपति के हाथों मिला पद्मश्री का विशिष्ट सम्मान। दूसरी दीवार पर तारादेवी का चित्र टँगा है जिसके नीचे बोर्डर में लिखा हुआ है पद्मश्री (स्वर्गीय) तारादेवी शर्मा जन्म उन्नीस सौ इकतीस—निधन उन्नीस सौ उन्यासी। हॉल के दूसरे आधे भाग में दो भव्य सोफ़ा सेट और एक दीवान रखा हुआ है, बड़े-बड़े चायनीज़ शेडवाले पेडस्टिल लैम्प रखे हैं, पीछे की दीवार पर श्रीकृष्ण के राधा और गोपियों के साथ रासलीला का म्यूरल उकेरा गया है, एक दीवार के क़रीब दस कुर्सियों वाली विशाल डाइनिंग टेबिल रखी हुई है उसी की ऊपरी दीवार पर एक भव्य व्यक्तित्ववाले पुरुष का चित्र लगा है जिसके नीचे लिखा है स्वर्गीय यशपाल आहूजा जन्म उन्नीस सौ चौदह—निधन उन्नीस सौ उन्यासी। हॉल के दोनों भागों के बीच एक सुन्दर पर्दा लगा हुआ है जो आवश्यकता अनुसार खींच लिया जाता है।

अधिकांश बुलाये गये मेहमान आ चुके हैं जिनमें आगरा के संगीत क्षेत्र से जुड़े व्यक्ति ही अधिक हैं। श्री सत्यभान शर्मा जी किन्हीं दो व्यक्तियों के साथ आये हैं जो आगरा विश्वविद्यालय के संगीत विभाग में प्राध्यापक हैं। आगरा शहर में संगीत कला को विस्तार देनेवाले ग्वालियर घराने के स्वर्गीय श्री रघुनाथ तलेगांवकर के सुपुत्र श्री केशव तलेगांवकर सपत्नीक पधारे हैं, साथ ही उनकी पुत्री भी आयी है जो एक उभरती हुई गायिका है। आगरा की संगीत से जुड़ी कुछ और हस्तियाँ भी विराजमान हैं जिनमें सीताराम जी और डॉ. शशि तिवारी आदि हैं।

द्वार से अभ्यागतों को भीतर लाने का काम कुलदीप और कबीर कर रहे हैं, इस समय तक कबीर की पत्नी और बेटियाँ अंजुम, संजुम भी नीचे आ चुकी हैं जिन्हें तुलसी और राधा का साथ मिल गया है। हिना महिला अतिथियों की आवभगत में लगी हुई है। कोई भीतर आकर कबीर को देखते हुए कहता है, 'जितेन्द्र भाई साहब व्यस्तता के कारण नहीं आ सके उन्होंने ये फूल भिजवाये हैं' यहाँ-वहाँ देखते 'नन्हें भाई साब कहाँ हैं?' तभी अपने कमरे में से सजे-धजे महकते नन्हें बाहर आते हैं और पल-भर के लिये सभी की आँखे उन पर टिक जाती हैं। कुलदीप से रुका नहीं जाता वो बाँहें फैलाये आगे बढ़ते हुए—

'ज़रूर तुमको किसी ने दिल से पुकारा होगा।
एक बार तो चाँद ने भी तुमको निहारा होगा।।
मायूस हुए होंगे सितारे भी उस दिन।
ख़ुदा ने जब मेरे यार को ज़मीन पर उतारा होगा।।'

ये कहते कुलदीप नन्हें के गले लग जाता है, श्रीराम भी करीब आ जाता है और तीनों बचपन के यार जैसे एक हो जाते हैं। ये देख सभी मेहमान भी खड़े हो जाते हैं। केशव तलेगांवकर कहते हैं, 'वाकई यारी हो तो इन्हीं जैसी–बचपन से और आज तक सुख में दु:ख में तीनों एक साथ रहे हैं, आइये बैठिये नन्हें भाई' नन्हें आकर सबके साथ बैठते हैं इस बीच कुछ और भी अतिथि आ चुके हैं जिनमें आगरा घराने के प्रमुख हस्ताक्षर उस्ताद अकील अहमद ख़ान साहेब के परिवार से भी कोई फूल लेकर आये हैं जो बताते हैं, ख़ान साहब की सेहत दुरुस्त नहीं चल रही है इसलिये वो नहीं आ सके। इस पर नन्हें आदर के साथ कहते हैं, 'ख़ान साहब की दुआएँ मेरे लिये बहुत मायने रखती है... शुक्रिया' तभी नन्हें के छात्र–छात्राएँ अपनी–अपनी भेंट देकर उनके पैर छूते हैं और नन्हें उन्हें आशीर्वाद देते हैं। आमन्त्रित सभी मेहमानों को देख कुलदीप रसोई में जाता है और केक लाकर टेबिल पर रख देता है। अब अंजुम, संजुम नन्हें के पास जाकर उन्हें उठाते, टेबिल की तरफ़ ले जाते—'दादू चलिये केक काटिये' इतना सुनते ही धीरे–धीरे सभी मेहमान खड़े होने लगते हैं। श्रीराम के बहुत कहने पर अब सुशीला भी बाहर आ चुकी है। कबीर और हिना केक पर मोमबत्तियाँ लगा रहे हैं, सभी मेज़ के इर्द–गिर्द खड़े हो चुके हैं नन्हें परेशान से सबको देखते हुए कहते हैं, 'भई सालगिरह तो हमेशा ही पड़ती है इस बार ये सब, अरे हम क्या बच्चे हैं' अंजुम उनके हाथ में छुरी पकड़ा के केक की तरफ़ हाथ बढ़ा के कहती है, 'दादू.. हमारे बर्थ–डे पर आप हमसे केक कटवाते हैं एक बार हमारा मन भी रख लीजिये।'

'हाँ दादू हाँ... चलिये, चलिये पहले कैण्डिल ब्लो करिये', नन्हें फूँक मारते हैं और कैण्डिल के बुझते ही छात्र–छात्राएँ, सभी मेहमान, घर के सदस्य ताली बजाते गाने लगते हैं 'हैप्पी बर्थ–डे टू यू', अब इसमें कई अलग–अलग आवाज़ें मिलती हैं।

'माय डियर दादू... गुरु जी... नन्हें... नन्हें भाई... नन्हें बाबा... भाई साब' इसी बीच कुलदीप नन्हें को केक खिलाता है, और श्रीराम भी। जब पोतियाँ केक खिलाने लगती हैं तो उनका हाथ उनके मुँह की तरफ़ करते नन्हें कहते हैं, 'पहले मेरी परियाँ खायेंगी आ करो', हँसी ख़ुशी की आवाज़ों से हॉल भर उठता है। अब कोई छात्रा स्पीकर पर तारादेवी का भजन लगा देती है जिसे सुनते ही नन्हें भावुक हो उठते हैं

उनके हाथ एकाएक जुड़ जाते हैं। तभी विजय उनकी ओर मोबाइल बढ़ाते कहता है, 'नर्गिस दीदी कई बार फ़ोन लगा चुकी हैं आप बात कर लीजिये।' नन्हें फ़ोन कान से लगा—'हाँ बोल मेरी राजकुमारी... अरे, अरे कोई बात नहीं, इसमें रोने की क्या बात है... अच्छा ठीक है हम थोड़ी देर बाद फ़ोन मिलाकर तुम सबसे बात करेंगे।' फ़ोन बन्द करते, 'नर्गिस थी, अचानक आकर हमें सरप्राइज़ देना चाहती थी, लेकिन बेचारी की इमरजेन्सी ड्यूटी लग गयी' सबको देखते, 'दोनों मियाँ बीवी आकाशवाणी में ॲनाउन्सर हैं न' विजय को फ़ोन देते नन्हें कहते हैं सोने से पहले उसे ज़रूर याद दिला दे कि दिल्ली बात करनी है।

§ 6 §

नन्हें अपने कमरे में अकेले बैठे हुए हैं तभी विजय चाय का कप ला के उनके सामने रख देता है 'जीते रहो' चाय की चुस्की लेते, 'घर एकाएक कितना सूना हो गया। हाँ, परसों तुमने बताया था तुम्हारे बाबू जी की तबीयत ठीक नहीं है अब कैसी है? फ़ोन पर बात हुई?'

'जी गुरु जी... तबीयत तो ठीक है लेकिन मैं सोच रहा था एक बार यहाँ लाकर उनका पूरा चेकअप करवा दूँ... वहाँ गाँव में उतनी सुविधाएँ नहीं है न' 'बिल्कुल ले आओ, इतना बड़ा घर है हम ले जायेंगे उन्हें चेकअप के लिये, सारे डॉक्टर पहचान के हैं' अचानक घड़ी पर नज़र पड़ते ही नन्हें चाय का प्याला एक तरफ़ रख उठ बैठते हैं और पास पड़े नेपकीन से हाथ पोंछकर साइड टेबिल पर रखा मुसल्ला उठाकर फ़र्श पर बिछाते हैं और सिर पर रूमाल बाँधकर पूरी तल्लीनता से नमाज़ अदा करने लगते हैं, उस बीच एक बार उनका मोबाइल पूरा-पूरा बज के बन्द हो चुका है, दूसरी बार जैसे ही बजता है विजय फ़ौरन ही फ़ोन लेके खिड़की की तरफ़ जाकर फ़ोन रिसीव करते कहता है, 'हलो' दूसरी तरफ़ स्त्री स्वर सुनकर वो इतना कहकर फ़ोन बन्द कर देता है, 'गुरु जी नमाज़ पढ़ रहे हैं। प्लीज़ आप दस मिनट बाद फ़ोन कर लीजिये', इस बीच नन्हें मुसल्ला मोड़ कर उठ चुके थे और विजय से पूछते हैं, 'किसका फ़ोन था', 'नाम तो नहीं पूछा लेकिन वो थोड़ी देर में आपको फिर फ़ोन करेंगी।' विजय की बात पूरी होते ही फ़ोन बज उठा। नन्हें फ़ोन लेते हैं और चश्मा ठीक करते ग़ौर से नम्बर देखते हैं–'ये तो बाहर का नम्बर लग रहा है'... अब फ़ोन कान से लगाकर 'हलो...जी हाँ मैं रमज़ान अली ख़ान बोल रहा हूँ आप कौन बोल रही हैं? और किस सिलसिले में?' दूसरी तरफ़ से बोलनेवाली आवाज़ ने अपना परिचय देते हुए कहा, वो लन्दन से बोल रही है और उसका नाम

सिया कपूर है, वो एक राइटर जर्नलिस्ट है और आगरा की लेजेण्ड्री सिंगर पद्मश्री तारादेवी शर्मा के जीवन पर एक पुस्तक लिखना चाहती है। कई लोगों से सम्पर्क करने पर उसे मालूम पड़ा कि इस काम में वही उसकी मदद कर सकते हैं और कहीं से उसे उनका नम्बर भी मिल गया। उत्तर में नन्हें ने उसे आश्वासन देते हुए कहा कि वो उनकी गुरु माँ थीं, ये जानकर प्रसन्नता हुई कि वो उन पर पुस्तक लिखना चाहती हैं। आने से पहले वो इतना ज़रूर बता दें कि कब तशरीफ़ ला रही हैं। सिया जवाब में कहती हैं कि वो जल्दी-से-जल्दी इण्डिया पहुँचकर उन्हें फ़ोन करेंगी।

बात-चीत होने के सप्ताह के भीतर ही नन्हें को होटल गोवर्धन से फ़ोन मिला कि सिया कपूर भारत आ चुकी हैं, साथ में उनके मित्र एलबर्ट पाण्डे भी हैं, जो कुछ दिन आगरा भ्रमण करके वापस लौट जायेंगे। वो पूछती हैं, कि वो उनसे कब मिल सकती हैं और कहाँ? उत्तर में नन्हें उसे अपने घर का पता बताते हुए कहते हैं, जब उन्हें सुविधा हो बस आने के पहले वो फ़ोन ज़रूर कर लें।

इसी रात पण्डित विष्णुराम के नीचे के घर में सब खा-पीकर सो चुके थे लेकिन ऊपर हरिराम के घर में अभी खाना-पीना चल रहा था, पति और बच्चे खा रहे थे और शान्ति गरम-गरम रोटियाँ सेंक के खिला रही थी, बनाते-परोसते वो बोलती भी जा रही थी, 'मीराँ बता रही थी शाम को नन्हें भाई साब शारदा और राकेश को पूछ रहे थे', तैश में भरा हरिराम उठकर हाथ धोते हुए कहता है, 'पूछता है तो पूछा करे मैंने तो राकेश से कह दिया था वहाँ जाने की कोई ज़रूरत नहीं है।'

'लेकिन जन्मदिन तो देवर जी और कुलदीप भाई साब ने मिलकर मनाया था, दो मिनट के लिये हो आते।'

'अब तू समझायेगी... हमें क्या करना चाहिए क्या नहीं, कान खोलकर सुन ले, पिता जी और श्रीराम की ये लोग जाने, मेरे बड़े-बड़े पैसेवाले जजमान हैं। पक्के आचार विचारी, उन्हें ये बात नहीं जँचेगी कि उनके पण्डित जी का विधर्मी लोगों में उठना-बैठना है तू भी इस बात का ख़्याल रखियो' शान्ति पल-भर के लिये गुमसुम सी खड़ी रह जाती है।

तीन दिन के बाद ही फ़ोन करके सिया कपूर एलबर्ट के साथ सरस्वती कुंज के बाहर रिक्शा से उतरी, इस समय पप्पू की दुकान आँख सेंकनेवाले लड़कों से भरी पड़ी थी। इसमें कुछ नये और छोटी उम्र के लड़के भी थे जो मोहल्ले के पुराने और बड़े लड़कों को 'सर जी' या 'बॉस' कहकर बुलाते हैं। जिनमें से एक पण्डित हरिराम का लड़का राकेश, एक माईथान में रहनेवाले बड़े बिज़नेस मैन का बेटा फ़ैयाज़ हसन जिसके पास अपनी गाड़ी है और वो राकेश का क्लास फेलो है,

चक्कीवाले का बेटा किशोर, हिना की चचेरी बहन करिश्मा का देवर हनीफ और ठाकुर किराना स्टोरवालों का लड़का सुखदेव ठाकुर—ये सभी खाते-पीते घरों के लड़के हैं जो हर क्लास को दो-दो—तीन-तीन साल में पास करते हैं, ये अपना अधिक-से-अधिक समय निठल्लेगिरी में जाया करते हैं, और अपने नये नये चेलों पर अपना दबदबा बनाये रखते हैं।

सीनियर लड़कों का ग्रूप किसी गम्भीर चर्चा में लिप्त है तभी टाइट जीन्स फुलओवर, आँखों पर गॉगल्स, कमर से नीचे तक लम्बे हल्के सुनहरे बाल, गुलाबी रंगतवाली किसी लड़की को लड़के के साथ सरस्वती कुंज की तरफ़ जाते देख कोई छोटा लड़का चिल्लाया 'सर जी, सर जी... अंग्रेज़न' सीनियर्स का ग्रूप फ़ौरन ही पलट के देखता है लेकिन तब तक सिया और एलबर्ट अन्दर जा चुके थे।

अन्दर हॉल के आधे हिस्से में एक साथ कई लड़के लड़कियों को तानपूरे पर आलाप लेते देख सिया मन्त्रमुग्ध-सी खड़ी रह जाती है। इस समय विजय इन छात्र-छात्राओं को प्रशिक्षण दे रहा है। कमरे में से निकलते नन्हें की नज़र आगन्तुकों पर पड़ती है और वो समझ जाते हैं कि ये ही सिया कपूर है। तत्परता से आगे बढ़ते नन्हें कहते हैं—'आप सिया कपूर ही हैं न?' सुरों में खोयी सिया चौंककर नन्हें की ओर देखती है और हड़बड़ाहट में पहले 'गुड इवनिंग सर' और फिर हाथ जोड़ कर 'नमस्ते' कहती है, एलबर्ट भी हाथ जोड़ता है। 'नमस्ते... आइये आइये' कहते नन्हें उन्हें बैठक की तरफ़ ले जाते हैं, आगे बढ़ते हुए दोनों ही हॉल में यहाँ-वहाँ दृष्टि घुमा रहे हैं। इशारा करने पर दोनों एक सोफ़े पर बैठ जाते हैं और नन्हें दूसरे पर, अब मुस्कराते हुए नन्हें पूछते हैं, 'आप तो सिया कपूर हैं, और आप?'

'एलबर्ट पाण्डे' नन्हें थोड़ा असमंजस में देखते, 'एलबर्ट पाण्डे...?' एलबर्ट कहता है।

'सर एक्चुअली मेरे ग्रैण्डफ़ादर बहुत पहले ही बी.बी.सी. ज्वॉइन करके इंग्लैण्ड में ही सेटल हो गये थे, मेरे डैड नन्दलाल पाण्डे बिज़नेस मैन हैं और उन्होंने ब्रिटिश लेडी यानी मेरी मॉम से शादी कर ली, मेरा नाम मेरी मॉम का दिया हुआ है।'

'आप क्या लेंगी चाय कॉफ़ी या...'

'कुछ नहीं... जी थैंक यू... आप म्यूज़िक क्लासेस भी लेते हैं?' नन्हें मुस्कराते हुए हाँ में सिर हिलाते हैं 'आय लव इण्डियन म्यूज़िक... मेरे पास क्लासिकल, सेमी क्लासिकल और फिल्म म्यूज़िक का बहुत बड़ा कलेक्शन है, वहाँ लन्दन में कोई मिस्टर केलकर म्यूजिक क्लासेस चलाते हैं, कुछ दिनों उनसे सीखा भी था। फिर

एक बड़ा वर्क असाइनमेण्ट मिल गया तो छूट गया, यहाँ ये सब देख सुनकर बहुत अच्छा लग रहा है।' हँसते हुए नन्हें कहते हैं, 'तो आप भी बैठ जाइये तानपूरा लेकर।'

'काश ऐसा हो सके, माय प्लेज़र... केलकर जी से ही मुझे आपका नम्बर मिला वो मथुरा से हैं।' सिर पर हाथ रखते नन्हें—'ओ हो आप राजेश केलकर की बात कर रही हैं, उनसे तो मेरी कई मुलाक़ातें हो चुकी हैं, जी बताइये हम आपकी क्या ख़िदमत कर सकते हैं?'

'जी... आय टोल्ड यू कि...' अचानक सिया की नज़र नन्हें के पीछेवाली दीवार पर लगी यशपाल आहूजा की फोटो पर पड़ती है सिया चौंककर पूछती है, 'ये फोटोग्राफ़ मैंने पहले भी कहीं देखा है' वो याद करने की कोशिश करती है, 'ओह यस... एट माय अंक्लस प्लेस... सुनील आहूजा' इतना सुनते ही नन्हें के माथे पर सलवटें पड़ने लगती हैं, 'वो तो... वो तो शायद इनके बेटे का ही नाम है।'

'यस... वो मेरी मॉम के कज़िन हैं, उनकी बुआ के लड़के और ये उनके फूफा जी।'

'तुम कामिनी खन्ना की लड़की हो? वो जो बाग़ मुज़फ़्फ़र ख़ाँ वाले सुदेश खन्ना जी की बेटी।'

'जी, वो मेरे नाना जी थे, जब तक वो रहे मैं अक्सर आगरा आया करती थी।' नन्हें उठकर बड़े प्यार से उसके सिर पर हाथ रखते कहते हैं, 'फिर तो तुम घर की ही बच्ची हुईं, मुझे अच्छी तरह याद है राजामण्डी में खन्ना जी की जूतों की बड़ी दुकान थी, बरसों मैंने वहीं के जूते पहने और शायद तुम्हें एक बात मालूम न हो, उन्हें नाटकों में अभिनय करने का बड़ा शौक था। वो जाने माने रंगकर्मी राजेन्द्र रघुवंशी जी के निर्देशन में इप्टा के नाटकों में काम करते रहे। बचपन में शायद हमने उनका एकाध नाटक देखा भी हो।'

'लेकिन आपके घर में इनका फ़ोटोग्राफ़?' एक गहरी साँस छोड़ते हुए नन्हें की नज़रें संगीत कक्ष में टँगे तारादेवी के चित्र पर जाती है जो यशपाल आहूजा के चित्र के ठीक सामने की दीवार पर लगा हुआ है। 'दरअसल मेरी गुरु माँ तारादेवी इन्हें भगवान् का दर्ज़ा देती थीं, क्योंकि वो जो भी बन पायी इन्हीं की बदौलत, वो और हम सब इन्हें साहेब पुकारते थे।' कुछ पलों के लिये सभी की आँखें तारादेवी के चित्र से जुड़ जाती हैं। अब नन्हें चेहरा घुमाते, 'तो आप कब से काम शुरू करना चाहेंगी?'

'ये बात तो मैं आप से पूछनेवाली थी, आप जब फ्री होंगे तभी मैं आ जाया करूँगी।'

'एक बात कहें, अगर हम आपको उनसे मिलवा दें जो तारा अम्माँ के बारे में हमसे ज़्यादा जानती हों तो? अरे हम तो तब पैदा भी नहीं हुए थे जब इनकी कहानी शुरू हुई।'

'ओह रिअली... कौन है वो?' हँसते हुए नन्हें तारा की तस्वीर की तरफ़ इशारा करते, 'हमारी एक अम्माँ ये हैं और दूसरी बेबे' एलबर्ट और सिया दोनों बुरी तरह चौंकते हैं। 'शी वाज़ युअर मदर?'

'जी, लेकिन जन्म देनेवाली नहीं पालनेवाली, और दूसरी माँ यानी बेबे जिनका दूध पीकर मैं ज़िन्दा रह सका, वही आपको अम्मा के बारे में सब-कुछ बतायेंगी।' ख़ुशी में भरी एलबर्ट को देखते सिया कहती है, 'ये तो कमाल ही हो गया, तुम्हारे जाते ही मैं बेबे के पास जाऊँगी', फिर नन्हें को देखते, 'वो मैं... आय मीन... मैं आपको क्या कहके बुलाऊँ?'

'मेरा नाम रमज़ान अली ख़ान है, ज़माना मुझे नन्हें के नाम से जानता है, और मेरे बच्चे मुझे बाबा कहकर पुकारते हैं।' सिया फ़ौरन ही कहती है, 'फिर तो मैं भी आपको बाबा ही बुलाऊँगी... लेट्स गो... नमस्ते बाबा' और दोनों जाने के लिये मुड़ जाते हैं।

कुलदीप अमर उजाला के कार्यालय में एक टेबिल पर बैठा लैपटॉप पर टाइप कर रहा है। तभी उसका मोबाइल बजता है। नन्हें का नाम देख, 'हाँ बोल' ये कहते वो अपना काम करते हुए फ़ोन भी सुन रहा है। अचानक उसका हाथ रुक जाता है उसके मुँह से निकलता है 'क्या? कामिनी खन्ना की लड़की है?' कुछ देर सुनते रहने के बाद वो मुस्कराते हुए, 'आगरा कॉलेज की पटाखा लड़कियों में से एक थी कामिनी खन्ना... चल ठीक है मैं बेबे को बोल दूँगा।' फ़ोन रख के कुलदीप अपने काम में व्यस्त हो जाता है।

नन्हें और कुलदीप से साहेब की किसी रिश्तेदार लड़की के घर आने की बात सुनके बेबे उत्साह में भरी हुई थीं। शौक़त की माँ शहज़ादी को बुलवा के उन्होंने घर भी ठीक से झाड़ पोंछवा लिया है। राजमा चावल तो ख़ुद ही बना लिये थे, फिरनी सामने खड़े होके शहज़ादी से बनवायी। ये सोच के चिकन नहीं बनवाया कि पता नहीं क्या खाती होगी क्या नहीं। ज़रा-सा दरवाज़ा खड़कते ही वो शौक़त से कहती हैं— 'देख तो आ गयी क्या'। उन्होंने अपनी माला भी जप डाली, लेकिन उस बीच उनका ध्यान दरवाज़े पर ही लगा रहा। तभी ज़ोर से साँकल खड़की, बेबे समझ गयी कि नन्हें आया है। लेकिन वो उठे उससे पहले ही कुलदीप ने आगे बढ़ के दरवाज़ा खोल दिया। पहले नन्हें भीतर आये पीछे-पीछे सिया। दालान में आरामकुर्सी पर बैठी एक सुन्दर भव्य वृद्धा को देख न जाने सिया के मन में क्या अनुभूति हुई कि पल-भर ठिठकी-सी उन्हें देखते रहने के बाद तेज़ी से चल के वो उनके पास गयी और झुक के पैर छू लिये। बेबे हड़बड़ा के, 'ओऐ... ऐ की... तू तो साड्डी मेहमान है।' सिया फ़ौरन कहती है, 'आपको देखकर पता नहीं क्यों मुझे अपने नाना जी याद आ गये।'

'हाँ बताया मैनू कुलदीप ने कैसे भूल सकती हूँ उनको, लाहौर से आके एक डेढ़ महीना उनके कार विच ही तो रहे थे, तेरे नाना शोभा भाभी के छोटे भाई थे। और तेरी माँ कामिनी उनके बच्चों सुनील, अनिल से छोटी थी। वो तो हमारे इधर आने के क़रीब तीन साल बाद हुई है चल अन्दर कमरे में बैठते हैं।' जाते जाते उन्होंने शहज़ादी से सबके लिये अदरकवाली चाय बनाने और नाश्ता लाने के लिये कहा, और सभी उठकर कुलदीप के कमरे की ओर चल दिये। थोड़ी देर चाय-पानी के बाद सिया अगले दिन आने की बात कहकर चली गयी।

होटल रूम में एलबर्ट और सिया दोनों मिल के सामान पैक कर रहे हैं। एलबर्ट को दिल्ली जाने के लिये दोपहर तक निकलना था, पैकिंग करते दोनों बातें भी करते जा रहे हैं। एलबर्ट पूछता है, 'यहाँ उसका काम पूरा होने में कितना समय लगेगा?'

'कह नहीं सकती, बेबे भी उम्रवाली हैं जब-जब वो टाइम देंगी तभी काम हो पायेगा, हो सकता है कुछ और लोगों से भी मिलना-जुलना पड़े, कोशिश यही रहेगी कि काम जल्दी पूरा हो जाये। फिर भी लगभग डेढ़ महीना तो लग ही जायेगा, कुछ ज़्यादा भी लग सकता है।' अचानक अपना हाथ रोक एलबर्ट का हाथ पकड़ के भावुक स्वर में वो कहती है, 'आय विल मिस यू एली'।

'मी टू' और वो बाहों में भर के उसे चूम लेता है, कुछ ही देर में होटल कर्मचारी टैक्सी आने की सूचना देता है, और एलबर्ट का लगेज बाहर ले जाता है, सिया और एलबर्ट भी पीछे-पीछे जाते हैं। सिया कहती है वो भी रिक्शा पकड़ के बेबे के घर अभी ही निकल जायेगी। इस बीच उसे नन्हें का फ़ोन मिलता है कि वो उनके घर आ रही है या सीधी बेबे के घर जायेगी? सिया कहती है उसे उनके घर का रास्ता याद नहीं हुआ इसलिये पहले वो अशोक नगर ही आयेगी।

ये स्कूल-कॉलेज का समय है इसलिये पप्पू की चाय की दुकान पर दो चार लड़के ही खड़े हैं जिनमें सुखदेव ठाकुर, किशोर, हनीफ़ और कुछ गाँव के विद्यार्थी ही हैं। नन्हें के घर के आगे रिक्शा रुकता है और उसमें से सिया उतरती है, चाय सुड़कते सुखदेव की नज़र उस पर जैसे ही पड़ती है, चौकन्ना-सा होते 'अबे जे तो बोई लड़की है लेकिन आज इकल्ली?' अब सभी सिया की ओर देखने लगते हैं। सिया रिक्शेवाले को पैसे दे रही है लेकिन बड़ा नोट होने के कारण वो असमर्थता जतलाता है और कहता है, 'सामने किसी भी दुकान पर छुट्टा हो जायेगा' सिया दुकानों की तरफ़ जैसे ही बढ़ती है लड़के जेब में से कंघी निकाल के बालों पर फेरने लगते हैं, पप्पू चायवाला भी। सिया पास आ के चायवाले से पाँच सौ का छुट्टा मांगती है, वो अपना गल्ला देखता है तभी सुखदेव अपने पर्स में से छोटे नोट निकालते हुए उसकी तरफ़ बढ़ाते, 'ये लीजिये' सिया उसे कई बार 'थैंक यू' कहकर सरस्वती कुंज

की ओर बढ़ जाती है। इधर जैसे सबकी बत्तियाँ जल चुकी हैं 'वाह गुरु क्या लौंडिया है।'

'लौंडिया नहीं चार सौ चालीस वोल्ट का करण्ट है करण्ट, उसके आगे तो बालीवुड की हिरोइनें पानी भरें।' सिया के सरस्वती कुंज के भीतर जाने तक सुखदेव की पलकें ज़रा भी नहीं झपकीं, किशोर ने हँसते हुए उसके आगे चुटकी बजायी, 'मृत्युलोक में लौट आओ गुरु स्वर्ग की अप्सरा जा चुकी है।' सुखदेव झल्ला के पप्पू से कहता है, 'साले सबेरे से एक भी ढंग की चाय ना पिलायी... अब तो पिला दे।'

नन्हें सिया को बेबे के घर छोड़ के जा चुके हैं, उन्हें किसी संगीत कार्यक्रम में पहुँचना है। कुलदीप भी अपने काम से निकल चुका है। सिया को देखते ही बेबे का चेहरा खिल जाता है। चेहरे पर आयी बालों की लट को बड़े प्यार से पीछे करते बेबे कहती हैं, 'कुछ भी बोलो, थोड़ी बोत परिवार की झलक तो आंदी ही है, भरजाई जी भी चाँद का टुकड़ा थे।' सिया को सवालिया नज़रों से देखते पा बेबे कहती हैं, 'भरजाई जी मतलब... तेरी माँ की बुआ शोभा मैं उन्हें यई बोलती थी।'

'मेरी नानी न... मैंने उन्हें नहीं देखा, सुनील भइया के यहाँ भी यशपाल नाना जी का फ़ोटोग्राफ़ तो देखा था, लेकिन शोभा नानी के बारे में मुझे कोई आइडिया नहीं है।'

'भरजाई जी खूब लम्बी थीं... नयन-नक्श ग़ज़ब के थे, और रंग तो ये समझ ले तेरे से भी निकलता हुआ ही होगा।'

'और नाना जी?'

'साहेब के बारे में क्या बोलूं... ऊँचे पूरे छह फुट के तो होंगे ही, कसरती शरीर ऐसे सोणे नाक-नक़्श कि क्या कहूँ, भरजाई जी मज़ाक में बोलते थे परकाश ये घर से निकलते हैं तो दिल करदा ऐ नज़र का काला टीका लगा दूँ।' इस बीच सिया ने बैग से निकालकर अपने फ़ोन को बीच में रखी टेबिल पर रख दिया था ताकि बातें रिकॉर्ड हो सकें—'आप आहूजा फैमिली को कब से जानती हैं?'

'लाहौर के ज़माने से... उधर मेरे सरदार जी कर्तार सिंह, साहेब के साथ काम करते थे जूतों और चमड़े के सामान का उनका बोत वड्डा कारखाना और दुकानें थीं। मेरे दारजी पर साहेब का बोत भरोसा था, इनसे उनकी कोई बात छिपी नहीं रहती थी। इसी बीच बँटवारे की दबी-दबी बातें उठने लगीं, तेरे नाना जी यानी सुदेश भाई साब इधर आगरा में ही रहते थे, राजामण्डी में उनकी भी जूतों की दुकान थी। इस बारे में साहेब से उनकी बात-चीत हुई, और सलाह करके तय हुआ कि जितना जल्दी हो सके लाहौर से सब समेट के साहेब आगरा आ जायें। हम सारों के दिल अपना घर-गाँव छोड़ते हुए टूट रहे थे, लेकिन आख़िरकार सब छोड़ के जितनी हो सकी

पूँजी गाँठ में डाल के साहेब, भरजाई जी अपने दोनों पुत्तरों सुनील अनिल और हम दोनों मियाँ बीवी के साथ उन्नीस सौ छियालीस के जुलाई महीने में आगरा आ गये। क़रीब दो महीने तक सुदेश भाई साहब के बाग़ मुज़फ़्फ़र ख़ाँ वाले मकान में उनके साथ ही रहे, यहाँ साहेब अपना कारोबार जमाने के साथ ही रहने के लिये एक मकान भी ढूँढ़ रहे थे। एक दिन सुदेश भाई साहब ने बताया उनकी दुकान में काम करनेवाला एक मुसलमान आगरा छोड़ के पाकिस्तान जाना चाहता है, ये मकान जहाँ अभी तू बैठी है उसी का है। उसने औने-पौने दामों में साहेब को ये मकान बेचा और चला गया। भरजाई जी को इस गली की रिहाइश पसन्द नहीं थी, फिर भी साहेब के समझाने पर कि जल्दी ही वो काम का सिलसिला बैठा लेंगे और क़ायदे का घर भी ले लेंगे बस थोड़े दिन गुज़ार लो। ये आगरा शहर चमड़े के जूतों के काम में आगे रहा है, और साहेब ख़ुद भी बरसों लाहौर में यही कारोबार करते आये थे, उन्हें यहाँ अपना काम बढ़ाने में देर नहीं लगी, और क़रीब दो-सवा दो साल बाद ही ये घर छोड़कर उन्होंने पहले माईथान और उसके बाद सदर में भरजाई जी के मन का बँगला बनवा के उन्हें दे दिया। ये उन्नीस सौ अड़तालीस के आख़िरी महीनों की बात है, इसी घर में आने के फ़ौरन बाद ही कुलदीप मेरे गरभ में आ गया और उसका जनम इसी घर में दस जुलाई उन्नीस सौ अड़तालीस को हुआ।' सिया पूछती है, 'बेबे सब लोग दूसरे घर में चले गये तो आप यहाँ कैसे रह गयीं?'

'सच्ची बात बोलूँ... गल ऐ है जी कि लाहौर में व्या के फ़ौरन बाद जब मैं पेट से रह गयी तभी इक रोज़ जब मैं छत पे कपड़े सुखा के नीचे उतर रही थी, मेरा पाँव फिसला और मैं सीधी नीचे, बच तो गयी, डॉक्टरनी ने बोला अब कभी माँ नहीं बन सकेगी। लेकिन रब दा चमत्कार, आठ बरस बाद इसी घर में मालिक ने मेरी गोद भर दी, फिर मेरा मन नहीं किया कि इस घर को छोड़ के जाऊँ। ऐ घर मेरे वास्ते बड़े नसीबोंवाला है, मेरे दिल की बात भरजाई जी समझ गये और उन्होंने मेरे पर कोई दबाव नहीं डाला, हम इधर ही रहते रहे। हाँ दारजी अब नहीं रहे, लेकिन मेरे दोनों पुत्तर कुलदीप और नन्हें मेरा बड़ा ख़्याल रखते हैं, चल कुछ खा पी ले फिर बातें करते हैं।' बेबे के हाथ की बनी मट्ठी अचार के साथ, शहज़ादी अदरकवाली चाय बना के ले आयी, इस बीच सिया को भूख भी लग आयी थी, चटखारे ले के खाते हुए वो कहने लगी—'वैसे तो मार्केट में सब मिल ही जाता है, ऐसी मट्ठी और अचार तो मुझे नाना के घर में मिलता था।'

'क्यों? तेरी मम्मी का व्या भी तो पंजाबियों में हुआ था, कपूरों में। वो नहीं बनाती ये सब?' गहरी साँस छोड़ते—' हाँ बेबे मैं भी कपूर ही हूँ, जब मैं दस साल की थी तभी मॉम, डैड अलग हो गये, आगे चल के दोनों ने शादियाँ भी कर लीं।' बेबे का मुँह ये सब सुनते ही खुला-का-खुला रह गया, 'और तू?'

'मैं' तल्ख़ी भरी मुस्कराहट के साथ—'कभी कहीं तो कभी कहीं, फिर जब सत्रह अट्ठारह की हो गयी तो एक पी. जी. में चली गयी, फिर कमाने भी लगी और अब आपके सामने हूँ।'

'वो तो ठीक गल है, पर तेरा अपना घर, तेरी ब्या शादी?'

'क्यों बेबे शादी करे बिना अपना घर नहीं बनता क्या? मेरे पास अपना एक छोटा-सा अपार्टमेण्ट है।'

'तो क्या तू अकेली ही रहेगी?', अचानक सिया ज़ोर से हँसने लगती है और बेबे को लिपटाते हुए कहती है, 'ऐसी बात नहीं है बेबे, मैं शादी भी करूँगी और माँ भी बनूँगी, मैं तो आज ही कर लूँ लेकिन मेरे ब्वायफ्रेण्ड को थोड़ा टाइम चाहिए।' बेबे मुँह खोले उसे देखे जा रही है, 'हाँ बेबे आठ महीने से वो मेरे साथ ही रहता है अभी इण्डिया भी आया था वो अभी ठीक से सेटल नहीं हुआ, हम जल्दी ही शादी कर लेंगे।'

'मुण्डा तैनू प्यार करदा है...? चंगा मुण्डा है?'

'बेबे ऐसा लगता तो है कि वो मुझे प्यार करता है, अच्छा अगर नेक्स्ट टाइम मेरे इधर रहते वो आया तो आपसे ज़रूर मिलवाऊँगी.... श्योर' ये कहकर ख़ाली कप प्लेट लेकर किचेन की तरफ़ जाते हुए, 'बस बेबे अब मैं अपने मेन टॉपिक पर आना चाहती हूँ तारादेवी के जीवन पर।' बेबे कहती हैं—'चंगा है, लेकिन कहानी कहने सुनने में कुछ तो बखत जायेगा, तो क्या रोज़-रोज़ होटल से आया जाया करेगी? इक काम कर समाण लैके इत्थे ही आ जा, इत्ता वड्डा कार ख़ाली ही तो पड़ा है, वैसे भी कुलदीप तो सारे दिन अपनी फटफटिया पर घूमत-फिरता है, तू रहेगी तो मैनू चंगा लगेगा, तू हाँ बोल तो आज शामी कुलदीप समाण के साथ तुझे इधर लै आयेगा।'

'ठीक है बेबे मुझे भी अच्छा लगेगा।' उसी शाम बेबे ने शहज़ादी से ऊपर के कमरों की सफ़ाई करवा दी और कुलदीप मय सामान सिया को लेकर घर आ गया।

§ 7 §

अरसे बाद बेबे हाथ में छड़ी लिये धीरे-धीरे एक-एक सीढ़ी चढ़ते ऊपर जा रही हैं, या यूँ कहो काफ़ी पीछे छूट चुके वक़्त से मिलने जा रही हैं। अब वो उस कमरे में पहुँच चुकी हैं जिसे बैठक कहा जा सकता है, जहाँ एक बहुत पुराना सोफ़ा और

एक दीवान पड़ा हुआ है, पेण्डुलमवाली एक बड़ी घड़ी दीवार पर लगी हुई है जिसमें बहुत सारा वक़्त ठहरा हुआ है। बेबे की नज़रें यहाँ-वहाँ घूम रही हैं, बेध्यानी में हाथ की छड़ी गिरने को हुई, आवाज़ सुनकर अन्दर के कमरे में अपना सामान व्यवस्थित करती सिया तेज़ी से बाहर आकर बेबे के झुकने से पहले ही उनकी छड़ी उठाकर उन्हें देते हुए, 'अरे बेबे आप ऊपर आ गये, मैं तो बस नीचे ही आ रही थी, काम शुरू करना है न' बेबे कहती हैं—'इसी वास्ते तो ऊपर आना पड़ा, गुज़रे वक़्त को एक बार साँसों में भर लूँ तो तैनू चंगी तरह सुना पाऊँ, साहेब और भरजाई जी बच्चों के साथ दो साल इन्हीं कमरों में रहे, ये साहेब का बैठकख़ाना, जिधर तू है वो उनका रहने-सोने का कमरा, उस तरफ़ दो कमरे बन्द पड़े हैं एक में सुनील, अनिल रहते थे और दूसरा एक तरह से साहेब का निजी दफ़्तर था। वहीं देर रात तक वो अपने लिखा-पढ़ी का काम किया करते थे। ज़रूरत पड़ने पर दारजी को भी उधर ही बुला लेते थे। बाक़ी किचेन, बाथरूम सब है ही, पर साहेब इधर क़रीब दो साल ही रहे।'

'तब से ये पोर्शन ऐसे ही बन्द पड़ा है?'—एक गहरी साँस लेते बेबे छड़ी टिकाती अन्दर के कमरों की तरफ़ बढ़ती हैं, 'ना पुत्तर... उसके बाद इधर वो कहानी शुरू हो गयी जिसके बारे में तू गल करने आयी है।' सिया की आँखें चमक से भर उठती हैं, 'मतलब यहाँ? इन्हीं कमरों में?' बात पूरी करते बेबे, 'हाँ इन्हीं कमरों में एक सत्रह साल की कुड़ी के सितारा बनकर आसमान में टंक जाने की कहानी क़ैद है चल थल्ले चल।'

बेबे को सहारा दे के सिया उन्हें नीचे ले आयी, और कमरे में ले जाकर आरामकुर्सी पर बैठाकर ख़ुद भी पासवाली कुर्सी पर बैठते हुए मोबाइल रिकॉर्डर बीच में रख दिया। और बेबे यानी प्रकाश कौर ने लगभग छह दशक पुरानी यादों की किताब के पन्ने बाँचने शुरू कर दिये। सन उन्नीस सौ अड़तालीस में बारिशों के दिनों की बात है कुलदीप कुछ डेढ़ महीने का रहा होगा। सबेरे कारखाने जाते कर्तार ने रोज़ की तरह कहा, 'शामी आता हूँ कोई बात हो तो फ़ोन कर लेना।' घर में छोटा बच्चा, ऊपर से बरसात के दिन, आँगन के तार पे कपड़े सुखाओ और बारिश आ जाये तो झटपट फिर उतारो, कई बार प्रकाश ने कपड़े उतारे फैलाए पर सूखे नहीं। काले-काले बादलों के कारण शाम से पहले ही रात घिर आयी थी। ऐसे में इतना बड़ा घर और छोटे-से बच्चे के साथ अकेली प्रकाश कौर। बादल गरजें तो उसका कलेजा काँप-सा उठे। शाम रात में ढलने लगी, न सरदार कर्तार सिंह आये, न ही उनका कोई फ़ोन। आम तौर पर अगर देरी होती तो वो प्रकाश को फ़ोन ज़रूर कर लेते। घबराहट बहुत बढ़ी तो प्रकाश कौर ने ख़ुद ही जूतों के कारख़ाने में फ़ोन लगा दिया, घण्टी बजती रही पर फ़ोन न उठा, प्रकाश समझ गयी कि कारख़ाना बन्द हो चुका है। समय के साथ उनकी चिन्ता भी बढ़ती चली गयी। खाना ढक के रख दिया

और कुलदीप को कलेजे से लगाये भूखी ही सो गयी। फिर न जाने कितने बजे थे कि साँकल ज़ोर-ज़ोर से खड़कने लगी, जिसकी आवाज़ सुन गहरी नींद से जागी प्रकाश का कलेजा पत्ते-सा काँप उठा। कुलदीप को सीने में समेटे डरी सहमी प्रकाश कमरे से निकल दालान और आँगन पार करती दहलीज़ में पहुँची, साँकल खोलने के लिये बढ़ते हाथ पल-भर के लिये ठिठके, 'कोण?'

'ओये परकाशे बुआ खोल न' हड़बड़ा के प्रकाश ने साँकल खोल दी और धड़ाक से पूरा दरवाज़ा खुल गया। तेज़ बारिश की वजह से दूर-दूर तक साफ़-साफ़ दिखलायी पड़नेवाली गली भी नज़र नहीं आ रही थी। 'आइये साहेब' सुनते ही प्रकाश एक तरफ़ हट गयी, आगे-आगे कर्तार सिंह उनके पीछे साहेब यानी यशपाल आहूजा और फिर सहमी डरी-सी एक लड़की। अँधेरे के कारण किसी के चेहरे नज़र नहीं आ रहे थे, सभी पूरी तरह से भीगे हुए थे। 'परकाश एक दो गमछे, टॉवेल निकाल कर ला, साहेब इधर कमरे में आ जाइये। कुड़िये तू भी, आ जा' सभी दालान से होते बैठकख़ाने में चले गये। इस बीच प्रकाश दो तौलिये और गमछे लाकर पति को देती है। 'परकाश साहेब के वास्ते एक कुर्ता और लुंगी निकाल दे और कमरे विच ले जाके कुड़ी नूँ भी सूट बदलवा दे' प्रकाश उस अनजान लड़की को अपने साथ अपने कमरे में ले जाती है और अलमारी में से कपड़े निकालकर लड़की को देते कहती है उसे ये थोड़े ढीले आयेंगे लेकिन फिलहाल पहन ले। फिर उस रात कर्तार सिंह और साहेब बैठक में सोये और कमरे के पलँग पर प्रकाश, कुलदीप और वो लड़की।

सबेरे बच्चे के रोने से प्रकाश की आँखें खुलीं, तो देखा लड़की बेख़बर सोयी हुई है, उसने लड़की को ग़ौर से देखा, मुश्किल से सत्रह-अट्ठारह की रही होगी। गेहुँआ रंग, कमान जैसी भौंहें, बहुत लम्बी-लम्बी पलकें, आकर्षक देहयष्टि और काले घुँघराले बाल जिनमें उसका आधा चेहरा ढका हुआ था। प्रकाश के मन में सवाल उठा ये लड़की है कौन? कुलदीप ने पोथड़ा गीला कर दिया और रोने लगा, इस पर भी वो लड़की ज़रा भी न मसकी। धीरे-से बच्चे को उठाकर कमरे से बाहर जाते प्रकाश के मन में कई सवाल उठ रहे थे—ये लड़की है कौन? अगर साहेब की रिश्तेदार है तो वो उसे यहाँ लेकर क्यों आये? कमरे से निकल रसोई की तरफ़ बढ़ते वो बैठक में झाँकी, देखा साहेब नहीं थे कर्तार अकेला ही सोया हुआ था। बच्चे के ठुनकने की आवाज़ सुन उसने आँखें खोल दीं, देखा प्रकाश कुलदीप का पोथड़ा बदल रही है। 'परकाशे कुड़ी सोयी हुई है?'

'हंजी' और वो बच्चे को लिये हुए आकर कर्तार के पास ही बैठ गयी, 'मैं केया जी ऐ कुड़ी कोण है?' कर्तार बिस्तर पर उठ बैठा और उसने पूरी रामकहानी सुना डाली।

सबेरे कारख़ाने पहुँचने के कुछ देर बाद ही यशपाल के पास कोई ज़रूरी फ़ोन आया, बम्बई से एक बन्दा बिज़नेस के सिलसिले में ख़ास उनसे ही मिलने आगरा आया हुआ है और सेब के बाज़ार के चार्ली होटल में ठहरा हुआ है, यशपाल ने कर्तार को साथ लिया और सेब के बाज़ार के लिये निकल पड़े।

देह व्यापार का क्षेत्र होने के कारण सेब का बाज़ार आगरा का बदनाम इलाक़ा माना जाता है, लेकिन काम हो तो वहाँ से भी गुज़रना ही पड़ता है। वैसे भी यशपाल आहूजा का जूतों का कारख़ाना और मुख्य शो-रूम फ़व्वारे पर होने के कारण सेब का बाज़ार काफ़ी नज़दीक पड़ता था। दोपहर के क़रीब बारह बजे यशपाल कर्तार को साथ लेकर पैदल ही चार्ली होटल की तरफ़ चल पड़े। आम तौर पे उधर से गुज़रते हुए कोई भी शरीफ़ आदमी आँखें उठाकर ऊपर नहीं देखता, सो ये दोनों भी अपने रास्ते आगे बढ़े जा रहे थे। एकाएक किसी लड़की की चीख़, पुकार, गुहार लगाती आवाज़ें 'बचाओ-बचाओ,' साथ ही डराती, धमकाती, गरियाती दो मर्दानी आवाज़ें भी। यशपाल ने जैसे ही पलट के देखा और ठिठके तो कर्तार ने उन्हें आगे की तरफ़ खींचते कहा, 'साहेब चलिये ऐत्थों तो ऐ रोज़ दा तमाशा ही हैगा' यशपाल अभी दो क़दम आगे ही बढ़े होंगे कि लड़की के हृदय विदारक स्वर में 'बाऊ जी' सुन उनसे और आगे न बढ़ा गया, वो फ़ौरन पलट के तेज़ी से अब तक जमा हो चुकी भीड़ को चीरते आगे बढ़ने लगे, जब तक वो क़रीब पहुँचे, दोनों गुण्डे कोठे की सीढ़ियों से लड़की को घसीटते ऊपर ले गये। नीचे खड़ी भीड़ के लोग तितर-बितर होते अपने-अपने अन्दाज़ में प्रतिक्रियाएं देने लगे। 'साला यहाँ तो रोज़ कौ जेई नाटक है।'

'ना जाने किस बेचारी की लड़की को उठा लाये हैं ज़बरदस्ती।'

'अरे साहब... लड़कियों की ख़रीद फ़रोख्त भी ख़ूब चलती है जिस्मफ़रोशी की मण्डियों में।' तब तक यशपाल चीते की तरह दो-दो सीढ़ियाँ लाँघते कोठे पर चढ़ गये, पीछे-पीछे फुर्ती से कर्तार भी। कोई यशपाल को पहचान के कहता है, 'जे तो आहूजा जूतेवाले हैं ख़ुद मालिक, काहे को इन सब चक्करों में पड़ रहे हैं'। इस बीच दूर एक सिपाही पर नज़र पड़ते ही भीड़ तितर-बितर होने लगी। यशपाल कोठे के बाहरी कमरे में खड़े यहाँ-वहाँ देखते ज़ोर से चिल्ला रहे थे, 'अरे बाहर निकलो कोई है?' जवाब में कहीं से लड़की की घुटी-सी चीख़ उभरती है, कि जैसे किसी ने उसका मुँह दबा रखा हो। यशपाल की नज़र दुछत्ती की तरफ़ जाती सीढ़ी पर पड़ती है, और वो फुर्ती से चढ़ने को होते हैं तभी कर्तार उन्हें पीछे खींच लेता है और ना में सिर हिलाता है। क्रोध में उसका हाथ झिटकते वो चिल्लाते हैं। 'अरे बाहर निकल के आओ, वर्ना पन्द्रह मिनट के अन्दर यहाँ पुलिस आ जायेगी।' यशपाल यहाँ-वहाँ नज़रें घुमाते हैं, एक अधखुले दरवाज़े में से कई लड़कियों के चेहरे झाँक रहे हैं।

अब उनसे रहा नहीं जाता वो झपट के दरवाज़े पर लात मारते हैं पूरा दरवाज़ा खुल जाता है, लड़कियाँ कमरे से जुड़ी किसी कोठरी की ओर भागती हैं। एक अधेड़ उम्र की औरत वहीं फ़र्श पर बैठी पान चबाते हुए भाव-भंगिमा से पूछती है, क्या है? 'वो लड़की कहाँ है जिसे दो गुण्डे ज़बरदस्ती यहाँ लाये हैं।' औरत चुपचाप पान चबाये जा रही है, 'देखो मुझे हल्के में मत लेना, यहाँ के पुलिस कमिश्नर मेरे दोस्त हैं शिकायत पहुँची नहीं कि तुम्हारा ये खोमचा उठ जायेगा।'

'खोमचा नहीं है साहब दुकान-है-दुकान... आपको कुछ चाहिए?' यशपाल का हाथ पास ही रखे पीतल के फूलदान पर पड़ता है जिसे उठाकर वो फेंकने को ही है तभी कर्तार उसका हाथ पकड़ लेता है, फूलदान गिरकर झन्न की आवाज़ करता है। 'अच्छा किया साहब जो हाथ नहीं उठाया वर्ना लेने के देने पड़ जाते, ये तो हम नहीं जानते कि आप उस लौंडिया के कौन लगते हैं जो उसके बचाव में यहाँ तक चले आये, पर तशरीफ़ रखिये।'

'तुम सीधे-सीधे लड़की को हमारे हवाले करो वर्ना' बात काटते थोड़े तैश में औरत—'अरे वाह ऐसे कैसे दे दें, पचास हज़ार के करारे नोट दे के ख़रीदा है लड़की को।'

'किसे दिये हैं पचास हज़ार रुपये?'

'जो इसे लेके यहाँ आये उन्हीं दलालों को, शरीफ़ लोग ऐसा काम ख़ुद थोड़े ही करते हैं।' इसी बीच अन्दर से छूट के वही लड़की जिसे सड़क पर देखा था 'बाऊ जी बाऊ जी' चिल्लाती बाहर आकर यशपाल से लिपट जाती है और मुझे बचा लो बचा लो कहते ज़ोर-ज़ोर से रोने लगती है। तभी उसके पीछे-पीछे दोनों वही गुण्डे आकर उसे खींचने लगते हैं जो उसे नीचे से ऊपर लाये थे। अब कर्तार भी बीच में आकर लड़की का हाथ उनसे छुड़वाता है। इस बीच वहाँ बैठी स्त्री उन्हें इशारा करती है, और गुण्डे अन्दर की तरफ़ लौट जाते हैं। वो पान लगाकर यशपाल की तरफ़ बढ़ाते 'नोश फ़रमाइये'।

'मैं नहीं खाता, तुम तो ये बताओ मुझे ये लड़की वापिस लौटाने का तुम क्या लोगी?'

'बताया तो सही पचास हज़ार तो कैश दिये, और दो महीने से यहाँ बैठाकर ठुँसा रहे हैं सो अलग। अरे साहब धन्धे में उतारने से पहले तैयार भी तो करना पड़ता है।' यशपाल बमुश्किल अपने क्रोध पर काबू पाते, 'समझ गया, तुम्हें मुनाफ़ा भी चाहिए, लाख रुपया चलेगा?' इस बीच वो लड़की सहमी चिड़िया-सी यशपाल के सीने में मुँह छिपाये सुबकती रही। लाख रुपये की बात सुनकर कर्तार चौंक कर यशपाल का कन्धा छूता है, जिसे वो झिटक देते हैं, 'देखो ज़्यादा वक़्त मत लगाओ'

औरत हाँ में सिर हिलाते कहती है, 'ठीक है मानी आपकी बात तो जाकर रुपयों का इन्तज़ाम करिये तब तक लड़की यहीं रहेगी।' इस पर यशपाल वहीं रखे एक दीवान पर बैठते, साथ ही लड़की को भी बैठाते कर्तार से कहा, 'ये ले चाभी, फुर्ती से दफ़्तर जा और लॉकर में रखे लख रुपये निकालकर छेती वापिस आ।'

'पर साहेब'

'मैंने किसी को देने के वास्ते बैंक से निकाल कर रखे हैं, पर ये काम ज़रूरी है जा जल्दी पैसा लेकर आ मैं इधर ही बैठा हूँ।'

कर्तार फ़ौरन ही ऑफ़िस से पैसे लेकर लौट आया। यशपाल ने पैसे औरत को दे के हाथ-के-हाथ एक पावती भी लिखवा ली। लड़की और कर्तार के साथ बाहर की तरफ़ जाते हुए यशपाल ठिठके और पलट के औरत से कहा—'इस लड़की का चेहरा भी अब हमेशा के लिये भूल जाओ तुम समझ गयी न?' औरत हाँ में सिर हिलाती है। यशपाल कर्तार और लड़की के साथ कोठे की सीढ़ियाँ उतर के सड़क पर पहुँचते हैं, और घड़ी देखते हैं तीन बज चुके हैं। लड़की का सफ़ेद पड़ा चेहरा देख, 'सुबह से कुछ खाया?' वो ना में सिर हिलाती है, 'भूख लगी है?' अब वो ज़ोर- ज़ोर से हाँ में सिर हिलाती है। लड़की को एक छोटे-से होटल में ले जाते है जहाँ उसके लिये खाना ऑर्डर करके, अपने और कर्तार के लिये चाय मँगा के वो लगातार लड़की को देखे जा रहे हैं जो बड़े-बड़े निवाले तोड़ के निगले जा रही है। उनका जी भर जाता है न जाने किसकी लड़की है, किसके जिगर का टुकड़ा। तृप्त हो जाने पर लड़की पानी पीते हुए अपनी कटोरी जैसी बड़ी-बड़ी आँखों से साहेब को देखती है, फिर ग्लास नीचे रखते धीरे-से कहती है—'बहुत बहुत धन्यवाद'।

'नाम क्या है तुम्हारा?'

'तारादेवी शर्मा'

'कहाँ की हो?'

'टूण्डला' फिर पूछने पर वो बताती है उसके बाऊ जी प्रभुनाथ शर्मा एक स्कूल में संगीत सिखाते थे, घर में भी ट्यूशनें लेते थे। बचपन में ही उसकी माँ की मृत्यु हो चुकी थी, सो पिता जी ने उसके पालन-पोषण का सोच के दूसरा ब्याह कर लिया, किन्तु दूसरी माँ सौतेली ही सिद्ध हुई, फिर भी जितने समय वो पिता की आँखों के सामने रहती उसे भरपूर लाड़-प्यार मिलता। उसी की ज़िद करने पर उन्होंने एक सेकण्ड हैण्ड रेडियो सेट भी ला के रख दिया जिसमें से जब गानों की आवाज़ उभरती, बच्ची दीवानी-सी नाचते हुए कहती—'बाऊ जी मैं भी एक दिन रेडियो में से गाऊँगी'।

'क्यों नहीं बेटा तू रेडियो में ज़रूर गायेगी, मैं तुझे सिखाऊँगा'—लेकिन होनी को कुछ और ही स्वीकार था। जब तारा चौदह वर्ष की थी तभी प्रभुनाथ हैजे की चपेट में आ गये, उसके बाद सौतेली माँ ने बच्ची का जीना दूभर कर दिया। उसका सत्रहवाँ जन्मदिन आने ही वाला था कि एक दिन माँ ने कहा, वो देवी जागरण के लिये रातभर घर से बाहर रहेगी, इसलिये तारा भीतर से साँकल लगा के सावधानी से रहे। फिर भोर में न जाने कितने बजे साँकल खटकी और उसने नींद में ही दरवाज़ा खोला, तो कम्बल में लिपटे दो तीन आदमियों ने उसका मुँह भींचा और गाड़ी में डालकर सीधे इस नरक में पहुँचा दिया। ये कहते उसे फिर से रुलाई का दौरा पड़ गया, कि अगर वो उसके भगवान् बनकर न आ जाते तो जाने क्या होता। कर्तार से अब आँसू नहीं रोके जाते वो रोते हुए तारा के सिर पर हाथ रखते कहता है, 'अब तू फेकर ना कर पुत्तर रब दी मेहरबानी से सब चंगा ही होगा'। यशपाल थोड़े सोच-विचार में डूबे हुए हैं, पूछते हैं—'यहाँ से तो तुम छूट गयी, अब कहाँ जाओगी?'

'घर ही पहुँचा दीजिये।'

'तुमने ये बताया कि तुम्हारी सौतेली माँ तुम्हारे साथ ठीक बर्ताव नहीं करती थी, मुझे तो शक है कहीं उसके लालच ने ही तो तुम्हें कोठे तक नहीं पहुँचाया?'

'ऐसा कैसे हो सकता है वो तो वो बदमाश' कर्तार और यशपाल की आँखें मिलती हैं कुछ सोचकर यशपाल कर्तार से कहते हैं, 'इसे इसके घर पहुँचाना है चलो'।

अपनी गाड़ी न ले जाकर यशपाल ने टूण्डला तक के लिये आवाजाही की टैक्सी करने के लिये कर्तार से कहा, और ख़ुद होटल से ही अपने घर फ़ोन लगाने के लिये काउण्टर की तरफ़ बढ़ गये। उन्हें लगा घर पहुँचने में अगर देर होगी तो शोभा चिन्ता करेगी। इसके बाद दोनों तारा को लेकर रवाना हो गये।

क़रीब साढ़े सात आठ बजे टूण्डला में तारा के बताये गये पते पर टैक्सी पहुँच गयी। घर की साँकल खड़काये जाने पर किसी अपरिचित आदमी ने दरवाज़ा खोला। इन सबको बाहर खड़ा देख उसने पूछा, वो कौन हैं और उन्हें किससे मिलना है। तारा कहती है—'उसे अपनी माँ कमलेश शर्मा से मिलना है वो कहाँ हैं?' उसके उत्तर से तारा ही नहीं कर्तार और यशपाल भी चौंक जाते हैं—'कमलेश शर्मा जी ने डेढ़ महीने पहले ही ये घर उन्हें बेच दिया था उसके बाद वो कहाँ गयी इसकी ख़बर उसे नहीं है।' जब एक दो पड़ोसियों ने भी इस बात की पुष्टि की तो जैसे तारा को सम्हालना मुश्किल ही हो गया। कर्तार ने तारा का सिर थपथपाते दिलासा देते हुए कहा, वो चिन्ता न करे अब से वो उनके साथ ही रहेगी। ये कह के वो यशपाल की ओर देखते जैसे अपने बात की पुष्टि करवाना चाहता है। यशपाल भी दृढ़ स्वर

में कहते हैं, 'वो किसी प्रकार की चिन्ता न करे, उसे घर भी मिलेगा और रेडियो में गाने का उसका सपना भी पूरा होगा।' भरी हुई मोटी-मोटी आँखों से तारा, यशपाल को देखती है और वो सिर हिलाते उसे आश्वस्त करते हैं।

ये सब बताने के बाद कर्तार ने बीवी से कहा, 'ये तो तू समझ ही गयी होगी कि इस कुड़ी नूँ अब हमारे साथ ही रहना है।'

'अच्छा किया जो आप लोग इसे यहाँ ले आये एक ज़िन्द बचा ली।'

तारादेवी की कहानी की शुरुआत में ही दोपहर से साँझ हो गयी, लेकिन सिया बिना हिले-डुले सारी बातें सुने जा रही थी। रिकॉर्डिंग के लिये उसका फ़ोन पास में ही रखा था, तभी शहज़ादी ने आकर पूछा, 'बेबे चाय चढ़ा दूँ'।

'हाँ, और थोड़े से प्याज और आलू के पकौड़े भी निकाल लेना।' सिया कहती है, 'बेबे आज तो आपको मुझे ऊपरवाले घर की हिस्ट्री सुनानी थी इसलिये आप ऊपर चली आयीं, लेकिन प्लीज़ आगे से इतना स्ट्रेन मत लेना, हम नीचे ही बैठा करेंगे।'

कमरे से निकलकर बेबे दालान में पड़े तख़्त पर बैठ गयीं, सिया रसोई की तरफ़ जाते चिल्लायी, 'पकौड़ों की ख़ुशबू तो यहाँ तक आ रही है मुझसे रुका नहीं जा रहा है'।

'हमसे भी नहीं रुका गया बेबे इसलिये तो ऐन वक़्त पर आ गये।' नन्हें को देख सिया जहाँ-की-तहाँ ठिठककर ख़ुशी में चिल्लाती है, 'अरे बाबा आप?'

'क्या करें तू तो बेबे की ऐसी हो गयी कि अपने बाबा को ही भूल गयी' नन्हें दालान में जाकर बेबे के पास बैठ गये। बेबे उसे बताती हैं, कि कैसे आज सारा दिन बीते दिनों की बातें करते गुज़र गया, पर दिल बहुत भारी हो गया। जिनकी कहानी सुना रही हूँ वो सारे चले गये एक मैं ही... बेबे का गला रुँध जाता है नन्हें भी भावुक हो जाते हैं। लेकिन सिया को ट्रे लेकर आता देख ख़ुद को सम्हाल लेते हैं। पीछे-पीछे शहज़ादी बेबे की दवाई और पानी भी लेकर आती है, सारा सामान तख़्त पर ही रख के कुर्सी खींचकर सिया भी वहीं बैठ जाती है। ताज़ी पिसी चटनी और पकौड़े का निवाला सिया अभी बेबे की तरफ़ बढ़ाती ही है कि शहज़ादी कहती है, 'पहले इन्हें दवा लेनी है'। चाय-पानी के बीच नन्हें और सिया की बातें चल रही हैं, वो बताती हैं, 'उसका यहाँ मन लग गया है, आज तो बेबे ख़ुद चल के ऊपर पहुँच गयीं'। नन्हें बेबे को ग़ौर से देखते हुए कहते हैं, फिर तो बहुत-कुछ याद आ गया होगा बेबे को। 'हाँ पर एक बारी तो ऊपर जाना ज़रूरी था' बेबे की मन की बात समझते सिर हिलाते और विषय बदलते नन्हें सिया से पूछते हैं, 'तेरा आज का काम ख़त्म?'

'हाँ'

'तो चल तुझे गोकुलपुरा की सैर करा दूँ और घर पे सबसे मिलवा दूँ, अभी तू अपने भाई, भाभी, बच्चों से मिली कहाँ है।' बच्चों की तरह ख़ुश होती सिया, 'बेबे चली जाऊँ?'

'इसमें पूछने की क्या बात है इक घर कंगीगली ते दूजा घर अशोक नगर, चली जा, पर टेम से लौट आना किसी को साथ लेके आना। अभी तू इस गली मोहल्ले में नवी है न' सिया फुर्ती से उठकर ऊपर की तरफ़ भागते, 'बाबा मैं पर्स लेकर अभी आयी' और फिर फ़ौरन ही नन्हें के साथ सिया बेबे को 'बाय बेबे आती हूँ'। कहते बाहर निकल जाती है।

§ 8 §

गोकुलपुरा की तरफ़ बढ़ते नन्हें, सिया को एक दो गलियों के बारे में बताते हैं, 'ये गणेश घर है, ये नालेवाली गली है' अब वो होलीवाले चौराहे के पास पहुँच बायें हाथ पर बनी मिठाई की दुकान दिखाते, 'ये बुलक्खी चाचा की दुकान है उनके हाथों की बनी गुझिया दूर-दूर तक मशहूर थी... गुझिया, जलेबी, समोसे यही सब खा-खा के हम बड़े हुए, पूरे बीस बरस कंगीगली में गुज़ारे यहीं सारे तीज़ त्योहार देखे। वो दूर सामने कंस दरवाज़ा है, सामने इस चौराहे पर होली जलती है और शाम को कंस दरवाज़े में कृष्ण बलदेव कंस वध करते हैं, पहले तो ख़ूब बड़ा मेला लगता था, यहीं शाम को होली-मिलन होता था, अब बीस बाईस सालों से काफ़ी लोग पालीवाल पार्क में होली-मिलन करते हैं'

'बाबा होली कब आयेगी?' कुछ सोचकर, 'मेरे ख़्याल से अगले महीने ही होली पड़ेगी... हाँ फरवरी तो चल ही रहा है'।

'बाबा फिर तो मुझे होली देखने को मिल ही जायेगी, हो सका तो एलबर्ट को भी बुला लूँगी सब मिलके ख़ूब इंजॉय करेंगे' बुलक्खी हलवाई के बेटे जगदीश की नज़र जैसे ही नन्हें और सिया पर पड़ती है फ़ौरन ही चिल्लाकर, 'जै राम जी की नन्हें भाई'

'जै राम जी की, अभी-अभी मैं सिया को इस दुकान की गुझिया के बारे में ही बता रहा था।'

'जे लाली किसकी है?'

'है तो यहीं की पर अब विदेश में रहती है, तारा अम्माँ पर किताब लिखने आयी है और कंगीगली में बेबे के घर ठहरी हुई है। अभी तो कुछ दिन यहीं है, तुम्हारे हाथ की गुझिया खिलाये बिना नहीं जाने दूँगा अपनी बच्ची को।'

'आपकी बच्ची है तो समझो हमारी भी है बात ख़तम, बेटा जब भी गुझिया खाने का मन होवे रुक के ले लेना, नाम क्या बताया इसका?'

'सिया' जगदीश सिर हिलाता है।

अब चौराहे से दायीं तरफ़ मुड़ते ही एक दुकान पर ख़ूब बड़े कराह में दूध औटता देख सिया का मुँह खुल जाता है, 'अरे यहाँ दूध ऐसे?'

'हाँ, ख़ूब औटा हुआ है इतनी मोटी मलाईवाला, मिट्टी के कुल्हड़ में पीने को मिलता है' नन्हें की बातें सुन काफ़ी बूढ़े हो चुके छोटेलाल पूछ बैठते हैं, 'कोई रिश्तेदार है।'

'ऐसा ही समझिये... बोलो पियोगी दूध?'

'नहीं बाबा अभी-अभी तो चाय पकौड़े दबा के आयी हूँ फिर कभी पक्का।' तभी दो छोटे बच्चे ऊपर से कट के गिरी पतंग लूटने के लिये धक्का-मुक्की करते ऐसे झपटते हैं, कि सिया गिरने को होती है पर नन्हें उसे थाम लेते हैं, 'सम्हाल के बेटा' इस बीच छीना-झपटी में पतंग फट चुकी है, और बच्चे आपस में भिड़ गये हैं। नन्हें उन्हें देखकर मुस्कराते, 'बेबे की छत पे मैंने और कुलदीप ने भी ख़ूब पतंगें उड़ायी हैं, वैसे आगरा की पतंगबाज़ी और तैराकी के मुकाबले भी किसी ज़माने में बड़े मशहूर थे।' तभी एक आवाज़ आती है, 'अरे नन्हें भाई हमनें भी तो तुम्हारे संग ख़ूब पेंच लड़ाये हैं।' नन्हें चेहरा घुमाते हैं, करीमा चाचा का बेटा अपनी दुकान पर इस समय ख़ाली बैठा हुआ है। 'सही कह रहे हो मियाँ तुमने हमारी बहुत पतंगें काटी हैं' सिया पूछती है 'कौन हैं ये?'

'ये हैं करीमा चाचा के साहबज़ादे, एक समय में पूरा मोहल्ला इन्हीं की दुकान से नौन, तेल, आटा सब खरीदता था, मैं और कुलदीप एक-एक आने का अनारदाना चूरन खरीदते थे।' सिया फ़ौरन ही 'है क्या अभी?'

'अरे लाली कल्ल ही खतम हुवौ है आते ही भिजवाऊँ' सिया हँसते हुए सिर हिलाती है वो और नन्हें आगे बढ़ते हैं। बर्तनों की ठक-ठक की आवाज़ें सुन सिया कान बन्द करती है और कहती है, 'ये कैसा नॉइज़ है?'

'बेटा इस इलाक़े में पीतल और ताँबे के बर्तन बनानेवाले ठठेरे रहते हैं, बड़ी-बड़ी टोकनियाँ, तामड़ियाँ यहाँ से बाहर बिकने जाती हैं। ये शिव जी का मन्दिर है, नागरों के कुलदेवता 'हाटकेश्वर नाथ जी' सिया के हाथ जुड़ जाते हैं। मन्दिर के सामने एक तरफ़ इशारा कर, 'हमारे बचपन में यहाँ दो खण्डहर हुआ करते थे, फिर एक बार मोहल्ले के कुछ नौजवानों ने श्रमदान करके जगह को एक मैदान में तब्दील कर दिया, छोटे से हिस्से में टीन शेड डाल दिया, चन्दा इकट्ठा करके एक कैरमबोर्ड और बैडमिण्टन सेट ले आये, इसके अलावा हम छोटे लड़कों की ड्यूटी लगायी

गयी कि चार छह घरों से सुबह के पढ़े हुए अख़बार लाकर यहाँ रखें और शाम को लोगों के पढ़ने के बाद वापिस कर आयें। पीछे के एक घर से शाम को दो-तीन घण्टों के लिये एक बल्ब लटका दिया जाता, जिसकी रोशनी में खेलकूद, पढ़ना-पढ़ाना ये गतिविधियाँ चलतीं और निठल्ले लड़कों के लिये अच्छा समय गुज़ारने का एक ठिकाना बन गया' आगे बढ़ते हुए नन्हें बोले जा रहे हैं, 'बेटा आज की तरह हमारे बचपन में टी.वी. मोबाइल तो थे नहीं, तो किताबें, रडियो, अख़बार, इनडोर, आउटडोर गेम्स इन्हीं के साथ अच्छा समय बीत जाता था।'

अब नन्हें और सिया काछीगली के निकट पहुँच गये हैं जहाँ कई लोग उन्हें अभिवादन करते हैं, हाल-चाल लेते हैं और सिया के बारे में पूछते हैं ये कौन है। नन्हें बताते हैं ये किताबें लिखती हैं इसी काम से विलायत से यहाँ आयी है। बरसों पहले बाग़ मुज़फ़्फ़र ख़ाँ में इनकी ननसाल भी थी लेकीन अब वहाँ कोई नहीं है तो ये कुलदीप के घर बेबे के पास रहकर अपना काम कर रही है। फिलहाल उनके घर जा रही है। जैसे ही कुंज बिहारी जी का मन्दिर आता है नन्हें जँगलेदार बन्द दरवाज़े के बाहर खड़े होकर आँखें मूँद हाथ जोड़ते हैं, उनकी देखा-देखी सिया भी। आगे बढ़ते हुए वो सिया को बताते हैं, 'रोज़ सुबह अम्माँ यहाँ मंगला की आरती गातीं थीं, मुझे सोता छोड़कर घर से निकल आती थीं और मैं उन्हें ढूँढ़ता रह जाता। चार साल का रहा होऊँगा तो एक दिन मैं चुपचाप उनके पीछे-पीछे यहाँ तक चला आया और हाथ जोड़कर उनके पीछे बैठ गया। थोड़ी देर में ही तुतलाते हुए मैं भी कुछ गाने लगा। अम्माँ और पण्डित जी का ध्यान गया मुझे देखकर अम्माँ चौंक गयीं, लेकिन उस रोज़ के बाद वो मुझे अपने साथ लेकर यहाँ आने लगीं।'

'यू मीन तारादेवी जी डेली इस मन्दिर में आती थीं?' और वो फ़ौरन ही कई एंगल से मन्दिर की फोटो खींचने लगी।

अशोक नगर पहुँचने तक गहरी शाम घिर आयी। आते-जाते लोग नन्हें से दुआ-सलाम कर रहे थे। सिया को साथ देख चाय और पान सिगरेट की दुकानों के पास खड़े लड़के कुछ अधिक ही जोश में भर के उन्हें 'नमस्ते, राम राम, सलाम' करने लगे, और नन्हें सबको यथावत आशीर्वाद देते सरस्वती कुंज में दाख़िल हो गये।

इस समय दुकान पे कुछ अन्य लड़कों के साथ राकेश और कारवाला फ़ैयाज़ हसन भी है, धुएँ से छल्ले बनाते वो कहता है, 'क्या नसीब पाये हैं इन बूढ़े मियाँ ने, सुबह से रात तक तितलियों से घिरे रहते हैं।' तभी पप्पू अपनी पतली आवाज़ में कहता है, 'अरे भाई साब वा दिना आप ना थे, जा दिन पाँच सौ का छुट्टा कराने के लिये ये मेरे पास आयी थी, पर जब तक मैं गल्ले से छुट्टा निकालूँ, वा ठाकुर के छोरे ने बटुये में से नोट गिन के याए दै दिये, राकेश त्योरियाँ चढ़ाते, 'सुखदेव ने?'

'और क्या जब आप लोग याँ ना रहो तो बोई चौधरी बने डटें रहें।' अपने गुस्से को दबाते चिड़चिड़ाया-सा फ़ैयाज़ हसन पानवाले की दुकान पर बढ़ते, 'द्वारका मेरी सिगरेट का पैकेट' द्वारका फ़ौरन ही बढ़िया सिगरेट का पैकेट उसके हाथ में रख देता है।

सरस्वती कुंज के हॉल में विजय संगीत कक्षा ले रहा है। नन्हें पर नज़र पड़ते वो उनकी तरफ़ बढ़ने को ही है, लेकिन नन्हें इशारे से ही उसे रोक देते हैं और विजय से कहते हैं, 'मेरी परियाँ आज नहीं आयीं?'

'जी गुरु जी मैं उन्हें बुलवाने ही वाला था।'

'ठीक है हम ऊपर कहलवाते हैं", जैसे ही वो मुड़ते हैं, देखते हैं सिया मन्त्रमुग्ध-सी संगीत में लीन छात्र-छात्राओं को देखे जा रही है। ये देख नन्हें उसके कन्धे पर हाथ रखते कहते हैं, 'तुम्हें संगीत में रुचि है?'

'बताया था न बाबा मैं हर तरह का म्यूज़िक सुनती हूँ, लेकिन ये क्लासिकल म्यूज़िक बहुत ही रिलेक्सिंग है, जब-जब यहाँ आती हूँ यहाँ का ऐटमॉसफिअर देखकर मन होता है मैं भी म्यूज़िक सीखूँ।'

'तो सीखो... कम-से-कम जब तक यहाँ हो बेसिक्स तो सीख ही सकती हो। सुबह अपना काम करो शाम को यहाँ आकर बैठ जाओ, शाम को विजय ही सिखाता है।' हॉल के दूसरे भाग की तरफ़ बढ़ते हुए नन्हें बोले जा रहे हैं, 'संगीत प्रभाकर तक तो इसे करवा चुका हूँ।'

'वो क्या होता है?'

'समझ लो संगीत में बी.ए. की डिग्री, अब इसे प्रवीण की तैयारी करवा रहा हूँ। वो एम.ए. हो गया।'

'आप तो सिखाते हैं इग्ज़ाम्स कहाँ होते हैं?'

'बेटा मुख्य विद्यालय इलाहाबाद में है प्रयाग संगीत समिति के नाम से, बहुत पुराना है। पहले प्रशिक्षण परीक्षा सब वहीं होते थे किन्तु जैसे-जैसे संगीत में लोगों की रुचि बढ़ती गयी, जगह-जगह परीक्षण केन्द्र खोले गये। आगरा में इसका क्रेडिट जाता है अम्माँ के संगीत गुरु रह चुके श्री रघुनाथ तलेगांवकर जी को, उन्नीस सौ पचपन में रघुनाथ जी ने पाँच छात्रों का पहला बैच तैयार किया। परीक्षा सीनेट हॉल में होती थी। बड़े-बड़े संगीतकार, गायन, वादन की परीक्षा में बैठनेवालों को सुनते थे।'

'आपने भी इसी तरह इग्ज़ाम दिये?'

'नहीं बेटा, मैंने तो जो सीखा अम्माँ से ही सीखा। चौदह साल की उम्र से उनके साथ तानपूरे पर संगत करने लगा था। फिर मेरे समय तक तो आगरा कॉलेज में भी

संगीत विषय के तौर पर आ गया था। मुझे संगीत की डिग्री आगरा कॉलेज से ही मिली।' अचानक ही जैसे उन्हें कुछ याद आता है और वो कबीर को पुकारने लगते हैं।

'ये भाई का नाम है न?'

'हाँ, अभी तुम न भाई से मिलीं, न बाक़ी लोगों से।' तब तक कबीर नीचे आ चुका है—'जी बाबा'

'बेटा इतने दिनों से तुम इनके नाम और काम के बारे में सुन ही रहे हो लेकिन मिले नहीं हो, अब एक-दूसरे को जान भी लो, ये हैं सिया कपूर तुम्हारी छोटी बहन, और ये हैं 'कबीर भाई' कबीर सिया की बेबाकी देख मुस्कुराने लगता है, 'बेबे के घर में आप कम्फरटेबल तो हैं न?'

'अब वो मेरा भी घर है ऐण्ड बिलीव मी भाई ये भी मेरा ही घर है, चलिये भाभी से मिलवाइये' नन्हें कहते हैं, 'अंजुम, संजुम को संगीत कक्षा के लिये नीचे भेज देना' कबीर के हाँ कहने पर वो कहते हैं, 'जाओ बेटा ऊपर जाकर सब से मिल लो' सिया कबीर के साथ चली जाती है।

कबीर और सिया अभी सीढ़ियों तक ही पहुँचे हैं, ऊपर से हिना की ज़ोर-ज़ोर से चिल्लाने, साथ ही लड़कियों के रोते हुए जवाब देने की आवाज़ें नीचे तक आती हैं। कबीर खिसिया-सा जाता है, बात ढकने की कोशिश करते हुए, 'लगता है अंजुम, संजुम ने आज फिर किसी बात पर अपनी माँ को गुस्सा दिला दिया, प्लीज़ आप दो मिनट यहाँ रुकिये।'

'हाँ-हाँ ठीक है भाई'

'आय एम रिअली सॉरी सिया'

'अरे भाई हर घर में ऐसे ही चलता है, जब मैं और मॉम साथ रहते थे... अच्छा आप ऊपर जाकर सबको शान्त कराइये मैं यहीं खड़ी हूँ।' दो मिनट के भीतर ही अकेला कबीर ही नहीं हिना भी सीढ़ी से नीचे उतर आती है और फ़ौरन ही कहती है, 'अरे आप नीचे ही क्यों रुक गयीं ऊपर आओ न, अब क्या बतायें ये छोरियाँ हमें बड़ा परेशान करें।' सिया ऊपर पहुँचते ही पूरी गर्मजोशी के साथ हिना के कन्धे पकड़ के कहती है, 'वाव भाभी आप कितनी ब्यूटीफुल हैं। कबीर भाई जब से इण्डिया आयी हूँ ये पहली वो औरत हैं जो इण्डियन ब्यूटी की इग्ज़ाम्पल है। हाइट, फीचर्स, काम्प्लेक्शन... मतलब कहीं कोई कमी है ही नहीं।' शरमाई-सी हिना, 'तुम तो हद्द ही करौ, अरे अब हम काहे के ब्यूटीफुल्ल, शादी हुए सोलह साल हो चुके हैं अंजुम, संजुम ही पन्द्रह में चल रही हैं, हाँ कभी थे हम भी ख़ूबसूरत, अरे खड़ी-खड़ी ही सारी बातें कर लोगी? अन्दर तो आओ।'

तीनों एक कमरे में दाख़िल होते हैं, ये वो कमरा है जहाँ कबीर देर रात तक अपने काम करता है। यहाँ ज़्यादा कुछ नहीं है एक मेज़, दो अलमारियाँ और एक छोटा-सा सोफ़ा, जहाँ उससे मिलनेवाले क्लाइण्ट वगैरह आते रहते हैं। दरअसल दूसरे कमरे इस समय अव्यवस्थित पड़े थे। स्कूल से आकर अंजुम, संजुम की धींगामस्ती ने कोई भी कमरा इस लायक़ नहीं छोड़ा था कि वहाँ पर किसी को बैठाया जा सके। हिना ये कहकर कमरे ठीक-ठाक करने चली गयी, 'आप दो मिनट इनसे बातें करिये हम अभी आये', और वाकई हिना ने लड़कियों को डाँटते-डपटते, उनके साथ ख़ुद भी लग के न सिर्फ़ दोनों कमरे ठीक-ठाक कर दिये, लड़कियों के कपड़े बदल के उन्हें भी तैयार कर दिया। हिना नन्हें के मुँह से सिया के बारे में ये जान चुकी थी कि वो विलायत से आयी है और दो रोज़ से बेबे के घर में रुकी हुई है। इसलिये उसने लड़कियों को उनकी फूफी नर्गिस की लायी नयी फ्राकें पहना दी, ख़ुद भी चेहरा थोड़ा ठीक-ठाक किया और फिर जा के सिया को अपने कमरे में लिवा लायी, पीछे-पीछे कबीर भी आ गया।

थोड़ी देर में सभी पर सिया का जादू चल गया। बच्चियों से उसने ख़ुद को फूफी कहलवाया, कबीर और हिना को भाई-भाभी पहले ही कह चुकी थी। अब उसने अपने ख़ूब बड़े पर्स में से एक पैकेट निकाल कर अंजुम, संजुम की तरफ़ बढ़ाते हुए कहा, 'चॉकलेट' अंजुम, संजुम चॉकलेट के नाम से ही खिल उठीं, पैकेट लिया थैंक्यू बोला और भागीं। कबीर ने रोककर उनसे कहा, 'नीचे विजय भइया आपका इन्तज़ार कर रहे हैं जल्दी जाइये।'

'जी पापा', कहकर दोनों वहाँ से चली गयीं। कबीर कहने लगा, 'अब तो उससे इन दोनों की दोस्ती पक्की... चॉकलेट जो मिल गयी।'

'ऐसी बात?' कहते उसने फिर पर्स में हाथ डाला और दो पैकेट निकाले, एक कबीर की तरफ़ बढ़ा दिया और एक हिना की तरफ़। कबीर सकुचा के कहता है 'इस फॉरमेलिटी की क्या ज़रूरत थी?'

'आप हमारे भाई हैं तो ये फ़ार्मेलिटी कैसे हो सकती है.. भाभी खोल के तो देखिये, भाई आप भी' अगले ही पल कबीर के हाथ में डियो की एक ख़ूबसूरत बॉटल और हिना के हाथ में लिपस्टिक और परफ़्यूम के बॉक्स। वो खिल उठी, 'हाय अल्लाह इतने ख़ूबसूरत रंगों की लिपस्टिक यहाँ हमने बहुत ढूँढ़ी पर मिली नहीं।' कबीर को देखते—'आजकल की छोरियों के मज़े हैं ख़ुद कमाओ और जो चाहे ख़रीदो जो चाहे पहनों, लेकिन भई हम तो नौकर बाँदी ठहरे हमारी क्या औक़ात' कबीर जैसे ज़मीन में गड़ा जा रहा है, इधर हिना की ज़बान रुक नहीं रही, तो कबीर ही वहाँ से उठ के चल देता है। सिया बड़ा अटपटा महसूस कर रही है। कबीर के बाहर जाते ही वो हिना के बिल्कुल क़रीब बैठ प्यार से उसके गले में बाँहें डाले

कहती है, 'भाभी आपने देखा नहीं भाई को कितना बुरा लग रहा था, अब कुछ भी कह लो आफ्टर ऑल हूँ तो मैं बाहर की ही।'

'तो हम भी क्या करें सिया, सुबह से रात तक घर के धन्धों में ही फँसे रहते हैं पर हमसे कोई ये पूछनेवाला नहीं कि हिना तुम्हें कुछ चाहिए? अरे लड़कियों को ससुराल के बाद अगर हिम्मत होती है तो मैके की, लेकिन वहाँ से भी क्या उम्मेद करें। लाखों में खेलनेवाला आदमी सब-कुछ दान करके बस दिन-भर नमाज़ पढ़ता रहता है।'

'आप किसकी बात कर रही हैं?'

'अपने बाप की और किसकी।'

'पर ऐसा उन्होंने क्यों किया?'

'उसमें भी दूसरे मर्द की ही ग़लती थी तुम्हारे भाई की, अगर एक छोरा पैदा कर देते तो ये नौबत ही नहीं आती। उन्होंने तो शुरू में ही कह दिया था कि उनका नवासा ही उनका वारिस होगा, न हुआ तो वो ट्रस्ट को दान कर देंगे।' बात समझते हुए सिया गम्भीर होकर कहती है, 'भाभी आप ग़लत सोचती हैं बेटा या बेटी पैदा करना अपने हाथ में थोड़ी होता है वो तो भगवान् की मर्ज़ी है। हाँ आपके फ़ादर ने ये ग़लत किया कि लड़कियाँ हो गयीं तो उन्हें कुछ न देकर सब दान कर दिया। लेकिन भाभी आपके इस अपने घर में किस बात की कमी है जो आप इतनी परेशान होती हैं? इतना सुन्दर घर, इतने प्यारे हज़बैण्ड, इतनी प्यारी बच्चियाँ।'

'नर्गिस भी ऐसी ही बातें करती है।'

'कौन नर्गिस?'

'तुम्हारे भाई की छोटी बहन।'

'अरे वाह ये हमें नहीं पता था, क्या करती हैं वो?'

'रेडियो में बोलती हैं, वो भी और उनके शौहर भी।'

'वॉव... पर भाभी, भाई भी तो अच्छा ही अर्न करते होंगे मतलब कमाते होंगे, बेबे बता रहीं थीं वो सी.ए. हैं।'

'सी.ए. हुए तो क्या, हमारे हाथ पर नोट धरें, तो मालूम पड़े कि क्या हैं।'

'तो आपने उनसे अपने पॉकेटमनी की बात कभी नहीं कही?'

'कहते-कहते तो सालों गुज़र गये, दस-दस रुपये के लिये हमें हाथ पसारना पड़ता है।' बात समझते हुए कुछ सोचकर सिया कहती है–'हूँ..ये ग़लत है' कुछ देर चुप रह के वो प्यार से हिना का चेहरा दोनों हाथों में भर के कहती है, 'भाभी ये बात आप मुझ पर छोड़ दीजिये मैं सब ठीक कर दूँगी।' इससे पहले कि हिना कुछ

कड़वा बोले—'भाभी मुझे कुछ खिलायेंगी पिलायेंगी नहीं, बेबे के मुँह से बड़ी तारीफ़ें सुनीं हैं आपके हाथ की बनी डिशेज़ की... प्लीज़ मेरी ब्यूटीफुल भाभी', इतना सुनते ही हिना हँस पड़ती है।

§ 9 §

आज रविवार है सिया नहा-धोकर तैयार हो अपना फ़ोन लिये सीढ़ियाँ उतरते सोचती है, आज काम जल्दी शुरू करेंगे तो शायद कुछ ज़्यादा बात-चीत हो जाये। वो बेबे के कमरे में जाती है कमरा ख़ाली है। 'बेबे-बेबे' पुकारती रसोई तक चली जाती है जहाँ शहज़ादी प्याज काटते हुए सिया से कहती है, 'बेबे जी तो नन्हें भाई जान के साथ सुबह-सुबह ही गुरुद्वारे चली गयी थीं, अब कुलदीप भाई उन्हें लिवाने गये हैं आते ही होंगे।' दरवाज़े की बिल्ली खड़कने की आवाज़ सुन सिया तेज़ी से आगे बढ़कर दरवाज़ा खोलती है। कुलदीप सहारा देकर बेबे को अन्दर लाता है। सिया को सामने ही देख बेबे हँसते हुए कहती हैं, 'मैनू ख़बर-सी तू प्रेशान हो रही होगी, चल कोई नहीं बस नाश्ता करके काम पर बैठते हैं।'

'अंकल, बाबा अपने घर चले गये?'

'अरे अभी कहाँ दोपहर को लंगर लगेगा फेर बर्तन-वर्तन माँजने के बाद कार सेवा करके ही निकलेगा वो गुरुद्वारे से।'

'गुरुद्वारे भी जाते हैं बाबा? वो मन्दिर तो दिखाया था जहाँ रोज़ सबेरे जाते हैं' हँसते हुए कुलदीप कहता है, 'वो सब जगह जाता है.. अपनी गली के पास में ही जो उस्मानिया मस्ज़िद है वहाँ नमाज़ पढ़ने भी जाता है। शहज़ादी बहना जल्दी से नाश्ता लगा दे बड़ी कसके भूख लग रही है।'

नाश्ते से फ़ारिग होके बेबे और सिया कमरे में आ जाते हैं। सिया कहती है, 'बेबे रेडी?' और बेबे के सिर हिलाते ही सिया मोबाइल का रिकॉर्डर ऑन करके बीच में रख देती है। कुछ पल आँखें मूँदे बेबे जैसे बरसों पीछे जाने के लिये ख़ुद को तैयार करती हैं। यहाँ तक तो वो उसे बता ही चुकी थी, कि कैसे तारा इस घर का ही एक हिस्सा बन गयी, लेकिन अपने घर जाने से पहले यशपाल कर्तार को अच्छी तरह समझाकर गये थे, कि अभी कुछ वक़्त तक लड़की पर ज़्यादा ध्यान दें, क्योंकि भले ही उस कोठेवाली ने पावती दे दी, लेकिन उन लोगों का क्या भरोसा कभी सूँघते-सूँघते यहाँ तक पहुँच जायें और लड़की को परेशान करें वैसे भी लड़की ख़ूबसूरत है। मौका देखकर प्रकाश कंगीगलीवालों को भी समझा दें, कि वो उनकी कोई रिश्तेवाली है। यशपाल को ये चिन्ता थी कि एकाएक अन्जान लड़की को घर में देख

लोगों के मन में सवाल न उठें। उन्होंने ये भी कहा लड़की पढ़ी लिखी समझदार है, फिर भी है तो यहाँ नयी ही, कहीं घर से बाहर निकले और रास्ता भूल जाये, इसलिये उस कम-से-कम इतना बता देना कि वो गोकुलपुरा की कंगीगली में रहती है। अगर कोई भी बात हो तो कर्तार या प्रकाश फ़ौरन ही उन्हें फ़ोन पर सूचना दे दें। इस घर में आते ही यशपाल ने अपने साले सुदेश खन्ना की कोशिशों से जल्दी ही फ़ोन लगवा लिया था। लेकिन जब वो नये घर में चले गये तो फ़ोन ये कहकर यहीं छोड़ गये कि उन्हें कभी भी कर्तार से बात करने की ज़रूरत पड़ ज़ाती है ये फ़ोन यहीं रहेगा। फ़ोन के होने से सबसे अधिक सुविधा प्रकाश को ही रहती थी, क्योंकि यशपाल के परिवार के यहाँ से जाने के बाद, और कर्तार के कारख़ाने चले जाने पर, बालक कुलदीप के साथ प्रकाश निपट अकेली ही रह जाती थी। ऐसे में टेलीफ़ोन से उसे बहुत हिम्मत रहती थी। वैसे भी लाहौर के समय से ही शोभा और प्रकाश में गाढ़ी मित्रता थी, इसी तरह यशपाल और कर्तार के बीच भी मालिक नौकर से हट दोस्ती का रिश्ता था, दोनों के बीच कोई भी परदेदारी नहीं थी। कर्तार सदा साये की तरह यशपाल के साथ हमेशा पीछे खड़ा रहता था।

इस घर में आने की पहली सुबह तारा दिन चढ़े तक सोती रही। प्रकाश कई बार झाँक-झाँक कर कमरे में उसे देख आये लेकिन जगाया नहीं। फिर जब वो जागी, कुछ देर आँखें फाड़े यहाँ-वहाँ देखती रही और घबरा के उठ बैठी, तभी कुलदीप को गोद में लिये प्रकाश कमरे में आयी जिसे देख तारा सकुचा के खड़ी हो गयी। उसे आश्वस्त करने के इरादे से क़रीब जाकर उसकी पीठ सहलाते प्रकाश ने कहा, 'घबराने की कोई ज़रुरत नहीं है आज से तेरा यही घर है।'

'अ... आप?'

'मेरा नाम परकाश है, मैं सरदार जी की घरवाली हूँ।' हिरनी जैसी आँखों से यहाँ-वहाँ देखते, 'और वो.... वो जो दूसरे थे?'

'साहेब? वो तो स्वेरा होण से पैले ही अपने घर चले गये थे।'

'वो यहाँ नहीं रहते?'

'पैले इदर ही रहते थे, ये उन्हीं का मकान है, लेकिन अब वो अपने परिवार के साथ दूसरे घर में रहते हैं।' वो आगे कुछ बोले तभी उसी कमरे में रखी फ़ोन की घण्टी बज उठी, आगे बढ़ के प्रकाश ने फ़ोन का चोंगा कानों से लगा लिया, और दूसरी तरफ़ की आवाज़ सुनते ही ख़ुशी में भर के, 'पैरीपोना भरजाई जी,...हंजी' और वो तारा को देखते हुए बातें करती रही-'हंजी... अभी-अभी सो के उठी है... आप फ़ेकर ना करो, मैं ख़्याल रखूँगी... चंगा है जी'। प्रकाश फ़ोन रख देती है 'भरजाई जी का फ़ोन था, मतलब साहेब की घरवाली का।'

'क्या नाम है उनका?'

'शोभा, दो पुत्तरान दी माँ हैं, मेरे से आठ-दस साल बड़ी हैं, पर लगदी नहीं हैं। बोत ही सोणी हैं, तेरी फ़िकर कर रहीं थीं, बोली आगे जभी भी राजामण्डी आयेंगी तो इधर ज़रूर आयेंगी, ख़ास तेरे से मिलने वास्ते। राजामण्डी में उनके छोटे भाई रहते हैं न, अच्छा चल अब तू उठ, निबट ले फेर तेरे को ऊपरवाले कमरे दिखा दूँगी, तू आराम से उधर रहना। तेरे कपड़ों के वास्ते तुझे बाज़ार लै चलूंगी, तू अपनी पसन्द से कपड़े ले लेना। ये सारा भी शोभा भाभी ने ही बोला है, लक्ष्मी हैं लक्ष्मी और सुन, और भी किसी चीज़ की ज़रूरत हो तो बेझिझक मैनू बता देना।'

धीरे-धीरे तारा प्रकाश से खुल गयी। कुलदीप को गोद में लेके उससे बातें करने लगी। प्रकाश उसे ऊपर ले गयी और पूरा घर दिखाया। पलँग पर ख़ाली गद्दा और तकिये पड़े देख प्रकाश ने कहा, नीचे चल के सबसे पहले उसे याद दिला दे, तो बक्से में से चादरें, ग़िलाफ़ तौलियाँ वगैरह निकाल देगी ताकि वो अपना सोने का कमरा तैयार कर ले, इस बीच तारा घर का कोना-कोना ग़ौर से देख रही है। दीवारों में कई छोटे बड़े आले बने हुए हैं, एक दो में अधजली मोमबत्तियाँ पड़ी हुई हैं, उसकी घूमती आँखें पल-भर के लिये एक जगह टिक जाती है जहाँ कुछ सिक्के पड़े हैं। प्रकाश की आवाज़ से उसका ध्यान टूटता है, आज ही एक मटकी भी मँगवानी है, पानी के लिये ऊपर-नीचे नहीं करना पड़ेगा। देर शाम कर्तार के घर आने तक प्रकाश और तारा घुल-मिल चुकीं थीं। कई मोहल्लेवालियाँ भी तारा से परिचित हो चुकी थीं। घर आकर कर्तार ने भी तारा से बड़े प्यार से पूछा, 'उसका मन यहाँ लग गया?' मुस्कराते हुए तारा ने कहा, 'भइया, भाभी बहुत अच्छी हैं।' जैसे इस एक ही पंक्ति में तारा ने कर्तार और प्रकाश से अपना प्रगाढ़ सम्बन्ध जोड़ लिया।

अकेली लड़की, नयी जगह, अभी ठीक से सबेरा भी नहीं हुआ था कि तारा बिस्तर से उठ बैठी, उसे बेचैनी भी हो रही थी। कमरे में बनी एक जँगलेदार खिड़की में से नीचे झाँका तो सिर्फ़ अँधेरे में डूबी गली ही दिखी। तारा यहाँ-वहाँ चक्कर काटते सोचती है, प्रकाश भाभी ने कह तो दिया जो चाहिए बता देना, लेकिन उसे इस वक़्त जो चाहिए वो उन्हें कैसे बताये। कल रात तो यूँ ही निकल गयी, अब आज सोकर उठते ही ख़ुद को रोक नहीं पायी, जीने से उतर के आँगन में आयी, दहलीज़ में पहुँची और धीरे से साँकल खोल के गली में निकल गयी। गली के मुँहाने पर पहुँची, तो देखा गली दो तरफ़ मुड़ती है किस तरफ़ जाये वो? तभी गुज़रती साइकिल की घण्टी सुन उसने सिर घुमाया, बायीं तरफ़ की गली के बाहरवाली सड़क से साइकिल गुज़र रही थी ये देख वो ख़ुद भी उसी तरफ़ चल पड़ी। सड़क पर आकर वो एक बार फिर ठिठकी, किधर जाये? अब बिना कुछ भी सोचे झुटपुटे में इधर-उधर देखती वो आगे बढ़ती गयी, फिर एक चौराहे पर दायीं तरफ़ मुड़ गयी, वो यहाँ-वहाँ ऐसे

देख रही थी जैसे कुछ तलाश रही हो। अच्छा ये हुआ कि गली के कुत्ते रातभर भौंकने के बाद अब यहाँ-वहाँ सोये पड़े थे, वर्ना मोहल्ले के बाहर का जान तारा को छोड़ते नहीं। आगे बढ़ते हुए एक गली के पास एक खुलती हुई दुकान देख वो ठिठकती है। वहाँ का धीमा-सा बल्ब जल जाने के बाद ये देख उसके चेहरे पर राहत-सी उभरती है कि वो पान सिगरेट की दुकान है। अभी दुकानदार दुकान जमा ही रहा है कि नारी स्वर में, 'एक पनामा' सुनते ही बाहर की तरफ़ देखता है। धुँधलके में उसे सिर्फ़ एक नारी आकृति दिखती है, वो कुछ पूछे उससे पहले ही आवाज़ आती है 'जरा जल्दी देना।'

दुकानदार पैकेट निकालता है, उतने में तारा पैसे पट्टे पर रख देती है। तभी उसके कानों में आरती के घण्टों की आवाज़ पड़ती है, व्याकुल होकर वो यहाँ-वहाँ देखती है, पैकेट उठाते हुए, 'ये मन्दिर कहाँ है?'

'जेई है, गली से भिड़ो कुंज बिहारी जी कौ मन्दिर।'

पान की दुकान के बाद एक गली और फिर ये छोटा-सा मन्दिर। सड़क पर ही चप्पल उतार जँगलेवाला दरवाज़ा उघाड़ तारा मन्दिर में प्रवेश करती है। मन्दिरों की दीवारों में आले बने हुए हैं जिसमें देवी-देवताओंवाले चित्र के टाइल्स लगे हैं, वहाँ दीपक जल रहे हैं। दरवाज़े से घुसते ही दायें हाथ पर एक तुलसी चौरा स्थापित है, इससे तेरह चौदह गज़ की दूरी पर एक प्रकोष्ठ है जिसके मध्य में राधा-कृष्ण की मूर्ति है, और दायें-बायें दुर्गा माता और हनुमान जी विराजे हुए हैं। एक ओर पण्डित विष्णुराम जी अकेले खड़े भक्ति भाव से मंगला आरती कर रहे हैं—

'आरती कुंजबिहारीकी। श्रीगिरधर कृष्णमुरारीकी।।
गले में बैजन्तीमाला, बजावै मुरलि मधुर बाला।।'

तभी दीपक की बाती को लड़खड़ाते देख तनिक ठिठककर पण्डित जी बाती ठीक करने लगते हैं। लेकिन तारा जिसके होंठ मन्दिर में घुसते ही चलने लगे थे, आगे की आरती गाने लगती है। पण्डित जी आश्चर्य से पलट के देखते हैं, एक दुबली-पतली लड़की आँखें मूँदे, तन्मयता में सिर हिलाते आरती गाये जा रही है। अब पण्डित जी और तारा साथ-साथ आरती गा रहे हैं। आरती समाप्त होती है, तारा भूमिष्ट हो मन्दिर के द्वार पर सिर टिका देती है। पण्डित जी आरती की थाली लेकर बाहर आ चुके हैं, 'आरती लै छोरी' सुनकर तारा सिर उठाकर देखती है और खड़ी होकर आरती लेकर हाथ आँखों से लगाती है। उसे प्रसाद देते हुए पण्डित जी कहते हैं, 'तोये पहले कभी नाय देखौ, और इत्ती सबेरे सबेरे?'

'मैं यहाँ नयी हूँ, कल ही इस मोहल्ले में आयी हूँ, कुछ लेने आयी थी पर अभी दुकानें ही नहीं खुली, आरती की आवाज़ सुनकर यहाँ चली आयी। मेरे बाऊ जी रोज़

यहीं आरती गया करते थे, पर अब वो इस दुनिया में नहीं हैं।' इतना कहकर तारा को रोना आ जाता है। 'ना छोरी ठाकुर जी की शरण में आकर रोवैं नाय' तारा झुककर पण्डित जी के पाँव छू लेती है और मन्दिर से बाहर निकल आती है। इधर-उधर देखती है, थोड़ी-सी उजास फैल चुकी है लेकिन घर लौटने का मार्ग उसे तनिक भी याद नहीं था। इस बीच पण्डित जी भी बाहरी दरवाज़ा भेड़कर सड़क पर आ चुके थे, तारा को असमंजस में खड़ा देख पूछते हैं, 'का बात है छोरी?' घबराये से स्वर में तारा, 'वो, मैं घर का रास्ता भूल गयी हूँ।'

'गली कौ नाम बता।'

'कंगीगली।'

'अच्छा चल चौराहे तक तुझे छोड़ आऊँ... वहाँ से बता दूँगौ किधर मुड़नौ है।'

छह बजे के लगभग प्रकाश की आँख खुली, कुलदीप सोया हुआ था। आँगन से होती जैसी ही रसोई की तरफ़ वो जाने लगी, उसे तारा का ख़्याल आया, वो ऊपर की तरफ़ देखने लगी, कुछ सोचकर सीढ़ी चढ़ते बुदबुदाने लगी, 'नवी-नवी आयी है इस घर में, ऊपर से इतनी प्रेशान, देखूँ जाकर सोयी भी या नहीं।' ऊपर पहुँचकर हाथ लगाते ही दरवाज़ा खुल गया, कमरा ख़ाली था। उसने बाथरूम का दरवाज़ा खटखटाया तो वो धड़ाक से खुल गया, प्रकाश घबरा गयी, 'ऐ कुड़ी किधर चली गयी' मारे घबराहट के प्रकाश की साँसें रुकने-सी लगी थी। वो आगे बढ़ी, बाहरी दरवाज़े की साँकल खुली देख उसके होश उड़ गये। फ़ौरन ही दरवाज़ा खोल वो गली में आगे बढ़ गयी, मन में बुरे-बुरे ख़्याल आ रहे थे, कहीं लड़की भाग तो नहीं गयी। अगर ऐसा हुआ तो साहेब को क्या जवाब देंगे। इसी उधेड़बुन में वो गली के बाहरी छोर तक पहुँची ही थी कि गोकुलपुरा की तरफ़ से आती तारा बेध्यानी में उससे टकरा गयी। प्रकाश के मुँह से बेसाख़्ता निकल गया, 'अन्धी है? देख के नहीं चलती?'

'माफ़ करना भाभी' आवाज़ पहचान झटके से अलग होते प्रकाश ने तारा को देखा, गुस्से से चेहरा तमतमा उठा। बिना कुछ बोले तारा का हाथ पकड़ प्रकाश घर की तरफ़ मुड़ गयी। मारे गुस्से के दरवाज़ा यूँ ही खुला छोड़ खींचते हुए सीढ़ियाँ चढ़ के कमरे में तारा को पलँग पर ढ़केलते एक चाँटा जड़ दिया और बिना रुके बोलती चली गयी, 'किधर चली गयी थी स्वरे-स्वरे मरण वास्ते? अभी कुछ हो गया होता तो साहेब हमारे को ज़िन्दा नहीं छोड़ते, ख़ास बोल के गये थे कि तेरे पर नज़र रखें, कहीं उसी बाज़ार से आकर कोई गुण्डा तैनू फिर उठा के लै जाये की भरोसा, अरे तू साहेब की अमानत है, बोल तू किधर निकल गयी थी?' रोते-रोते तारा उठ के बैठ जाती है और अटक-अटक के बताती है कि, कैसे उस कोठेवाली ने धन्धे में उतारने से पहले उसे बुरी आदतों की ट्रेनिंग देनी शुरू कर दी थी। पहले से वहाँ मौजूद लड़कियों ने उसे शराब पिलाने की कोशिश की, लेकिन कड़वी होने के कारण हर

बार उसने उल्टी कर दी। अपने मुँह से सिगरेट निकाल उसके मुँह में ठूँसती, ज़बरदस्ती सुट्टे लेने को मज़बूर करतीं। इस तरह दो महीनों में उसकी आदत पड़ गयी, ख़ासकर सुबह न मिलने पर बेचैनी होने लगती। दो रोज़ से पी नहीं थी तो उससे रुका नहीं गया, पैर घर से निकल गये और वो घर का रास्ता भूल गयी। इतना सुनते ही प्रकाश फ़ौरन ही पिघल गयी और तारा को सीने से लगाकर उसकी पीठ सहलाने लगी। अलग करके दुपट्टे से अपने आँसू पोंछते इतना ही बोली—'आइन्दा बिना बोले घर से बाहर पाँव मत धरना' तेज़ी से पलटकर जाते हुए—'चाय बना रही हूँ दाँत साफ़ करके नीचे आ जाना' प्रकाश नीचे उतर गयी। तारा भी धीरे-धीरे शान्त हो गयी। वो सोचने लगी, इतनी हिम्मत करके जिस काम के लिये घर से निकली वो तो बेकार ही गया। अभी वो ज़मीन पर गिरा दुपट्टा उठाने को झुकी ही थी कि उसकी नज़र पलँग के नीचे गिरे सिगरेट के पैकेट पर पड़ गयी, उसकी आँखें चमकने लगी।

यशपाल ने तारा को रेडियो गायिका बनाने का जो वादा किया था, उसे पूरा करने के लिये वो फ़ौरन ही काम पे लग गये। उनका साला सुदेश जो अपने बिज़नेस के अतिरिक्त सांस्कृतिक गतिविधियों में भी काफ़ी दिलचस्पी लेता था। इप्टा से जुड़े श्री कृष्णचन्द्र खन्ना सुदेश के पड़ोसी थे, जिनके घर में अक्सर नाटकों की रिहर्सल हुआ करती थी—उन्हीं से सुदेश को भी नाटकों का चस्का लगा, और वो इप्टा के साथ जुड़ गया। अपने जीजा यशपाल के मुँह से तारा का क़िस्सा सुन के उसने उनकी ख़ूब प्रशंसा की और उनकी मंशा जानकर कहा, राजामण्डी में उसके दुकान के पास ही शास्त्रीय संगीत के विद्वान् श्री रघुनाथ तलेगांवकर जी संगीत कला केन्द्र चलाते हैं। जहाँ क्लासिकल संगीत, वैदिक संगीत, सुगम संगीत आदि सब सिखाया जाता है, वो चाहें तो आज ही चल के बात की जा सकती है। सुदेश और यशपाल उसी दिन संगीत कला केन्द्र गये और रघुनाथ जी से तारा के विषय में सारी बात-चीत कर डाली। सुनकर रघुनाथ जी भावुक होकर कहने लगे, 'एक अनाथ बच्ची का भविष्य सँवारने के विषय में सोचना ही बड़े पुण्य का काम है', और जैसा कि उन्होंने बताया, लड़की संगीत के वातावरण में ही बड़ी हुई है और काफ़ी कुछ जानती है, तो उन्हें विश्वास है डेढ़ दो महीनों में ही वो रेडियो का स्वर परीक्षण देने योग्य हो जायेगी। चाहें तो वो कल से ही तारा को उनके संगीत केन्द्र भेज सकते हैं।'

अँधेरा हो चुका है, कुलदीप को कन्धे से लगाये थपकते प्रकाश ख़ुद में ही बोले जा रही है, कुलदीप के बाऊ जी आज केत्थे रै गये, साड्डे छह तो उन्होंने आ ही जाना है अभी तो घड़ी साढ़े सात बता रही है। दालान का एक और चक्कर काटते 'आज शामी ये तारा नीचे ही नहीं उतरी, पता नहीं अकेले-अकेले क्या करती होगी?' तभी साँकल खड़कने की आवाज़ सुन सो चुके कुलदीप को बिस्तर पर लिटा के

दुपट्टा सम्हालते प्रकाश तेज़ी से आगे बढ़ के दरवाज़ा खोलती है। सामने कर्तार के साथ साहेब को भी देख लापरवाही से ओढ़े दुपट्टे को थोड़ा और नीचे खींच लेती है, 'अरे साहेब आप?' कर्तार कहता है, ' तू जल्दी से चाय चढ़ा दे, पी तो कई बार, लेकिन स्वाद नहीं आया। चलो साहेब अन्दर बैठते हैं' यहाँ वहाँ देखते यशपाल, 'तारा किधर है?' रसोई की तरफ़ बढ़ती प्रकाश ने ठिठक कर बताया, वो ऊपर कमरे में है। सीढ़ी की तरफ़ बढ़ते यशपाल ने कहा, 'जब तक चाय बनेगी वो तारा को ख़ुशख़बरी सुना आयें कि उसकी संगीत शिक्षा कल से शुरू।'

प्रकाश रसोई में चली जाती है। कर्तार अपने कमरे में और यशपाल ज़ीना चढ़ के कमरे तक पहुँच चुके हैं वो दरवाज़ा खटखटाते हैं। एक बार, दो बार, तीन बार फिर ज़ोर से पुकारते हैं, 'तारा' पर अन्दर से तेज़-तेज़ खाँसने की आवाज़ आने लगती है। अब यशपाल ज़ोर से दरवाज़ा भड़भड़ाते और तेज़ आवाज़ में तारा-तारा पुकारते हैं। उनकी आवाज़ सुन के कर्तार और प्रकाश भी हड़बड़ाये-से आँगन में आ जाते हैं। खाँसी की आवाज़ न रुकते देख यशपाल घबराहट में दोनों हाथों से दरवाज़ा पीटते चिल्लाते हुए, 'ओये तारा, क्या हुआ? जल्दी दरवाज़ा खोल नहीं तो तोड़ डालूँगा', इस पर धीरे-धीरे करके दरवाज़ा पूरा खुल जाता है। ये देख के यशपाल हैरान है कि कमरा धुएँ से भरा हुआ है, हड़बड़ाये से ये कहते हुए वो कमरे में दाख़िल होते हैं, 'ये धुआँ कैसा? इधर आग-वाग तो...' इतना कहकर वो ख़ुद भी खाँसने लगते हैं। ये देख तारा दौड़ के मटकी में से पानी निकाल कर लाती है और खाँसते हुए यशपाल से पानी पीने के लिये कहती है। यशपाल एक साँस में ही पूरा ग्लास ख़ाली कर जाते हैं। अब तारा की खाँसी भी धीमी पड़ती जा रही है। इधर आँगन में खड़े प्रकाश और कर्तार एक-दूसरे को सवालिया नज़रों से देख रहे हैं। कमरे में यशपाल अब सिगरेट की गन्ध महसूस कर इधर-उधर देखते, 'इधर सिगरेट कौन पी रहा था? तेरे अलावा दूसरा तो कोई है नहीं, इसका मतलब तू सुट्टे मार रही थी? सिगरेट पीती है?' आवाज़ें नीचे तक जा रही थी। प्रकाश का चेहरा सफ़ेद पड़ जाता है। वो ऊपर जाने को होती है, लेकिन कर्तार उसे पीछे खींच लेता है। यशपाल का क्रोध अब भड़क चुका है, 'तू सिगरेट पीती है? पीती है? बोल' जवाब में तारा ज़ोर-ज़ोर से रोने लगती है, 'सिगरेट कहाँ से आयी तेरे पास? पैसे कहाँ से आये तेरे पास? घर से बाहर कब गयी थी तू? और किसे बोलकर?' तारा सिर्फ़ रोये जा रही है। अब यशपाल तारा का हाथ पकड़ कमरे से बाहर और सीढ़ियों से नीचे लाते हुए, 'तू शरीफ़ घरों में रहने लायक़ नहीं है, बात करती है कि बचपन का सपना है रेडियो में गाना है... सब झूठ, चल तुझे उधर ही छड़ के आता हूँ जिधर से तुझे निकाल कर लाया।' तारा बिलखते हुए, 'नहीं साहेब नहीं' किये जा रही है। अब प्रकाश जो रो रही है, उससे रहा नहीं जाता और वो आज सुबह की घटना बताने के साथ ये

भी बताती है कि कोठे पर तारा को ये लत कैसे ज़बरदस्ती डाली गयी। इतने पर भी यशपाल का क्रोध कम नहीं होता—'इसका क्या मतलब, इधर रहकर ये अपनी लतें पूरी करेगी? इधर सारी गली में बोला है हमारी रिश्तेवाली है, तो ये सब करके हमारा मुँह काला करेगी? नहीं ये अब यहाँ नहीं रह सकती।' इतना कहकर यशपाल फिर उसका हाथ पकड़कर बाहर की तरफ़ ले जाने लगते हैं। तारा हाथ छुड़ा के ज़मीन पे गिर यशपाल के पाँव पकड़ फूट-फूट के रोने लगती है, 'मुझे वहाँ मत ले जाइये साहेब, मुझसे ग़लती हुई, अब ऐसा कभी नहीं करूँगी साहेब' यशपाल अपना पैर छुड़ाकर उसे सीधा खड़ा कर सीधे उसकी आँखों में देखते, 'कैसे यक़ीन कर लूँ तुझ पर?'

'वो... वो... मेरे मरे बाप की क़सम साहेब, मैं उनकी झूठी क़सम नहीं खा सकती।'

'मरे हुओं की क़सम नहीं खायी जाती मालूम नहीं तैनू?' तारा का रोना देखकर कर्तार और प्रकाश को उस पर तरस आ रहा है। प्रकाश से नहीं रहा जाता, वो तारा को झिंझोड़ते हुए, 'अगर तू सच बोल रही है तो मेरे कुलदीप दी सौं खा ले, उससे बढ़ के हमारे वास्ते दुनिया में कुछ नहीं है।', रो रो के थक चुकी तारा बारी-बारी से सबके मुँह देखते बिसुरते कहती है, 'कुल... कुलदीप की क़सम' वो रोते हुए अपना चेहरा हथेलियों में भर लेती है। उसकी ये हालत देख अब यशपाल भी एकाएक नरम पड़ जाते हैं, 'परकाश ऐनानूँ पानी पिला'। प्रकाश दौड़ी-दौड़ी रसोई की तरफ़ जाती है, और लौटकर पानी का गिलास तारा के मुँह से लगाती है। सुबकी के साथ पानी का घूँट भरते वो अपनी भरी हुई बड़ी-बड़ी आँखों से यशपाल को जिस तरह से देखती है, नज़र जैसे उनके भीतर तक उतर जाती है। गहरी नज़रों से उसे देखते दरवाज़े की तरफ़ बढ़ते वो कहते हैं, 'कर्तार कल से कारख़ाने से लौटके इसे रघुनाथ जी के संगीत कला केन्द्र पहुँचाने और लौटाकर लाने की ज़िम्मेदारी तुम्हारी, इस मामले में मैं किसी पर यक़ीन नहीं कर सकता' ये कहकर यशपाल तेज़ी से बाहर निकल जाते हैं।

अगले दिन से ही तारा का संगीत प्रशिक्षण आरम्भ हो गया। कर्तार उसे लेकर जाता और लगभग एक डेढ़ घण्टे में उसे लौटा कर ले आता। संगीत से जुड़ के ही जैसे तारा में नया जीवन पड़ गया। उसका आत्मविश्वास बढ़ने लगा, घर में वो काफ़ी सहज हो चली। प्रकाश के साथ हर काम में हाथ बँटाती। कुलदीप तो उससे ख़ूब हिल गया था, गली के लोग भी अब उसे यशपाल के रिश्तेदार के रूप में जानने लगे थे, लेकिन अकेले गली के बाहर निकलने की उसे इज़ाजत नहीं थी। कर्तार प्रकाश को बताता है, 'मास्टर जी तारा की बहुत तारीफ़ें करते हैं, कहते हैं उसके कण्ठ में सरस्वती का वास है। अगर मन लगाकर रियाज़ करती रही तो एक दिन

ख़ूब नाम रोशन करेगी।' लगभग डेढ़ महीने के बाद रघुनाथ जी ने यशपाल को फ़ोन पर बताया, कि तारा बहुत तेज़ी से आगे बढ़ रही है। जितना उन्हें अनुमान था उससे कहीं अधिक उसे संगीत का ज्ञान है। उन्होंने दिल्ली रेडियो स्टेशन के म्यूज़िक प्रोड्यूसर सतीशचन्द्र खरे से भी बात कर ली है, अगले हफ़्ते इक्कीस अक्टूबर को इसका स्वर परीक्षण है। बाक़ी बातें उन्होंने तारा को समझा दी है।

ख़ुशी में भरे यशपाल उसी दिन कर्तार के घर आये। उनके हाथ में एक थैला था। उन्होंने एक दो बार प्रकाश को पुकारा, लेकिन सिलाई मशीन की आवाज़ में उनकी आवाज़ दब गयी। अब वो कमरे के अन्दर ही चले गये, जहाँ प्रकाश कुलदीप को लिये सोयी हुई थी और तारा मशीन पर सिलाई कर रही थी। कुछ पलों तक यशपाल तारा को देखते रहे। इन कुछ ही दिनों में ही कितनी खिल आयी थी तारा। एक डरी सहमी लड़की की जगह इस समय आत्मविश्वास से परिपूर्ण तारा शर्मा सामने बैठी हुई थी। अभी वो माथे पर आयी बालों की लट को पीछे कर ही रही थी कि उसकी नज़र यशपाल पर पड़ गयी, ख़ुशी में भरी 'आप' कहते वो उठ खड़ी हुई। तारा की आवाज़ सुन प्रकाश ने भी आँखें खोली और यशपाल को देख दुपट्टा सम्हालते उठ बैठी, 'अरे साहेब आप?'

'हाँ, वो तारा के ऑडिशन के लिये परसों दिल्ली जाना है, तो इसके लिये बाज़ार से कुछ ढंग के कपड़े ख़रीद लिये' थैला प्रकाश की तरफ़ बढ़ाते हुए, 'ब्लाउज़ सिलवाने हों तो आज ही सिलने को डाल देना कल तक मिल जायेंगे।' ख़ुशी में भरी तारा ने झपट के थैला ले लिया और सारे कपड़े पलँग पे उलट दिये। तीन-चार काफ़ी महँगी-महँगी साड़ियाँ देख वो सहम गयी, 'ये सारी साड़ियाँ.. म...मेरे लिये?' प्रकाश को देखते, 'भाभी ये मैं कैसे?' इतनी महँगी साड़ियाँ देख हैरानी प्रकाश को भी हुई, लेकिन अपने भावों को दबाते उसने इतना ही कहा, 'जैसी जगह जाना हो कपड़े भी तो वैसे ही पहनने चाहिए' और वो ख़ुद, 'मैं चाय बना के अभी लायी' कहते बाहर निकल जाती है। पहली बार इतने सुन्दर कपड़े देख तारा फूली नहीं समा रही थी। एक-एक साड़ी को कन्धे पे डाल कमरे में रखे आईने में ख़ुद को निहार रही थी, वो अपने में इतनी मग्न थी कि पीछे ही खड़े यशपाल का अक्स तक आईने में नहीं देख पा रही थी जिनकी आँखें उसी पर टिकी हुई थी। कमरे में चाय लेकर आती प्रकाश की नज़र दोनों के साँझे अक्स पर पड़ी और वो गम्भीर हो गयी। तभी तारा पलटी, और ख़ुशी में भरी बोली, 'बहुत बहुत धन्यवाद साहेब'।

'उसकी क्या ज़रूरत है' कहते यशपाल ने चाय की प्याली मुँह से लगा ली, और घूँट भरते प्रकाश से बोले, 'आप तो जानते ही हो मैं कर्तार के बगैर बाहर नहीं निकलता, तो दिल्ली के वास्ते उसकी तैयारी भी कर देना। हम लोग अपनी गड्डी से दिल्ली जायेंगे।' प्रकाश बस इतना ही कहती है, 'चंगा जी।' उस रात तारा अपने

कमरे में काफ़ी ख़ुश नज़र आ रही थी, और गुनगुनाते हुए दिल्ली जाने की तैयारी कर रही थी। तभी हाथ में दूध का ग्लास लिये प्रकाश अन्दर आकर 'लै दूध पी ले' दूध का ग्लास प्रकाश से लेकर वो पास रखी टेबिल पर रखती है और अचानक प्रकाश से लिपटते हुए कहती है, 'भाभी आज मैं बहुत ख़ुश हूँ, साहेब मेरा कितना ध्यान रखते हैं', पहले से ही खोयी-खोयी-सी प्रकाश कुछ और गम्भीर हो गयी और उसके पलँग पर बैठ गयी, 'देख तारा हमारे साहेब बोत ही चंगे इंसाण हैं, दस साल पैले जब मैं व्या कर आयी, तब से इन्हीं के परिवार के साथ रही। ये लोग ख़ुद अच्छे हैं ऐस करके सारों का अच्छा ही सोचते हैं, बड़ा सोणा परिवार है इनका। कभी कुछ ऐसा न करना कि इनके परिवार को तक़लीफ़ पहुँचे। इक ओर बात, हमेशा याद रखना कि तू एक अकेली लड़की है जिसे मर्दों की दुनिया में काम करना है।' कुछ समझती, कुछ न समझती-सी तारा प्रकाश को देखती रह गयी।

यशपाल ने दिल्ली में रेडियो स्टेशन के पास ही एक गेस्ट हाउस में दो कमरे फ़ोन पर ही बुक करवा लिये थे। ऑडिशन के एक दिन पहले वो ये सोचकर निकले थे, कि यात्रा की थकान का तारा के गायन पर प्रभाव न पड़े। यशपाल आगरा से गाड़ी लेकर कर्तार और तारा के साथ सुबह नाश्ते के बाद ही निकल पड़े। ज़्यादातर गाड़ी वो ख़ुद ही चलाते थे इसलिये कर्तार उनके बग़ल में बैठा और तारा पीछे की सीट पर। बीच में एक दो जगह गाड़ी रोक कर सभी ने चाय पानी पिया और शाम पाँच बजे तक दिल्ली पहुँच गये। गेस्ट हाउस तक जाते हुए तारा बड़ी उत्सुकता से महानगर की चहल-पहल देख रही थी। उसका मन हो रहा था, वो साहेब से कहे कि गाड़ी रोकें और उसे घुमा फिरा दें, लेकिन तभी उसे प्रकाश की कही बातें याद आ गयी और वो स्थिर होके बैठ गयी।

गेस्ट हाउस नयी दिल्ली के बेहतरीन इलाक़े मण्डी हाउस में था। जहाँ से बंगाली मार्केट भी पास ही था, जो अपने स्वादिष्ट खान-पान के ठिकानों के लिये बड़ा लोकप्रिय था। यशपाल ने पहले ही कह दिया था, थोड़ा सुस्ताकर डिनर वो लोग बंगाली मार्केट में ही करेंगे, लेकिन तारा इस बात का ख़्याल रखे कि खाने में कोई ऐसी चीज़ न खाये जो उसके गले को नुक़सान पहुँचाये। जब कि दिल्ली आने की बात सुनते ही उसने मन बना लिया था कि वो दिल्ली की मशहूर चाट ज़रूर खायेगी, किन्तु अब तो उसका कोई प्रश्न ही नहीं उठता था।

सुबह स्वर परीक्षण का समय ग्यारह बजे का था किन्तु यशपाल, तारा और कर्तार के साथ साढ़े दस बजे ही रेडियो स्टेशन पहुँच गये। यहाँ उनका आना पहली बार ही हुआ था, इसलिये आगे की ओर बढ़ते वो उस इमारत की भव्यता देख ख़ुशी में भरे कुछ-न-कुछ बोले जा रहे थे, 'अरे वाह... यही वो जगह है जिधर से मेलविल डिमेलो अंग्रेज़ी में ऐसे शानदार अन्दाज़ में इंग्लिश न्यूज़ पढ़ते हैं कि सारा इण्डिया

बिना हिले-डुले रेडियो से चिपका बैठा रहता है।' इस पर कर्तार कहता है, 'हिन्दी विच देवकी नन्दन पाण्डे दा जवाब नहीं।'

'बेशक' तभी किसी के रोकने पर उन्हें मालूम हुआ कि पहले उन्हें रिसेप्शन पर अन्दर जाने के लिये एण्ट्री करवानी है। वो थोड़ा-सा परेशान हुए और मुड़कर रिसेप्शन की तरफ़ जाने को ही थे, कि तभी एक जाना-पहचाना-सा स्वर कानों में पड़ा, 'ओये यशपाल' यशपाल और कर्तार दोनों ही एक साथ गर्दन घुमाकर आवाज़ की दिशा में देखते हैं। वहाँ एक गोरा-चिट्टा, गोल-मटोल, गुलाबी रंगतवाला यशपाल का हम उम्र-सा ही कोई खड़ा था। जिसे पल-भर हक्के-बक्के से देखते रहने के बाद दोनों ही बच्चों की तरह उसकी तरफ़ लपके, क़रीब पहुँचकर यशपाल ने बाँहें फैलाये खड़े उस बन्दे को गर्म जोशी से सीने से लगाते, 'गुलशन यार तू ऐत्थों?' कुछ पल जैसे-के-तैसे खड़े रहने के बाद जब दोनों अलग हुए, दोनों की ही आँखें भरी हुई थीं। पीछे खड़ा कर्तार अपनी आँखें पोंछ रहा था। अब ख़ुद को थोड़ा सम्हालते गुलशन कहता है, 'तू यहाँ क्या कर रहा है?'

'वो सारी गल बाद में करेंगे, अभी तो तू मैनू अन्दर एण्ट्री का पास दिलवा दे'

'पर तू...?

'बोला न, चल तो बताता हूँ।' वापिस लौटकर गुलशन ने रिसेप्शन पर पहुँचकर एण्ट्री पास बनवाये, वहीं यशपाल ने गुलशन से तारा का परिचय कराते कहा, 'इसका यहाँ गाने का ऑडिशन है।' गुलशन फ़ौरन समझ जाता है कि इन्हें लेकर कहाँ जाना है।

लम्बे-लम्बे गलियारों से आगे बढ़ते फिर एक तरफ़ मुड़कर काफ़ी चलने के बाद, एक जगह आठ दस स्त्री पुरुष बैठे दिखलायी पड़े। गुलशन ने उन्हें भी वहीं बैठने के लिये कहा, और बताया स्टूडियो नम्बर तीन में अभी-अभी ऑडिशन शुरू हुआ है। यशपाल को रघुनाथ जी की दी हुई उस चिट्ठी का ख़याल आता है जो उन्होंने म्यूज़िक प्रोड्यूसर सतीशचन्द्र खरे को देने के लिये दी थी। इतना सुनते ही गुलशन बोला, 'वो जो उधर खड़े किसी से बात कर रहे हैं ब्राउन कोट पहने वही खरे साहब हैं। दो मिण्ट रुक मैं उन्हें ऐत्थे ही ले आता हूँ।' खरे साहब आये पत्र पढ़ा और प्रसन्न मुद्रा में कहने लगे, 'क्या बात है, तलेगांवकर जी ने इतनी प्रशंसा की है तो कुछ तो बात होगी ही।' फिर तारा को देखकर मुस्कराते हुए, 'तुम नर्वस तो नहीं हो?' सच तो ये था तारा नर्वस थी। उसे एक बार फिर प्रकाश की बात याद आ गयी और उसने हिम्मत जुटाते हुए कहा, 'जी नहीं, क्योंकि मैं जानती हूँ दो ही बातें हो सकती हैं, पास या फेल फिर क्या घबराना।' उसके इस जवाब पर यूँ तो सभी प्रभावित हुए, किन्तु सबसे ज़्यादा प्रभावित हुए यशपाल। जो इस बात पर हैरान

थे, कि क्या ये वही लड़की है जिसे उसने सिर्फ़ दो महीने पहले ही उस अभिशप्त स्थान से छुड़वाया था। तभी तारा का नाम पुकारा गया, मिस्टर खरे ने स्टूडियो में जाने का इशारा किया और साथ-साथ चल पड़े। जाते-जाते तारा ने एक बार मुड़कर यशपाल को देखा, यशपाल ने थम्ब-अप का इशारा करते हुए 'ऑल द बेस्ट' कहा, और तारा स्टूडियो में चली गयी पीछे-पीछे मिस्टर खरे भी। स्वर परीक्षण लगभग आधे घण्टे तक चला, परीक्षकों में देश के अनेक भागों से बुलाये गये प्रमुख गायक उपस्थित थे, जिन्होंने तारा को भजन, ग़ज़ल, ठुमरी दादरा के छोटे-छोटे अंश सुनाने के लिये कहा।

वेटिंग रूम में बैठे यशपाल, कर्तार और गुलशन जो आज लगभग तीन वर्ष बाद मिल रहे थे, अपनी-अपनी कहानियाँ सुना रहे थे। गुलशन जो यशपाल का बचपन का दोस्त है, और उससे आयु में लगभग दो ढाई साल छोटा भी है। बताता है, यशपाल के बहुत कहने के बावजूद उसने यशपाल के साथ लाहौर नहीं छोड़ा, और जब छोड़ा तब काफ़ी कुछ खोने के बाद। दिल्ली पहुँचकर महीनों न जाने कहाँ-कहाँ की ख़ाक छानी, फिर लाहौर के ही बड़े व्यापारी नारंग साहब जिन्हें सभी ताया जी कहते थे वे मिल गये और उन्हीं की मेहरबानी से इधर प्रोडक्शन असिस्टेण्ट लग गया। फिर सब धीरे-धीरे ठीक होता चला गया। तभी यशपाल की नज़र स्टूडियो से बाहर आती तारा पर पड़ी जो काफ़ी ख़ुश नज़र आ रही थी, उसके ठीक पीछे मिस्टर खरे भी थे। क़रीब आने पर उन्होंने धीरे-से कहा, 'भई मुबारक हो, ऐसा लगता है आपका कैण्डिडेट तो क्लियर कर गया।' सभी खड़े हो चुके हैं। गुलशन पूछता है, 'सर ये आप कैसे कह सकते हैं? क्या इग्ज़ामिनर से आपकी बात-चीत हुई?'

'नहीं-नहीं, रिज़ल्ट के बारे में नहीं हुई, वो तो मैं सबके लिये अन्दर चाय भिजवा रहा था तो दो मिनट के लिये ख़ुद भी चला गया। तभी कानों में बातें पड़ीं ये लड़की तो बहुत आगे निकलेगी। एक साहब को तो ये भी कहते सुना कि वो लखनऊ में होनेवाले होली उत्सव के कार्यक्रम में तारा से परफोर्म करवाना चाहते हैं।', सुनते ही तारा तो मारे ख़ुशी के सन्न रह गयी। कर्तार और यशपाल के चेहरों पर ख़ुशी थी लेकिन यशपाल ने फ़ौरन कहा, 'अगर ये बात सच भी हुई तो भी वो ऐसा होने नहीं देंगे, अगर तारा में इतनी अधिक सम्भावनाएँ हैं तो वो उसे अभी और सिखवायेंगे, रियाज़ करवायेंगे और खरा सोना बनने के बाद ही ये संगीत की दुनिया में क़दम रखेगी।' यशपाल का एक-एक शब्द तारा के मन में जैसे उसके कुंजबिहारी का आशीर्वाद बन के उतर रहा था। मन-ही-मन उसने अपने बाऊ जी के आराध्य को प्रणाम किया और यशपाल की तरफ़ देखने लगी। ऐन उसी समय यशपाल की आँखें भी उससे मिलीं, तारा को लगा जैसे उसके इष्ट ने उसका नमन स्वीकार कर लिया हो। यशपाल ने घड़ी देखी, कर्तार को चलने का इशारा किया और गुलशन

को गले लगाते, 'यार आज रब ने तुझसे मिलाकर ऐन्नी वड्डी ख़ुशी मैनू दी है कि बोल नहीं सकता' फिर अपना कार्ड निकालकर देते हुए उसे आगरा आने के लिये कहा और उससे उसका फ़ोन नम्बर भी ले लिया।

लगभग पन्द्रह दिन बाद ही गुलशन ने यशपाल के कारख़ाने में फ़ोन लगाया। घण्टी बजती सुन लपक के कर्तार ने फ़ोन उठाया और राज़ी ख़ुशी पूछने के बाद यशपाल से कहा, 'दिल्ली से गुलशन का फ़ोन है।' यशपाल ने फ़ोन लिया, 'रब दी सौं यार मैं तेरे को ही फ़ोन लगाने वाला था, बोल कब आ रहा है तू आगरा?'

'पहले मेरे से गुड न्यूज़ सुन ले।' बाद में वो बताता है, कि तारा ने ऑडिशन क्लियर कर लिया है, दो चार दिन में ऑफिसियल लेटर भी पहुँच जायेगा। इतना सुनकर यशपाल इस तरह ख़ुशी से भर गये जैसे उन्होंने अपना ही रिज़ल्ट सुना हो। वो तारा के अतीत, और भविष्य को लेकर देखे गये सपनों की सारी कहानी गुलशन को सुना देते हैं। यहाँ कर्तार और फ़ोन के दूसरी तरफ़ गुलशन दोनों के ही कान यशपाल की इस नयी उमंग-भरी आवाज़ से जुड़े हुए हैं। गुलशन से रहा नहीं जाता, वो पूछ ही लेता है, कहीं वो तारा के लिये सेण्टी तो नहीं हो गया? यशपाल हँसते हुए कहते हैं, वो तो सेण्टी नहीं हुआ पर कहीं वो ख़ुद तो पागल नहीं हो गया? बीवी बच्चोंवाला पैंतीस साल का मर्द अब इन सब चक्करों में पड़ेगा? हँसते हुए गुलशन कहता है, वो तो वो इसलिये पूछ रहा था, क्योंकि इश्क़ न उम्र देखता है न ज़ात। और वो फ़ोन बन्द कर देता है।

घड़ी ने छह बजाये, कर्तार उठते हुए कहता है, 'साहेब मैं गाड़ी निकालता हूँ', यशपाल अपनी फ़ाइलें समेटते, 'याद करके गाड़ी नूँ पंजाब स्वीट हाउस पर रोक देना।'

फ़ोन की घण्टी सुन प्रकाश जो कुलदीप को मालिश कर रही थी, हाथ पोंछते उठकर फ़ोन लेती है। दूसरी तरफ़ यशपाल की पत्नी शोभा कहती है वो सुदेश के घर आयी हुई है, सोचती है थोड़ी देर के लिये उससे भी आकर मिल ले बहुत दिन हो गये। प्रकाश चहकती हुई, 'हंजी जल्दी आना' कहकर बच्चे के हाथ में झुनझुना पकड़ा के रसोई की तरफ़ जाते, 'सुनील अनिल को मेरे हाथ का हलुवा बोत पसन्द है, बना लेती हूँ, चिप्स चाय के साथ रख दूँगी', और वो काम में लग जाती है।

तारा ऊपर कमरे में धीमी आवाज़ में रेडियो सुन रही है। ये रेडियो यशपाल ने उसके इस घर में आने के कुछ समय बाद ही ख़रीद के भेज दिया था, ताकि अनजान घर में उसका मन लगा रहे। तारा बचपन से ही रेडियो की शौक़ीन थी, अपने बाऊ जी के घर में रखे रेडियो के पीछे छिपकर तोतले स्वर में गाती, और बाद में पूछती, 'बाऊ जी मैंने कैछा गाया?' उसके पिता हमेशा एक ही उत्तर देते, 'बहुत सुन्दर गाया

बेटा, और एक दिन तू सच में ही रेडियो में गायेगी।' ये सब याद करके इस समय भी तारा की आँखें भर आयी थीं, साथ ही मन में इस बात की धुकधुकी भी पैदा होने लगी थी कि वो ऑडिशन में पास होती है कि नहीं। तभी एकाएक नीचे से कई आवाज़ों का शोर उभरा जिसमें कुछ बच्चों की आवाज़ें भी थीं। वो चौंकी और उठ के अपने कमरे का दरवाज़ा खोल के नीचे देखने लगी, जहाँ पूरा तूफ़ान मचा हुआ था। प्रकाश के अतिरिक्त एक दोहरे बदन की गोरी-चिट्टी महिला जिसकी गोद में कुलदीप था। साथ ही लगभग आठ और दस साल की आयु के दो लड़के, जो कुलदीप को गोद में लेने के लिये छीना-झपटी कर रहे थे, लेकिन वो महिला जो शायद उन बच्चों की माँ थी, लगातार मना करते हुए कह रही थी, कुलदीप अभी बहुत छोटा है उसकी हँसुली उतर जायेगी बड़ा हो जायेगा तब खिलाना। साथ ही वो पास खड़े अपने भाई सुदेश से बच्चों को पकड़ने के लिये भी कहे जा रही थी। तभी प्रकाश रसोई से ट्रे में नाश्ता लेकर आते कहती है, 'सुनील, अनिल कमरे में चलो, भरजाई जी सुदेश भाई आइये।' ऊपर खड़ी तारा को लगता है कि ये शायद साहेब का ही परिवार है। आगे बढ़ते हुए जैसे ही प्रकाश की नज़र तारा पर पड़ती है वो फ़ौरन ही कहती है, 'तू उधर क्यों खड़ी है तारा छेती थल्ले आ' तारा नाम सुनते ही शोभा ने तेज़ी से गर्दन घुमायी और तारा को देखा। तारा और शोभा इस समय एकटक एक-दूसरे को देख रहीं थीं। तारा मन-ही-मन सोच रही थी, कितनी सुन्दर हैं साहेब की पत्नी और बच्चे भी। लेकिन शोभा फ़ौरन बोल पड़ी, 'परकाश ऐ कुड़ी केन्नी सोणी है, ज़रा आँखें तो देखो जैसे शराब दी प्यालियाँ।' सबको अपनी तरफ़ देखते पा तारा सकुचा के नीचे उतरने लगती है, उसी समय दरवाज़ा भड़भड़ा के खुलता है, सामने यशपाल और कर्तार खड़े हैं। कर्तार के हाथ में मिठाई की थैलियाँ हैं। सबको यहाँ देख ख़ुशी और हैरानी में भरे यशपाल कहते हैं, 'ओये तुम सारे-के-सारे ऐत्थे?' बच्चे 'पापा-पापा' कहते यशपाल से लिपट जाते हैं। छोटा अनिल कर्तार के हाथ की थैली में झाँकते पूछता है, 'चाचू इसमें क्या है?' आँगन की तरफ़ बढ़ते यशपाल कहते हैं, 'परकाश थैली विच तीन डिब्बे हैं। एक इस घर का, एक मेरे घर का, और एक डिब्बा याद से कल तारा के साथ रघुनाथ जी के यहाँ भिजवा देना', अभी सब प्रश्न-भरी नज़रों से उसे देख ही रहे थे कि बात पूरी करते उन्होंने बताया, 'गुलशन ने फ़ोन पर बोला कि तारा स्वर परीक्षण में पास हो गयी है, इस वास्ते सबका मुँह मीठा कराने के लिये ऐ गाजर का हलुवा।' अब सभी ख़ुशी में भरे तारा को बधाइयां देने लगते हैं। शोभा तो उसे अपनी तरफ़ खींच, पीठ थपकते दिल खोलकर आशीर्वाद देते कहती है, 'सब कोई मेरी गल गाँठ बाँध लो, तारा इक दिन बोत वड्डा नाम करेगी।' फिर यशपाल को देखते, 'सुनील के पापा इक अनाथ कुड़ी की ज़िन्द सँवार के आपने बोत पुण्य दा काम किया हैगा।' कुल

मिला के माहौल काफ़ी ख़ुशगवार था। पर ना जाने क्यों ये सब देख तारा के मन में रह–रह के टीसें उठ रही थीं, कि साहेब इस वक़्त अपने परिवार के साथ कितने ख़ुश हैं। उसके मन की इस हलचल को सिर्फ़ प्रकाश भाँप पा रही थी जो बीच–बीच में तारा की ओर देख रही थी। खाने–पीने के बीच ही यशपाल ने सुदेश से कहा, 'तलेगांवकर साहेब से तो तारा की संगीत शिक्षा चलती ही रहेगी, लेकिन अगर घर पे अपने साज़िन्दों के साथ भी ये रियाज़ करती रहे, तो रेडियो के अलावा बाहर के प्रोग्राम करने लायक़ भी तैयार हो जायेगी। ख़ुद के पैसे कमायेगी और एक दिन अपने पैरों पर खड़ी हो जायेगी। इसलिये मैं चाहता हूँ अपने नाटकवालों से तुम पता करो कोई काबिल, साथ ही शरीफ़ तबले और सारंगी पर संगत करनेवाले कलाकार मिल जायें तो बहुत ही अच्छा रहेगा।' सुदेश बताता है, इप्टा के नाटकों में जो बैक ग्राउण्ड म्यूज़िक देते हैं वो उनसे पता करेगा। उनका नाम उस्ताद इस्माइल बेचैन है और वो ख़ुद सारंगी नवाज़ हैं। अगर उनके पास समय हुआ तो शायद वो ख़ुद ही हामी भर लें। कुछ देर घर में हल्ला–गुल्ला मचता रहा, बच्चों के साथ खेलते नन्हाँ कुलदीप भी ख़ूब किलकारियाँ भर रहा था। प्रकाश का मन था वो सब यहाँ से खाना खा के ही जायें, लेकिन शोभा बताती है खाना तो मुण्डू ने बना के रखा होगा, वो उसको सारा बता के आयी थी। जाते समय प्रकाश के ना–ना कहने पर भी शोभा ने ज़बरदस्ती कुछ बड़े–बड़े नोट कुलदीप के हाथ में पकड़ा दिये। यशपाल और उसके परिवार के जाते ही घर में सन्नाटा–सा हो गया। ख़ुशी में भरी प्रकाश कर्तार से कहती है साहेब और भरजाई जी का उन्हें कितना सहारा है कभी अहसास ही नहीं होने दिया कि वो उनके नौकर–चाकर हैं। कर्तार सहमति में सिर हिलाता है।

एक कहावत है जहाँ चाह होती है वहाँ राह भी निकल आती है। सुदेश खन्ना ने जब उस्ताद इस्माइल से संगतकारों के बारे में बात की, तो उन्होंने कहा सारंगी में उनके अपने भतीजे सलीम का हाथ भी अच्छा है, रही तबला वादक की बात, तो कई प्रोग्रामों में बाबू ख़ान नाम का एक नौजवान उसे हमेशा प्रभावित करता है। साथ ही वो कई बार कह भी चुका है कि बेरोज़गारी का मारा वो जिला मुंगेर से काम तलाशते यहाँ तक चला तो आया पर किसी को जानता नहीं है। घर में नयी नवेली बीवी है जो पेट से है। अगर कहीं छोटी–मोटी नौकरी मिल जाये तो उसका घर चल जाये। ये सारी बातें सुदेश के मुँह से सुनते ही यशपाल ने कहा, वो उस्ताद इस्माइल से पूछकर उनका वेतन तय करवा ले और पन्द्रह नवम्बर से आने के लिये कह दें, उन्होंने ये भी कहा संगीत का रियाज़ तारा ऊपर अपने कमरे में ही करेगी ताकि न उसे किसी तरह का ख़लल पड़े, ना ही नीचे प्रकाश को तक़लीफ़ हो। दो दिन बाद ही सुदेश इस्माइल भाई के मार्फ़त तबला और सारंगी वादक दोनों को ही यशपाल

से मिलवाने उसके दफ़्तर ले गया। जहाँ यशपाल ने दोनों से बात-चीत करके तसल्ली की, साथ ही डेढ़-डेढ़ सौ रुपये वेतन भी तय कर दिया जो उन्नीस सौ अड़तालीस के हिसाब से काफ़ी से ज़्यादा था। रियाज़ का समय सुबह दस से एक बजे तक का निश्चित किया गया। कर्तार के घर परिवार को ध्यान में रखते हुए यशपाल ने उन दोनों को कुछ हिदायतें भी दीं, जैसे पान, तम्बाकू, बीड़ी, सिगरेट का शौक यदि है तो उसे घर के बाहर ही पूरा कर लिया जाये। जैसे ही वो दोनों उठकर जाने को हुए, यशपाल को कुछ याद आया और उन्होंने उन्हें रोकते हुए कहा, 'माफ़ करियेगा एक ज़रूरी बात तो मैं भूल ही गया, संगत के लिये तबले की जोड़ी और सारंगी की जरूरत पड़ेगी, मैं चाहता हूँ सुदेश के साथ यहाँ से निकलते ही सबसे पहले साज़ ही ख़रीद डालिये... एक तानपूरा भी।' फिर सुदेश से उन्होंने कहा, 'वो कर्तार के पास जाये और इनसे पूछकर जितने पैसों की ज़रूरत है वो ले ले। कंगीगली के घर का पता और फ़ोन नम्बर दुकानदार को दे दे और उससे कहे आज ही सामान पहुँचा दे।'

अगले दिन पन्द्रह नवम्बर को जब पहली बार तबला वादक बाबू ख़ान और सारंगी वादक सलीम, कर्तार के घर सुबह दस बजे पहुँचे, उन्हीं की प्रतीक्षा में उस रोज़ कर्तार कारख़ाने भी नहीं गया था। उनके आने पर पहले उन्हें नीचे दालान में बिठाया गया और चाय-पानी पिलाने के बाद ही कर्तार और प्रकाश उन्हें ऊपर ले गये। रियाज़ शुरू करने से पहले परम्परा के अनुसार तारा ने झुककर दोनों का अभिवादन किया। फिर घर आये तीनों वाद्यों का पूजन करके कमरे में रखे माँ सरस्वती के चित्र पर माला चढ़ायी, और सामने रखा दीपक प्रज्वलित किया। बाबू ख़ान, सलीम और स्वयं के बैठने का स्थान तारा पहले ही तय कर चुकी थी। तीनों ने अपने-अपने वाद्यों के साथ स्थान ग्रहण किया। तानपूरे पर उँगली चलाती तारा ने गुरु रघुनाथ तलेगांवकर जी की सिखायी नयी बंदिश का रियाज़ करने की इच्छा प्रकट की जो राग तोड़ी में निबद्ध थी। भावों में भर के पहले उसने एक स्थायी आलाप लिया, और फिर वो सुरों के सागर में जैसे डूबने उतराने लगी... *'कृष्णा तोसे लगन लागी कृष्णा'*।

कृष्णा...' तारा के मीठे स्वर सुन कर्तार और प्रकाश दोनों ही भाव-विभोर होते चले गये, तभी तारा ने स्थायी के बाद अंतरा उठाया...

'मन के नैनन तेरो दरस कियो,
मैं बड़भागी कृष्णा... कृष्णा कृष्णा...'

प्रकाश की आँखें बरस रही थी। पति-पत्नी एक-दूसरे को ऐसे देख रहे थे जैसे उन्होंने पहली बार तारा की गुणवत्ता को जाना हो। प्रकाश से न रहा गया, उसने कर्तार

से कहा, 'साहेब ने हीरे को सही पहचाना और अब उसे तराशने में जुट गये हैं चंगा कित्ता... चलूँ सबके वास्ते चाय बनाकर ऊपर लै आऊँ।'

जिस दिन ऑल इण्डिया रेडियो दिल्ली से तारा को गाने का पहला अनुबन्ध मिला वो मारे ख़ुशी के रो पड़ी। अनुबन्ध-पत्र माँ सरस्वती की फ़ोटो के सामने रख उस पर सिर टिकाकर कहने लगी, 'मेरे लिये माता-पिता सब आप ही हो माँ, बाऊ जी आज अगर होते तो कितना ख़ुश होते, मुझे आशीर्वाद देते, अब उनके हिस्से का आप ही ख़ुश हो और आप ही आशीर्वाद दो।' उस दिन तारा की ये हालत देखकर प्रकाश को उस पर तरस आया, इस बीच उसके मन में तारा को लेकर जो हल्की- सी आशंकाएँ उग आयी थीं वो सब जैसे वो भूल गयीं। उसने सोचा, अगर साहेब, भरजाई जी और सारे ही बन्दे इस अनाथ लड़की का भला सोच रहे हैं तो वो काहे को कुड़कुड़ाती रहे, उसे भी तारा की हिम्मत बढ़ानी चाहिए।

शाम को तारा ने तलेगांवकर जी के हाथ पर रेडियो स्टेशन का अनुबन्ध-पत्र रखा, जिसे देखकर वो प्रसन्न हो गये, उसे पढ़ने के बाद बोले, 'तुम्हें सुगम संगीत और उप शास्त्रीय संगीत दोनों में ही उत्तीर्ण किया गया था न, इसीलिये पहली बुकिंग तुम्हें ग़ज़ल गायन की दी गयी है, ठीक है अभी तो दस दिन हाथ में हैं ग़ज़ल की तैयारी हो जायेगी।'

उधर यशपाल कर्तार से कह रहे थे, ये तारा का पहला प्रोग्राम है इसलिये वो उसके साथ ज़रूर जायेंगे, बाद में तो कर्तार को ही लेकर जाना है, और दिल्ली में तो गुलशन है ही। दिल्ली के लिये तारा को विदा करते हुए प्रकाश ने दही-बूरा खिलाते हुए कहा, सब काम चंगा हो जावे तो वो तारा को मत्था टेकवाने गुरुद्वारे लेकर जायेगी।

उन दिनों कार्यक्रमों की रिकॉर्डिंग कम ही होती थी। सीधे माइक्रोफ़ोन के सामने ही कलाकार अपनी प्रस्तुतियाँ करते थे, इसलिये तारा काफ़ी घबरायी हुई थी ये देख यशपाल ने उसे हौसला देते हुए कहा पूरे आत्मविश्वास से ध्यान केन्द्रित करके अगर वो गायेगी तो कहीं कोई गड़बड़ी नहीं होगी। स्टूडियो नम्बर तीन के बाहर ही प्रोड्यूसर सतीश खरे किसी से बात कर रहे थे। तारा को देख वो मुस्कराये और कहा, अभी प्रसारण में आधा घण्टा है वो स्टूडियो में जाकर रिहर्सल कर सकती है। गुलशन अन्दर ही है और वो भी बस पहुँच ही रहे हैं। तारा के अन्दर जाने के बाद सतीश खरे का ध्यान जैसे ही यशपाल की ओर गया, 'अरे आहूजा साहब आपको तो देखा ही नहीं' वो यशपाल से हाथ मिलाते कहते हैं, 'आरम्भ में तो हर कलाकार ही थोड़ा बहुत घबराता है फिर धीरे-धीरे सब

ठीक हो जाता है... आइये।', खरे साहब यशपाल को ड्यूटी रूम में ले जाते हैं, कहते हैं, यहाँ बैठ वो आराम से तारा को सुन सकते हैं, प्रोग्राम ठीक एक बजे शुरू हो जायेगा। खरे के जाते ही यशपाल ने घड़ी देखी, एक बजने में अभी दस मिनट बाक़ी हैं। उनका मन इस समय ऐसे व्याकुल हो रहा था जैसे तब, जब वो अपने बड़े पुत्र सुनील को पहली बार स्कूल में छोड़कर आये थे, और फ़ौरन ही पलट के उसकी कक्षा तक पहुँच गये थे जहाँ वो रो रहा था। फिर उनके समझाने पुचकारने के बाद तुरन्त ही चुप भी हो गया था। वो फुर्ती से गलियारे से होते स्टूडियो नम्बर तीन की तरफ़ बढ़ने लगे और दरवाज़ा खोल अन्दर जाकर सीधे तारा के पास पहुँचे और उसके सिर पर हाथ रख धीरे से कहा, 'देख तारा घबराना नहीं सब चंगा होगा।' और वो जैसे आये थे वैसे ही पलट के निकल गये। तारा जिसके भीतर रह-रह के घबराहट की सिहरनें उठ रहीं थीं, एकाएक ही शान्त हो गयी। उसे लगा उसके बाऊ जी का हाथ उसके सिर पर आ गया। अभी वहाँ उपस्थित सब ये देख ही रहे थे कि शीशे के उस पार कन्सोल पर बैठे उद्घोषक की आवाज़ गूँजनें लगी, 'ये ऑल इण्डिया रेडियो दिल्ली है—सुगम संगीत—आज इस प्रोग्राम में तारादेवी शर्मा की आवाज़ में पेश हैं चन्द ग़ज़लें, पहले सुनिये ज़नाब ज़िगर मुरादाबादी का क़लाम।

मतला है,

दिल में किसी के, राह किये जा रहा हूँ मैं,
कितना हँसीं गुनाह किये जा रहा हूँ मैं।।

कुछ पल साज़ों के दर्द-भरे सुर गूँजते रहने के बाद उनमें से तारा की मीठी आवाज़ उभरने लगी। आवाज़, जिसमें उतना ही दर्द था जितना ग़ज़ल के शेरों में। स्टूडियो में एक तरफ़ खड़े सतीश खरे की आँखें वहाँ उपस्थित अन्य लोगों से मिली, सभी ने अपने-अपने अन्दाज़ में कहा.. 'क्या बात है'। ड्यूटी रूम में बैठे यशपाल, कर्तार और गुलशन, आगरा में अपने घर में बैठी शोभा, तारा के कमरे में रेडियो से कान लगाये बैठी प्रकाश, और बच्चों की संगीत शिक्षा रोक कर मन्त्र-मुग्ध भाव से सुन रहे रघुनाथ जी, जो बीच बीच में दाद देते कहे भी जा रहे थे, 'जीती रहो बेटा... क्या बात है।' सभी सुननेवाले जैसे नींद से जागे जब उद्घोषक ने कार्यक्रम के समापन की घोषणा की। कुछ ही देर में किसी के साथ तारा भी ड्यूटी रूम में पहुँच गयी। जिसे देखते ही गुलशन, यशपाल और वहाँ बैठे ड्यूटी अफ़सर सेन ने खुले मन से उसके गायन की प्रशंसा और सुनहरे भविष्य की सम्भावनाएँ भी जतलायी। ये सब सुनते हुए तारा की आँखें बरसने लगीं। तभी ड्यूटी अफ़सर ने एक काग़ज़ आगे बढ़ाते तारा से उस पर हस्ताक्षर करने के लिये कहा, और पचास रुपये का एक चेक उसकी ओर बढ़ा दिया। तारा सकपकाई-सी कभी चेक देखे, कभी

यशपाल और गुलशन को। गुलशन ने उसकी पीठ थपकते हुए कहा, 'अरे लै लै कुड़ी लै ले। त्वाड़ी मेहनत की कमाई हैगी।'

लंच का समय हो चुका था, यशपाल ने ज़िद करके गुलशन को भी गाड़ी में खींचते कहा, 'चल बरसों बाद इकट्ठे रोटी खाते हैं।' कर्तार ने जो ड्राइविंग सीट पर बैठा था, गाड़ी स्टार्ट करते पूछा 'गाड़ी किस तरफ़ लें?'

'कनॉट प्लेस।'

कनॉट प्लस के शानदार रेस्टोरेण्ट में जैसे ही तारा ने क़दम रखा वो एकदम सकपका गयी। ऐसी जगह उसने पहले नहीं देखी थी। अभी वो आँखें फाड़े देख ही रही थी, कि यशपाल ने एक टेबिल की तरफ़ इशारा किया और सबके बैठते ही मैन्यू कार्ड तारा की तरफ़ बढ़ा दिया, 'आज की ये दावत तारा शर्मा की तरफ़ से', ये सुनते ही तारा घबरा गयी, 'पर मेरे पास तो कुछ....' ठहाका मारते गुलशन बोला, 'ऐन्ना वड्डा चेक लेके बैठी है बोलती है कुछ नहीं है।' हँसी-ख़ुशी के इस नए वातावरण में तारा रमने लगी। दरअसल गुलशन स्वभाव से इतना मस्त मौला इन्सान है, कि न ख़ुद अपना मुँह बन्द रखता है, न ही सामनेवाले को चुप रहने देता है। तारा को ऐसे लग रहा था जैसे वो किसी दूसरी दुनिया में आ पहुँची हो।

बाहर निकल कर तारा ने यशपाल से कुछ दबी ज़ुबान में कहा, उसे कुछ पैसे चाहिए सामान खरीदना है। ये कहते उसने अपना चेक उनकी तरफ़ बढ़ा दिया। गुलशन ने ज़ोरदार ठहाका लगाते हुए कहा, हिसाब-किताब में भी एकदम साफ़ है तारा। यशपाल पर्स निकालते पूछते हैं, उसे कितने पैसे चाहिए?, 'सारे' यशपाल उसे रुपये देते हैं और तारा गुलशन से पूछती है, यहाँ अच्छे कपड़े खिलौने वगैरह कहाँ मिलेंगे? उत्तर में गुलशन कहता है 'चलो गड्डी में बैठो', और गाड़ी आगे बढ़ने लगती है।

कर्तार और तारा को घर पहुँचते रात हो चुकी थी। हालाँकि तारा काफ़ी थकी हुई थी फिर भी उत्साह में भरी, प्रकाश को अपने नये अनुभव सुनाना चाहती थी, पर प्रकाश ने कहा अभी तारा बहुत थकी हुई है जाकर सो जाये, अगले दिन बात करेंगे।

सबेरे प्रकाश ने रसोई में चाय चढ़ाई हुई थी। कर्तार बाथरूम से निकले ही थे कि अचानक किसी अलग-सी चिड़िया की आवाज़ घर में गूँजने लगी। कर्तार और प्रकाश दोनों ही यहाँ-वहाँ देखने लगे। फिर जब चाय की ट्रे लिये प्रकाश कमरे में गयी, तो देखा तारा किसी खिलौने को दबा-दबा के आवाज़ निकाल रही थी, जिसे सुनकर कुलदीप भी ख़ुशी में भरा अग्गु-अग्गु कर रहा था। पलँग पर पड़े नये कपड़ों का ढेर देखकर प्रकाश ने पूछा, 'ऐ सब की तारा?', अब चहकते हुए तारा ने दिल्ली-

यात्रा का पूरा विवरण सुनाते हुए बताया की कैसे उसे पचास रुपये का चेक मिला, और कैसे साहेब से पैसे उधार लेके वो सबके लिये ये उपहार लायी है। दिखावटी गुस्से के साथ प्रकाश ने कहा, 'इस तरह पैसे उड़ायेगी तो कैसे चलेगा' इस पर कर्तार भी कहता है, 'आज कल में साहेब इसका बैंक खाता भी खुलवा देंगे, सम्हाल के चलेगी तो इसकी सारी तक़लीफ़ें जल्दी ही दूर हो जायेगी।' तभी फ़ोन की घण्टी बजी, कर्तार ने फ़ोन लिया और हंजी कहते हुए तारा को ये कहते फ़ोन पकड़ाया 'तेरे वास्ते शोभा भाभी का फ़ोन है।' फ़ोन लेकर तारा ने हिचकते हुए उन्हें नमस्ते कहा और फिर वो रुक-रुक के बस धन्यवाद ही कहे जा रही थी, क्योंकि दूसरी तरफ़ से शोभा ने प्रशंसाओं और शुभ कामनाओं की झड़ी लगा रखी थी। बाद में उस दिन जब बाबू ख़ान और सलीम घर आये, तो तारा ने उन्हें उनके लिये लाये उपहार भी दिये, वो गद्गद हो उठे। बाबू ख़ान कहने लगा, 'ये सब देखकर नसीम तो खिल जायेगी।' बातों-ही-बातों में प्रकाश ने बाबू ख़ान से कहा, वो तो काम के लिये सुबह ही निकल पड़ता है, और बेचारी उसकी बीवी गर्भ के दिनों में इतनी दूर अकेली पड़ी रहती है। उसने उनके लिये कंगीगली में ही एक घर देखा है। पन्द्रह रुपये किराये में मिल रहा है, अगर ठीक लगे तो वो यहीं आ जायें। ये सुनकर बाबू ख़ान ख़ुशी में भरा कहता है, 'जब से वो लोग अपने गाँव से निकले हैं कोई पहला मिला, जिसने उन लोगों की फ़िक्र की। पन्द्रह दिसम्बर को पहली तनख़्वाह मिलते ही वो लोग उनके पड़ोस में आ जायेंगे।'

आगरा का प्रमुख बाज़ार होने के कारण फ़व्वारा लगभग दिन-भर ही वाहनों से घिरा रहता है। पैदल चलनेवाले, साइकिल सवार, ताँगे, रिक्शा और इक्का-दुक्का मोटर गाड़ियाँ। उस दिन पन्द्रह दिसम्बर के दोपहर को भी बाज़ार कुछ ऐसा ही था। सलीम और बाबू ख़ान यशपाल के दफ़्तर से अपना वेतन लेकर ख़ुशी ख़ुशी निकले। अभी वो पचास ग़ज ही आगे बढ़े होंगे, कि एक छोटे लड़के को सामने से आते ताँगे से बचाने के लिये बाबू ख़ान झपट के आगे बढ़ा, तभी पीछे से आती मोटर कार ने उसे टक्कर मारी। बच्चा तो छिटककर दूर जा गिरा, लेकिन बाबू ख़ान ने वहीं- के-वहीं दम तोड़ दिया। अफ़रा-तफ़री मच गयी। घबराये से सलीम ने वहीं किसी दुकान के फ़ोन से यशपाल को ये सूचना दी। चूँकि बाबू ख़ान का कोई रिश्तेदार या जानकार आगरा में नहीं था, इसलिये पुलिस मामले, पोस्ट-मॉर्टम, कफ़न-दफ़न से लेकर बाबू ख़ान के घर से उसकी गर्भवती पत्नी नसीम को लिवाने और कंगीगली पहुँचाने तक की पूरी ज़िम्मेदारी यशपाल और कर्तार पर आन पड़ी। दोनों के ही घरों में रात उनके न लौटने के कारण चिन्ता व्याप्त थी। सभी की वो रात आँखों में ही कट गयी, किसी के गले से पानी तक नहीं उतर रहा था।

सुबह दस बजे के लगभग जो तारा के रियाज़ का समय होता था, बाहर साँकल खड़की। दालान में ख़ामोश बैठी प्रकाश और तारा एक साथ दरवाज़े की तरफ़ दौड़ीं। दरवाज़ा खोलते ही जो देखा, तो दोनों पथरायी-सी रह गयीं। सामने से अस्त-व्यस्त कर्तार और यशपाल निढाल-सी एक गर्भवती स्त्री को लिये अन्दर आ रहे थे। जिनके पीछे-पीछे गली के लोगों की छोटी-सी एक भीड़ भी जमा हो चुकी थी। कम शब्दों में सारी बात बताते यशपाल ने बताया, उन्होंने रास्ते से ही डॉ. दवे को फ़ोन कर दिया था, वो आते ही होंगे। कर्तार के घर से ही यशपाल ने फ़ोन पर शोभा से बात की और कहा, थोड़ी देर में वो घर पहुँच जायेंगे। इस बीच डॉ. दवे आये, नसीम का परीक्षण किया और तुरन्त एक इंजेक्शन देकर कर्तार से कहा, पेशेण्ट गहरे सदमे में है इसलिये उन्होंने उसे नींद का इंजेक्शन दे दिया है, थोड़ी देर बाद वो उनकी डिसपेन्सरी आकर दवा ले लें, और अगर तबीयत अधिक बिगड़े तो उन्हें फ़ौरन ही फ़ोन पर सूचना दे दें। डॉ. दवे के जाते ही गली की भीड़ छँट गयी और थोड़ी देर में यशपाल भी अपने घर चले गये।

कर्तार जो रात-भर का थका हुआ था उसे प्रकाश ने ज़िद करके सोने के लिये कमरे में भेज दिया। तारा और प्रकाश नसीम के पास बैठी सुबकते हुए भगवान् से शिकायतें कर रही थीं, कि पलक झपकाते ही वो किसी की जीवन रेखा कैसे मिटा देते हैं। दोनों को ही नसीम और उसके होनेवाले बच्चे की बहुत अधिक चिन्ता हो रही थी। तारा सोच रही थी उसे अपनी माँ का चेहरा तो ज़रा भी याद नहीं, किन्तु कम-से-कम तेरह चौदह वर्ष तक अपने पिता के साथ तो जी पायी। किन्तु इस बच्चे के भविष्य में न जाने क्या है, जिसके पिता के बाद अब माँ का जीवन भी अधर में लटका हुआ है। एकाएक तारा उठकर उस कोने की तरफ़ चली गयी जहाँ चौकी पर गुरुग्रन्थ साहेब स्थापित थे और उसके ठीक ऊपर पवित्र स्वर्ण मन्दिर का चित्र लगा हुआ था। तारा ने फ़ौरन ही सिर ढँका और पास रखी अगरबत्तियाँ जलाकर सामने रख दी और स्वयं झुककर धर्मग्रन्थ पर माथा टिका दिया।

डॉक्टर का आना-जाना, इंजेक्शन और दवाइयों का क्रम चल रहा था। बीच-बीच में कुछ देर के लिये नसीम आँखें खोलती तो प्रकाश और तारा उसे कुछ खिलाने-पिलाने की कोशिश करतीं। उसके ना कहने पर उसे उसके पति की निशानी, उसके होनेवाले बच्चे की कसमें दिलाकर ज़बरन कुछ खिला ही देतीं। जितनी देर नसीम चैतन्य रहती, अपने शौहर और आनेवाले बच्चे से जुड़े सपनों के बारे में बोलती रहती। वो बताती, कि उसने अपने ससुराल के किसी बुज़ुर्ग को नहीं देखा, लेकिन उसके पति बतलाते थे कि उनके परिवार में लगभग सभी पाँच वक़्त के नमाज़ी और शरीअत का सख़्ती से पालन करनेवाले थे। इसलिये वो ख़ुद भी यही चाहते थे कि अपने आनेवाले बच्चे को वो अपने पुरखों की राह पर ही आगे बढ़ायें।

मज़हबी तालीम दिलवाने के साथ ही उसकी शादी–ब्याह भी अपनी कौम में ही करायें।

आठ दस दिन के भीतर ही प्रकाश और तारा की देख–भाल और अच्छे खान–पान के कारण नसीम अपने पैरों पर खड़ी हो गयी। प्रकाश और तारा का यही प्रयत्न रहता कि वो नसीम के सामने सकारात्मक बातें ही करें, उसके बच्चे के सुन्दर सपने उसकी आँखों में भर दें। प्रकाश ने गोकुलपुरा के निकटस्थ लेडी लॉयल हॉस्पिटल में नसीम के प्रसव का नामांकन भी करवा दिया था। उन दिनों इस अस्पताल की इंचार्ज गोकुलपुरा की ही डॉ. लज्जा मेहता थीं जिनकी बड़ी ख्याति थी। नसीम का परीक्षण कर डॉ. मेहता ने प्रकाश को अलग से बताया, पति के निधन की दुर्घटना के कारण नसीम का स्वास्थ्य बुरी तरह प्रभावित हुआ, जिसके कारण उसके पेट के बच्चे के विकास पर भी असर पड़ा है और बच्चा काफ़ी कमज़ोर है। इसलिये नसीम को ज़रा–सी पीड़ा होते ही अस्पताल में भर्ती करा दें ताकि प्रसव सामान्य हो सके।

प्रकाश और तारा पूरी मुस्तैदी से डॉ. मेहता के निर्देशों का पालन कर रही थीं। उस दिन फरवरी माह की सत्रह तारीख थी। नसीम ने जैसे ही हल्के से दर्द की बात प्रकाश को बतायी, प्रकाश ने कर्तार से कह के फ़ौरन ही गली के बाहर ताँगा बुलवा लिया। वो और कर्तार उसे लेकर अस्पताल चल पड़े। कुलदीप को सम्हालने के लिये तारा घर में ही रह गयी। सत्रह का पूरा दिन दर्द में ही तड़पते बीत गया, लेकिन प्रसव के लक्षण दिखलायी नहीं पड़ रहे थे। डॉ. मेहता चिन्तित थीं, बताया, बच्चा कोख़ में टेढ़ा हो गया है शायद अगले दिन ऑपरेशन करना पड़ेगा। अगला दिन यानी अट्ठारह फरवरी—हिन्दू पंचांग के अनुसार कृष्ण पक्ष की पंचमी अर्थात बसन्त पंचमी। प्रकाश अस्पताल में नसीम के पास थी, और तारा कुलदीप को लेकर घर में। कर्तार, यशपाल और अस्पताल, तीनों फ़ोन निरन्तर सम्पर्क में थे। अभी ठीक से भोर नहीं हुई थी कि नसीम ज़ोर–ज़ोर से चीखने लगी। प्रकाश जो कुर्सी पर ऊँघ रही थी, ये देख भागी–भागी ड्यूटी रूम में पहुँची और ऑन ड्यूटी सिस्टर को मरीज़ के बारे में बताया। सिस्टर ने डॉक्टर को फ़ोन पर इमरजेंसी की सूचना दी, और ख़ुद तेज़ी से जब नसीम के कमरे में पहुँची, बच्चे के रोने की आवाज़ें आ रही थीं। प्रकाश के पसीने छूट पड़े और वो शान्त–सी पड़ी नसीम के गाल थपथपाते उसे होश में लाने की कोशिश करने लगी। लेकिन वो तो इस संसार से बहुत दूर जा चुकी थी। जिसकी पुष्टि हड़बड़ाई–सी वहाँ पहुँची डॉ. लज्जा मेहता ने की।

अस्पताल से नसीम की देह को अन्तिम संस्कार के लिये ले जाया गया। बेड ख़ाली हो चुका था, जिसके पास ही रखे पालने में पड़ा बाबू ख़ान और नसीम का ख़्वाब, उनका नवजात शिशु रोये जा रहा था और चारों तरफ़ खड़े यशपाल, कर्तार, प्रकाश और तारा बेबस से उसे देखे जा रहे थे। एकाएक ही तारा उसे उठाकर अपने

सीने से लगा लेती है और ख़ुद भी दहाड़े मार-मार के रोने लगती है। सभी के कलेजे काँप उठते हैं। तभी डॉ. लज्जा मेहता ग़मगीन चेहरा लिये कमरे में आती हैं, जिन्हें देखते ही रोती हुई तारा उनसे कहती है, 'डॉ. साहब मैं इसे यहाँ अकेला नहीं छोड़ सकती, मुझे इसके माँ-बाप के सारे सपने पूरे करने हैं, मैं इसे अपने साथ घर ले जाऊँगी।', डॉ. मेहता पास आकर तारा की पीठ पर हाथ रख सान्त्वना देते कहती हैं, 'ठीक है, ऑफिस में चलिये, कुछ औपचारिकताओं के बाद आप बच्चे को यहाँ से ले जा सकती हैं—आईये।'

§ 10 §

बेबे के कमरे में शाम का अँधेरा घिर आया था। उसी में से रह-रह के सुनायी पड़ रही थी बेबे और सिया की सिसकियाँ। अचानक कमरे की लाइट जल जाती है। दोनों औरतें चौंक कर देखती हैं, शहज़ादी बत्ती जलाकर बाहर जा रही है। 'ऐ लै शाम हो गयी पता ही नहीं चला' बेबे दुपट्टे से आँखें पोंछते सिया से पूछती हैं, 'चाय के संग वो क्या खायेगी?' सिया जो अभी तक तारा की कहानी से बाहर नहीं निकल पायी थी रुँधे कण्ठ से कहती है, 'कुछ नहीं बेबे आप तो ये बताओ फिर क्या हुआ?' बेबे ज़ोर से हँसते सिया के गाल पर हल्की-सी चपत लगाते, 'सब-कुछ एक ही दिन में सुन लेगी तू?'

'एक दिन कहाँ बेबे पूरे चार दिन हो गये हैं, लेकिन लगता है कहानी आगे ही नहीं बढ़ रही... अच्छा बस इतना और बता दो कि एक अट्ठारह साल की लड़की तारा ने अपनी रिस्पॉन्सिबिलिटी पर ज़रा से बच्चे को अपना तो लिया, लेकिन क्या वो उसे निभा पायी?'

'ऐ लै निभा पाई? मैनू तो आप ही इस बात की हैराणी होती थी कि बिना अनुभव के वो नन्हें को इतने अच्छे से कैसे सम्हाल लेती थी, इक मिण्ट को वो उसे नहीं छोड़ती थी। हाँ ये बात अलग थी कि उसने मुझे कुलदीप को छह महीने तक पालते-पोसते देखा, कभी मैं रसोई में लगी होती तो वो कुलदीप के पोथड़े भी साफ़ कर देती, उसे ज़रा भी घिन्न नहीं आती। शौक-शौक में कई बार उसने कुलदीप को पाँवों पर लिटाकर मालिश की, नहलाया भी। वैसे ही वो नन्हें के भी सारे काम ख़ुद ही करने लगी, बस एक जगह वो मजबूर थी। जब नन्हें मारे भूख के रोये तो वो उसे मेरे सुपुर्द कर देती। क्योंकि कुलदीप छह महीने का ही था और रब की मेहर से मेरी छातियों में ऐन्ना दूध उतरता कि दोनों बच्चों के पेट भर जाते। कभी-कभी तो ऐसा

भी होता कि दोनों ही साथ—साथ सुर पकड़ लेते, और मैं एक छाती से कुलदीप को लगाती और दूजी से नन्हें को', थोड़ा सकुचाते हुए, 'ऐसे ही मौके पर एक दिन मैंने तारा की आँखों में आँसू देखे। बोत पूछने पर कहने लगी, नन्हें कितना भाग्यशाली है जिसे माँ का दूध मिल रहा है। मुझे तो मेरे बाऊ जी ने रुई के फाहे से दूध निचोड़-निचोड़कर मेरा पेट भरा। अरे ऐसी पागल हो गयी थी नन्हें के पीछे कि गाना-बजाना सब भूल गयी। दो बार दिल्ली रेडियो स्टेशन से चिट्ठी आयी, बोली मैं नन्हें को छोड़ के कैसे जाऊँ? मैंने समझाया, उसके भइया ने समझाया कि कभी-कभी ज़रूरी काम आने पर तेरे नन्हें को प्रकाश सम्हाल लेगी। लेकिन नहीं, नन्हें को लेकर उसे किसी पर भरोसा ही नहीं था। फेर जब एक बारी गुलशन ने उसको फ़ोन पर बोला, वो अगर लगातार तीसरी बार भी रेडियो के बुलावे पर नहीं आयेगी तो उसका नाम पास किये गायकों की लिस्ट में से निकाल दिया जायेगा। तब तक नन्हें छह महीने का गोल मटोल गुड्डा जैसा हो गया था। तब कहीं जाकर वो रेडियो का प्रोग्राम करने गयी। वहाँ पहुँचकर भी दो तीन बारी फ़ोन कर डाले।'

'अच्छा बेबे ये बताइये तारादेवी जिन्हें बचपन से ही अपने कुंजबिहारी से बड़ा लगाव था, और यहाँ भी अनजाने में वो एक बार उनके मन्दिर तक पहुँच गयीं। सिगरेट की वजह से उन्हें नाना जी की डाँट भी खानी पड़ी, तो क्या वो उस मन्दिर की ओर दोबारा गया या नहीं?'

'बिल्कुल गयी, रेडियो में पास होने के बाद से वो रोज़ स्वेरे छह बजे की आरती के लिये बिहारी जी के मन्दिर पहुँच ही जाती। फेर तो पण्डित जी को भी रोज़ उसकी बाट लगी रहती, और समझो उसका ये नियम पक्का ही हो गया।'

अभी शहज़ादी चाय और गरमागरम पकौड़े लेकर आयी ही है कि नन्हें की आवाज़ सुनायी पड़ती है, 'शहज़ादी दो तीन तश्तरियाँ भी ले आना, हम मोती की दुकान से तेल की कचौड़ियाँ लाये हैं, और हाँ मेरे और कुलदीप के लिये दो प्याली चाय भी लेती आना।' कुलदीप कपड़े बदलने दूसरे कमरे में चला गया। नन्हें बेबे के पास बैठ उनके गाल-से-गाल सटा लड़ियाते हुए बोले, 'क्यों बेबे ये लड़की क्या मिल गयी आप तो हमें ही भूल गयीं, एक फ़ोन तक नहीं करतीं।'

'ना पुत्तर ना... ऐसी गल नहीं है, तू और कुलदीप तो मेरी दो आँखें हो। अब जिस काम के वास्ते तूने इस कुड़ी नूँ ऐत्थे भेजा है वो कितना कठिन है, पुराने घाव को हरा करने जैसा।' वातावरण को थोड़ा हल्का करने के इरादे से सिया बीच में ही बोल पड़ती है, 'अरे वाह बेबे, ये बच्चा हॉस्पिटल से आज ही घर आया और इतना बोलने लगा', इस पर नन्हें ज़ोर से हँसते हुए बेबे का मुँह पकौड़े से भर देते हैं। कुलदीप भी आ चुका है, खाते-पीते कुलदीप बताता है, आज रंगभरनी एकादशी

है इस वास्ते चौराहे पर खम्भ गड़ गया है और उसका अभिषेक हो चुका है।

'अरे, अब तो मोहल्ले दे मुण्डों की रातें इसी काम में लगनी है, किधर का दरवाज़ा तोड़ के ले आओ, तो किधर के बल्ली बाँस।' कुलदीप और नन्हें बताते हैं, अब तो होली फिर भी काफ़ी सुधर गयी है। जब वो लोग छोटे थे, तब तो टोलियाँ-की-टोलियाँ इसी काम के लिये निकल पड़ती थीं। सुबह देखो तो किसी का कहीं का दरवाज़ा गायब तो किसी का कहीं का। अब बेबे भी बातों में शामिल होते बताती हैं, कि होलीवाले दिन तो सुबह से ही औरतों और लड़कियों को घर से झाँकने तक की मनाही कर दी जाती थी। क्योंकि भाँग के नशे में जाने कहाँ-कहाँ के लोग गन्दी-गन्दी गालियाँ देते रास्ते से गुज़रते थे। वो तो नन्हें और कुलदीप की पीढ़ी थोड़ी समझदार हुई तो इन लोगों ने ऐसी हरकतों पर खुल के एतराज़ किया और धीरे-धीरे ये गाली-गलौज की रवायत बन्द हो गयी। फिर भी होली है तो मौज-मस्ती का ही त्योहार, कुछ भी कर लो लड़के बाज़ नहीं आते। होली की बात छिड़ने से सिया का उदास चेहरा भी अब सामान्य हो रहा है वो कहती है, 'इण्डिया में उसकी ये पहली होली है, काश एलबर्ट भी उसके साथ होता।' इस पर कुलदीप कहता है, अभी चार-पाँच दिन तो बीच में हैं ही, वो चाहे तो उसे बुला सकती है। सिया कहती है, वो आज उससे इस बारे में बात करेगी। तभी फ़ोन बजता है कुलदीप फ़ोन लेता है फिर ज़ोर से, 'सिया तेरे वास्ते फ़ोन हैगा' सिया उठते हुए हैरानी में, 'मेरे लिये लैण्ड लाइन पे... हेलो...' दूसरी तरफ़ की आवाज़ सुन वो ख़ुशी में भरी, 'अरे मेरी अंजुम, संजुम.... अरे रे फूफी से इतना गुस्सा... नहीं-नहीं, हम ज़रूर आयेंगे आज ही, बाबा के साथ।'

'ये ठीक है चार-पाँच दिनों के वास्ते भाई-भतीजियों के साथ रह आ... तैनू त्योहार जैसा भी लगेगा, इधर गली में क्या रखा है।'

'पर बेबे।'

'ना... चार-पाँच जोड़ी कपड़े छोटे बैग में डाल और नन्हें के साथ निकल जा, वैसे भी रंग-रोगन के दिनों में कुड़ियों का रोज़ रोज़ घर से आना-जाना ठीक नहीं है। अभी उस दिन टी.वी. में देखा एक लड़की के मुँह पर तेज़ाब डाल के लड़का भाग गया, ज़माना ठीक नहीं है।'

'अरे बेबे ये कोई गोकुलपुरा की लड़की नहीं है, विलायत की है। किसी ने हाथ भी लगाया तो नाकों चने चबवा देगी। लेकिन हाँ, आपकी वो बात सही है कि इसके अशोक नगर जाने से होली वाक़ई होली लगेगी, और फिर मेरी परियाँ ख़ुश हो जायेंगी। न जाने सब पर ये क्या जादू कर आयी है कि सब इसी की बातें करते रहते हैं, चलिये मेम साब पैकिंग करिये।'

'पर बेबे।'

'अब की होया?'

'होली आ रही है और मैंने बच्चों के लिये कोई गिफ़्ट ही नहीं ली, फूफी ख़ाली हाथ जायेगी क्या?' कुलदीप प्यार से समझाते हुए कहता है, वैसे भी शाम हो गयी है, वो कल बच्चों को लेके ओमेक्स एस. आर. के. मॉल चली जाये, जो भी लेना हो एक ही जगह सारा कुछ मिल जायेगा। नन्हें के घर के सामने ही पंजाब टूर्स ऐण्ड ट्रैवेल्स से वो टैक्सी बुक करवा देगा।

'चाचू आय एम सरप्राइज़ यहाँ मॉल भी है?'

'तू क्या समझती है सब-कुछ तेरे लन्दन में ही है? हमारे यहाँ कुछ नहीं, अरे बेटा सच तो ये है, जो हमारे यहाँ है वो किसी के यहाँ नहीं है। अच्छा बता तेरे यहाँ ताजमहल है?' इस पर सिया को छोड़ सभी ज़ोर से हँसने लगते हैं। नन्हें उठते हुए कहते हैं, 'अँधेरा हो रहा है जल्दी से सामान बाँधो और चलो।' बेबे भी उठकर छड़ी सम्हालती आँगन में आती है और जैसे ही सिया ऊपर से अपना बैग लेकर उतरती है, इशारे से उसे अपने पास बुलाकर फुसफुसाकर कहती है, 'जब से तू एत्थे आयी है, तूने अपने... वो क्या बोलते हैं... हाँ बोय फ्रेण्ड... उससे फ़ोन पर गल-शल की?' इस पर सिया बेबे की कस के झप्पी लेते हुए ज़ोर से हँसती है। उसकी हँसी की आवाज़ सुन नन्हें और कुलदीप जो दरवाज़े के पास खड़े हो बातें कर रहे थे, फ़ौरन पलट कर देखते हैं। इधर बड़ी मुश्किल से हँसी रोकते हुए सिया कहती है, 'बेबे, एक बार नहीं दिन में कई बार गल-शल होती है, अभी बोल के बताऊँ क्या-क्या होती है?'

'चुप बेशरम कहीं की।'

'इसमें शर्म की क्या बात है, मैं तो एलबर्ट को आज बोलनेवाली हूँ वो होली पर इधर ही चला आये, होली का मज़ा तो तभी आयेगा बेबे', और वो बेबे को 'बाय' कहती नन्हें के साथ गली में निकल जाती है। आँगन में अकेली खड़ी बेबे सोचती है इस लड़की ने कितनी जल्दी सारों का दिल जीत लिया। रब इसे ज़िन्दगी में सारी खुशियाँ देना। वो हाथ जोड़कर ऊपर देखती है।

§ 11 §

अपना बैग लिये सिया नन्हें के साथ गोकुलपुरा से गुज़रते हुए, 'जगदीश अंकल, दूधवाले अंकल', जिस-जिस से भी नन्हें ने उसे पहली बार मिलवाया था, सभी से

राम-राम, कैसे हैं आप, कहती आगे बढ़ रही है। सभी उसे अपनत्व के साथ उत्तर दे रहे हैं। कैसी है लाली? दूध पीती जा। सिया भी बड़े प्यार से सबको जवाब देती जा रही है। ये देखकर नन्हें मन-ही-मन ख़ुश होते, सबसे बोलते-बतियाते आगे बढ़ रहे हैं। अभी काछी गली के पास पहुँचे ही हैं कि कोई चीज़ ऊपर से नन्हें के सिर पर आकर लगती है, और वो 'आह' करते हाथ से सिर दबाकर सड़क पर ही बैठ जाते हैं। सभी 'क्या हुआ?', 'का भयौ?', कहे जा रहे हैं। सिया भी 'क्या हुआ बाबा?' कहती नन्हें के पास ही बैठ, सिर पर से उनका हाथ हटा देखती है, जहाँ एक गूमड़-सा उभर आया है। 'ओह माय गॉड' सिया के कहते ही कुछ लोग सहारा देकर नन्हें को उठाते हैं, और फिर यहाँ-वहाँ देखते, 'ये किस हरामज़ादे की करतूत है?' जँगलेदार खिड़की में खड़ा एक बूढ़ा हँस रहा है। सबको ऊपर देखते पाकर जीभ निकाल अँगूठा दिखाता है। गुस्से में भरे एक दो लोग दाँत पीसते उस मकान की तरफ़ झपटते हैं। 'या साले ऐ तो ठिकाने लगानौ ही पडैगो।'

'सालौ मादर...' नन्हें फ़ौरन ही उन्हें रोकते हुए कहते हैं, 'नासमझ के मुँह लगने से क्या फ़ायदा', गुस्से में भरा एक अधेड़ आदमी कहता है, 'तेरी इस दया-माया के कारण ही ये आज तक यहाँ पड़ा है, वर्ना इसे तो उमर-भर जेल में ही चक्की पीसनी चाहिए थी कुत्ता कमीना कहीं का।' सिया कुछ समझ नहीं पा रही कि बात क्या है। लेकिन नन्हें सभी को शान्त करते सिया के साथ आगे बढ़ने लगते हैं। पीछे से आवाजें आ रही हैं, न जाने किस मिट्टी के बने हुए हैं ये नन्हें बाबा, दूसरों के दु:ख तो समेटते फिरैं ख़ुद की चिन्ता ही नाय।

अब नन्हें और सिया अशोक नगर पहुँच चुके हैं। जहाँ हमेशा से अधिक रौल-चौल दिखलायी पड़ रही है। त्योहार के कारण दुकानों पर रोज़ से ज़्यादा भीड़-भाड़ है। सड़क के किनारे भी कुछ दुकानदारियाँ चल रही हैं। रंग गुलाल, प्लास्टिक की पिचकारियाँ, ठेले पर सजे बच्चों के रेडीमेड कपड़े, जूते, चप्पलें वगैरह। पिचकारियों के ठेले के पास सिया रुककर पिचकारी उठाकर दुकानदार से पूछती है, 'ये क्या चीज़ है?' दुकानदार मुँह बाये उसे देख ही रहा है कि नन्हें पिचकारी के बारे में उसे ज्ञान देते हैं। ख़ुशी में भरी एक साथ चार-पाँच पिचकारियाँ उठाते हुए, 'कितना हुआ?'

'पर बेटा इतनी सारी पिचकारियाँ...?' सिया नन्हें की एक नहीं सुनती, वो पिचकारियाँ और रंग गुलाल की थैली नन्हें को पकड़ाते दुकानदार को पैसे देती है। उत्साह में भरी सिया को इस बात का गुमान तक नहीं है कि पप्पू की दुकान के जमावड़े की आँखें उस पर ही टिकी हुई हैं। 'गुरु आज तो भौत दिना बाद दिखी अंग्रेजन'

'आज तो सामान भी साथ में है, बुड्ढे के यहाँ ही टिकेगी क्या गुरु?' उन्हीं के बीच पप्पू की पतली-सी आवाज़ सुन ज़ोर से ठहाका उभरता है। 'फिर तो किसी दिन मेरे पास छुट्टा कराने भी आयेगी', ठहाका इतनी ज़ोर का है कि अपने घर में जाते-जाते भी नन्हें और सिया उस तरफ़ मुड़कर देखते हैं। लेकिन झुटपुटे के कारण कोई भी चेहरा स्पष्ट नहीं है।

डोर-बेल सुनते ही विजय दरवाज़ा खोलता है। नन्हें के साथ सिया को देख 'अरे आप? आइये', और उसके हाथ से बैग ले लेता है। संगीत कक्षा ख़ाली देख सिया पूछती है, 'आज क्लास नहीं हो रही है?', विजय बताता है होली, दिवाली जैसे बड़े त्योहारों पर कुछ छात्र अपने रिश्तेदारों के पास बाहर चले जाते हैं, इसलिये गुरु जी हफ़्ते-भर की छुट्टी करवा देते हैं। नन्हें विजय को सिया का बैग गेस्ट-रूम में रखने का निर्देश देते हैं। उत्साह में भरी सिया कहती है, वो भाभी और बच्चों के पास ऊपर जा रही है। ऊपर जाने के लिये वो हॉल के दूसरे हिस्से की तरफ़ जैसे ही मुड़ती है, वहाँ किसी को बैठा देख ठिठक-सी जाती है। तब तक नन्हें भी वहाँ आ चुके हैं, सिया के कन्धे पर हाथ रख, 'एक मिनट रुक बेटा... ये श्रीराम चाचा हैं, तुझे बिहारी जी का मन्दिर दिखाया था न, आज से पचपन साल पहले वहीं हमारी पहली मुलाक़ात हुई थी, और तब से आज तक हम साथ हैं।' सिया श्रीराम को हाथ जोड़ती है, अटकल लगाते श्रीराम कहते हैं, क्या वो सिया है, और देखते-ही-देखते श्रीराम भी सिया के अपने हो जाते हैं। ऊपर जाने से पहले सिया नन्हें से कहती है, वो कहीं भूल न जायें इसलिये पहले ही बता रही है कि कल साढ़े दस बजे वो तैयार रहें, कुलदीप चाचू टैक्सी भेजेंगे, हम सब शॉपिंग करने मॉल चलेंगे। इससे पहले कि नन्हें हाँ ना करें श्रीराम बीच में ही कहते हैं, 'साढ़े दस बजे नन्हें कहीं नहीं जा सकता', इस पर नन्हें और सिया दोनों उसका मुँह देखने लगते हैं। अब श्रीराम बताते हैं, वो डेढ़ घण्टे से ये बताने के लिये ही यहाँ बैठे हैं कि कल दस बजे नन्हें को उनके संग गोवर्धन होटल पहुँचाना है, जहाँ हाथरस से आये कोई सज्जन इनसे मिलना चाहते हैं। उन्हें हाथरस में संगीत कार्यक्रम करवाना है इसलिये। सिया का मुँह उतर जाता है वो कहती है, उसने तो सोचा था सब साथ-साथ लंच करेंगे मज़ा आयेगा। उसे उदास होता देख नन्हें जोश में भरे कहते हैं, 'हाँ तो लंच करेंगे ना, तुम लोग अपनी गाड़ी से निकलो, हम दोनों अपना काम पूरा करके बारह साढ़े बारह तक ताँगे से मॉल पहुँच जायेंगें।' 'ओ. के'. कहकर सिया रंग—पिचकारियों की थैली लेकर ऊपर चल देती है।

हालाँकि अंजुम, संजुम की शक्लें लगभग एक जैसी ही हैं, उनको अगर आसानी से पहचाना जा सकता है तो उनके बालों से। शायद पहचान करने की सोचकर ही हिना ने संजुम के लम्बे बाल कटवा दिये थे। जब कि अंजुम की लम्बी-लम्बी चोटियाँ

हैं। इसी बात को लेकर आये दिन संजुम का अपनी माँ से झगड़ा हो जाता है। क्योंकि अंजुम अपने लम्बे बालों की वजह से हर कहीं तारीफ़ें बटोर लेती है। आज भी इसी बात पर संजुम माँ से लड़ रही है कि अगर काटने ही थे तो अंजुम के बाल काट दिये होते उसी के क्यों? तभी धड़ से दरवाज़ा खुला, 'मैं आ गयी' सिया को सामने देख माँ बेटी के चेहरे खिल जाते हैं। अंजुम, संजुम 'फूफी' कहते सिया से लिपट जाती हैं। लेकिन सिया के हाथ की थैली आड़े आ रही है। 'ये क्या है फूफी?' और दोनों बहनें ख़ुद ही थैली खोल डालती हैं। पिचकारियाँ देखते ही दोनों बहनों के चेहरे चमक उठते हैं, पर हिना उनके उत्साह पर पानी डालते कहती है, 'ये क्या ले आयी सिया? हर बरस मरी इन्हीं पिचकारियों के लिये घर में कलेश होते हैं, पर हमने कभी ला के ना दी। क्योंकि पिचकारी घर में आयी नहीं कि पूरा घर गन्दा, फिर करते रहो रगड़-रगड़ के सफ़ाई, ना-ना ये सब हम घर में नहीं होने देंगे', अभी हिना बोल ही रही है कि सिया एक हाथ की मुट्ठी में छिपाया गुलाल 'होली है' कहते हिना के गालों पर लगा देती है। हिना चिल्लाती है, 'अरे ये क्या... ये क्या किये जा रही हो?' बच्चियाँ ज़ोर-ज़ोर से हँस रही हैं। शोर सुनकर कबीर भी वहाँ आ जाता है और हिना का ये हाल देख वो भी हँसने लगता है। हिना चिढ़कर गुलाल की थैली झपट सिया को पोतने लगती है। देखते-ही-देखते सभी मस्ती में भरे एक-दूसरे को रंग लगाने लगते हैं और चीखते-पुकारते एक से दूसरे कमरे में भागने लगते हैं। ऊपर का पूरा घर लाल, हरे, पीले रंगों से भर जाता है। हिना थक के, झुँझला के, धम्म से एक जगह बैठ सिर पर हाथ धरे चिल्लाती है, 'या अल्लाह अब सफ़ाई कौन करेगा?'

'वही करेगा भाभी जो इसकी वजह है यानी कि सिया, जाइये आप सब नहाने जाइये सफ़ाई मैं करूँगी।'

'ख़बरदार... मैं इतनी गयी गुज़री भी नहीं जो मेहमानों को काम पे लगा दूँ। जाओ तुम सब बीच से हटो हमें अपना काम करने दो।' अपने कान पकड़ते सिया बार-बार सॉरी कहे जा रही है। झाड़ू हाथ में उठाते गुस्से में हिना कहती है, 'थोड़े हाथ-पैर ही तो दुखेंगे लेकिन पहली बार घर में होली हुई तो मज़ा भी तो आया', ये सुनते ही सब एक-दूसरे को देखते हैं। कबीर कहता है, 'ये बात है, तो अब होली के दिन देखना होली कैसे खेली जाती है।'

'धमकी दे रये हो मोये, ताजगंज की छोरी हूँ अगर अपनी पे आ गयी तो देखते रह जाओगे', ये कहते जैसे ही हिना आधी बाल्टी पानी फ़र्श पे डालती है सब-के-सब वहाँ से भाग लेते हैं।

सिया नीचे गेस्ट-रूम में अभी सोयी ही हुई है कि अंजुम, संजुम उसे झकझोरते हुए, फूफी उठो न साढ़े आठ बज चुके हैं, अपन को मॉल भी जाना है न... उठो

फूफी। अलसायी हुई सिया आँखें खोलती है, उसके दोनों गालों पर बच्चियाँ प्यार करती हैं। इस घर में आते ही सिया को अलग तरह की अनुभूति होने लगती है क्योंकि इससे पहले उसने परिवार और परिवार का प्रेम देखा ही नहीं। किसी की ननद होना, किसी की फूफी होना ये सब उसके लिये नये अनुभव थे। तभी लगभग अंजुम, संजुम की आयु की ही केसर को चाय लिये खड़ी देख वो हैरानी से पूछती है, 'ये कौन है? तुम्हारी फ्रेण्ड?' अंजुम बताती है वो पिस्ता चाची की बेटी केसर है। 'पिस्ता चाची कौन?'

'वो हमारे घर की साफ़ सफ़ाई करती हैं न।'

बाद में जब सिया ऊपर जाती है उसे हिना से पिस्ता और केसर के बारे में पूरी जानकारी मिल जाती है। सब सुनकर सिया के मन में केसर के प्रति सहानुभूति जागती है। ये बेचारी भी अपने पिता के प्रेम से वंचित है, पूरे परिवार बनाकर ईश्वर उन्हें ऐसे आधे-अधूरे क्यों छोड़ देता है, जहाँ परिवार पूरे नहीं होते वहाँ हर ख़ुशी आधी-अधूरी ही रह जाती है। सिया का मन द्रवित हो उठा, वो अंजुम, संजुम से कहती है, केसर भी उनके साथ मॉल जायेगी। तभी सिया को ख़्याल आता है उसने कबीर और हिना को तो लंच के बारे में बताया ही नहीं। लेकिन बताने पर कबीर ने तो एकदम ही ये कहकर मना कर दिया कि उसे कुछ ज़रूरी काम आज-के-आज ही पूरे करने हैं। मना तो हिना ने भी किया लेकिन थोड़ी नाराज़गी के साथ, बोली अगर सिया रात को ही बता देती तो वो चूल्हे पर खाना चढ़ाती ही क्यों, ख़ैर कोई बात नहीं सिया आज लड़कियों को लेकर चली जाये, वो लोग फिर कभी बाद में हो आयेंगी। सिया को वाक़ई इस बात का दु:ख रह गया कि उसने लंच का प्रोग्राम हिना और कबीर को रात में ही क्यों नहीं बता दिया। कुछ सोच, नीचे जाकर सिया विजय को साथ चलने के लिये कहती है, लेकिन वो भी अपनी कोई मज़बूरी बतला कर मना कर देता है। सिया केसर को साथ में ले जा रही थी इसलिये हिना ने केसर को अंजुम का स्कर्ट-टॉप देते कहा, 'कायदे की जगह जा रही है तू भी ठीक से पहन ओढ़ के जा।' सब तैयार ही थे तभी सिया के मोबाइल पर 'पंजाब टूर्स ऐण्ड ट्रैवेल्स' का फ़ोन आया कि गाड़ी सरस्वती कुंज के गेट पर खड़ी है। सभी हिना और कबीर को बाय-बाय करते नीचे उतर गये।

गाड़ी अशोक नगर पार करके ठण्डी सड़क पर मुड़ती है। आगरा कॉलेज, राजामंडी चौराहा, बाग़ मुज़फ़्फ़र ख़ाँ चौराहा, सेण्ट जोन्स कॉलेज, हरि पर्वत पार करते हुए सीधे भगवान टॉकीज की दिशा में बढ़ जाती है। वहीं पर स्थित है ओमेक्स एस. आर. के. मॉल। वैसे देखा जाये तो सभी शहरों के मॉल लगभग एक जैसे ही होते हैं कोई छोटा तो कोई बड़ा। हाँ बाज़ार आज भी अपनी ख़ुशबुओं से अलग पहचाने जा सकते हैं। किसी ख़ास चीज़ के लिये हो सकता है आपको किसी ख़ास

बाज़ार में ही जाना पड़े, जहाँ मोल–तोल भी किया जा सके, और एक छोड़ दस दुकानें झाँकी जा सके। लेकिन मॉल कल्चर पसन्द करनेवाले ख़रीदारी से अधिक खाने—पीने, पिक्चर देखने, बिज़नेस मीटिंग करने या टाइम पास करने के लिये भी जाते हैं। सिया के लिये तो मॉल कोई आकर्षण का केन्द्र नहीं है। वो और एलबर्ट वीक एण्ड्स में घण्टों गुज़ार देते हैं मॉल में। काश एलबर्ट यहाँ होता तो सिया उसके साथ यहाँ के छोटे–छोटे बाज़ारों में घूमती और ख़रीदारी का अलग तरह का लुप्त लेती। पिछले दिन जब उसने पिचकारियाँ खरीदीं थी, तब उसे कितना अच्छा लगा था। ख़ैर अभी तो वो इण्डिया में है ही, काम पूरा हो जाये तो एलबर्ट से कहेगी वो थोड़ी लम्बी छुट्टी लेकर आये तो आगरा और ताज के अतिरिक्त कुछ अन्य पर्यटन स्थल भी घूमें जा सकें।

गाड़ी पार्किंग में पहुँचकर रुक जाती है। सिया मोबाइल में गाड़ी और ड्राइवर का नम्बर सेव करके तीनों बच्चियों के साथ एण्ट्री की तरफ़ बढ़ने लगती हैं। अंजुम, संजुम जो पहले भी यहाँ आ चुकी हैं, केसर को उत्साह में भरी बतलाये जा रही हैं, कि यहाँ ये भी है वो भी है। केसर की आँखें जैसे ये नयी दुनिया देखने के लिये आतुर–सी हो रही हैं। अभी लगभग साढ़े ग्यारह बजे हैं इसलिये मॉल में अधिक भीड़ नहीं है, फिर भी होली के त्योहार के कारण लोगों के आने की रफ़्तार बढ़ती जा रही है। किसी भारतीय मॉल में पहली बार आयी सिया सोच रही है, लन्दन और यहाँ के परिवेश और रहन–सहन में अब कुछ अधिक अन्तर तो नहीं दिख रहा है। मॉल का इण्टिरिअर, दुकानें, फ़ूड ज़ोन्स यहाँ तक कि लोगों का पहनावा भी काफ़ी कुछ एक जैसा है। केवल टीन एज लड़कियाँ ही नहीं मिडिल एज की महिलाएँ भी जीन्स टॉप में दिखलायी पड़ रही हैं। सिया अंजुम, संजुम से कहती है, अगर रेडीमेण्ट गारमेण्ट्स की उन लोगों की कोई पसन्दीदा दुकान हो तो पहले वहाँ चलो, और अपनी अपनी पसन्द की ड्रेसेस ले लो, उसके बाद वो बाक़ी सबके लिये गिफ़्ट्स देखेगी। ख़रीदारी का सिलसिला शुरू हो उससे पहले ही लड़कियों का, 'फूफी ये नहीं वहाँ चलते हैं' या बीच में रुककर, 'फूफी आइसक्रीम', ये सब होते–होते लगभग एक बज गया। अब जैसे ही संजुम ने ऊपर के फ्लोर पर किसी ख़ास दुकान पर जाने की ज़िद शुरू की, तो कुछ अनमनी–सी हो रही केसर झिझकते हुए कहती है, उसे वॉश–रूम जाना है। 'आओ चलो', इतना कहकर सिया उसका हाथ पकड़ जैसे ही आगे बढ़ने को हुई तभी संजुम कहती है, 'केसर वो देख, यही कॉरिडोर जहाँ ख़त्म होता है वहाँ सीधे हाथ पे जो ऐरो का निशान बना है वहीं मिलेगा वॉश–रूम, लेडीज़ जेण्ट्स अलग–अलग हैं देख लेना।' सहमी–सी केसर, 'पर मैं अकेले... कैसे?'

'अरे सामने ही तो है और हम सब भी मॉल में ही हैं कहीं भागे थोड़े जा रहे हैं।' केसर वॉश–रूम की तरफ़ बढ़ जाती है। इधर अंजुम, संजुम फिर से ऊपर जाने

की ज़िद करती हैं। सिया कहती है केसर को आ जाने दो फिर चलते हैं। संजुम ज़िद करते कहती है, 'फूफी प्लीज़... बस फाइव मिनट... आपको कुछ दिखाना है।' और उसे खींचते हुए एस्केलेटर की तरफ़ ले जाती है। उसके फ़ौरन बाद केसर वहाँ आती है लेकिन किसी को न पाकर बुरी तरह घबरा उठती है। आँखें फाड़े यहाँ-वहाँ देख ही रही है कि तभी राकेश, फ़ैयाज़, किशोर और हनीफ़ की चौकड़ी मॉल में दाख़िल होती है। सबसे पहले उनकी नज़र घबरायी-सी केसर पर ही पड़ती है।

राकेश बोला, 'ये और यहाँ मॉल में?'

किशोर ने कहा 'वो भी अकेली?'

हनीफ़ ने कहा 'सहमी हुई लग रही है बेचारी, पूछें क्या बात है?'

फ़ैयाज़ हसन कहता है 'तुम लोग चाय-वाय पीयो इससे हम बात करते हैं।' हनीफ़ कन्फ़्यूज़-सा किशोर और राकेश को देखते, 'हम सभी चल के बात करते हैं न, हो सकता है पहली बार आयी हो और घबरा गयी हो।'

'बात को समझा करो, चार चार लड़कों को देखकर घबरा जायेगी, हम बात करते हैं न ', राकेश फ़ौरन ही किशोर और हनीफ़ से, 'फ़ैयाज़ सही कह रहा है, फ़ैयाज़ तुम जाओ हम लोग रेस्टोरेण्ट में ही हैं, जल्दी आइयौ।' कहकर जैसे ही ये तीनों एक तरफ़ मुड़ते हैं, किशोर धीरे से कहता है, 'राकेश भाई साहब हनीफ़ ठीक कह रहा था, हमारे मोहल्ले की छोरी है उसकी फ़िकर तो हमें करनी थी, आख़िर फ़ैयाज़ भाई तो दूसरे मोहल्ले के ठहरे।'

'उससे क्या, तू फ़ैयाज़ को न जाने भौत ही समझदार लड़का है चल जल्दी चल।'

दूर एक कॉरिडोर के पास केसर सुबकती हुई यहाँ-वहाँ देखे जा रही है। तभी ठीक पीछे खड़ा फ़ैयाज़ हसन कहता है, 'क्या बात है तू इतनी परेशान क्यों है?' केसर पलटती है और सामने खड़े फ़ैयाज़ हसन को देख हिल-सी जाती है। क्योंकि पप्पू की दुकान पर खड़े लड़कों में से यही वो लड़का है, जो कई बार टहोका मारकर कान में फुसफुसा चुका है, 'चाय तो पीती जा रानी' फ़ैयाज़ हसन मासूम बनते हुए पूछता है, वो इतनी घबरायी हुई क्यों है? क्या वो किसी के साथ आयी है या अकेली ही? वो उसे धीरे से कहता है, ये जगह अकेली लड़की के लिये ठीक नहीं है वो उसे उसके घर छोड़ देगा। ये कहकर उसका हाथ थामें वो केसर को बाहर की ओर ले जाने लगता है, उसके हाथ की पकड़ कसती जा रही है। उधर हनीफ़ ये देखकर फिर कन्फ़्यूज़ हो जाता है, कि रेस्टोरेण्ट की जगह राकेश उन्हें मॉल के बाहर लिये जा रहा है। नाक पर सरकता चश्मा ऊपर करते, 'अरे राकेश सर बाहर कहाँ, आप तो रेस्टोरेण्ट ले जा रहे थे', बाहरी दरवाज़े की तरफ़ बढ़ते हुए राकेश कहता है, 'मैंने सोची होली के दिन चाय-वाय क्या, फ़ैयाज़ आ जाये तो कहीं बैठकर बियर-

शियर पीयेंगे।', राकेश, हनीफ़ और किशोर बाहर निकले ही थे कि उन्हें दूर से ही मॉल की तरफ़ बढ़ते नन्हें और श्रीराम दिखलायी पड़ते हैं। इससे पहले कि इनमें से कोई नमस्ते, राम-राम करे, नन्हें ख़ुद ही पूछ बैठते हैं, 'अरे राकेश, हनीफ़ तुम लोग यहाँ बाहर क्यों खड़े हो।'

'वो... चाचा जी हमारा एक फ्रेण्ड अन्दर काफ़ी देर से शॉपिंग कर रहा है, हम बोर हो गये इसलिये बाहर चले आये।'

'अच्छा-अच्छा... ठीक है' कहते नन्हें और श्रीराम मॉल में दाख़िल होते हैं, जहाँ फ़ैयाज़ केसर का हाथ कसकर पकड़े बहलाते, फुसलाते उसे पटाने की कोशिश कर रहा है। केसर रोते हुए यही कहे जा रही है, मुझे छोड़ दो, छोड़ो। तभी फ़ैयाज़ की नज़र भीतर आते नन्हें और श्रीराम पर पड़ती है और वो तपाक से केसर का हाथ छोड़कर किसी दुकान में घुस जाता है। केसर बदहवास-सी आँसू-भरी आँखों से यहाँ-वहाँ देखे जा रही है। इसी बीच सिया भी लड़कियों के साथ नीचे आ चुकी है, और केसर की ये हालत देख उसे सीने से लगाते, 'क्या हुआ बेटा क्या हुआ?'

'वो... मुझे डर', और केसर रो पड़ती है। ये देखकर सिया अंजुम, संजुम को हल्की-सी डाँट पिलाती है, कि उनकी ज़िद की वजह से केसर को कितनी परेशानी उठानी पड़ी। कान पकड़ते संजुम कहती है, 'सॉरी फूफी लेकिन प्लीज़ घर पे पापा-मम्मी को मत बोलना वर्ना बहुत डाँट पड़ेगी।'

'ओ. के. लेकिन मैं सोच रही थी अगर इसके पास मोबाइल होता तो ये सब न होता, इसलिये मैं आज-के-आज केसर को एक मोबाइल ज़रूर दिलवाऊँगी।'

'फूफी बहुत ज़ोर से भूख लगी है, दादू अभी तक क्यों नहीं आये?'

'हम आ गये भाई' सब देखते हैं पीछे से हँसते हुए नन्हें और श्रीराम चले आ रहे हैं। 'वो क्या हुआ बेटा दुलारी प्यासी थी, तो पहले उसकी नाँद तक गये, पानी पिलाया, तब यहाँ के लिये रवाना हुए, वापसी में तो सबके साथ गाड़ी में ही चलेंगे, ताँगा हमने घर लौटा दिया है। अब चलिये जहाँ भी चलना हो।' बीच में ही श्रीराम, 'सिया बेटा ऐसी जगह ले जइयौ जहाँ शाकाहारी भोजन मिलता हो।' सिया लड़कियों से पूछती है, उन्हें इडली डोसा पसन्द है?

'चलेगा, लेकिन बाद में एक बटर स्कॉच आइसक्रीम भी।'

सभी साऊथ इण्डियन फ़ूड कार्नर की तरफ़ बढ़ रहे हैं, तभी अट्ठारह उन्नीस साल का एक लड़का तेज़ी से आकर नन्हें और श्रीराम के पैर छूते प्रणाम नाना जी कहता है। जब वो सिर उठाता है तो श्रीराम और नन्हें दोनों एक साथ, 'अरे आकाश', आकाश नन्हें का हाथ पकड़कर आगे की तरफ़ ले जाते कहता है, 'आइये', पीछे सिया लड़कियों से इशारे में पूछती है ये कौन है? वो भी इशारों में ही उत्तर देती हैं

वो नहीं जानती। आकाश नन्हें को लिये एक शॉप में प्रवेश करता है और बाक़ी सबको भी अन्दर आने के लिये कहता है। ये एक हैण्डीक्राफ्ट इम्पोरियम है जहाँ देश के विभिन्न भागों की हस्तकलाओं की छटा बिखरी पड़ी है। जिसमें सेलम खड़िया से बने ख़ूबसूरत ताजमहल, लैम्प और अन्य वस्तुएँ भी हैं। अभी सब आँखें घुमा-घुमाकर दुकान में भरी चीज़ें देख ही रहे थे कि तभी लगभग चालीस वर्ष की सौम्य-सी महिला भीतर से आकर नन्हें के पैरों में झुक जाती है। जब सिर उठाती है उसकी आँखें नम हैं। नन्हें उसे जी भर के आशीर्वाद देते हुए पूछते हैं, 'सुनन्दा बेटा ये दुकान तुम्हारी ही है?'

'जी बाबा, सब आपके आशीर्वाद और अशोक जी की मेहनत का फल है।' नन्हें सबसे सुनन्दा के परिचय में सिर्फ़ इतना ही कहते हैं, ये उनकी बेटी है। नन्हें सिया और बच्चियों का परिचय सुनन्दा से करवाते हैं साथ ही कहते हैं, 'अशोक और आकाश को लेकर वो कभी घर आये।' सिया के ना-ना कहने पर भी सुनन्दा ज़बरदस्ती एक ताजमहल पैक करवा के उसे देती है। इस पर भीगे स्वर में सिया कहती है, वो इण्डिया की मेहमान नवाज़ी और अपनत्व के बारे में बहुत समय से सुनती आ रही है लेकिन जानने का अवसर अब मिला। वो ये भी कहती है, अभी वो कुछ समय तक इण्डिया में है, अगर उसके रहते वो लोग बाबा के घर आयेंगे तो उसे अच्छा लगेगा, क्योंकि वो भी अब नन्हें बाबा की ही बेटी है। दुकान से निकलकर सभी श्री जी रेस्टोरेण्ट गये, और अपनी-अपनी पसन्द की चीज़ों के ऑर्डर दे डाले। मॉल से बाहर निकलते हुए लगभग तीन बज चुके थे। सभी के हाथों में बड़ी-बड़ी थैलियाँ देख श्रीराम हँसते हुए बोले, 'सिया लाली लगै आज तो तूने अपनौ बटुऔ ही ख़ाली कर डालौ।' सभी गाड़ी में बैठते हैं और एक बार फिर गाड़ी ठण्डी सड़क से होती अशोक नगर में मुड़ने ही वाली है कि केसर हड़बड़ाई-सी कहती है, 'मेरा घर आ गया है मुझे उतार दीजिये प्लीज़' उसकी अचानक कही गयी इस बात से सभी चौंकते हैं। सिया कहती है, 'एक बार घर तो चलो फिर अपनी गिफ़्ट लेकर चली आना' लेकिन केसर, 'मुझे पढ़ना है... मुझे उतार दीजिये' कहे जा रही है। सिया गाड़ी रुकवाकर केसर को उतार देती है और कहती है, 'कल आकर अपनी गिफ़्ट ज़रूर ले लेना' केसर के उतरते ही गाड़ी आगे बढ़ती है और सरस्वती कुंज के बाहर रुक जाती है। दोनों बच्चियाँ भागती हुई घर में जाती हैं। नन्हें और सिया शॉपिंग बैग निकाल रहे हैं। अपने घर के लिये आगे बढ़ने से पहले श्रीराम पलट के नन्हें से कहते हैं, 'कल ठीक दस बजे हाथरस से गाड़ी आ जायेगी तू और विजय तैयार रहना। और हाँ, लाली कल मैं तो घर में ना रहूँगौ, तू घर जाय के पिता जी से ज़रूर मिल अइयौ। जब से बिनै ख़बर पड़ी है कि तू साहेब की नातिन है, वो तोये मिलने को भौत ही व्याकुल हैं।'

'उनसे तो मैं भी मिलना चाहूँगी चाचा जी... ज़रूर जाऊँगी।' अब सिया और नन्हें घर में चले जाते हैं।

सिया जब तक ऊपर पहुँचे अंजुम, संजुम ने अपने कपड़ों और अन्य गिफ़्ट्स की दुकान फैला रखी थी। सिया के ऊपर पहुँचते ही हिना शिकायती अन्दाज़ में बोली, 'सारे पैसे भतीजियों पर ही ख़र्च कर आयीं, इनमें से हमारे मतलब की एक भी चीज़ नाय', सुनते ही सिया हिना को बाँह से खींचते हुए उसके कमरे में ले जाकर दरवाज़ा बन्द कर लेती है, और एक अण्डर गारमेण्ट्स का पैकेट खोलकर सामने रखते कहती है, 'इसे क्या मैं सबके सामने दिखाती?' वाक़ई सामान ब्राण्डेड और क़ीमतीवाला था, जिसे देखकर हिना दाँतों तले उँगली दबा लेती है, 'ये सब तो बस हमने घर में आयी मैगज़ीनों में ही देखा है, मन तो बहुत होता था पर किससे कहें लाने को।'

'मान गयीं न भाभी कि दो दिन में ही मैं आपके दिल तक पहुँच गयी।' इधर हिना अपना सामान उलट-पुलट के देखने में लगी हुई है, उधर उसका मोबाइल बजने लगता है।

'भाभी नर्गिस दीदी का फ़ोन।'

'हाँ तो उठा लो न', सिया फ़ोन रिसीव करती है, 'हलो... जी.. वो... मैं सिया... एक मिनट', हिना तुरन्त फ़ोन लेती है और नर्गिस के पूछने पर सिया के बारे में बताती है। तभी दरवाज़े पर दस्तक के साथ ही कबीर की आवाज़ आती है, दरवाज़ा खोलो हिना, 'अभी खोलते हैं भाई' सिया आगे बढ़ के दरवाज़ा खोलती है, और हिना हड़बड़ाहट में अण्डर गारमेण्ट्स समेटकर आलमारी में ठूँस देती है। कबीर अपनी आलमारी में कुछ ढूँढ़नें लगता है तभी सिया कहती है, 'भाई एक मिनट', और उसे एक पैकेट देती है 'आपके लिये'।

'ये क्या तुम छोटी हो, गिफ़्ट तो मुझे देना चाहिए।'

'ज़रूर दीजियेगा, मैं फ़ौरन रख लूँगी। लेकिन पहले ये तो लीजिये आप के काम की चीज़ है', वो पैकेट खोलता है और देखते ही ख़ुश हो जाता है, 'अरे वाह इमरजेंसी मोबाइल चार्जर, ये तो काम की चीज़ है मैं खरीदना ही चाहता था... थैंक यू।'

'नो मेन्शन' कहते सिया बाहर निकल जाती है।

हालाँकि होली आ चुकी है फिर भी इस बार अभी तक काफ़ी ठण्ड है। अपने पिता विष्णुराम को अच्छी तरह रजाई से ढाँक मूँद कर उठते श्रीराम कहते हैं, 'पिता जी, कल मंगला की और प्रातः आरती तो मैं कर लूँगौ, लेकिन उसके बाद मोये हाथरस के लिये निकलनौ है। वैसे तो मैं कहीं ना जाऊँ, पर ये हाथरस वालौ सिर्फ़

या काजे मोये दो हजार रुपैय्या दै रौ है, क्योंकि मैंने नन्हें कौ पुरोगाम उसके यहाँ फिट करवा दियौ। अरे पिता जी नन्हें हमारे लिये घर कौ है। लेकिन बाहर जाकर देखौ वा की कितनी इज़्ज़त है। सब कहवें पद्मश्री तारादेवी जी कौ वारिस हैं। नन्हें के संग-संग हमें भी थोड़ी बहुत इज़्ज़त मिल जाये' विष्णुराम पूछते हैं, 'कल जाके कब आयगौ?'

'परसों तड़के, मेरी ग़ैर हाज़िरी में भोग आरती सब रवि कर लैगौ चलूँ पिता जी' विष्णुराम हाँ में सिर हिलाते हैं लेकिन अचानक पूछ बैठते हैं, 'वो साहेब की नातिन...?'

'हाँ पिता जी वो कल्ल आयेगी, मैं तुम्हारी भऊ से भी कह दुंगौ अच्छी-सी रसोई बना के वाये जिमा दे।' श्रीराम ने अभी क़दम बढ़ाया ही है कि घर के ऊपर के भाग से हरिराम की ज़ोर-ज़ोर से चिल्लाने की आवाज़ सन्नाटे में गूँज-सी उठती है। 'बकवास बन्द कर, तूने क्या सोची तू कुछ भी बकेगी और मैं मान लूंगौ?' हरिराम गुस्से में काँप रहा है और उसकी पत्नी शान्ति रुआँसी-सी सामने खड़ी है, लेकिन उसने अपना बोलना बन्द नहीं किया, 'देखो राकेश के पापा मेरी आँखों देखी बात भले ही आपको बकवास लगे तो लगे, लेकिन मैं ठाकुर जी की सौं खाकर कहूँ कि मैं झूठ ना बोल रही। मैंने राकेश को उस फ़ैयाज़ हसन के संग अशोक नगर के नुक्कड़वाले मांसाहारी अल्फ़ा भोजनालय में खाते-पीते देखौ है।'

'चोप्प शान्ति'।

'अब देखौ, जो बात तुम्हें सुनने में इतनी बुरी लग रही है, वो मुझे देखने में कैसी ज़हर-सी लगी होगी?' माता-पिता की ऊँची आवाज़ें सुन शारदा बराबर के कमरे से आकर माँ के पीछे सहमी-सी खड़ी हो जाती है। उसी समय कोई फ़िल्मी गाना गुनगुनाते राकेश ऊपर आता है जिसे देखते ही आग में घी-सा पड़ जाता है। हरिराम राकेश का कॉलर पकड़कर खींचते हुए उसे अपने ठीक सामने खड़ा करके उसका सीधा हाथ अपने सिर पे रख के कड़क के पूछता है, 'मेरी सौं खा के बोल तू विधर्मियों के संग बैठ के खाद्य कुखाद्य खाये कि नहीं?' अचानक किये गये प्रश्न से राकेश अचकचा जाता है, 'जे... जे आप... आप क्या कह रहे हो पापा... खाने की तो छोड़ो, मैं तो जे सब आँखों से देख भी न सकूँ।'

'तेरी माँ क्या झूठ बोल रही है कि तुझे उस माईथानवाले छोरे के साथ अल्फ़ा होटल में खाते-पीते देखा', राकेश ज़रा-सा चेहरा घुमाता है, देखता है माँ उसे खा जानेवाली नज़रों से देख रही है। अन्दर से डरा हुआ राकेश स्वयं को निरपराध जतलाने के लिये अब अपनी माँ पर बीस पड़ते हुए, 'वाह रे अम्माँ, दुनिया की माँएँ अपने बालकन के ऐबों पर पर्दा डालें, और तू जहाँ पानी नाय वहाँ कीचड़ करै।'

'मैं गंगाजली उठा के कह सकती हूँ कि तू वहाँ था।' माता-पिता दोनों की नज़रें अपने चेहरे पर गड़ी देख राकेश बात पलटने की कोशिश करता है, 'हाँ तो ठीक है वहाँ देखा होगा मुझे, लेकिन वहाँ चाय, कॉफ़ी, कोल्ड ड्रिंक्स भी तो मिलता है।' हरिराम कहता है, 'तो चाय, कॉफ़ी, ठण्डे के लिये भी तोये वही विधर्मियों का होटल ही मिला? अरे जे मत भूल कि तू पण्डित विष्णुराम का पोता, और पण्डित हरिराम का छोरा है। आज इतने बड़े-बड़े परिवारों की ये जो जजमानी मोये मिली है, और जिनके बलबूते मैं हज्जारों रुपये कमाऊं, वो सब मुझ पर भरोसा करैं। आज मेल-मिलावट के ज़माने में मोये शुद्ध ब्राह्मण माने। मैं न विधर्मियों के साथ उठूँ-बैठूँ, न उन्के संग खाऊँ पीयूँ। मेरे जजमान जानें कि याई बात पे हरिराम अपने पिता विष्णुराम से अलग है गयौ है। नाय घुसेड़े अपने घर में विधर्मियों को। बुरौ बन गयौ हूँ मैं अपने बाप और भाई कौ, और अब जे तीसरौ विरोधी पक्ष भी अपनौ म्हों खोलने लगौ है... तेरी अम्माँ', राकेश कुछ कहना चाहता है लेकिन हरिराम हाथ के इशारे से उसे चुप करते, 'एकदम चोप्प, और गाँठ बाँध ले आज पीछे इस तरह की कोई शिकायत मेरे कानों में पड़ी, तो मैं तोये घर से गेट आउट कर दुंगौ... गेट आउट।'

सरस्वती कुंज में सभी अपने-अपने कमरे में गहरी नींद में हैं। पर सिया अभी भी एलबर्ट से फ़ोन पर बातें कर रही है वो कहती है, उसे यहाँ जीवन का एक नया अनुभव मिल रहा है। घर-परिवार, रिश्ते-नाते इस सब के बारे में न उसने कुछ सुना था न जानती थी। लेकिन यहाँ सब देखने ही नहीं अनुभव करने को भी मिल रहा है, और बेबे वो तो 'ब...होत' ही क्यूट हैं। पूछ रही थीं कि वो अपने ब्वॉय फ्रेण्ड को फ़ोन करती है या नहीं, ये कहते वो खिलखिला पड़ी। फिर सिया पूछती है, क्या वो उसे मिस करता है? और आय लव यू कहकर मोबाइल को किस करते गुड नाइट कह वो फ़ोन काट देती है।

नन्हें रोज़ की तरह प्रातः साढ़े पाँच बजे तैयार हो के मंगला आरती के लिये हाथ में टॉर्च लिये सड़क पर निकल आये। दो घर छोड़ के ही पण्डित विष्णुराम का घर था। यहाँ पहुँचते ही वो श्रीराम को पुकारते, और फिर दोनों मित्र साथ-साथ आगे बढ़ते। आज वो और श्रीराम कुछ ही क़दम आगे बढ़े थे कि एकाएक नन्हें बोल पड़े, 'सच कहूँ तो ईश्वर और अल्लाह, मन्दिर और मस्ज़िद, पूजा और इबादत में फ़र्क़ ही क्या है। अब देख सुबह से लेकर रात तक पाँच नमाज़ें पढ़ी जानी हैं, ऐसे ही मंगला से शयन तक पांच आरतियाँ की जाती हैं। कुल मिला के मतलब तो ईश्वर और अल्लाह को याद करना ही हुआ न?' श्रीराम चलते-चलते ठिठक गया, नन्हें का मुँह देखते बोला, 'क्या लाख रुपये की बात तूने की है, वाह... काश हर कोई इस बात को समझ सके।' और बातें करते हुए दोनों मन्दिर पहुँच भी गये।

एलबर्ट से फ़ोन पर बतियाने के कारण सिया की आँख देर से लगी थीं, सो कुछ हलचल-भरी आवाज़ें सुनकर जब उसकी आँखें खुली तब नौ बज चुके थे। कमरे से बाहर निकलते ही उसे विजय दिखा जो संगीत कक्ष में तानपूरा कवर में डाल रहा था। 'गुड मॉर्निंग विजय', चौंक कर विजय ने उसे देखा और सकुचाते हुए 'जी गुड मॉर्निंग मेम'।

'हलो, मैं तुम्हें पहले भी टोकनेवाली थी, ये मेम-मेम क्या लगा रखी है? सिया कहकर नहीं बुला सकते... तुम तो बाबा के साथ हाथरस जा रहे हो?'

'जी... बस गाड़ी आते ही निकल लेंगे।'

'अच्छा एक मिनट', वो तेज़ी से गेस्ट-रूम में जाकर फ़ौरन ही एक पैकेट लिये वापस आती है और विजय को देते हुए कहती है, 'अभी सुबह शाम हल्का कोल्ड रहता है ये जैकेट तुम्हारे काम आयेगी।'

'थैंक यू मे... सिया।'

'हूँ अब ठीक है, बाबा रूम में ही होंगे?' हँसते हुए विजय कहता है, 'आते ही होंगे गोकुलपुरे की सारी ख़बरें लेकर।'

'बाबा मन्दिर कितने बजे जाते हैं?'

'साढ़े पांच बजे... फिर मन्दिर से लौटकर रियाज़ पर बैठते हैं, उसके बाद गोकुलपुरा की तरफ़ निकल जाते हैं। लोगों के सुख दु:ख बाँटते हैं और जलेबी कचौड़ी खा के घर लौट आते हैं, तब तक संगीत कक्षा का समय शुरू हो जाता है।' तभी दरवाज़े से नन्हें अन्दर आते हैं। हाथ में एक पैकेट है, सामने ही सिया को देख ख़ुशी में भरे चिल्लाते हैं। 'तूने ब्रश-ब्रश कर लिया हो तो गरम-गरम जलेबी खा ले, बल्कि ऐसा कर आज दूध जलेबी खा के देख।'

'क्या बाबा, आप इस तरह मुझे खिलायेंगे तो इतनी मोटी होकर यहाँ से जाऊँगी कि मेरा ब्वॉयफ्रेण्ड मुझे रिजेक्ट कर देगा।'

'क्यों? वो तो तुझसे लव करता है न, फिर रिजेक्ट कैसे?' सिया हँसते हुए कहती है, 'बाबा आप नहीं समझेंगे, अच्छा आप एक मिनट यहीं रुकिये मैं अभी आयी', नन्हें नाश्ते की थैली डाइनिंग-टेबिल पर रखकर सोफ़ा पर बैठ जाते हैं। तभी सिया आकर उनका हाथ अपने हाथ में लेकर एक घड़ी बाँधने लगती है। 'अरे ये क्या?'

'वॉच, मैं लायी हूँ आपके लिये... सबके लिये लायी तो आपके लिये भी कुछ लाना था न, कितने दिनों से देख रही थी आप घड़ी नहीं बाँधते, तो सोचा...', वो घड़ी बाँध चुकी है। नन्हें की आँखें घड़ी को एकटक देखते हुए भर आयीं, 'कभी घड़ियों का मुझे बहुत शौक था, तारा अम्मा मेरे लिये अक्सर घड़ियाँ लाती रहती थीं जिन्हें मैं बदल-बदलकर पहनता रहता था। मेरे घड़ी के शौक को जानते हुए एक

बार कबीर की माँ भी मेरे लिये एक घड़ी लायी और मुझे पहना दी। लेकिन वो घड़ी मुझे पसन्द नहीं आयी इसलिये कभी पहनी नहीं, और वो रखी ही रह गयी। फिर उनकी आकस्मिक मौत हो गयी, तब हमें इस बात का अहसास हुआ कि जन्नत को कितना बुरा लगा होगा... तभी से हमने घड़ी पहननी छोड़ दी।' इतना सुनते ही सिया का चेहरा उतर जाता है, 'मैं समझ गयी, मैं कोई और चीज़ ले आऊँगी।' तपाक से नन्हें कहते हैं, 'एक बोझ दिल पर पहले ही रखा हुआ है अब तू क्या दूसरा भी रखना चाहती है... मैं ये घड़ी पहनूँगा और हमेशा पहनूँगा।'

'थैंक यू बाबा... थैंक यू वेरी मच' तभी विजय आकर कहता है, 'गुरु जी हाथरस से गाड़ी आ गयी है और श्रीराम चाचा जी आकर बैठ चुके हैं।'

'चलो फिर हम भी...', वो उठ खड़े होते हैं और सिया से कहते हैं, 'आज तू श्रीराम के घर ज़रूर हो आना', इतना कहकर वो आगे बढ़ते हैं और पलट के सिया को देखते 'थैंक यू बेटा फॉर दिस वॉच, बहुत ख़ूबसूरत घड़ी है', इतना कह के नन्हें विजय के साथ निकल जाते हैं सिया उन्हें देखती रह जाती है।

विष्णुराम जी के ऊपर-नीचे बने मकान में नीचे एक खुला आँगन भी है। जहाँ चारदीवारी के साथ ढाई-ढाई फुट की क्यारियाँ छोड़ दी गयी हैं। जिनमें नीबू, केले और पपीते के पेड़ों के अतिरिक्त गुलाब, चमेली और हरसिंगार के पौधे भी लहलहा रहे हैं। होलिका दहन की पूजा में गोबर के बने जिन होलों की माला चढ़ायी जाती है, वो कई-कई दिन पहले से ही लोगों की छतों या आँगनों में सूखने के लिये डाल दिये जाते हैं। होले कई आकार के बनाये जाते हैं जिनमें पान, सुपारी, नारियल प्रमुख हैं। परसों रात ही होलिका दहन है और होले भी सूख चुके हैं इसलिये हरिराम और श्रीराम की पत्नियाँ शान्ति और सुशीला सूजे से इनमें सम्हाल के सुराख बना रही हैं जिन्हें पास ही बैठी शारदा मूँज में गुँथकर माला बनाती जा रही है। तभी संजुम के साथ एक लड़की को आया देख सुशीला फ़ौरन कहती है, 'तुम सिया हो न?'

'जी नमस्ते', ये सुनते ही सुशीला कहती है, 'जाओ बेटा, पिता जी के पास हो आओ, वो कल से ही तुम्हें याद कर रहे हैं और हाँ, तुम्हारे चाचा तुम्हारे लिये ख़ास कढ़ी-चावल बनाने को कह गये थे, तो सब तैयार है बस तुम मिल के आ जाओ।'

घर की बैठक में ही विष्णुराम जी की खाट बिछी हुई है, पास में ही एक दीवान पड़ा हुआ है, जिस पर रात में श्रीराम आकर सो रहता है। इसके अतिरिक्त कमरे में तीन-चार मूढ़े और एक छोटी-सी मेज़ है। एक दीवार में आलमारी बनी हुई है जिसमें पौराणिक ग्रन्थ और कर्मकाण्ड की पुस्तकें भरी पड़ी हैं। एक दीवार में बड़ी-सी खिड़की है जो सड़क की तरफ़ खुलती है। इस खिड़की से सटी एक सीढ़ी है जो बाहर-के-बाहर निकाली गयी है, और ऊपर बने हरिराम के घर तक जाती है।

इस सीढ़ी से चढ़ते-उतरते शान्ति और शारदा अक्सर घरवालों से बोल बतिया लेती हैं। शारदा, सिया और संजुम को लिये विष्णुराम जी के कमरे में आती हैं जिनकी आँखें मुँदी हुई हैं। आगे बढ़ के शारदा उनसे कहती है, 'दादा जी सिया दीदी आयी हैं', वो फ़ौरन ही आँखें खोल देते हैं और काँपती आवाज़ में पूछते हैं, 'कहाँ है लाली?' शारदा एक मूढ़ी खटिया के पास रख के सिया को बैठने का इशारा करती है और संजुम को लेकर मीरा के कमरे में चली जाती है। पण्डित जी अपनी धुँधली आँखों को सिकोड़कर ग़ौर से सिया को देखे जा रहे हैं। सिया मुस्कराते हुए उन्हें नमस्ते करती है। 'जीती रह', अब सिया उनकी तरफ़ एक छोटा-सा बॉक्स बढ़ाती है, 'आपके लिये'

'जी का है?' सिया खोल के दिखाती है ये एक कॉर्डलेस बेल है, 'दादा जी ये घण्टी है, कभी आपको अन्दर से किसी को बुलाना हो तो इसे दबा दीजिये... ऐसे' पूरे घर में घण्टी की आवाज़ गूँजती सुन पण्डित जी हैरान से कहते हैं, 'जे तो बड़ी ज़ोर की बजै, हाँ जे तू काम की चीज़ लायी है', ख़ुशी में भरी सिया, 'थैंक यू'। हँसते हुए पण्डित जी कहते हैं, 'अरे थैंक यू तो मोय कहने दे।' एक दो बार घण्टी को उलट-पलटकर देखने के बाद पण्डित जी ने घण्टी को अपने पास ही रख लिया, और बोले, 'जा दिना से ख़बर पड़ी साहेब की नातिन यहाँ आयी है, तोये देखे काजे आँखें जुड़ाय रही, वो क्या है कि साहेब भौत भड़िया आदमी थे, सबका भरसक ख़्याल रखते। मैंने सुनी कि तू तारादेवी पर पुस्तक लिखने के लिये आयी है... तो एक बात मैं ज़रूर कहुँगौ, तारादेवी जो कछु बनीं सो साहेब के कारण, मेरा बिनसे परिचय तारादेवी के माध्यम से ही हुऔ। क्योंकि तारादेवी मोये भौत मान देती थीं, या काजे साहेब भी मोये खूब मानते। मैं झूठ न बोलूँगौ या मकान की ज़मीन मैंने ख़रीदी, मगर दीवारें बिन्हीं के पैसों से खड़ी भई हैं। मैंने बहुत मना करी मगर राजा आदमी कहाँ माने... तेरे नाना बड़े जीवट के आदमी थे। जब इस शहर में आये तो तेरे सगे नाना के घर ही रहे, लेकिन जब इस दुनिया से गये, आगरा के जूतों के कारोबार में बिनकौ डंकौ बजतौ। जा दिना बिदेस से बिनके देह त्यागने की ख़बर आयी, पुरौ किनारी बजार, फव्वारौ बन्द। अब मैं तोये क्या बताऊँ लाली, साहेब को तारादेवी ठाकुर जी से कम ना आँकें थी।' इतना कहते-कहते पण्डित जी का गला भर आया, आँखें पोंछते बोले, 'जाई मारे तो इधर साहेब गये... उधर बिनकी तेरहवीं करके तारादेवी भी चली गयीं।' पण्डित जी पुरानी यादों के जोश में भर चुके थे लेकिन तभी शारदा ने आकर कहा, 'दादा जी, चाची कह रहीं हैं वो थालियाँ लगा रही हैं आप और दीदी संग ही खा लो।' वो हाँ में सिर हिलाते हैं। सिया आगे बढ़कर सहारा देकर उन्हें बैठाती है। शारदा मेज़ खींचकर पलँग के पास ले आती है, एक मूढ़ी और लगा देती है। तब तक सुशीला थालियाँ लाकर मेज़ पर रख देती है। शारदा

संजुम को बुलाकर सिया के पास बैठाती है, फिर विष्णुराम से पूछती है, 'दादा जी मैं खवाऊँ आपको?', वो थाली पर नज़र डालते हैं और कहते हैं, 'याये लै जा और सब कछु मिलाय के एक कटोरा में लै आ... खाने में सुभीतौ रहेगौ।' बातें करते हुए ही खाना-पीना चलता रहा। जाते समय पण्डित जी ने बड़े प्रेम से कहा, 'विलायत जायवे के पहले मिल के जईयौ।'

सिया संजुम के साथ जब विष्णुराम के घर से निकली, दोपहर उतरने लगी थी और सड़कों पर त्योहार की रौनक बढ़ चली थी, पर सिया का ध्यान साहेब और तारादेवी में ही अटका हुआ था। रह-रह के उसके कानों में पण्डित जी की आवाज़ गूँज रही थी, साहेब को तारादेवी ठाकुर जी से कम ना आँकें थी, जाई मारे तो इधर साहेब गये... उधर बिनकी तेरहवीं करके तारादेवी भी चली गयीं'। 'इसका मतलब यशपाल नाना जी और तारादेवी के बीच अफ़ेयर था?'।

सरस्वती कुंज के फ़ाटक पर सिया और संजुम पहुँची ही थीं कि केसर की माँ पिस्ता उन्हें बाहर निकलते हुए नज़र आयी। संजुम ने फ़ौरन ही पूछा, 'आज केसर क्यों नहीं आयी?'

'रोज़ के टैम पे आते बखत मैंने उससे पूछी कि अभी तक तैयार क्यों न भई तो बोली, मैं न जाऊँगी मुझे पढ़नौ है।' अन्दर जाते हुए सिया उससे कहती है, 'मेरे यहाँ से जाने से पहले उसे भेजियेगा ज़रूर, मुझे उसे कुछ देना है।' ये कहकर सिया और संजुम दोनों घर में चली जाती हैं।

शाम को दुकानों की संख्या और रौनक काफ़ी बढ़ी हुई थी। बच्चों के जूते, कपड़े, गैस के गुब्बारे, पिपीरी, लौज और काली मिर्च की तिनगिनीवाला ठेला, गरमागरम उतरती जलेबी और समोसे का ठेला, घण्टी बजा-बजाकर बेचे जा रहे बुढ़िया के बाल, कुल मिलाकर होली का त्योहार गरमा चुका था। रास्ते पर पैदल चलनेवाले के लिये जगह नहीं थी। राजामण्डी, बल्का बस्ती की तरफ़ से आते ताँगे, रिक्शे और बीच-बीच में रास्ता बनाते हुए स्कूटर और बाइक। जब बाज़ार में गहमागहमी हो तो चाय और पान की दुकानें तो गुलज़ार हो ही जाती हैं। अधिकांश लोग बाहर खड़े-खड़े या वहाँ पड़ी बेंचों पर बैठ चाय पीकर चल देते हैं। दुकान के अन्दरवाली बेंचों पर वही आकर बैठते हैं, जिन्हें अपनी किस्सों की महफ़िलें जमानी हों। कोनेवाली मेज़ और आमने-सामने पड़ी दो बेंचें पप्पू चायवाले ने एक तरह से अपने स्थायी बैठक बाज़ ग्राहकों के लिये आरक्षित कर दी है। आज भी सदा की तरह यहाँ राकेश, हनीफ़ और किशोर बैठे सिगरेट के कश भरते दबी आवाज़ों में किसी चर्चा में लिप्त हैं। किशोर कहता है, 'फ़ैयाज़ भाई कल शाम भी न दिखे और आज भी न आये, राकेश भईया उनकी तबीयत वबीयत तो ठीक है न'।

‘ऐसा पहली दफ़ा हुआ है कि उसने कल से मुझे फ़ोन तक नहीं किया, कल रात में मैंने ही फ़ोन लगाया, पर फ़ोन नहीं उठा। सुबह से कितनी बार ट्राई कर चुका हूँ पर हर दफ़ा यही सुनने को मिले कि फ़ोन पहुँच क्षेत्र के बाहर है। मेरा तो दिमाग़ काम नहीं कर रहा।’ तभी हनीफ ने बताया, कि फ़ैयाज़ भाई ने उसे रात में फ़ोन किया था। ये सुनते ही राकेश के चेहरे पर हल्की खिसियाहट उभर आयी। क्योंकि फ़ैयाज़ हसन उसका क्लास फ़ेलो ही नहीं गहरा ख़ास दोस्त है। उसके पास अपनी गाड़ी भी है, राकेश को लगा गाड़ीवाला उसका दोस्त है इस बात का सभी पर दबदबा बनेगा, और हुआ भी ऐसा ही। मोहल्ले के नये पुराने लड़कों ने उन्हें इलाके का हीरो बना दिया। फ़ैयाज़ भाई, राकेश भाई कहते मोहल्लों के लौंडे लफाड़ों की ज़बान न थकती थी। लेकिन आज पहली बार ऐसा हुआ कि फ़ैयाज़ के बारे में कोई और ख़बर दे रहा है, ये राकेश के लिये झेंपने की बात तो थी ही। हनीफ़ की बात सुनते ही किशोर हैरान-सा, ‘तेरे पास फ़ैयाज़ भाई का फ़ोन? क्या कह रहे थे?’

‘यही कि कुछ रोज़ तक उधर नहीं आऊँगा’, राकेश और किशोर की नज़रें आपस में मिलती हैं, किशोर कहता है, ‘बुरा मत मानियो राकेश भाई साहब आपके दोस्त हैं, हमसे बड़े हैं, लेकिन उनकी हरकतें ठीक नहीं है, इसीलिये उस दिन मॉल में जब आप उन्हें उस बेचारी केसर के साथ अकेला छोड़कर हमारे साथ आगे बढ़ लिये थे, मैंने आपसे कहा भी था कि अगर मोहल्ले की लड़की परेशानी में है तो बात हमें करनी चाहिए।’

‘तुम आख़िर कहना क्या चाहते हो?’

‘यही कि हम सब जवान लौंडे हैं, एक ही मोहल्ले के हैं सो यहाँ हँस बोलकर थोड़ी मौज़-मस्ती कर लेते हैं। लेकिन क़सम पुरखों की, मोहल्ले की छोरियों के संग कुछ ग़लत करने की हम सोच भी ना सकें। अब वो केसर, वो तो मोहल्ले की लड़की है और उसकी माँ सामने के सरस्वती कुंज से ले के आस-पास के घरों में काम करती है। अब आप ये बताओ मैं अगर उसके संग ग़लत करूँगा तो मुझे कोई छोड़ेगा?’ त्योरियों में बल डाले तैश में भरा राकेश कहता है, ‘ये तुम किस बात की भूमिका बना रहे हो?’

‘भूमिका नहीं सच, जब-जब आपके मित्र ज़नाब फ़ैयाज़ हसन यहाँ होते हैं, और केसर इधर से गुज़र रही होती है तो ये उससे बकवास किये बिना बाज़ नहीं आते। दो बार तो हमने अपने कानों से सुना, उसके क़रीब जाकर कह रहे थे चाय तो पीती जा रानी।’

‘मैं नहीं मानता।’

'मतलब आप अपने दोस्त के लिये मुझे झूठा ठहरा रहे हैं? आप जो भी कहो, मुझे तो पक्का यक़ीन है आपके दोस्त ने केसर को मॉल में अकेली जानकर कोई ग़लत हरकत ज़रूर की होगी। इसीलिये मुँह छुपाये फिर रहे हैं।' इतना सुनते ही राकेश टेबिल पर दोनों हाथ मारते, 'तुम अगर ये सोचते हो कि तुम जो कहोगे मैं मान लूँगा तो ग़लत, मैं अपने दोस्त को बहुत अच्छी तरह जानता हूँ और हमेशा उसका साथ दूँगा।' इतना कहकर राकेश तैश में भरा वहाँ से चल देता है।

अगली सुबह ही श्रीराम, नन्हें और विजय हाथरस से लौट आये थे। नन्हें को एक मोटे कैश से भरे लिफ़ाफ़े के अतिरिक्त शॉल, अलंकरण आदि भी मिले थे। गाड़ी से उतरते ही सबसे पहले नन्हें ने अपनी बन्द मुट्ठी श्रीराम की वॉस्केट की जेब में खोल दी। वो कहता ही रह गया, 'अरे जे तू का करै, मोये मिले तो हैं दो हज़ार रुपये'।

'हज़ार दफ़ा कही है मोसे सवाल जवाब मत किया कर। अरे होली कौ त्योहार है भाभी और बच्चों के लिये ढंग के कपड़ा लत्ता ही लै आ, चल भाज अभी।' उपकृत-सा श्रीराम अपने घर की तरफ़ बढ़ता है।

सरस्वती कुंज में पहुँचने पर सबसे पहले नन्हें माँ सरस्वती के चित्र और फिर तारादेवी को सादर प्रणाम करते हैं। इस बीच विजय तानपूरे को स्टैण्ड में रख चुका है। जैसे ही पलटता है, नन्हें उसकी तरफ़ कुछ रुपये बढ़ाते कहते हैं, 'ये आज ही अपने गाँव रवाना कर दो तुम्हारे पिता जी के काम आयेंगे।' फिर अपने कमरे की तरफ़ जाते हुए, 'घण्टा-भर कमर सीधी कर लें, फिर नहा-धोकर बेबे से जाकर मिल आयें, वो हमें याद करती होंगी', नन्हें अपने कमरे में चले जाते हैं। विजय वहीं खड़ा सोच रहा है ये कैसे आदमी हैं, सदा दूसरों के बारे में ही सोचते रहते हैं ये कहते हुए उसकी आँखें सजल हो आती हैं।

कल पप्पू की दुकान पर उसके और किशोर के बीच जो नोंक-झोंक हो गयी थी राकेश अभी तक उससे निकल नहीं पाया था। बीच-बीच में उसे खटका होता कि कहीं किशोर की बात सच तो नहीं? क्या कुछ हुआ है जिसके कारण फ़ैयाज़ हसन अशोक नगर नहीं आ रहा है, उसका फ़ोन तक नहीं ले रहा, हो सकता है हसन के मन में ये हो कि वो लड़की केसर उस परिवार से जुड़ी हुई है जिससे उनके पारिवारिक सम्बन्ध हैं। पर नहीं उसके लिये उसकी दोस्ती से बढ़कर कुछ नहीं, वो आज ही माईथान जाकर फ़ैयाज़ हसन से मिलेगा और सारी बातें मालूम करेगा।

अचानक राकेश को अपने सामने देख फ़ैयाज़ अचकचा-सा जाता है, लेकिन फ़ौरन ही समझ जाता है कि राकेश उसके लिये चिन्तित है और उसकी कुशलक्षेम

जानने के लिये आया है। केसर की बात छिड़ने पर हसन साफ़ मुकर जाता है, कि उसने उस लड़की से कभी कोई ग़लत बात नहीं की। वैसे भी उस नौकरानी की लड़की में उसे कोई दिलचस्पी नहीं है। वो तो जानता है कॉलेज में कैसी-कैसी हाई-फाई लड़कियाँ एक बार उसकी गाड़ी में राइड लेने के लिये मरती हैं। इतना सुनते ही राकेश ने उसकी पीठ थपकते हुए कहा, वो सब जानता है इसीलिये तो वो उसका बेस्ट फ्रेण्ड है। सच बात तो ये है कि उसके रहन-सहन, स्टाइल, गाड़ी-वाड़ी और पैसेवाले पिता का पुत्र होने के कारण सब उससे खार खाते हैं। वैसे तो वो ये भी जानता है कि राकेश ने ख़ुद ही अशोक नगर में उसका आना-जाना शुरू करवाया और देखते-ही-देखते सभी उसके फ़ैन हो गये। लेकिन पता नहीं ये क्यों और किसलिये हुआ कि आज उस चक्कीवाले के लड़के किशोर ने उसके ख़िलाफ़ मुँह खोल दिया। राकेश कहता है, वो यहाँ ख़ास कर इसीलिये आया है कि वो इन छोटे-मोटे लोगों की बातों की वजह से वहाँ आना न छोड़े, वर्ना इन लोगों को अपनी घटिया बातों का ज़ोर-शोर से प्रचार करने का मौक़ा मिल जायेगा। राकेश की बातें सुनते हुए फ़ैयाज़ कई बार काफ़ी गम्भीर भी हुआ, लेकिन एकाएक ही वो ज़ोर-ज़ोर से हँसते हुए कहने लगा, कमाल है यार तुम लोग तो राई का पहाड़ बनाये जा रहे हो। अरे भई ऐसी कोई बात नहीं है, दरअसल अब्बा को फॉरेन का एक इतना बड़ा ऑर्डर मिला कि उनके तो हाथ पैर ही फूल गये, और उन्होंने ऑर्डर न लेने का फ़ैसला किया। उस पर उसने ही कहा वो फ़िक्र न करें वो बिज़नेस में उनकी हेल्प करेगा... तो बस इसीलिये टाईम वेस्ट करना छोड़ अब्बा का हाथ बँटाने की सोच ली इसमें ग़लत किया क्या?, अरे ना ना... ग़लत क्यों, पर फ़ैयाज़ तुम्हारे बिना मैं अकेला पड़ गया हूँ। थोड़ा बहुत टाइम दोस्ती के नाम पर तो तुम्हें देना ही पड़ेगा वर्ना मेरी नाक कट जायेगी... प्लीज़। फ़ैयाज़ ने राकेश को आश्वस्त किया कि वो भी अपने इतने अच्छे फ्रेण्ड को नहीं खोना चाहता वो आयेगा, वैसे भी उसे किसी का डर थोड़े ही है। दोनों मित्रों ने हँसते हुए हाथ मिलाया और कहा जल्दी मिलते हैं।

नन्हें और सिया ड्राइंग-रूम में बैठे चाय पी रहे हैं तभी श्रीराम अन्दर आते ज़ोर से, 'अरे विजय छोरा अपने हाथ की एक कप बढ़िया-सी चहा मोये भी पिला दे'।

'जी चाचा जी' कहते विजय किचेन में चला जाता है। सिया उन्हें नमस्ते कहती है। आशीर्वाद देते वो बताते हैं, जब से हाथरस से लौटे हैं घर में सिया की ही बातें चल रही हैं। पिता जी को तो उसे देखकर जैसे अपना अतीत ही याद आ गया है। और हाँ बिना ज़रूरत ही वो तेरी लायी घण्टी बार-बार बजा रहे हैं बहुत ख़ुश हैं। सिया, सुशीला की बनायी कढ़ी की जी भरके तारीफ़ करती है, कहती है एक बार फिर से खाने आयेगी। सभी चाय पी चुके हैं, उठकर खड़े होते श्रीराम कहते हैं वो मन्दिर से विजय के हाथ की चाय के लालच में सीधे यहाँ आ गये थे, अब घर जाकर

देखें किसी चीज़ की ज़रूरत तो नहीं, आज होली जलेगी न। आगे बढ़ते हुए श्रीराम नन्हें से पूछते हैं, उसका क्या प्रोग्राम है? वो कहते हैं, आज जुम्मा है ज़ुह की नमाज़ पढ़ने मस्जिदे उस्मानिया जायेंगे। श्रीराम निकल जाते हैं, सिया पूछती है, 'अभी आपने क्या कहा बाबा? कौन-सी नमाज़?'

'ज़ुह की नमाज़... देखो बेटा पूरे दिन में पाँच नमाज़ें फ़र्ज़ की जाती हैं। सुबह तड़के फ़ज्र की नमाज़, उसके बाद ज़ुह की नमाज़, अस्त्र की नमाज़, शाम को मग़रिब नमाज़ और पाँचवी और आख़िरी इशा नमाज़।'

'आप पाँचों नमाज़ टाइम से पढ़ते हैं?'

'अगर मैं किसी काम में मसरूफ़ नहीं हूँ तो उस वक़्त की नमाज़ पढ़ लेता हूँ, और अगर शहर में हूँ तो हर जुम्में के रोज़ नमाज़ पढ़ने मस्जिद भी जाता हूँ।' थोड़ी सोच में डूबी सिया कहती है, 'आप ख़ुद को किस रिलिजॅन का मानते हैं? क्योंकि जैसा कि मैंने जाना आप रोज़ सुबह मन्दिर जाते हैं, मस्जिद जाते हैं, और गुरुद्वारा भी जाते हैं।'

'ऐसा इसलिये कि जब से होश सम्हाला मैं इन तीनों जगहों पर ही जाता रहा, फिर थोड़ा बड़ा हुआ तो इन तीनों रिलिजनों को जाना भी। बेटा मुझे लगा सभी धर्मों में एक से बढ़कर एक अच्छे विचार रखे गये हैं। बुरी बातों से दूर रहने की शिक्षा दी गयी है, कुल मिला के मुझे लगा हर मज़हब हमें अच्छा इन्सान बने रहने की शिक्षा देता है। तो अगर मैं ये कहूँ कि मैं ह्यूमन रिलिजॅन या मज़हबे इन्सानियत को मानता हूँ तो शायद यही सच होगा।' अचानक उनकी नज़र घड़ी पर पड़ती है, 'हमारा मस्जिद जाने का वक़्त हो गया, वैसे तूने ये बड़े काम की चीज़ दी है। हाथ में घड़ी बँधी हो तो लगता है वक़्त आपके साथ चल रहा है।'

नन्हें घटिया चढ़ के गोकुलपुरा में प्रवेश कर चुके हैं। रंग की होली कल है, लेकिन गली-मोहल्ले के बच्चों की होली तो कई दिन पहले ही शुरू हो चुकी है। कोई घर के छज्जे से पिचकारी छोड़ देता है, कोई पीछे से रंग भरा गुब्बारा मार देता है। कुछ लोग हँसते हुए आगे बढ़ जाते हैं, तो कुछ लोग उन्हें घुड़कने से बाज़ नहीं आते। नन्हें सदा की तरह सभी से हँसते-बोलते आगे बढ़ रहे हैं। तभी काछीगली के पास किसी मकान की छजली पर बैठा एक आदमी लड़कों को डपटते हुए कहता है, 'साले देख के रंग डालियो, अभी-अभी फ़ोन पर किसी ने बतायौ माईथान में इसी बात पर पमाड़ो है गयौ है।' नन्हें और उनके साथ मस्जिद की तरफ़ जानेवाला काछीगली का बशीर ठिठक कर पूछते हैं कि, क्या हुआ? वो बताता है, कोई नमाज़ पढ़ने जा रहा था, उस पर किसी बच्चे ने रंग डाल दिया तो उसने गुस्से में बच्चे की पिटाई कर दी। देखते-ही-देखते बात ने तूल पकड़ लिया, तोड़-फोड़ आगज़नी

शुरू हो गयी। लेकिन फ़ौरन ही पुलिस ने इस सब पर क़ाबू पा लिया। पुलिस अभी भी गश्त पर है, लोग मारे डर के घर से बाहर नहीं निकल रहे हैं। इसीलिये वो लड़कों को समझा रहा है कि देख-भाल के रंग डालें। ये सुनकर आगे बढ़ता बशीर थोड़ा आवेश में भर चुका है, 'वैसे बात तो ठीक ही है कोई नमाज़ पढ़ने जा रहा है, उस पर रंग पड़ जाये तो उलझन तो होगी ही'।

'इसमें उलझन की क्या बात है बशीर, रंग ही तो है कोई तलवार तो नहीं जो चुभ जाये।'

'कैसी बातें करते हो मियाँ, अरे हम ये पाक-साफ़ सफ़ेद कपड़े पहन के अपनी इबादत करने जा रहे हैं, इन पर कोई रंग डाल दे, तो दाग़दार कपड़े पहने हुए भला नमाज़ कैसे पढ़ी जा सकती है?' हँसते हुए नन्हें कहते हैं, 'क्यों नहीं पढ़ी जा सकती? क्या रंग अल्लाह और इबादत के बीच दीवार बन जाते हैं?' अभी नन्हें ने इतना ही कहा है कि तभी उनके सफ़ेद पठानी सूट पर दो तीन छोटे-छोटे बच्चे एक साथ रंग डालकर भाग जाते हैं। नन्हें खुलकर हँसने लगते हैं जब कि बशीर तेज़ी से भागते बच्चों को पलट-पलट के गरियाये जा रहा है। नन्हें उसके कन्धे पर हाथ रखते कहते हैं, 'बशीर मियाँ जिस मुँह से तुम्हें नमाज़ पढ़नी है, अनाप-शनाप बोल के उसे ख़राब क्यों कर रहे हो। अच्छा चलो इसी बात पर हम तुम्हें कुछ बताते हैं... आज़ादी की लड़ाई लड़नेवाले हज़ारों लाखों सिपाहियों में से मौलाना हसरत मुआनी भी एक सिपाही थे। वो शरिअत को माननेवाले पक्के मौलवी थे साथ ही कृष्ण भक्त भी। जन्माष्टमी मनाने के लिये ख़ास तौर पर मथुरा जाया करते थे। व्रज की गलियों से उन्हें बड़ी मोहब्बत थी, ख़ूब भटकते थे इन गलियों में। किसी ने उनसे पूछा वो कृष्ण के इस क़दर दीवाने क्यों हैं। जवाब में उन्होंने बड़ी प्यारी बात कही, बोले इसलिये कि वो ऐसी शख़्सियत थे जिन्होंने अगर गोपियों के साथ रास रचाये, तो गीता का सन्देश भी दिया। होली के बारे में हमने सुना, कि जब वो रास्ते से गुज़रते और लोग उन पर रंग डाल देते, तो वो मुस्कराते और कई-कई दिनों तक वही रंगवाले कपड़े पहनकर नमाज़ पढ़ते। कुछ लोगों के एतराज़ करने पर कहते इन रंगों में हिन्दू दोस्तों की मोहब्बत छिपी हुई है और मोहब्बत ही ख़ुदा है।' चलते-चलते नन्हें और बशीर कंगीगली पार कर चुके थे और नन्हें अपनी रौ में बोले जा रहे थे, 'नबी नाम के एक मुस्लिम शायर को तो कृष्ण की नगरी मथुरा से इतना प्यार था कि वो एक दोहा भी लिख गये,

'मधुपुरी, मधु सौं भरी, कबहूँ तजी नहीं जात-
और पुरी में मधु नहीं जा में नबी समात'

वो तो ये भी कहते थे, वो इसी मधुपुरी में दफ़न होयेंगे, इस जैसी कोई नगरी नहीं है।' मस्ज़िद आ चुकी थी, लोग मस्ज़िद के भीतर जा रहे थे, बशीर के चेहरे

पर अभी भी थोड़ा तनाव था, लेकिन नन्हें सदा की तरह अपनी मौज में ही थे।

होली के दिन हिना ने भी सिया को रंगों में लथेड़ के अपना बदला ले लिया। वो खाना पहले ही बना चुकी थी, इसलिये नहा-धो के सब एक साथ ही खाने पे टूट पड़े। नन्हें बड़े ख़ुश थे, क्योंकि बरसों बाद इस घर में होली के रंग बिखरे थे। तारा अम्माँ जब तक जीवित रहीं, सुशीला रंग का माहौल बढ़ने के पहले ही यहाँ पहुँच जाती, और नीचेवाली रसोई में कई तरह के पकवान बनाती। जन्नत ऊपर से चाँदी का वर्क लगी केसरिया सेवइयाँ ख़ास तारा के लिये बना के लाती। कबीर, नर्गिस और रवि उस समय बहुत छोटे थे, तीनों बच्चे एक साथ ज़िद करते कि उन्हें दादी के हाथ से ही खाना है, और तारा बड़े प्यार से एक-एक निवाला तीनों बच्चों को खिलाती थीं। ये सब सोचते हुए एकाएक नन्हें की आँखें भर आयीं, लेकिन फ़ौरन ही उनका ध्यान टूटा जब अंजुम, संजुम अपने हाथ से नन्हें को कुछ खिलाने लगीं। होली खेल कर सब पहले ही थके हुए थे, तो खाना खाते ही अपनी-अपनी खटिया पकड़ कर सो गये।

चार बजे के लगभग नन्हें उठे और फ़ोन पर श्रीराम से कहने लगे वो पिता जी से होली की राम-राम करने आ रहे हैं, श्रीराम भी तैयार रहे तो दोनों संग-संग बेबे को प्रणाम कर आयेंगे। उसी समय कमरे से बाहर आयी सिया ये सुनकर कहने लगी, वो सिर्फ़ दस मिनट रुक जायें तो वो भी अपना बैग लगा के उनके साथ निकल जायेगी। नन्हें कहते हैं, इतनी जल्दी भी क्या है, एक दो दिन और रुक जाये, सिया कहती है, होली के चक्कर में पाँच छह दिन निकल चुके हैं, उसका काम रुका पड़ा है, एलबर्ट भी पूछता रहता है कि वो कब वापस आयेगी, ये सुन नन्हें सहमति में सिर हिलाते हैं।

§ 13 §

सिया जीने से नीचे आ रही है, वो यहाँ-वहाँ देखती बेबे के कमरे में जाती है। ये देखकर वो अपनी हँसी रोक लेती है कि, बेबे सुन्दर-सा सलवार सूट पहने आईने के आगे खड़ी मुस्कराते हुए ख़ुद को देख रही हैं। पीछे से आकर सिया उन्हें पकड़ के अपनी तरफ़ घुमाते कहती है, 'हाय मैं मर जांवां... गुड़ खा के बड़ी सोणी लग रही है कुड़ी', बेबे शरमा के उसके गाल पे चपत मारते कहती है, 'ऐन्ना क़ीमती सूट लाने की क्या ज़रूरत थी?'

'बेबे आप हमेशा ऐसे ही सूट पहना करो, आप कितनी प्रेटी लग रही हो।'

'अरे अब क्या, कभी लगती थी... दारजी मैनू देखकर गीता बाली कहते थे।' ये कहकर वो ख़ुद ही शरमा जाती है और झेंप मिटाने के लिये ज़ोर से कहती है, 'चल अभी अपना मोबाइल बीच में रख और गल्लां शुरू।'

मैंने तैनू बताया था, 'नन्हें को छोड़कर किधर भी जाने के लिये तारा राज़ी नहीं थी। लेकिन फेर जब एक दो बार हो आयी, और लौटने पर नन्हें को ख़ुश देखा, तो धीरे-धीरे उसे तसल्ली होने लगी और अब वो संगीत पर भी ध्यान देने लगी। रेडियो के आलावा भी अब उसे दूर पास के कार्यक्रमों के बुलावे आने लगे। लेकिन साहेब उसे कहीं अकेला नहीं भेजते, दारजी साथ में ज़रूर जाते थे। शायद उस पर रब दा आशीर्वाद ही था कि उसकी मिट्ठी आवाज़ का ज़िक्र फैलता ही चला गया। इधर उसके गुरु तलेगांवकर जी भी उस पर बड़ी मेहनत कर रहे थे। चार साल में उन्होंने तारा को प्रयाग संगीत समिति इलाहाबाद से प्रभाकर की डिग्री दिलवा दी। अब साहेब जो एक तरफ़ आगरा में अपना कारोबार बढ़ाने में लगे हुए थे, तो दूसरी तरफ़ तारा पर भी उनका पूरा ध्यान था। बखत होता तो कभी ख़ुद ही चले आते और तारा से सारे हाल-चाल लेते, नहीं तो दारजी से सारी रिपोर्ट ले लेते। लेकिन जिस दिन आते, कुलदीप और नन्हें बेहद ख़ुश रहते। वो बच्चों को घुमाने-फिराने ले जाते, दोनों के लिये भर-भर के खेल-खिलौने लाते। तारा को अब प्रोग्राम करने बाहर आना-जाना होता था, ऐस करके वो उसके वास्ते भी एक से बढ़कर एक कपड़े लत्ते लाकर उसे देते। बड़े साफ़ दिल के थे तेरे नाना, इस वास्ते मैनू कभी कुछ अटपटा नहीं लगा। लेकिन मैं देखती तारा अब अक्सर खोयी-खोयी-सी रहने लगी है। रेडियो सुनते हुए भी कभी मुस्कराये तो कभी रो पड़े। जितनी देर साहेब घर में रहें, उन्हीं के आसपास मँडराती रहे, अपने हाथों से उनके लिये न जाने क्या-क्या बनाये और खिलाये। एक बार देखा रेडियो में गाने सुनते, मुस्कराते सूटर बुन रही है, सूटर भी ऐन्ना-वड्डा कि मेरे से पूछे बिना रहा नहीं गया कि किसके वास्ते बुन रही है। हँसते हुए बोली, थोड़ा सबर करो भाभी पता चल जायेगा। फेर एक रोज़ बोत दिनों के बाद साहेब आये, और उसके हाल-चाल लेने ऊपर चले गये। थोड़ी देर पीछे जब नीचे उतरे, तो उन्होंने वो ही सूटर पाया हुआ था। पीछे-पीछे तारा उतर रही थी, बेहद ख़ुशी में भरी अपनी मोटी-मोटी आँखें नचाते इशारे से कहा, देखा। अब ऐसा भी होने लगा, अगर साहेब को इधर आने में बोत लम्बा बखत हो जावे, तो तारा बेचैन हो जाती। खाना-पीना भी कम हो जाता, रियाज़ भी करती तो लगता रो रही है। मैनू कुछ खटका-सा बैठ गया कि कुछ तो है।'

दारजी और साहेब काम से बम्बई गये हुए थे। घर में दोनों बच्चे, मैं और तारा। बच्चे सोये हुए थे, तारा के कमरे से कोई आवाज़ नहीं आ रही थी, मैंने सोचा ज़रा झाँक के आऊँ, देखूँ क्या कर रही है। कमरे के अन्दर पहुँची, तो देखा दोनों हाथ

सीने पर दबाये हिचकियाँ भर-भर के रो रही है, मैं डर गयी। की होया तारा बोलते क़रीब जा के उसका हाथ अपनी तरफ़ खींचा, तो हाथ से छूट के पलँग पर कुछ गिरा, देखा तो साहेब की तस्वीर। ये देखकर प्रकाश धक्क-सी रह गयी। झुक के फोटो उठायी और कहने लगी, ये फ़ोटो तो दारजी की टेबिल की दराज़ विच पड़ी थी, वो ढूँढ़ भी रहे थे। इतना कहकर फोटो लिये वो चुपचाप नीचे लौट गयी।

बेबे की बातें सुनते हुए सिया काफ़ी गम्भीर हो चुकी थी। ख़ुद में ही बुदबुदाने लगी, यानी उसने जो सोचा था वही सच है, पण्डित जी ने जो बातें कहीं, वो भी उसी तरफ़ इशारा कर रही थी। रात हो चुकी थी प्रकाश पलँग पे लेटी हुई थी। सिया भी उन्हीं के पास लेट गयी, और अशोक नगर की होली के क़िस्से सुनाते सुनाते एकाएक बोल पड़ी, 'एक बात समझ नहीं आयी बेबे, जिन नन्हें बाबा की हर जगह इतनी रेस्पेक्ट है, छोटे-बड़े सभी उन्हें प्यार करते हैं, लेकिन एक ऐसी बात हुई जो मेरे माइण्ड से ही नहीं निकल रही। मन्दिर के पास जो काछीगली है न, वहीं खड़े बाबा गली-मोहल्ले के लोगों से बातें कर रहे थे, तभी एक मकान के ऊपरी खिड़की से इतना बड़ा पत्थर किसी ने फेंका, जो बाबा के सिर पर लगा। वो सिर पकड़कर ज़मीन पर बैठ गये, सिर में इतना बड़ा गूमड़ पड़ गया।'

'हें... ऐ तू की कह रही है?'

'हाँ बेबे, सब यहाँ-वहाँ देखने लगे कि पत्थर किसने फेंका होगा। देखा, काछीगली से लगे मकान की खिड़की में एक बुड्ढा खड़ा हँस रहा था। उसे देखते ही नीचे खड़े लोग उसे गालियाँ देने लगे। कहने लगे, इस हरामी को तो जेल में ही सड़ना चाहिए था। बाबा ने सबको शान्त किया और आगे बढ़ गये। जब कि मेरे माइण्ड से ये बात अभी तक नहीं निकली कि वो कौन था?' अब बेबे भी बैठ गयीं, कहने लगीं, 'सही बात है, उस खस्में खांड़ियाँ नू तो उमर कैद ही मिलनी चाहिए थी, छी-छी... कोई ऐसा कैसे कर सकता है अपनी नूं के साथ।'

'बेबे मुझे पूरी बात बताओ, कौन है वो बुड्ढा? कौन है उसकी बहू?'

'ये तब की बात है जब नन्हें की बीवी जन्नत को गुज़रे साल छह महीने ही हुए थे। उस वक़्त नन्हें की उम्र कुछ तिरालीस-चौवालीस की रही होगी। मन से तो वो काफ़ी टूटा हुआ था, लेकिन अपना अधिक-से-अधिक वक़्त संगीत और समाज सेवा में लगाये रखता था। एक दिन शाम के झुटपुटे में अपने घर की तरफ़ जाते हुए एक मकान के नीचे खड़े दो तीन लड़कों को ऊपर की तरफ़ देख गन्दी-गन्दी हरकतें करते पाकर नन्हें ठिठक गया, और वो भी ऊपर देखने लगा। देखा, एक अट्ठारह उन्नीस बरस की जवान औरत शरीर उघाड़कर अपने अंग दिखाते हँसते हुए कह रही है, आ जा... ऊपर आ जा...। ये देखकर नन्हें के काटो तो ख़ून नहीं, फिर

अचानक गुस्से में भरा लड़कों को घसीटते वो एक गली में ले गया। हड़बड़ाकर लड़कों ने ख़ुद को सम्हाला, क्योंकि नन्हें उन सबको जानता था इसलिये वो डरे हुए थे। नन्हें ने लड़कों को झिंझोड़ते हुए पूछा, क्या हो रहा था यहाँ पर, अपनी मर्दानगी का तमाशा किसे दिखा रहे थे। लड़कों ने हकलाते हुए बताया, कि उनकी कोई ग़लती नहीं है, वो जनानी ही उन्हें उत्तेजित करती है। लड़कों के कान मरोड़ते नन्हें ने कहा, दिमाग़ से दुरुस्त कोई भी औरत ऐसी हरकतें नहीं करती, लेकिन वो अगर ऐसा करती है तो उसके पीछे ज़रूर कोई बात होगी। वो जो भी हो, लेकिन अगर आज के बाद तुम लोगों को उस खिड़की के नीचे खड़े भी देखा तो याद रखना छोड़ूँगा नहीं तुम्हें। उलटे पैरों नन्हें ऐत्थे आया, और कुलदीप और मैनू सारा क़िस्सा सुनाया। हम सारों को ऐसा ही लगा, हो-न-हो वो औरत मानसिक रोगी है और उसे इलाज़ की ज़रूरत है। फेर कुलदीप और नन्हें ने ये तय किया कि सबसे पहले पता लगाना चाहिए कि उस घर में कौन-कौन रहता है। बाद में मालूम हुआ कि घर के मालिक का नाम राजाराम है, उस घर में फ़क्त वो और उसकी विधवा बहू सुनन्दा रहते हैं। व्या के साल-भर के भीतर ही बेटे की मौत हो गयी थी, लड़की के पास लौट कर जाने के लिये कोई घर नहीं था तो बेचारी मज़बूरी में उधर ही पड़ी रही।'

प्रकाश सिया को बताती है अब आगे बढ़ने के लिये आवश्यक था कि उस लड़की को ससुर के क़ब्ज़े से बाहर कैसे निकाला जाये। कुलदीप पत्रकार था, इसलिये पुलिस विभाग में उसके अच्छे दोस्त थे। अपने एक दारोग़ा मित्र के सामने कुलदीप और नन्हें ने ये सारी बातें बताते हुए कहा, उन्हें सन्देह है कि अपने ससुर के शिकंजे में जकड़ी वो लड़की मानसिक रोगी है, और उसे उपचार की सख़्त ज़रूरत है। क्योंकि उसे हमेशा ताले में बन्द रखा जाता है, ये बात इशारा करती है कि ससुर की नीयत में खोट है। लड़की को जल्द-से-जल्द उससे छुटकारा दिलवाना ज़रूरी है, ये काम आसान हो सकता है अगर उन्हें पुलिस की मदद मिल सके। पूर्ण सहयोग का आश्वासन देते हुए दारोग़ा नन्हें से कहता है, उसने जो अपनी आँखों से देखा है, मोहल्ले के वातावरण को ध्यान में रख के शिकायती अन्दाज़ में लिखकर उन्हें दे दे, तो वो कुछ कार्रवाई कर सकेंगे।

दूसरे दिन ही पुलिस उस घर का दरवाज़ा खटखटाने लगी, बड़ी देर बाद दरवाज़ा खुला, सामने राजाराम खड़ा था जो पुलिस को देखकर सहम गया। फिर भी पूरी अकड़ के साथ बोला, वो लोग उसके दरवाज़े किसलिये आये हैं। दारोग़ा ने नन्हें की शिकायत के बारे में बताया और कहा वो लोग पुलिस थाने ले जाकर उसकी बहू से पूछ-ताछ करना चाहते हैं। इस पर राजाराम नन्हें को जी भर के गालियाँ देता है, लेकिन पुलिस उसकी एक नहीं सुनती और महिला पुलिस को इशारा करते भीतर जाकर सुनन्दा को लाने के लिये कहती है। सुनन्दा के बाहर आते ही

उसे जीप में बैठाया जाता है, और फ़ौरन ही गाड़ी थाने की तरफ़ बढ़ जाती है। इस बीच घर के बाहर मोहल्ले की भीड़ जमा हो चुकी है, सभी अपनी-अपनी तरह से बातें कर रहे हैं। उन्हीं में से एक बुड्ढे की क्रोध में भरी आवाज़ उभरती है, नाश जाये इस राजाराम कौ... मानवजून में कुत्तौ है कुत्तौ.... ठाकुर जी या छोरी की रच्छा करें।

पुलिस की देख-रेख में सुनन्दा को मानसिक चिकित्सालय में दाख़िल करवा दिया गया। बारी-बारी से नन्हें और कुलदीप तो वहाँ जाते ही रहते थे, लेकिन प्रकाश लगभ्ग रोज़ ही सुनन्दा के पास पहुँच जाती। ये देख के उसका कलेजा फटने-सा लगता, जब पुरुषों को देखते ही ख़ुद को उघाड़ते सुनन्दा चिल्लाने लगती, आजा... आजा। धीरे-धीरे उस पर उपचार का प्रभाव होने लगा, और लगभग छह माह में वो पूर्ण रूप से स्वस्थ हो गयी, अब वो प्रकाश को पहचानने लगी थी। अस्पताल से उसे छुट्टी मिलनेवाली थी तो पुलिस दारोग़ा ने नन्हें और कुलदीप से पूछा, अब ये लड़की कहाँ जायेगी? इससे पहले कि कोई कुछ बोले, प्रकाश ने कहा, वो उनके साथ उनके घर जायेगी।

अस्पताल की औपचारिकताएँ पूरी करने के बाद सुनन्दा, प्रकाश, नन्हें और कुलदीप के साथ पुलिस थाने ले जायी गयी। जहाँ दारोग़ा पहले तो उसे स्वस्थ होने पर बधाई देता है, फिर जानना चाहता है कि वो इस हालत में कैसे पहुँची। क्या पति की मृत्यु के आघात के कारण ऐसा हुआ। सुनन्दा चुप है, अब प्रकाश उसकी पीठ सहलाते उसे वो सब बताने के लिये कहती है, जो वो उसे बता चुकी है। ज़ार-ज़ार रोते हुए सुनन्दा बताती है कि, कैसे उसके पति के मृत्यु के दो दिन बाद से ही उसका ससुर उसके साथ दुष्कर्म करने लगा। वो चिल्ला न सके इसलिये उसके मुँह में कपड़ा ठूँस देता था, विरोध करने पर वो उसे मारता-पीटता और जलाने की कोशिश करता। फिर तो जैसे उसका शरीर, उसका मस्तिष्क सब सुन्न होता चला गया, वो अपना विवेक खो बैठी। उसकी दयनीय कथा सुनकर नन्हें तक अपने आँसू नहीं रोक पाते। प्रकाश, सुनन्दा को लिपटाकर गरजते हुए दारोग़ा से कहती है, कि उस राक्षस को अधिक-से-अधिक और कड़ी-से-कड़ी सज़ा दिलाने की कोशिश करें, साथ ही वो ये भी कहती है कि उन्हें रब ने बेटी नहीं दी थी, समझो आज वो भी मिल गयी, वो उसकी शादी-ब्याह कराके घर बसायेंगी ताकि वो अपना नया जीवन आरम्भ कर सके। सुनन्दा की एफ.आई.आर. पर कार्रवाई करते हुए पुलिस ने राजाराम को गिरफ़्तार किया और अदालत ने उसे दस वर्ष की सश्रम सज़ा दिलवायी।

'ये सारी बीस बरस पुरानी गल्ला हैं। तब तारा, साहेब, जन्नत ये तीन मौतें हो चुकी थीं, दारजी ज़िन्दा थे पर बीमार ही रहते थे। जब हम सुनन्दा को इसी कार में ले आये वो बड़े ख़ुश हुए और सुनन्दा से कहा, ये त्वाड़ा ही घर है घबराने की कोई

ज़रूरत नहीं है। इस बीच कुलदीप ने अपने दोस्त अशोक राजवंश से सुनन्दा के बारे में गम्भीर चर्चा की, दो वर्ष पहले ही अशोक की पत्नी का निधन हो चुका था। दो-तीन मुलाक़ातों में ही अशोक और सुनन्दा ने विवाह की सहमति दे दी, और फ़ौरन ही गुरुद्वारे में व्या करा दिया गया। दोनों ख़ूब ख़ुश हैं, उनके एक पुत्तर भी है आकाश, ऐत्थे उनका आना-जाना होता रहता है।', सोच में पड़ी सिया अचानक कहती है, 'बेबे ये वो ही तो नहीं जिन्होंने मॉल में गिफ़्ट्स की दुकान खोली हुई है और बेटे का नाम आकाश है?'

'तैनू कैसे ख़बर?'

'अरे... वो होली के पहले अंजुम, संजुम को लेकर मॉल गयी थी न, बाबा भी साथ में थे, तब वहाँ सुनन्दा जी और आकाश मिले थे, अपनी दुकान दिखायी और मुझे एक गिफ़्ट भी दी', इतना कहते ही वो उबासी लेने लगी, बेबे हँसते हुए कहती है, 'लै तुझे तो निन्द आने लगी, जा कोठे पे जाके सो जा' दोबारा मुँह फाड़ते सिया, 'बेबे इधर ही सो जाऊँ', और वो बेबे पर अपनी टांग रखकर सो जाती है।

सिया का मोबाइल ज़ोर से बजा और उसकी आँखें खुल गयी, देखा नन्हें का फ़ोन है, 'गुड मॉर्निंग बाबा'।

'गुड मॉर्निंग... क्या हो रहा है?'

'अरे... वो कल बेबे से बातें करने में बहुत लेट हो गया था, इसलिये आपके फ़ोन से ही आँख खुली अभी'।

'ये बता कब आ रही है यहाँ?'

'बस काम ख़तम हुआ और मैं आयी... और हाँ बाबा, कल बेबे ने वो राजाराम की कहानी सुनायी जिसने आपको स्टोन मारा था। वैरी पेथेटिक स्टोरी बाबा, मैं अक्सर ये सोचती हूँ कि आप जैसे लोग दूसरों के लिये इतना सारा टाइम कैसे निकाल लेते हैं।'

'दूसरे नहीं बेटा अपने। तारा अम्माँ की कहानी कैसे चल रही है?' खिलखिलाते हुए सिया कहती है, 'आप चार साल के हो गये', ये सुनकर नन्हें खुल कर हँस पड़ते हैं, 'अच्छा बेटा, वो आज से म्यूज़िक क्लासेस चालू हो रही है न तो बच्चे बस आते ही होंगे, शाम को बात करेंगे।'

उस दिन कुलदीप भी काम से सबेरे-सबेरे दिल्ली निकल गया था। नाश्ता-पानी करके बेबे और सिया कहानी को आगे बढ़ाने के लिये बैठ गयीं। याद दिलाने के लिये सिया बताती है कि उन्होंने तारादेवी को यशपाल नाना की फ़ोटो के साथ देख लिया था... फिर?

इतना सुनते ही बेबे एकाएक गम्भीर हो आयी, वो बताती हैं, जब से ये सब देखा उन्हें एक पल के लिये भी चैन नहीं था, वो बहुत आगे तक सोचती चली गयी, अब क्या होगा। कभी तो बात खुलेगी, तारा तो अल्हड़ है, नादान है, लेकिन भरजाई जी पर क्या बीतेगी जब उन्हें भनक पड़ेगी। उसे लगा उसकी छाती फट जायेगी, वो क्या करे। कुलदीप और नन्हें साढ़े चार और चार के हो चुके थे, आँगन में ट्रायसिकल चला रहे थे। दोपहर के खाने का समय हो चुका था लेकिन तारा आज अभी तक नीचे ही नहीं उतरी थी। प्रकाश का मन नहीं माना, जी कड़ा करके और ये सोच के ज़ीना चढ़ने लगी कि आज वो उससे साहेब के बारे में अच्छे-से बात करेगी, पूछेगी आख़िर उसके मन में क्या है। ऊपर कमरे के दरवाज़े पर पहुँचते ही एक दीवार के सहारे ज़मीन पर आँखें मूँदे बैठी तारा पर नज़र पड़ी, लगा जैसे वो किसी और ही दुनिया में है। न नहायी-धोयी, न बाल बनाये, क़रीब जाकर प्रकाश ने उसके कन्धे पर हाथ रखा, उसने धीरे-धीरे रतजगेवाली उदास आँखें खोलकर उसे देखा। उसकी हालत देख प्रकाश का दिल पसीज गया, वो उसके पास ही बैठ गयी और गाल थपथपाते हुए बोली, 'ऐ की हाल बना रखा है तूने... चल उठ, त्यार हो जा और नाश्ता कर ले', तारा बेबे से लिपट गयी और उसके कन्धे पर सिर टिकाकर रोने लगी। 'तारा... बोल न की होया?', प्रकाश से अलग होते उसकी आँखों में झाँकते दीवानी-सी तारा कहती है, 'मुझे प्यार हो गया है भाभी... साहेब से'। सब-कुछ कानों से साफ़ साफ़ सुनकर भी प्रकाश को जैसे यक़ीन नहीं हो रहा था, 'नहीं... ये कैसे हो सकता है'।

'हो गया है भाभी हो गया है... न जाने कब हुआ, कैसे हुआ, मुझे भी पता नहीं चला। पाँच साल होने को आये उस बात को जब वो मुझे उस नरक से निकाल कर लाये थे, थोड़े दिनों तक उनमें मुझे अपने बाऊ जी दिखते रहे। एक बार ये क्या जान लिया कि मैं रेडियो में गाना चाहती थी, तो उन्होंने मुझे गायिका बनाने में कोई कसर नहीं छोड़ी। जब मेरे सिगरेट पीने के वक़्त उन्होंने मुझ पर गुस्सा किया और बोले, चल मैं तुझे वहीं छोड़कर आता हूँ जहाँ से लेकर आया था, मैं डर गयी, मैंने सिगरेट छोड़ दी। फिर रेडियो में पहली बार गाने के टाइम जब मैं बुरी तरह घबरा गयी थी, कभी बाऊ जी को याद करूँ, कभी कुंजबिहारी को। तभी साहेब पल-भर के लिये स्टूडियो में आये, मेरा सिर थपथपाया और लौट गये। मैं बता नहीं सकती भाभी उस समय मुझे क्या महसूस हुआ, सच कहती हूँ उन्होंने मुझे ग़लत नज़रों से कभी नहीं देखा, फिर भी पता नहीं क्यों मेरे मन में ये चाह बढ़ती ही जा रही है कि वो मुझे देखें, जब भी मैं सजूँ, कुछ अच्छा पहनूँ, और कोई मुझे न देखे बस वो देखें। अभी ये जो स्वेटर बुना, एक-एक फन्दा उतारते मैंने उनमें अपनी साँसें गूँथ दीं... ये सोचकर कि जब वो ये स्वेटर पहनेंगे, मैं उनसे लिपटी होऊँगी।'

'बेशरम' और प्रकाश ने उसके गाल पर कसके एक चाँटा जड़ दिया, 'इतना सारा कुछ सोच डाला, बस ये ही नहीं सोचा कि जिसे तू पाना चाहती है वो पहले से ही दूजे का है। उनका घर है, गृहस्थी है, बीवी है, वड्डे वड्डे दो बच्चे हैं, कुछ भी नहीं सोचा तूने?'

'नहीं... जब भी मैं उनके बारे में सोचती हूँ, हम दोनों अकेले ही होते हैं तीसरा कोई नहीं होता।'

'तो तूने फ़ैसला ही कर लिया है कि तू किसी का घर तोड़ेगी।'

'नहीं भाभी... प्यार तोड़ता नहीं जोड़ता है, मैं इतना ही चाहती हूँ कि वो मेरे मन में बसे रहें बस', तभी नीचे से नन्हें की तुतलाती आवाज़ आती है, 'ताला अम्माँ... कुलीप ने माला', सब-कुछ भुला तारा तेज़ी से नीचे की तरफ़ भागती है और नन्हें को गोद में भर के कसके सीने से चिपका लेती है। ज़ीने के ऊपर खड़ी प्रकाश उसे देखते हुए सोच रही है, क्या करूँ... दारजी नूं दसूं? कहीं ऐसा न हो जाये कि मेरी ख़ामोशी की वजह से भरजाई जी का घर उजड़ जाये। हालाँकि प्रकाश ने कर्तार को ये बात बताने का मन बना लिया था, लेकिन जब रात आयी और कर्तार खाना खा रहे थे, उसने सोचा उसका कुछ भी बोलना शायद ग़लत होगा। देखा जाये तो तारा अभी तेईस की भी नहीं हुई, हो सकता है ये उसका बचपना हो और ख़ुद ही पीछे हट जाये, और उसने इस बारे में कर्तार को कुछ नहीं बताया।

तारा के मन में यशपाल के प्रति एक तरफ़ा प्रेम बढ़ता ही जा रहा था। लेकिन दूसरी तरफ़ नन्हें और संगीत की तरफ़ से भी वो ग़ाफ़िल नहीं हुई, नन्हें अगर उसकी जान था तो संगीत की ऊँचाइयाँ छूना उसका ख़्वाब। न वो नन्हें की माँ को दिया वचन भूली थी, कि वो उसे एक सच्चा मुसलमान बनायेगी। न ही अपने बाऊ जी का सपना, कि वो एक अच्छी गायिका बनेगी। ये दोनों ही बातें पूरी करना अब उसके जीवन का लक्ष्य बन चुका था। उसकी सुबह बिहारी जी के मन्दिर में आरती गायन के साथ शुरू होती थी। जब से नन्हें ने ऊपरी दूध पीना शुरू कर दिया, वो तारा के पास सोने लगा था। कभी-कभी कुलदीप के साथ खेलते-खेलते प्रकाश के पास भी सो जाता। सुबह मन्दिर जाते समय तारा नन्हें को नीचे प्रकाश के पास सुला जाती। उन दिनों गली में चोरी डकैती का डर न के बराबर था इसलिये तारा मन्दिर जाते समय दरवाज़े की बिल्ली (लकड़ी का बना एक कुण्डा) लगा के चली जाती थी। मन्दिर जाते हुए भी अब उसे पाँच साल हो गये थे, इसलिये पण्डित विष्णुराम को भी उसकी बाट लगी रहती, वो पहुँच जाती तभी आरती शुरू होती। और अगर तारा को संगीत कार्यक्रम में कहीं बाहर जाना होता तो वो पहले से ही पण्डित जी को बता देती थी।

एक दिन पण्डित जी और तारा भाव-विभोर होकर कुंज-विहारी की आरती गा रहे थे, और आरती समाप्त ही होनेवाली थी कि तारा की साड़ी का पल्लू खिंचने लगा, शुरू में तो उसने ध्यान नहीं दिया, लेकिन जब बार-बार ऐसा हुआ और वो मुड़ी, देखा, नन्हें वहाँ विराजमान हैं, 'नन्हें तू यहाँ?' कहते तारा ने नन्हें को गोद में ले लिया। 'तू यहाँ कैसे आ गया, बेबे लेकर आयी हैं क्या।' नन्हें ना में सिर हिलाता है, 'तो अकेले चला आया... मेरे पीछे-पीछे।' अब नन्हें हाँ में सिर हिलाता है, 'आप मुजे अतेला कौं छोल आयीं', इतना कह के वो ज़ोर-ज़ोर से रोने लगा। इस बीच आरती पूरी करके आश्चर्य में भरे पण्डित जी भी वहाँ आ गये। नन्हें के बारे में तो तारा से वो पहले ही सुन चुके थे लेकिन देखा पहली बार, 'जेई नन्हें हैं... जे तो कृष्ण कन्हैया कौ साक्षात् रूप हैं।' तारा नन्हें से पण्डित जी को हाथ जोड़ने के लिये कहती है, वो हाथ जोड़ता है। तारा बताती है वो रोज़ ही इसे छोड़ कर बड़ी छिपती-छिपाती घर से निकलती है लेकिन आज ये पीछे-पीछे यहाँ तक आ गया, अब वो इसे साथ में ही ले आया करेगी। अब पण्डित जी बताते हैं, उनका छोटा पुत्र श्रीराम, नन्हें से थोड़ा ही बड़ा है वो भी रोज़ उनके संग आने की ज़िद करता है... कल से वो उसे भी ले आया करेंगे।

अगले ही दिन बालक श्रीराम और नन्हें की कुंजबिहारी जी के मन्दिर में पहली भेंट हुई, भेंट दोस्ती में बदलती चली गयी, और दोस्ती पारिवारिक रिश्तों में, जो पचपन वर्ष बाद तक निभती चली आ रही है। मन्दिर से घर पहुँचकर नन्हें को दूध पिलाने के बाद तारा उसे पढ़ाने बैठाती। फिर कुछ ही देर बाद उसके साज़िन्दे आ जाते और वो संगीत का रियाज़ करती।

रघुनाथ तलेगांवकर जी प्रभाकर के बाद तारा से प्रवीण की तैयारी करवा रहे थे। तारा सब काम मन लगाकर करती, लेकिन जैसे ही संगीत या नन्हें से फ़ुर्सत पाती, उसका ध्यान यशपाल की तरफ़ चला जाता। किसी-न-किसी बहाने से कारख़ाने के नम्बर पर वो उनसे बात भी कर लेती, लेकिन इसे वो केवल उनकी आवाज़ सुनना ही मानती थी। कहाँ कर पाती थी वो अपनी मन की बातें, कहाँ कह पाती थी कि पल-भर के लिये भी उनका ख़्याल उससे अलग नहीं हो पाता। वो घण्टों उनके सामने बैठ उन्हें निहारना चाहती है। हाथों में हाथ लिये दूर-दूर तक चलना चाहती है। उनके सीने पर अपना सिर टिका बेफ़िक्र हो जाना चाहती है। लेकिन जानती है ये सब वो न कभी यशपाल से कह पायेगी, न ही ऐसा कुछ हो पायेगा। बेबे ठीक कहती हैं उसे उनका घर तोड़ने का कोई हक़ नहीं। तारा का एक मन एक साथ कई हिस्सों में बँटा रहता। प्रकाश ने तारा की बातें सुनकर जब उसे चाँटा मारा था, उसके बाद से उसने उनसे कभी कुछ नहीं कहा, लेकिन हाँ, वो गुलशन से यशपाल के प्रति अपने मनोभाव नहीं छिपा पाती। जब भी उसका दिल्ली जाना होता, बहाने ढूँढ़-ढूँढ़ के वो यशपाल

की बात बीच में लाकर या तो गुलशन से उनके बारे में सुनती या उसके मन में जो भी आता सब सुना देती। एक तरफ़ा प्रेम की तड़प उसे कभी जेठ महीने की लू-सी तपाती तो कभी जाड़े की धूप-सी सुहाती भी।

रघुनाथ तलेगांवकर जी, जो संगीत शिक्षा देने के साथ ही देश-विदेश के संगीत सम्मेलनों और शिविरों में भी व्यस्त रहते थे, उन्हें एक दिन चीन की राजधानी बीजिंग से एक भारतीय मित्र श्री सचिन मसूरकर ने बताया कि वो वहाँ उपशास्त्रीय संगीत और सुगम संगीत की सप्ताह-भर की कार्यशाला लगाना चाहते हैं। क्योंकि वहाँ की युवा होती पीढ़ी भारतीय संगीत में पर्याप्त रुचि लेने लगी है। कलकत्ता, जयपुर, इलाहाबाद आदि शहरों से भी उन्होंने अच्छे संगीत शिक्षकों को आमन्त्रित किया है, और अब आगरा के किसी योग्य शिक्षक के लिये वो उनसे अपेक्षा रखते हैं। नामों की सूची हाथ में आते ही वो कार्यशाला की तारीखें भी उन्हें बता पायेंगे। रघुनाथ जी ने आश्वासन दिया कि अगले सप्ताह तक वो उसे किसी अच्छे कलाकार का नाम अवश्य देंगे। रघुनाथ जी के मन में जो पहला नाम उभरा वो तारा का ही था। उन्हें ये भी याद था कि दो वर्ष पहले उन्हीं के कहने पर यशपाल ने उसका पासपोर्ट भी तैयार करवा दिया था, क्योंकि वो जानते थे कि एक-न-एक दिन ये तारा नक्षत्र बन के आसमान में अवश्य चमकेगा। उसी शाम वो तारा को अपने संगीत केन्द्र में बुलाकर चहकते हुए विदेश दौरे की बात बताते हैं। उन्हें लगा था सुनते ही तारा ख़ुशी में भर उठेगी, किन्तु ये क्या उसने तो सीधे-सीधे न ही कह दी। गुरु जी बुरी तरह चौंक उठे, फिर उससे न की वजह जाननी चाही। कोई ख़ास वजह तो तारा न बता सकी, सिर्फ़ इतना ही कहा चीनी भाषा तो बहुत दूर की बात, उसे तो ठीक से अंग्रेज़ी भी नहीं आती। गुरु जी ने उसे समझाने की कोशिश करते हुए कहा, इस बात की चिन्ता वो न करे, इस कार्यशाला के आयोजक उनके मित्र सचिन मसूरकर हैं, और उनके वहाँ होते उसे भाषा की कोई समस्या नहीं आयेगी। बहुत समझाने पर भी वो तारा की न को हाँ में नहीं बदल सके, वो निराश हो गये। संयोग से अगले ही दिन सदा की तरह यशपाल ने तारा की प्रगति की जानकारी लेने के लिये रघुनाथ जी को फ़ोन किया, और रघुनाथ जी ने उन्हें तारा के लिये चाइना निमन्त्रण और उसके न कहने की पूरी बात बता दी। सुनते ही यशपाल चौंक गये। जो लड़की संगीत के क्षेत्र में आसमान छू लेना चाहती थी, और जिसमें देर भी नहीं थी—वो अब किस सोच में पड़ गयी। यशपाल रघुनाथ जी से कहते हैं कि वो निश्चिन्त रहें, वो तारा से बात करेंगे, और तारा उनकी बात टालेगी नहीं। हालाँकि यशपाल दिन-भर अपने काम निपटाते रहे, लेकिन मन के एक कोने में ये सवाल भी क़समसाता रहा कि आख़िर तारा इतना अच्छा मौका क्यों गँवाना चाहती है, उसी शाम कर्तार के साथ वो सीधे कंगीगली पहुँच गये।

तारा घर के आँगन में रेल के दोनों डिब्बों, यानी कुलदीप और नन्हें का इंजन बनी छुक-छुक गाड़ी करती दौड़ भाग रही थी। यशपाल कुछ पल दहलीज़ पर खड़े उसे देखते रहे, कौन कहेगा इसे देखकर कि कुछ लोग इसे इसकी आवाज़ और नाम से अब पहचानने भी लगे हैं। अचानक तारा की दृष्टि यशपाल पर पड़ी, और पल-भर के लिये जैसे उसकी साँस ही रुक गयी। फिर तेज़ी से आगे बढ़ के बोली, 'आप अचानक?' उसकी आँखें यशपाल की आँखों से जुड़-सी गयी थीं। किचेन के बाहर खड़ी प्रकाश का दिल ये देखकर धड़कने लगा। तभी यशपाल स्वयं को सामान्य करते प्रकाश से कहने लगे, 'इस बारी कितने टाइम पीछे आया हूँ ऐत्थे, कभी से दिल चायदा था कि बच्चों के पास हो आऊँ, पर काम के मारे...', अब ज़मीन पर उकड़ूँ बैठ वो दोनों बच्चों को अपनी तरफ़ बुलाते, 'आ जाओ पुत्तर', कुलदीप और नन्हें दौड़े-दौड़े आये और यशपाल उन्हें दोनों बाहों में भर उठ खड़े हुए, फिर जीना चढ़ते हुए बोले, 'परकाश इलायची पा के बढ़िया-सी चाय बणा दे', बिना दो पल गँवाये तारा भी पीछे-पीछे सीढ़ियाँ चढ़ने लगी, रसोई में जाते-जाते प्रकाश भी ठिठककर तारा को देखती रही और मन-ही-मन में बड़बड़ाई, ऐ नहीं मानेगी।

ऊपर के कमरे में घोड़ा बने यशपाल पर दोनों बच्चे सवारी करने लगे। बच्चे आधा-अधूरा सही ग़लत बोले जा रहे थे, 'चल मेरे घोड़े खप्पड़-खप्पड़', तारा एकटक यशपाल को देखे जा रही थी। आँखें बे आवाज़ बहुत-कुछ कह रही थीं। तभी बच्चों को उतारकर यशपाल सोफ़ा पर बैठ गये, और जेब में से टाफियाँ निकालकर उन्हें दी, बच्चों का ध्यान टाफियों में लग गया। अब यशपाल की नज़रें तारा की तरफ़ उठीं, और उन्होंने इशारे से उसे सोफ़ा पर बैठने के लिये कहा, तारा अपने मन-मन भर के क़दम उठा आगे बढ़ सोफ़ा पर बैठ गयी। दिन रात जिसके लिये उसका मन बेचैन रहता था, अब जब कि वो सामने ही है, वो उससे नज़रें नहीं मिला पा रही। तभी यशपाल बोल पड़े, 'क्या बात है तारा तुमने चाइना जाने से इन्कार क्यों कर दिया?' तारा चुप रही, एक दो बार और पूछे जाने पर भी जब उसने जवाब नहीं दिया, तो गुस्से में भरे यशपाल ने उसके दोनों कन्धे पकड़ झकझोरते हुए कहा, 'मैं कुछ पूछ रहा हूँ तुमसे', तारा ऐसे चौंकी, जैसे पहली बार ही उसके कानों में कोई आवाज़ पड़ी हो। 'जी?' ये कहते उसकी आँखें सीधे यशपाल की आँखों से जा टकरायी। कुछ पलों के लिये यशपाल भी उन भूल-भुलैया-सी आँखों में भटक गये लेकिन फ़ौरन ही सम्हलते हुए रघुनाथ जी से हुई बात का विवरण देते पूछा, कि उसने विदेश जाने से इन्कार क्यों किया। कुछ देर चुप रहने और बार-बार पूछे जाने पर उसने कहा, वो अकेली विदेश नहीं जा सकती, उसे डर लगता है। यशपाल ने उसे समझाने की कोशिश की और कहा, वहाँ उसे बहुत-सारे भारतीय मिलेंगे, और फिर रघुनाथ जी के मित्र भी तो हैं वहाँ, वो भी थोड़ा सोचेंगे तो शायद उनकी पहचान का

भी वहाँ कोई निकल आयेगा। लेकिन तारा अपना निर्णय बदलने के लिये राज़ी नहीं हुई। उसी समय प्रकाश चाय नाश्ता लेकर ऊपर आ गयी, गुस्से में भरे यशपाल प्रकाश को देख कहते हैं, वो भी समझा के देखे तारा को ऐसे अच्छे मौक़े कोई बार-बार थोड़े ही आते हैं। प्रकाश न समझते हुए पूछती है, 'किस बारे में?', इस पर यशपाल तारा के विदेश जाने के प्रकरण के बारे में बताते हुए कहते हैं, 'अब आप ही इसे समझाओ फ़ालतू की ज़िद कर रही है।' हालाँकि प्रकाश बहुत-कुछ समझ रही थी, फिर भी यशपाल की बात रखने के लिये उसने तारा से एक बार कहा, 'जब मास्टर जी और साहेब दोनों ही समझा रहे हैं, तो वो चली क्यों नहीं जाती।' तारा प्रकाश की तरफ़ देखती है, वो जानती है कि प्रकाश बिना कुछ कहे ही बहुत-कुछ समझ जाती है। इसलिये आँखें चुराती कहती है, 'वो तो टूंडला के बाहर भी कभी नहीं गयी थी, लेकिन दो बार यशपाल के साथ ही दिल्ली गयी, और फिर कर्तार के साथ जाते-जाते उसका देश में यात्रा करने का डर तो निकल गया, लेकिन वो अकेली विदेश नहीं जा सकती।' उसकी इस बात का मतलब केवल प्रकाश समझ पा रही थी, लेकिन सारी बातों से अनजान यशपाल इतना ही बोले, 'अब क्या किया जाये, वक़्त कम है, इतने में तो कर्तार का पासपोर्ट भी नहीं बनवाया जा सकता।'

'पर आपके पास तो पासपोर्ट है', तारा की ये बात सुनकर यशपाल और प्रकाश भौंचक्के से उसे देखने लगे। तारा सकुचा गयी, प्रकाश अचकचा गयी। लेकिन यशपाल ने सहज स्वर में कहा, वो ज़रूर चला जाता लेकिन हफ़्ते-दस दिन के लिये कामकाज छोड़ के बाहर निकलना उसके लिये मुश्किल है। तारा ने भी फ़ौरन अपना जवाब सुना दिया, तो फिर उसका जाना भी असम्भव है। प्रकाश को मन-ही-मन बहुत क्रोध आ रहा था, अब तो लड़की ख़ुलेआम ही साहेब पर डोरे डालने लगी, मेरे इतना कुछ समझाने का कोई असर नहीं पड़ा इस लड़की पर। यशपाल ये कहते नीचे चले गये कि प्रकाश चाय नीचे ही ले आये।

तारा की ज़िद से यशपाल को ऐसे लग रहा था, जैसे वो ख़ुद ही पास होते-होते रह गये हों। सच तो ये था कि, तारा की एक छोटी-सी सफलता भी यशपाल को वैसे ही उल्लसित कर देती थी जैसे सन्तान की सफलता किसी पिता को। इसी उखड़ी हुई मनस्थिति में जब यशपाल अपने घर पहुँचे, तो शोभा ने पूछा उनकी तबीयत तो ठीक है, क्या बात है, उसे नहीं बतायेंगे। अब यशपाल दु:खी मन से सारी बातें बताते हैं। सुनकर शोभा कहती है, जब यशपाल ने तारा को इतना आगे बढ़ा दिया, तो एक बारी देश की दहलीज़ भी पार करवा दें, आगे से उसकी ये हिचक भी निकल जायेगी। शोभा की बात समझते ही उन्होंने उसी समय फ़ोन पर प्रकाश से कहा, वो तारा से कह दे कि यशपाल उसके साथ बीजिंग जायेंगे, वो अपनी तैयारी

कर ले। इतना सुनकर प्रकाश ने ग्रन्थ साहेब पर माथा टेका और कहा सब चंगा ही करना।

यशपाल के साथ विदेश जाने की बात सोच-सोच कर ही तारा जैसे पागल हुई जा रही थी। ख़यालों-ही-ख़यालों में वो उनके साथ न जाने कहाँ-कहाँ की सैर करने लगी। उसे लगा ज़िन्दगी की सबसे बड़ी ख़ुशी उसके सामने मुस्कराते खड़ी है।

तारा गुलशन को फ़ोन पर यशपाल के साथ चाइना जाने की बात बताती है, साथ ही ये भी कि निकलने से एक दिन पहले पहुँचकर उसे शॉपिंग भी करनी है। गुलशन कहता है, वो उन लोगों की प्रतीक्षा करेगा। गुलशन तारा के लिये बहुत ख़ुश है, क्योंकि उसने यशपाल के हाथों उस नन्हें पौधे को रोपे जाते देखा था, किन्तु प्रकाश की ही तरह उसके मन के किसी कोने में भी हल्की-सी चुभन है। सत्रह साल पहले हुई यशपाल और शोभा भाभी की शादी में वो बाराती था, और अब अपने प्रेम के आकाश में एकाकी उड़ती तारा पिछले चार वर्षों में कई बार उसके सामने अपना दिल खोल चुकी थी। न जाने किन-किन रूपों में वो यशपाल को अपने भीतर समेटे हुए थी। कभी-कभी उसका भी मन प्रकाश की ही तरह शोभा भाभी की ओर झुक जाता। फिर लगता इस बेचारी तारा को जीवन में मिला ही क्या है, अगर यशपाल का अहसास मात्र ही उसे ख़ुशियाँ देता है तो वो उन्हें क्यों छीनें।

सुबह दस बजे के भीतर ही आगरा से आकर यशपाल और तारा की टैक्सी गुलशन के दरवाज़े के बाहर लग गयी। गुलशन ने यशपाल और तारा दोनों को ही अन्दर चलने के लिये कहा। लेकिन यशपाल ने घड़ी देखते हुए कहा, एक्सपोर्ट का काम शुरू करने के सिलसिले में किसी ने मिलने के लिये ग्यारह बजे का टाइम दिया है... और भी दो तीन लोगों से उसे मिलना है, इसलिये वो लोग लंच पर उसकी राह न देखें, और तारा के लिये जो शॉपिंग-वापिंग करनी है वो कर डालें, उसे लौटते में सात आठ तो बज ही जायेंगे। ये सुनते ही तारा का मुँह लटक गया, क्योंकि उसने सोचा था विदेश के लिये ये ख़ास शॉपिंग वो यशपाल की पसन्द के हिसाब से ही करेगी, लेकिन बिना उनके तो बस अब खानापूरी ही होगी शॉपिंग नहीं। यशपाल की टैक्सी वहाँ से आगे बढ़ गयी और तारा देखती रह गयी। फिर गुलशन ने उसका हाथ पकड़कर अन्दर ले जाते कहा, चल चाय पीते हैं।

बेमन से चाय-नाश्ते के बाद वो गुलशन के साथ ख़रीदारी के लिये जाती है। रास्ते में जाते-आते वो यशपाल के प्रति अपने बढ़ते प्रेम भाव के बारे में बोले जा रही है कहती है, जब वो बाहर प्रोग्रामों में जाती है, तो पुरुष शब्दों से कम, और आँखों से ज़्यादा उसके रूप-गुण की तारीफ़ें करते हैं जो उसे ज़रा भी पसन्द नहीं आता। वो सिर्फ़ उसे ही बता रही है कि तीन वर्ष पहले कुंज बिहारी जी के मन्दिर में देवऊठनी एकादशी के दिन पण्डित जी के कहने पर भगवान् कृष्ण और तुलसी

मइया के गठजोड़ बाँधते हुए उसने अपना और साहेब का गठजोड़ भी बाँध लिया था। वरण कर लिया था उनका। उस दिन मन्दिर से लौटकर ये बात उसने प्रकाश को भी बतायी थी, लेकिन वो उसे उसका बचपना मानकर अनसुना कर गयी। ये सुनकर गुलशन कहता है, जितना वो यशपाल को जानता है वो अपने पत्नी को धोखा नहीं दे सकता। तारा चुप रह जाती है, लेकिन उसका ज़िद्दी मन कहता है, उसके कुंज-विहारी की उपस्थिति में जो सम्बन्ध बना है वो अधूरा कैसे रह सकता है।

इस बीच तारा हवाई जहाज़ में सफ़र तो कर चुकी थी, लेकिन अन्तरराष्ट्रीय हवाई अड्डा उसने पहली बार ही देखा था। यशपाल का क़द अच्छा ख़ासा है इसलिये सामान्य रफ़्तार से चलते हुए भी वो बार-बार तारा से काफ़ी आगे निकल जाते हैं। तारा तेज़-तेज़ चल के फ़ासला मिटाना चाहती है। मन-ही-मन सोचती है, क्या वो उनके साथ क़दम-से-क़दम मिलाकर कभी चल पायेगी। बीजिंग के लिये फ़्लाइट की उद्घोषणा हो चुकी है। यात्री क्यू में खड़े हो रहे हैं और गेट खुलते ही बाहर खड़ी बस में सवार हो जाते हैं। बस उन्हें वायुयान के पास उतारती है और यात्री वायुयान में प्रवेश करने लगते हैं। तारा थोड़ी सहमी-सी लग रही है, वो यशपाल का हाथ पकड़ लेती है। यशपाल उसे देख हँसते हुए पूछते हैं, "डर लग रहा है?" ना में सिर हिलाते तारा कहती है जब वो साथ हैं तो डर कैसा।

§ 13 §

यात्रा ग्यारह घण्टों की है। रात में भी नींद पूरी नहीं हो पायी, इसलिये उड़ान भरने के कुछ ही देर बाद लगभग सभी यात्री ऊँघने लगे। तीन बजे के लगभग कप्तान वायुयान के उतरने की उद्घोषणा करता है। बीजिंग एअरपोर्ट पहुँचने के बाद कुछ समय लगेज़ की प्रतीक्षा में निकल जाता है। यशपाल और तारा अपने तीनों बैग उठाकर निकास द्वार की ओर बढ़ते हैं, जहाँ तारा के नाम का बोर्ड लिये मिस्टर सचिन मसूरकर खड़े हुए हैं। निकट पहुँचने पर वो यशपाल और तारा का अभिवादन करते, उनसे बातें करते गाड़ी की तरफ़ बढ़ते वो तारा से कहते हैं, रघुनाथ उनका बचपन का मित्र है, वो तारा की बड़ी प्रशंसा करता है। यशपाल की ओर देख वो पूछते हैं, वो मिस्टर यशपाल आहूजा हैं। यशपाल उनके हाथ मिलाते हुए कहते हैं, कि तारा पहली बार विदेश आयी है, वो काफ़ी डरी हुई थी, इसलिये उन्हें उसके साथ आना पड़ा। मसूरकर बताते हैं, लगभग सभी के साथ कोई-न-कोई आया है, किसी के साथ उनकी वाइफ़, तो किसी के साथ उनके हज़बैण्ड। एकाएक ही तारा

की आँखें यशपाल के चेहरे पर टिक जाती हैं, 'मेरे साथ भी तो मेरे...' सभी टैक्सी में बैठते हैं, मसूरकर कहते हैं "ग्रैण्ड होटल"। टैक्सी आगे बढ़ रही है, तारा विस्फारित नेत्रों से इस नयी दुनिया को देखे जा रही है। यशपाल मसूरकर से कहते हैं, कि वो भी पहली बार ही बीजिंग आये हैं। यशपाल यहाँ की घूमने-फिरने लायक़ जगहों के बारे में पूछते हैं, साथ ही ये भी कि वो जानते हैं तारा के व्यस्त कार्यक्रम में से घूमने-फिरने के लिये समय निकालना मुश्किल होगा। उत्तर में मसूरकर बताते हैं, यहाँ अनेक दर्शनीय स्थल हैं, वैसे भी प्राचीन नगर होने के कारण यहाँ नयी पुरानी दोनों ही संस्कृतियाँ आपको नज़र आयेंगी। पुराने पैलेस, मन्दिर, गार्डन्स, मकबरा और भी बहुत-कुछ। मसूरकर ये भी कहते हैं, जिस दिन उन्हें जाना हो, वो बता दें, तो वो किसी को साथ कर देंगे। तारा पूछती है, "बाक़ी अन्य संगीतज्ञ आ चुके हैं?"

"जयपुर, कलकत्ता, इलाहाबाद, बनारस, पूना इन शहरों से सभी आ चुके हैं, बस बेंगलुरू से मिसेज़ करुणा शेट्टी की फ़्लाइट रात को पहुँचेगी।"

टैक्सी ग्रैण्ड होटल के बाहर रुकती है। ये होटल लाल ईंटों से बना एक सुन्दर भवन है जो काफ़ी पुराना है। मिस्टर मसूरकर, यशपाल और तारा के साथ रिसेप्शन पर पहुँचते हैं, नाम बताने पर दूसरी मंज़िल के एक कमरे की चाभी उन्हें दी जाती है। यशपाल हैरानी से कहता है, 'ओनली वन रूम', मसूरकर यशपाल की बात का मतलब समझते कहते हैं, 'शायद उनसे समझने में ग़लती हो गयी, वैसे रघुनाथ ने उनका नाम तो बताया था।' अब वो रिसेप्शन से इस रूम के पास ही एक और रूम के बारे में बात करते हैं। रिसेप्शनिस्ट चेक करके बताता है, एक सिंगल रूम इसी कॉरिडोर के आख़िर में है। ये सुनकर तारा का चेहरा उतर जाता है। यशपाल उसका हाथ थपकते उसे तसल्ली देते धीरे-से कहते हैं, 'परेशान मत हो, कमरे में इण्टरकॉम होते हैं, कोई बात हो तो काण्टेक्ट कर सकती हो।' तभी बेल ब्वॉय उनका लगेज़ लेकर आता है, और होटल कर्मचारी तारा का रूम खोलता है। कमरे की भव्यता देख तारा छुई-मुई-सी सहम जाती है, यशपाल इशारे से उसे रिलेक्स होने को कहते हैं। यशपाल बेल ब्वॉय को अपना लगेज़ उनके रूम में ले जाने के लिये कहते हैं, और ख़ुद तारा के साथ उसके रूम में जाते हैं। यशपाल तारा को इण्टरकॉम के नम्बरों के बारे में समझाते हैं, फिर बाथ-रूम में जाकर ठण्डे, गर्म पानी के नलों और शावर आदि के बारे में भी। यशपाल को लगता है, कि नयी जगह होने के कारण तारा घबरायी हुई है, जब कि अपने साहेब का कमरा इतनी दूर होने के कारण वो निराश थी। मसूरकर ये कहकर वहाँ से चल दिये, 'इसी फ्लोर के चांग रेस्टोरेण्ट में सभी कलाकार रात साढ़े आठ बजे एकत्रित होंगे, सबका एक-दूसरे से परिचय हो जायेगा, साथ ही कल सुबह से शुरू होनेवाले वर्कशॉप का समय और जगह भी बता दी जायेगी।'

कर्तार के घर में फ़ोन की घण्टी बजती है। दूसरी तरफ़ फ़ोन पर तारा है, वो बताती है, वो लोग सकुशल बीजिंग पहुँच गये हैं। प्रकाश कर्तार से फ़ोन लेकर विस्तार में बात करना चाहती है, पूछती है, होटल कैसा है, कमरे कैसे हैं। इस पर तारा कहती है, सब-कुछ बहुत अच्छा है, लेकिन उसे डर-सा लग रहा है क्योंकि साहेब का कमरा उसके कमरे से बहुत दूर है। इतना सुनते ही प्रकाश को तसल्ली-सी हो जाती है कि यशपाल और तारा अलग-अलग कमरों में ठहरे हैं। यशपाल भी फ़ोन पर शोभा से बात कर चुके हैं।

सुबह अलार्म बजते ही तारा फ़ौरन उठ बैठी। साइड टेबिल पर रखे माँ सरस्वती और कुंज-विहारी के चित्रों को प्रणाम किया और तैयार होने लगी। इधर कुछ दिनों से वो साहेब की नज़र पकड़ने की कोशिशें करती रहती है। कभी अपनी ही धुन में अगर वो कह जाते हैं, ये साड़ी उस पर ख़ूब खिल रही है, तो वो उसे उनका आदेश मान के गाँठ बाँध लेती है। इसीलिये आज वो धानी रंग की साड़ी पहनने की सोचती है। उन्हीं की पसन्द ध्यान में रखते उसने ये साड़ी दिल्ली से ख़रीदी थी। तारा ने ख़ुद को आईने में देखा, उसके घुँघराले बालों की लटें अगर क्लिपों में ठीक से न क़ैद की जायें, तो वो दीवाने भँवरे-सी यहाँ-वहाँ डोलती रहती हैं, जिन्हें उसे बार-बार हाथ से पीछे करना पड़ता है। डोर-बेल सुन यशपाल की बात याद कर उसने पूछा, 'हू इज़ देयर?', बाहर से यशपाल हँसते हुए बोले, 'ओये मैं हूँ मैं', तारा के दरवाज़ा खोलते ही वो अन्दर आये, सिर से पाँव तक उसे देखा, फिर सिर हिलाते बोले, 'परफेक्ट... पर एक मिनट रुक', ये कहते यशपाल ने उसके बालों में लगी क्लिप खोल दी, माथे पर दो घुँघराली लटें झूलने लगीं। तारा के मन में पल-भर के लिये आस बँधी, कि साहेब जो उसे मुस्कराते हुए ग़ौर से देख रहे हैं शायद कुछ कहें। लेकिन नहीं, सामान्य रूप से उसे कन्धे से थामें एक जगह से रूम की चाभी उठाते बोले, 'चल ब्रेकफ़ास्ट करते हैं।' ऐसे अवसरों पर तारा को लगता जैसे उसके सीने में साँस आते-आते रह गयी।

तारा और यशपाल नाश्ते के लिये रेस्टोरेण्ट में पहुँच गये। जिन्हें सुबह की वर्कशॉप लेनी है, वो सभी लगभग वहाँ उपस्थित हैं। जिसमें बरखा रॉय और उसके पति प्रणव रॉय, पण्डित जयदेव वाजपेयी और अपनी बेटी अदिति और पत्नी वन्दना के साथ सचिन मसूरकर हैं। सचिन बताते हैं, उन सभी की कक्षाओं में उनके साथ मसूरकर परिवार का एक-एक सदस्य उपस्थित रहेगा, जो स्थानीय छात्र-छात्राओं और उनके बीच दुभाषिये का काम करेगा, अतः वो अपने छात्रों से जो भी कहना चाहें बेझिझक अपनी भाषा में कह सकते हैं। बरखा को देखते हुए सचिन कहते हैं, उनकी पुत्री कई भाषाएँ जानती है जिसमें एक बँगला भी है, अतः वो उनके साथ रहेगी।

तारा, वन्दना मसूरकर के साथ अपनी कक्षा में प्रवेश करती है, जहाँ विशेष रूप से धरती पर ही छात्र–छात्राओं के बैठने का प्रबन्ध किया गया था। तारा की कक्षा में दस से सोलह सत्रह आयु के लगभग पन्द्रह बच्चे हैं। सामने ही तारा के बैठने का प्रबन्ध किया गया है, वहाँ एक तानपूरा और एक हारमोनियम रखा हुआ है। तारा को देखते ही बच्चे अपनी भाषा में अभिवादन करते हैं, 'निहाओ', उत्तर में तारा नमस्ते कहती है। इसके आगे तारा जो भी बोलती है, वन्दना चीनी में उसका अनुवाद करके छात्रों को बताती जाती है। तारा बच्चों से जानना चाहती है कि वो भारतीय संगीत की ओर आकर्षित क्यों हुए। क्या वो उसे समझ पाते हैं। वन्दना के माध्यम से उसे जो उत्तर प्राप्त होता है वो ये, कि ये संगीत सुनकर उनका मन मस्तिष्क शान्त होता है। सुनकर तारा मुस्कराते हुए कहती है, 'कार्यशाला के पहले दिन संगीत से भी पहले वो एक ऐसे शब्द के विषय में बताना चाहेगी जो न केवल संगीत, हमारे जीवन के लिये भी कई प्रकार से लाभदायक है, और वो है 'ॐ'। ये शब्द ईश्वर का वाचक है, सर्वत्र व्याप्त परमब्रह्म है। बिना ॐ सृष्टि की कल्पना नहीं की जा सकती। माना जाता है सम्पूर्ण ब्रह्माण्ड से ॐ की ध्वनि सदा निकलती रहती है। ॐ तीन अक्षरों से मिलकर बना है—अ उ म। अ यानी उत्पन्न होना, उ यानी उठना, विकास और म का मतलब मौन यानी ब्रह्मलीन हो जाना। आवाज़ यानी ध्वनी का अधिक उपयोग करनेवालों के लिये ॐ का उच्चारण एक व्यायाम की तरह है। क्योंकि इससे गले में एक प्रकार का कम्पन उत्पन्न होता है जिसका गले की ग्रन्थियों पर सुप्रभाव पड़ता है, साथ ही इसके उच्चारण से मानसिक तनाव भी शान्त होता है। कुल मिला के ॐ आत्मा का संगीत है। तो आज हम इसी से आरम्भ करते हैं। जिस प्रकार वो इसे उच्चारित करेंगी, साथ–साथ वो भी दोहराते चलें।' और तारा आँखें मूँदे मन की गहराइयों से ॐ का उच्चारण करती हैं और उसके साथ–साथ छात्र–छात्राएँ भी।

जितनी देर तारा की कक्षा चलती रही, यशपाल ने कर्तार को फ़ोन मिलाकर कारख़ाने और दुकान के हाल–चल मालूम किये। कुछ समस्याओं के बारे में भी सुना, उनमें से एक दो को तो उन्होंने फ़ोन पर ही हल कर दिया, और ये भी कहा बाक़ी सब वो आने पर देख लेंगे।

दोपहर के भोजन के बाद यशपाल तारा के साथ बीजिंग के दर्शनीय स्थल देखने निकल जाते। एक दिन उन्होंने नेशनल म्यूज़ियम देखा, एक दिन समर पैलेस, टेम्पल ऑफ हेवन, और एक दिन अच्छी–ख़ासी शॉपिंग भी की। एक शाम होटल–टैक्सी में रास्तों से गुज़रते यशपाल की नज़र साथ–साथ बहती नदी पर पड़ी। उन्होंने ड्राइवर से उसका नाम जानना चाहा, उसने बताया योंगडिंग। तारा के कहने पर कुछ देर गाड़ी रुकवा दी गयी, और दोनों ही नदी के किनारे किनारे काफ़ी दूर तक बढ़ गये। तारा

ने हिम्मत जुटाकर यशपाल का हाथ पकड़ लिया जिसे उन्होंने सहज रूप से लिया और कहने लगे, 'कोई दुनिया के किसी भी भाग में क्यों न चला जाये, लेकिन प्रकृति का दिया ये आसमान, ये नदियाँ, ये धरती, पेड़ पौधे, हवाएँ देखकर लगता है सब एक जैसा ही है।' तारा पूछती है, 'आपको प्रकृति से बहुत प्यार है?'

'हाँ, लेकिन मैं देख रहा हूँ जैसे-जैसे दुनिया की आबादी बढ़ रही है, प्रकृति पर कई तरह के दबाव भी बढ़ रहे हैं। एक बात देखो इस नदी का पानी कितना साफ़ है नीले रंग का, और हमारी आगरा की यमुना। हम इण्डियन्स को अपने पर्यावरण की ज़रा भी परवाह नहीं। कई बार मैं ख़ुद को भी दोषी ठहराता हूँ। हमारी इण्डस्ट्रीज का कूड़ा, कचरा, केमिकल्स सब नदियों में ही तो जाता है। काश प्रदूषण को रोकने के कुछ उपाय हमारे हाथ में हो।'

कार्यशाला के छह दिन कहाँ निकल गये पता ही नहीं चला। आख़िरी दिन सुबह के समय दो घण्टे का कार्यक्रम वो छात्र प्रस्तुत करनेवाले थे, जिन्होंने इस बीच अपने-अपने गुरुओं से भारतीय संगीत का प्रशिक्षण प्राप्त किया था। उसी शाम को प्रशिक्षण देने आये गायक और वादक संगीतज्ञ अपना कार्यक्रम प्रस्तुत करनेवाले थे। किन्तु तारा ये तय नहीं कर पा रही थी, कि वो ठुमरी गाये या ग़ज़ल। सचिन मसूरकर ने सुझाव दिया, क्योंकि वहाँ वो अकेली ग़ज़ल गायिका है इसलिये उसे ग़ज़ल ही गाना चाहिए।

सरस्वती वन्दना से हुए प्रारम्भ के बाद कार्यक्रम की प्रथम प्रस्तुति पण्डित जयदेव वाजपेयी का बाँसुरी वादन रहा जिसे सुन सभी सम्मोहित होते रहे। उनके बाद श्रीमती करुणा शेट्टी ने कर्नाटक संगीत का जादू बिखेरा, फिर मंच पर आये तबला वादक पण्डित कान्ता प्रसाद। जैसे ही बरखा रॉय और प्रणव रॉय का रवीन्द्र संगीत प्रारम्भ हुआ, तारा यशपाल के कान में धीरे-से फुसफुसायी कि अगली प्रस्तुति उसकी है। उन्होंने उसका सिर थपथपाया और वो उठकर एक दरवाज़े से होती मंच के लिये भीतर चली गयी।

रवीन्द्र संगीत के पश्चात् सचिन ने माइक पर तारादेवी शर्मा के ग़ज़ल गायन की घोषणा करते हुए बताया, क़लाम शकील बदायूंनी का है। तारा ने मंच पर आकर हाथ जोड़ सभी का अभिवादन किया, आँखों-ही-आँखों में सामने बैठे यशपाल को प्रणाम किया, और अपना स्थान लेते हुए माइक सम्हाला। उसके मुँह से अल्फ़ाज़ निकलने बाक़ी थे, लेकिन दर्द भरी आवाज़ में उसने जो अलाप लिया, उसी ने श्रोताओं को तालियाँ बजाने पर मज़बूर कर दिया। यशपाल भी वाह-वाह किये जा रहे थे। ग़ज़ल के अशआर टूटे हुए आइनाऐ दिल के टुकड़ों की किरचों की तरह सुननेवालों के दिलों में चुभे जा रहे थे। यशपाल भी उससे अछूते न रह सके, अनजाने में ही उनकी आँखें तारा की आँखों से बँध-सी गयी।

'ऐ मोहब्बत तेरे अंजाम पे रोना आया,
जाने क्यों आज तेरे नाम पे रोना आया।।
तुमने ये क्या सितम किया,
ज़ब्त से काम ले लिया।।
तर्के–वफ़ा के बाद भी,
मेरा सलाम ले लिया।।'

अलाप, मुरकियाँ, हरक़तें ये सब सुनने वालों को दीवाना बनाये जा रही थीं। रेडियो में गायी उस पहली ग़ज़ल के लगभग चार–पाँच साल बाद यशपाल तारा की आवाज़ में ये दूसरी ग़ज़ल सुन रहे थे, और सुनते हुए उसकी आवाज़ के जादू में बँधते चले जा रहे थे। पीछे कहीं से सिसकियों की आवाज़ सुन यशपाल पलट के देखने लगे। अनेक भारतीय महिलाओं के साथ ही कोई चीनी महिला भी सुबक रही थी। ग़ज़ल समाप्ति की ओर बढ़ रही थी, तारा के लबों पर अब आख़िरी मिसरा था...

'दिल नज़र बन जायेगा,
ग़म हर ख़ुशी हो जायेगी।
आपके जाते ही दुनिया,
दूसरी हो जायेगी।।'

तालियों की गड़गड़ाहट के बीच 'वन्स मोर वन्स मोर' का शोर और सचिन का संकेत पाकर तारा ने अन्तिम और आरम्भिक पंक्तियाँ एक बार फिर दोहरायी। तारा विंग में पहुँची तो उसे अदिति और वन्दना ने गले लगा लिया।

तारा जब मंच से लौटकर हॉल में अपने स्थान पर पहुँची, तो ये देख थोड़ी घबरा-सी गयी कि साथ की कुर्सी पर यशपाल नहीं थे। अब अन्तिम प्रस्तुति अप्पा साहेब का ध्रुपद धमार गायन भी समापन की ओर बढ़ चुका था, किन्तु यशपाल अभी तक वापस नहीं आये थे। कार्यक्रम समाप्त हुआ, सचिन मसूरकर ने सभी का धन्यवाद ज्ञापन किया, पर्दा गिर गया। उस समय तक भी यशपाल कहीं नज़र नहीं आये।

अब श्रोताओं में से बहुत सारे लोगों ने कलाकारों को ऑटोग्राफ के लिये घेरना शुरू किया जिनमें तारा भी थी। साथी कलाकार भी वहाँ से रेस्टोरेण्ट के लिये निकल रहे थे। लगभग सभी ने उससे साथ चलने के लिये कहा, लेकिन तारा को कुछ समय वहीं रुककर यशपाल की प्रतीक्षा करना उचित लगा।

समय बीत रहा था, सभागार की बत्तियाँ भी बन्द की जाने लगीं। ये देख तारा वहाँ से निकल यहाँ-वहाँ दृष्टि घुमाने लगी। लेकिन यशपाल कहीं नज़र नहीं आये।

वो होटल लॉबी में आयी, यशपाल से अलग हुए अब उसे लगभग सवा दो घण्टे हो चुके थे, उसके भीतर भय की नागफ़नियाँ सिर उठाने लगी थीं। तारा सोचती है, वो उसे छोड़कर होटल के बाहर नहीं जा सकते... हो सकता है भूख लगी हो तो खाने चले गये हों, या थककर अपने कमरे में ही चले गये हों, पहले वो उन्हें रेस्टोरेण्ट में ही देखेगी। ये कहते तारा लिफ़्ट की तरफ़ बढ़ गयी।

उधर यशपाल की नज़र रिस्टवॉच पर पड़ी और वो बुरी तरह हड़बड़ा गये, 'ओह माय गॉड सड्डे ग्यारा', उठते हुए पास में ही बैठे एक हम उम्र आदमी की पीठ पर हाथ मारते, 'ओये यार अरमान बोत लेट हो गया, वो बेचारी प्रेशान हो रही होगी।' अरमान भी उठ खड़ा हुआ और यशपाल को गले लगाते बोला

'अरे यार पूरे सात साल बाद मिलना हुआ है, मुझे तो ख़्वाब में भी ख़्याल नहीं आया कि हम कभी फिर मिलेंगे, वैसे तू अभी इधर ही है न?'

'नहीं, कल दोपहर की फ़्लाइट से इंडिया निकल जाऊँगा'।

'चल ठीक है, ये मेरा कार्ड रख, कभी दुबई आना हो तो मिलना ज़रूर।'

बार से बाहर निकलकर यशपाल लिफ़्ट की तरफ़ बढ़े, ये सोचकर कि तारा को पहले नीचे हॉल में ही देखते हैं। उन्होंने क़दम आगे बढ़ाया ही था कि वो लड़खड़ाये, 'ऐ साला, रोज़ दो घूँट लगानेवाले को आज अरमान ने ऐन्नी पिला दी, जितनी जवानी के दिनों में पीता था।' वो फिर लड़खड़ाये तो उन्होंने पिलर पकड़ लिया, 'सम्हल जा खोते सम्हल जा सीधा चल।' और वो पूरे होशोहवास जुटा के लॉबी पार करके ऑडिटोरियम की तरफ़ बढ़ गये। लेकिन वहाँ तो अँधेरा था, उन्होंने घड़ी देखी, 'लै पौने बारह... अपने कमरे में ही होगी, चेक कर लेता हूँ।' वो पलट के फिर ऊपर जाने के लिये लॉबी में आये और लिफ़्ट की तरफ़ बढ़ने लगे।

ग्रैण्ड होटल जो बीजिंग के प्राचीनतम होटलों में से एक है और बेहद बड़ा भी, कोई भी इसमें आसानी से भटक जाये। फिर तारा के लिये तो ये होटल किसी भूल भुलैया से कम नहीं था। जब से लिफ़्ट में चढ़ी, कितनी बार तो लिफ़्ट ऊपर नीचे होती रही। घड़ी में समय देखकर तारा को विश्वास हो गया, अब तक तो साहेब अपने कमरे में पहुँचकर सो भी गये होंगे। फिर भी तसल्ली तो उसे करनी ही थी, इसलिये लिफ़्ट में जाकर उसने फिर एक बटन दबा दिया। लिफ़्ट का दरवाज़ा खुला और वो अपने फ्लोर के अन्दाज़ से दायें हाथ के कॉरिडोर के आख़िरी छोर की तरफ़ बढ़ने लगी। यशपाल का आख़िरी कमरा वो कैसे भूल सकती थी, उसने दरवाज़ा खटखटाया। दो बार, तीन बार... लेकिन बाहर आते पाश्चात्य संगीत के शोर ने उसे चिन्ता में डाल दिया—साहेब के कमरे में ये संगीत? अब उसने और ज़ोर से दरवाज़ा भड़भड़ाया, इस बार दरवाज़ा खुला। अन्दर हिप्पीनुमा दो तीन मर्द और एक लड़की

झूम-झूमकर नाच रहे थे। डरी सहमी तारा को दरवाज़े पर खड़ा युवक देखे जा रहा था, जिसके एक हाथ में ड्रिंक का ग्लास था। तारा उल्टे पाँवों वहाँ से भागने लगी, वो लड़का पीछे से, 'हे कम ऑन बेबी... व्हाट्स रॉन्ग विथ यू', तारा बदहवास-सी भागी चली जा रही थी, तभी उसे सीढ़ी नज़र आयी और वो सीढ़ियाँ फाँदती नीचे उतरने लगी। सीढ़ी के ठीक नीचे एक वेटर जो उसे पहचानता था, उसे यूँ डरा सहमा देख पूछने लगा, 'व्हाट हैपण्ड मेम।' हाँफते हुए वो सिर्फ़ इतना ही पूछ पायी, 'व्हिच फ्लोर इज़ दिस?'

'थर्ड', थैंक यू कहते तारा ने अपने सीने पर हाथ रख ख़ुद को सम्हाला, और अपने कमरे में जाने के लिये जैसे ही मुड़ी, किसी से टकरायी उसकी चीख़ निकल गयी। अगले ही पल यशपाल की आवाज़ में 'तारा' सुन उसने आँखें उठाकर देखा सामने यशपाल खड़े थे। वो कस के उनसे लिपट गयी और एक बच्ची की तरह फूट-फूटकर रोने लगी। वो वेटर जो तारा को मिला था, अब भी वहीं खड़ा ये सब देख रहा था। यशपाल ने उसी से पूछा कि क्या वो जानता है इसके साथ क्या हुआ। वो बताता है, उसने इतना ही देखा ये मैडम रोती हुई ज़ीने से नीचे उतर रही थीं, आगे बिना कोई बात किये यशपाल तारा को अपनी बाँहों में भरे, बीच-बीच में उसके बालों और गालों को होठों से छूते ये कहते रहे, 'चुप हो जा तारा मैं केया चुप हो जा... मैनू माफ़ कर दे।' ये कहते वो उसके कमरे तक पहुँच गये, चाभी लगा के दरवाज़ा खोला और अन्दर दाख़िल होते ही दरवाज़ा बन्द कर लिया।

§ 14 §

दिल्ली के अन्तरराष्ट्रीय हवाई अड्डे पर गुलशन समय से पहुँच चुका था। विमान को भारत की धरती छुये लगभग एक घण्टा हो गया था। गुलशन जानता था लगेज़ आने तक प्राय: इतना समय तो लग ही जाता है। तभी गुलशन के कानों में तारा की चहकती हुई आवाज़ पड़ी, 'गुलशन भइया।' गुलशन ने यहाँ-वहाँ देखा और उसकी दृष्टि ट्राली पर सामान लेकर आते तारा और यशपाल पर पड़ी। इन आठ नौ दिनों में ही तारा बेहद निखर आयी थी, चेहरा ऐसे खिला-खिला जैसे उसमें चारों मौसम आ समाये हों। गुलशन आगे बढ़ा और ट्राली से सामान उतारने में उनकी सहायता करते कहने लगा, 'की बात है तारा, तू तो एकदम बदली बदली-सी लगने लगी, प्रोग्राम बौत बढ़िया रहा क्या?' यशपाल को देखते, 'सब कुछ बहुत बढ़िया रहा भइया।' सामान टैक्सी में रखते हुए गुलशन ने यशपाल की ओर देखा जो उसे

गुमसुम-सा लगा। उसकी पीठ पर कसके हाथ मारते वो बोला, 'तू तो ऐसे मुँह लटकाये हुए है जैसे बड़ा थक के आया हो।'

'नहीं यार वो... फ़्लाइट में नींद नहीं आती न', सभी टैक्सी में बैठ गये और टैक्सी दिल्ली की सड़कों पर दौड़ने लगी। सामने बैठा गुलशन लगातार कुछ-न-कुछ बोले ही जा रहा था, जब कि पीछे बैठा यशपाल सिर्फ़ 'हाँ', 'हूँ' ही किये जा रहा था। बग़ल में बैठी तारा की नज़रें घूम-फिर कर यशपाल पर ही टिक जाती थी। यशपाल, जिसे पिछले पाँच सालों से वो जानती थी, तीन साल से जिसे मन-ही-मन अपना पति मान बैठी थी, और अब जो उसका पुरुष भी बन चुका था। उसे परिपूर्ण स्त्री बनाकर।

गुलशन के घर पहुँच फ्रेश होकर तारा उत्साह में भरी उसे बताती है कि बीजिंग में वो कहाँ-कहाँ घूमे। वर्कशॉप भी अच्छी रही, बस उसे खाने-पीने की थोड़ी तक़लीफ़ रही, लेकिन जितना हो सका साहेब ने उसे दूर करने का इन्तज़ाम भी किया। घूम-फिरकर हर बात के अन्त में तारा साहेब नाम ज़रूर जोड़ देती थी, और गुलशन ये सोचता रह जाता कि इस लड़की की ये दीवानग़ी न जाने उसे कहाँ पहुँचायेगी।

अगले दिन दस बजे के लगभग आगरा के लिये निकलना था इसलिये रात में हल्का-फुल्का खा-पी के तारा सो गयी। इस बार भी पहले की तरह तारा बेड-रूम में सोयी, गुलशन और यशपाल के सोने का इन्तज़ाम ड्राइंग-रूम में ही था। रात गुलशन की आँख खुली और वो पानी पीने के लिये किचेन में गया। लौटने पर बाल्कनी से आती रोशनी में उसने देखा दीवान ख़ाली है, ऐ यशपाल कित्थे गया, बाथ-रूम में गया होगा। कहते जैसे ही वो सोफ़ा पर लेटने को हुआ, बाल्कनी की रोशनी में एक हिलती-डुलती छाया देख वो ठिठका, और बाल्कनी की ओर बढ़ गया। यशपाल को वहाँ खड़े देख उसने पूछा, वो अभी तक सोया नहीं? यशपाल ने कहा, नींद नहीं आ रही। 'कमाल है, इतनी लम्बी जर्नी से थका हुआ लौटा है, और तुझे नींद नहीं आ रही है चल अन्दर चल, स्वेरे आगरा भी निकलना है' जिस बेबसी से यशपाल ने गुलशन की ओर देखा, वो अवाक् रह गया, 'की होया, तेरी तब्यत पानी... तू ठीक तो है न?' बाल्कनी की रेलिंग पर अपने दोनों हाथ मारते न में सिर हिलाते, 'नहीं न यार।' गुलशन घबरा गया, पास आकर उसके कन्धे पर हाथ रख पूछा, 'अभी तू मैनू दसेगा की गल है? कुछ बोलेगा तू? अरे बोल न यशपाल की होया?'

'ग़लती हो गयी यार बौत वड्डी ग़लती।' गुलशन उसे ड्राइंग-रूम में ले गया। वहाँ यशपाल ने पिछली रात की सारी बातें बताते हुए कहा, कि कैसे उसे वहाँ उन लोगों का कॉलेज का दोस्त अरमान अचानक मिल गया और उसे बार में खींच ले गया। वहाँ वो दोनों पुरानी बातों के साथ दारु पीते चले गये, न वक़्त का हिसाब रहा,

न दारू का। बड़ी देर बाद याद आया कि ये बेचारी तारा कितनी परेशान हो रही होगी, और ये बात सच निकली। वो घण्टों से उसे ढूँढ़ रही थी और जब दोनों मिले, तो तारा को सम्हालते-सम्हालते वो ख़ुद ही बिखर गया। पाँच सालों में जिसे कभी ग़लत नज़र से नहीं देखा, उसके साथ ही ज़िन्दगी की सबसे बड़ी ग़लती कर बैठा, वो समझ नहीं पा रहा तारा से अब कैसे आँख मिलायेगा। कुछ देर की ख़ामोशी के बाद गुलशन उसके बँधे हुए हाथ थपकते कहता है, वो जानता है कि उसका ये दोस्त कभी झूठ नहीं बोलता, वो शुरू से ही देख रहा है कि तारा के प्रति उसके क्या भाव हैं, लेकिन आज बात निकली है तो वो भी उसे कुछ बतायेगा। उसने कहा, तारा ने स्वयं उसे बताया कि तीन वर्ष पहले उसने मन्दिर में कृष्ण और तुलसी का गठजोड़ बाँधते हुए यशपाल के साथ अपना गठजोड़ भी बाँध लिया था, और वो गम्भीरता से स्वयं को उसकी पत्नी मानती है। यशपाल झल्ला के कहता है, 'बेवक़ूफ़ है वो, बच्ची है वो, ये तक नहीं समझती कि शादी का मतलब ज़िन्दगी-भर का साथ होता है, उनसे एक परिवार होता है, लेकिन वो तो पहले से शादीशुदा है परिवारवाला है, उम्र में भी उससे सोलह-सत्रह साल बड़ा है।'

'लेकिन मोहब्बत कुछ नहीं देखती, न उम्र' न घर-परिवार, वैसे भी मैंने तारा को जितना जाना है वो ज़िद्दी लड़की है, वो वही करेगी जो उसे ठीक लगेगा,' इस पर बिफ़र के यशपाल कहते हैं, 'उसकी एक भूल की सज़ा वो लड़की ज़िन्दगी भर पाये, ऐसा मैं कभी न होने दूँगा, उसे समझा-बुझाकर उसकी शादी करवाऊँगा। वैसे भी अब उसका नाम हो चुका है लोग उसे इ़ज़्ज़त की नज़र से देखते हैं। कोई भी अच्छा समझदार आदमी उससे ख़ुशी-ख़ुशी शादी करेगा।' ये क़हकर यशपाल दीवान पर लेट जाते हैं लेकिन गुलशन की आँखों में नींद नहीं है।

आगरा पहुँचने पर यशपाल टैक्सीवाले से गाड़ी गोकुलपुरा ले जाने के लिये कहते हैं, और कंगीगली पर टैक्सी रुकवा देते हैं। वो ख़ुद और ड्राइवर मिलकर तारा के सूटकेस घर तक पहुँचाते हैं। जहाँ प्रकाश और कर्तार, यशपाल को चाय पानी के लिये बार-बार रोकना चाहते हैं, लेकिन वो 'बाद में आऊँगा' कहकर फ़ौरन ही ड्राइवर के साथ वापस निकल जाते हैं।

नन्हें और कुलदीप जो अन्दर कमरे में खेल रहे थे, तारा की आवाज़ सुन दौड़े-दौड़े आकर अम्माँ और बुआ कहकर लिपट जाते हैं। तारा दोनों बच्चों को बारी-बारी से चूमती है, और दोनों को कमर पे टाँग कर सूटकेस के पास लाकर बैठा देती है। फिर सूटकेस खोलकर तरह-तरह के चाभीवाले खिलौने निकालती है, और उसमें चाभियाँ भर के आँगन में छोड़ देती है। देखते-ही-देखते घर शोर-शराबे से भर जाता है। एक कुत्ता जो भौंक रहा है, कार दौड़ रही है, एक कपल डान्स कर रहा है, एक हाथी सूँड़ हिलाता चला आ रहा है। ये सब देख शुरू में तो बच्चे डर

के पीछे खिसकने लगते हैं, लेकिन फिर जब तारा, प्रकाश, कर्तार सभी उन्हें खिलौने छू-छूकर दिखाते हैं, तो उनका डर निकल जाता है, और वो उनमें मगन हो जाते हैं। तारा अपने कर्तार भइया को सारे हाल-चाल सुना रही है। इतने में प्रकाश उसके लिये चाय मट्ठी और अचार लाकर रख चुकी है, जो तारा को बहुत पसन्द है। चाय पीते ही तारा को कुछ याद आता है। और वो दूसरे सूटकेस में से एक सुन्दर लेदर जैकेट निकाल कर लाती है और कर्तार को देती है, जिसे देख वो ख़ुश हो जाता है। प्रकाश के लिये तारा एक बहुत सुन्दर सोने का पेण्डेण्ट चेन लायी है, जो उसने और यशपाल ने मिल के पसन्द किया था। मन-ही-मन ख़ुश होते लेकिन ऊपर से डाँटते हुए प्रकाश कहती है, 'ऐन्ना सारा पैसा उड़ाने की की ज़रूरत थी?'

साहेब और तारादेवी की बीजिंग कथा में सिया इतनी तल्लीन हो चुकी थी, कि उसके ध्यान का तार तब टूटा जब बेबे के घर में फ़ोन की घण्टी कई बार पूरी बज के कट चुकी थी। इस बार घण्टी बजते ही सिया ने फ़ौरन फ़ोन उठा लिया। दूसरी तरफ़ नन्हें हैं जो उससे शिकायत करते हैं। इस बार तो होली करके वो यहाँ से ऐसी गयी कि बेबे की होकर रह गयी, कई बार फ़ोन लगाया पर फ़ोन नीचे रखा हुआ था। सिया सॉरी-सॉरी कहते बताती है, कि कैसे तारादेवी की कहानी इतनी इण्टरेस्टिंग और एनग्रासिंग होती जा रही है कि सुनते समय वो फ़ोन बन्द कर देती है, और सुनने के बाद उस स्टोरी में इतनी खो जाती है कि, किसी से बात करने का उसका मन ही नहीं होता। वो नन्हें से घर में सब के हाल-चाल लेती है। सब ठीक है कहकर नन्हें पूछते हैं, वो अब अशोक नगर कब आयेगी। सिया कहती है, तीन-चार दिन और लग सकते हैं, फिर तो वो सामान लेकर ही सरस्वती कुंज आयेगी। सुनते ही नन्हें बेचैन से, 'अरे अभी तीन-चार दिन और? फिर तो मैं एक बार आज ही तुझसे आकर मिल लूँ... बड़ी याद आ रही है बेटा, तीन-चार बजे तक आऊँगा', और फ़ोन बन्द हो जाता है। आज सिया के लिये प्रकाश ख़ुद राजमा चावल बना रही है, सिया भी पास ही खड़ी है गुमसुम-सी। उसे इस तरह खड़ी देखकर प्रकाश पूछती है, 'मैनू ऐ दस आजकल वो सिया केत्थे चली गयी जिसे मैं जानती हूँ।'

'कुछ नहीं बेबे... बस इस तारादेवी की कहानी से चिपक के रह गयी हूँ। नन्हें बाबा भी शिकायत कर रहे थे कि मैं सबको भूल गयी हूँ। वैसे वो आज दोपहर के बाद आयेंगे।'

'अच्छा किया बता दिया, आज उसके लिये मुगौरियाँ बनवाऊँगी पुदीने की चटनी के साथ।'

राजमा चावल इतने स्वादिष्ट बने थे कि सिया कुछ ज़्यादा ही खा गयी और फिर सो गयी। जब आँख खुली तो शाम के पाँच बज रहे थे। वो ये सोचकर धड़धड़ाती हुई नीचे आयी कि नन्हें उसका इन्तज़ार कर रहे होंगे, लेकिन तब तक नन्हें आये

ही नहीं थे। रसोई में शहज़ादी की कढ़ाई एकदम तैयार थी कि नन्हें आयें और वो मुँगौरियाँ उतारे। तभी दरवाज़े की बिल्ली खटकी, दरवाज़ा खुला और नन्हें कुलदीप के साथ-साथ घर में आये। उन्हें देखते ही बेबे ने अच्छी ख़ासी झाड़ पिला दी, कि होली के बाद उसे बेबे की याद अब आयी है। नन्हें उन्हें समझाने की कोशिश करते रहे, लेकिन बेबे वाक़ई गुस्से में थीं। फिर कुलदीप ने उन्हें ये कहते शान्त कराया, कि वो बच्चों को डाँटती ही रहेगी या कुछ खिलायेगी भी। प्रकाश ने शहज़ादी को पुकारा। 'आयी बेबे जी' शहज़ादी मुँगौरियाँ की थाली और चटनी का कटोरा लिये कमरे में पहुँच गयी। एक एक मुँगौरी नन्हें के मुँह में डालते सिया ने पूछा, वो तो तीन-चार बजे आनेवाले थे, अब तो साढ़े पाँच बज रहे हैं। नन्हें का मुँह चल रहा था इसलिये जवाब कुलदीप ने दिया, कि वो और नन्हें दोनों ही साढ़े तीन बजे घर से यहाँ आने के लिये आग बढ़े, तो देखा पप्पू चायवाले के यहाँ पमाड़ा हो रहा है। सिया न समझते, 'पमाड़ा?' नन्हें समझाते हैं, 'पमाड़ा मतलब... कहा-सुनी, तू-तू मैं-मैं, झड़प—जो बढ़ जाये तो झगड़ा भी बन सकता है।' अब दोनों दोस्त मिल के जो बात बताते हैं, वो ये थी कि पप्पू चायवाले के यहाँ जो आठ-दस लड़के रोज़ के ग्राहक हैं, या घण्टों बैठे टाइम पास करते रहते हैं, उनमें हरिराम भाई का बेटा राकेश भी है। उस पर नज़र पड़ी तो दोनों वहाँ पहुँच गये, और इन दोनों को देख लड़के सिटपिटा गये। राकेश से पूछने पर उसने इतना ही कहा, 'आप तो बड़े बुज़ुर्ग हैं हमारे एक सवाल का जवाब दे दीजिये, कि क्या हमारे मोहल्ले की दुकानों पर दूसरे मोहल्ले का कोई ग्राहक नहीं आ सकता? यहाँ कुछ लोग ऐसे हैं जो मेरे ख़ास दोस्त फ़ैयाज़ के पीछे पड़े हुए हैं, केवल इसलिये कि वो यहाँ का नहीं माईथान का है, मेरी क्लास में पढ़ता है, और ये भी चाचा जी कि सबसे हिल-मिल के रहता है। सबको अपनी कार में घुमाता है... अरे पूछिये इनसे', वहाँ खड़े लड़के राकेश को सिर्फ़ घूर के रह जाते हैं, क्योंकि वो जानते हैं कि नन्हें और राकेश के परिवार का घर जैसा व्यवहार है। चटनी लगा के दो मुँगौरियाँ एक साथ मुँह में रखते नन्हें बोले, 'भई हम तो सबको प्यार से समझा के आये हैं कि मोहल्ले की छोड़ो, ये देश सबका है यहाँ कोई कहीं से भी आ-जा सकता है। तुम सब पढ़े-लिखे बच्चे हो, मिल-जुल कर मोहब्बत से रहा करो... सब सिर झुकाये सुनते रहे और हम इधर निकल आये।'

सिया के लन्दन लौटने के बारे में पूछने पर सिया बताती है, सत्ताईस अट्ठाईस मार्च तक बेबे से उसकी बात-चीत पूरी हो जायेगी, फिर अशोक नगर आकर तारादेवी की बची-खुची जानकारियाँ वो उनसे लेगी। आठ अप्रैल को एलबर्ट आ जायेगा, बस फिर इलेवेन्थ को मून लाइट में ताजमहल देखकर ट्वेल्थ नाइट को बैक टू लन्दन। प्रकाश, सिया की पीठ प्यार से सहलाते कहती है, 'देख कुड़ी, जाणे की

गल तू मेरे सामने न किया कर, अब तेरे साथ भी ममता पड़ गयी है।' सिया अपनी बाँहें बेबे के गले में पिरो देती है।

नन्हें के जाते ही सिया, प्रकाश से कहानी आगे बढ़ाने को कहती है। प्रकाश सिया को बताती है, तारा का विदेश से एक नयी तारा बन के लौटना, उसकी ख़ुशी, ये सब बातें प्रकाश के मन में कई प्रकार के प्रश्न खड़े कर रही थीं। किन्तु आख़िर कैसे और क्या पूछती वो तारा से।

उस दिन ग्यारह बज रहे थे पर अभी तक तारा नीचे नहीं उतरी थी। प्रकाश ने सोचा, इतने दिनों बाद बाहर से आयी है अपना कमरा ठीक कर रही होगी, ज़रा चलके देखूँ। और प्रकाश तारा के कमरे में पहुँच गयी। देखा तारा श्रृंगारदान के सामने बैठी हाथों में चूड़ियाँ डाल रही थी। सामने रखी प्रसाधन सामग्री में एक नयी चीज़ पर प्रकाश की आँखें ठिठक गयी—सिन्दूरदानी। प्रकाश चौंकी, 'सिन्दूर... तेरे पास? ऐ तो सुहागणों के मतलब की चीज़ है।'

'मैं भी तो सुहागन हूँ भाभी.... तीन साल से।' प्रकाश जैसे आसमान से नीचे आ गयी, 'तीन साल से? कौन है वो?'

'साहेब' प्रकाश को जैसे अंगारे लग गये। वो गुस्से में उठ खड़ी हुई, 'झूठ-पर-झूठ बोले जा रही है तू झूठ-पर-झूठ... पता नहीं क्या किसके साथ कर बैठी है, और नाम लगा रही है देवता जैसे साहेब का।'

'नाम नहीं, तीन साल पहले बिहारी जी के मन्दिर में देवउठनी एकादशी के दिन जब पण्डित जी ने मन्त्रों के साथ तुलसी माँ और कान्हा जी का गठजोड़ बाँधा था, तभी मैंने भी साहेब के साथ अपना गठजोड़ बाँध लिया था। आपको पता नहीं चला लेकिन मैं तो तीन साल से करवा चौथ भी रख रही हूँ।' तारा के गाल पर प्रकाश का भरपूर चाँटा पड़ा, 'जिस थाली में खाना उसी में छेद करना? तीन सालों से मेरे नाक के नीचे ये सब चल रहा है और मैनू ख़बर नहीं, ऐन्नी वड्डी ग़लती?'

'इसमें ग़लती क्या, मैंने पहले भी आपको बताया था मैं साहेब से प्रेम करती हूँ।'

'लेकिन मैंने भी तुझसे कहा था, किसी का बसा-बसाया घर तोड़ने का हक़ तुझे नहीं है।'

'लेकिन मैंने किसी का घर कहाँ तोड़ा है, अपने घर में रहती हूँ अपनी मेहनत से दो पैसे कमा रही हूँ।'

'बेशरम, इतनी वड्डी बात अपने मुँह से सुना दी फिर भी बहस कर रही है?'

'मैं आपको सच बता रही हूँ भाभी, और सच ये है कि अभी तक मेरा प्रेम एक तरफ़ा था, लेकिन अब साहेब भी मुझे प्रेम करते हैं।' प्रकाश का चेहरा सफ़ेद पड़

जाता है। गुस्से में काँपते हुए तारा का हाथ खींचकर अपने सिर पर रखते हुए, 'मेरी क़सम खा के बोल कि ये सच है।' आँखें झुकाये तारा धीरे से कहती है, 'हाँ ये सच है।'

अपने घर में यशपाल गुमसुम से सिर झुकाये बैठे थे। तभी कमरे में आयी शोभा की नज़र चाय की भरी हुई प्याली पर पड़ी, उसने ठिठककर पूछा, 'अरे आपने अभी तक चाय नहीं पी... ठण्डी हो गयी होगी, कोई गल नहीं दूसरी बना के ले आती हूँ।'

'जाने दे मेरा मन नहीं है', शोभा ग़ौर से यशपाल को देखती है, फिर उनके गाल छूते, 'बुख़ार-शुखार तो नहीं है, की गल है जी? अचानक की हो गया बोलिये न', निरीह-सी आँखों से देखते यशपाल ने शोभा से कहा, 'मेरे से ज़िन्दगी की सबसे बड़ी भूल हो गयी है।' शोभा के पाँव जहाँ-के-तहाँ रुक जाते हैं वो अन्दर-ही-अन्दर हिल-सी जाती है, 'आप... आप ये क्या बोल रहे हो?' अब वो यशपाल के पास बैठकर उसका झुका चेहरा अपनी ओर घुमाते कहती है, 'साफ़-साफ़ बताइये बात क्या है?' अब यशपाल भारत लौटने से पहलेवाली रात की घटना का ब्योरा देते कहते हैं, अनजाने में उससे ऐसी भूल हो गयी, जिसके बाद वो शोभा से नज़रें तक नहीं मिला पा रहे हैं। शोभा आसमान से जैसे ज़मीन पर आ पड़ी।

पिछले सत्रह सालों से जो उसका ग़ुरूर था, वो एक पल में ही जैसे शीशे की तरह टूट के चूर-चूर हो गया। यशपाल के लिये शोभा को सँभालना मुश्किल हो रहा था। शोभा के रोने की आवाज़ तेज़ होती जा रही थी इसलिये यशपाल ने फ़ौरन ही उठकर दरवाज़े की साँकल लगा दी। वो शोभा को यक़ीन दिलाने की कोशिश कर रहा था, कि जो हुआ वो ग़लती से हुआ। अगर उसके मन में तारा के लिये ग़लत भाव रहे होते, तो वह पाँच वर्षों तक किस बात का इन्तज़ार करता। जिन परिस्थितियों से वो तारा को बाहर निकाल कर लाया था, उसके बाद उसका सिर्फ़ यही मक़सद रहा कि वो तारा और उसके पिता का सपना पूरा कर उसे एक इज़्ज़तदार ज़िन्दगी दे सके। उस लड़की ने भी बड़ी मेहनत की और यहाँ तक पहुँच गयी। वो दोनों कई बार साथ-साथ आगरा से बाहर भी गये, लेकिन तारा ने कभी उसे उकसाने की कोशिश न की। वजह कुछ भी रही हो, लेकिन इस बार उससे बहुत बड़ा पाप हो गया, हो सके तो वो उसे माफ़ कर दे। काफ़ी देर की चुप्पी के बाद शोभा कहती है, ठीक है, 'ग़लती इन्सान से ही होती है, लेकिन ऐसा न हो कि आगे से उस लड़की की उम्मीदें उनसे और बढ़ जायें। जवान लड़की है, इस उम्र में मन न जाने कहाँ-कहाँ भटकता फिरता है, अच्छा रिश्ता देख के इस लड़की का व्या करवा दिया जाय।' हाँ में सिर हिलाते यशपाल कहते हैं, वो भी यही सोच रहे थे। अब तारा का नाम हो रहा है, इज़्ज़त भी मिल रही है, रिश्ता जुड़ने में कोई

परेशानी नहीं होगी। शोभा भी देखे और वो भी गुलशन से इस बारे में बात करेंगे। क्योंकि पिछले कई सालों से वो तारा को बहुत अच्छी तरह से जानता है और उसे राज़ी भी कर सकता है।

बीजिंग से लौटने के बाद निजी व्यस्तताओं के कारण तारा यशपाल से सम्पर्क नहीं कर सकी थी। उसे पूरा विश्वास था कि अब एक नया रिश्ता जुड़ जाने के बाद साहेब ख़ुद भी उससे अधिक समय तक दूर नहीं रह पायेंगे। लेकिन यहाँ तो प्रकाश ने तूफ़ान मचा रखा है, अब क्या करे वो। क्योंकि फ़ोन नीचे के कमरे में ही रखा रहता था, उसे मौक़ा ही नहीं मिल रहा था कि वो साहेब से उनके ऑफिस के नम्बर पर बात कर सके, इसी कशमकश में पूरा दिन निकल गया। अब नन्हें उसी के पास सोता था, लेकिन सोने के पहले तारा से कहानी अवश्य सुनता था। उस रात भी तारा ने उसे कहानी सुनाकर सुला दिया और ख़ुद भी सोने का प्रयास करने लगी। लेकिन इस बार विदेश-यात्रा के बहाने पूरे दस दिनों तक साहेब के आसपास बने रहने के कारण उसे जैसे उनकी आदत-सी पड़ गयी थी। वहाँ उसे लगता था कि, वो कुछ अच्छा पहनेगी, ओढ़ेगी तो साहेब उसे देख रहे होंगे... साहेब की नज़र उसके चेहरे, उसके शरीर पर होकर गुज़रेगी इतना ही बहुत था तारा के लिये। किन्तु अब यहाँ तो वो उनकी आवाज़ सुनने के लिये भी तरस गयी है।

अगला दिन रविवार था, और उस दिन भी कर्तार और यशपाल को दुकान जाना था, क्योंकि आगरा में बाज़ार सोमवार के दिन बन्द रहते हैं। कर्तार के जाने के बाद सबेरे के सारे काम निबटाकर प्रकाश सिलाई मशीन लेकर बैठ गयी, और तारा कुलदीप और नन्हें को पढ़ाने लगी। लेकिन बार-बार उसकी आँखें फ़ोन पर ही टिक जाती थी। तारा सोचती काश प्रकाश किसी काम से दस मिनट के लिये भी कहीं चली जाये, तो वो यशपाल से बात करने का प्रयास करे। सुबह से दोपहर हो गयी और भोजन का समय हो गया। तभी प्रकाश को अचानक याद आया, शाम के लिये घर में सब्जी नहीं है। ये विचार आते ही जल्दी-जल्दी खाना खाकर, थैला उठाकर प्रकाश सब्जी लाने के लिये निकलने को ही हुई, कि दोनों बच्चे साथ चलने के लिये मचल उठे। प्रकाश को उन्हें लेकर ही जाना पड़ा। उनके जाते ही दरवाज़े की साँकल लगा तारा उतावली में फ़ोन लगाने लगी। दूसरी तरफ़ फ़ोन की घण्टी बजी, फ़ोन उठा, लेकिन तारा के 'हलो' बोलते ही कट गया। तारा सोचने लगी कि, क्या कर्तार भइया और साहेब कहीं बाहर गये हुए हैं। और इसीलिये फ़ोन नहीं उठ रहा, उसे बड़ी निराशा हुई। प्रकाश के वापस आने तक उसने कई बार नम्बर लगाया। न जाने क्यों एक दो बार उसे ऐसा भी लगा कि फ़ोन बीच में ही काट दिया गया हो। बाहर साँकल बजी और तारा ने उठकर दरवाज़ा खोला, प्रकाश सब्जी लेकर लौट आयी थी, कुलदीप और नन्हें के हाथों में पुड़ियाएँ दबी हुई थीं। नन्हें ख़ुशी में भरा बोला,

'बुलाकी चाचा ने हमें गुदिया दी।' बच्चों की ख़ुशी में ख़ुश तो तारा को भी होना पड़ा लेकिन उसका मन रो रहा था।

शाम हो रही थी, तारा सोच रही थी घण्टे-दो-घण्टे में कर्तार भइया और यशपाल के ऑफिस छोड़ने का समय हो जायेगा, यानी अब बात नहीं हो सकेगी। बच्चों के दूध का समय होते देख तारा दूध लेने रसोई में चली गयी। पतीले का ढक्कन खोलकर गर्म करने के लिये जैसे ही स्टोव पर चढ़ाया, दूध फट गया। वो वहीं से चिल्लायी, 'भाभी दूध फट गया।' अपने माथे पर हाथ मारते प्रकाश बोली कि आज दोपहर में वो दोबारा दूध उबालना भूल गयी इसीलिये फट गया। प्रकाश फ़ौरन ही दूध लाने के लिये उठ खड़ी हुई और बाहर निकल गयी। उसके जाते ही तारा बच्चों की ट्रायसिकलें उठाकर आँगन में ले आयी, जिन्हें देखते ही नन्हें और कुलदीप उस तरफ़ दौड़ पड़े और तारा फ़ोन की तरफ़।

इस बार तारा ने जैसे ही नम्बर लगाया, फ़ोन फ़ौरन ही उठ गया। दूसरी तरफ़ कर्तार की आवाज़ सुन तारा पहले तो निराश हुई, फिर ख़ुद को सम्हालते बोली, 'भइया साहेब कहाँ हैं?'

'देखता हूँ तारा', तारा के कान बेचैनी से यशपाल की आवाज़ सुनने की प्रतीक्षा में थे। उसे लगा यशपाल ने किसी से कुछ कहा, लेकिन तभी कर्तार ने फ़ोन पर तारा से कहा, 'साहेब तो निकल चुके हैं कोई ख़ास बात हो तो उन्हें बताये।' 'जी नहीं' कहकर रिसीवर रखने के बाद बार-बार तारा के मन में यही सवाल उठ रहा था कि, क्या साहेब ने जानबूझकर उससे बात नहीं की। हालाँकि शाम को उसने रोज़ की तरह रियाज़ किया, प्रकाश को खाना बनाने में सहायता की और कुछ देर रेडियो सुनकर ध्यान बँटाने की कोशिश भी की, लेकिन उसका मन उचाट हो रहा था। रात नन्हें को कहानी सुनाकर सुलाने के बाद वो ख़ुद भी सोने की कोशिश करने लगी, लेकिन नींद जैसे उसकी आँखों से कपूर की तरह उड़ गयी थी।

यशपाल के बँगले में कमरे तो बहुत थे, लेकिन उस ज़माने में कमरों को बेड-रूम, ड्राइंग-रूम जैसे नाम नहीं दिये जाते थे। यशपाल के दोनों पुत्र सुनील और अनिल भी अब पन्द्रह और तेरह के हो चुके थे और दोनों एक ही कमरे में सोते थे। उन दिनों डबल-बेड जैसा शब्द भी सुनने में नहीं आता था। यशपाल और शोभा के कमरे में भी दो पलँग पड़े हुए थे, एक यशपाल का और दूसरा शोभा का। रात में खाने से पहले आम तौर पर यशपाल दो छोटे-छोटे पैग लगा के खाना खाते और रेडियो में न्यूज़ सुनकर सो जाते। लेकिन बीजिंग से लौटने के बाद से उनका क्रम बिगड़-सा गया था। ड्रिंक तो वो ले ही नहीं रहे थे, खाना भी बस बीवी बच्चों का मन रखने के लिये थोड़ा बहुत खा लेते। दरअसल उनके मन की ग्लानि रह-रह के उन्हें कोंचे जा रही थी। हालाँकि शोभा से सारी बातें साफ़ हो चुकी थी, फिर भी उनका

अपराध-बोध उन्हें सोने नहीं दे रहा था। साथ में पड़े पलँग पर लेटी शोभा की आँखों में भी नींद कहाँ थी। बार-बार वो अपने मन को समझा रही थी, ग़लती इन्सान से ही होती है, वैसे भी शादी के सत्रह सालों में यशपाल ने कभी कोई ऐसी बात नहीं की जिसने उसका विश्वास तोड़ा हो, इस बार भी जो हुआ उसे वो बार-बार ही अपनी ग़लती मान रहे हैं। चाहते तो ये बात वो उससे छिपा भी सकते थे, लेकिन उन्होंने उसे बात न सिर्फ़ बतायी, ये भी कहा कि अच्छा रिश्ता देखकर वो तारा की शादी भी करवा देना चाहते हैं। हाँ ये बहुत ज़रूरी है, शादी हो जाये और तारा अपने घर चली जाये, तभी उसके मन से ये फाँस निकलेगी।

आज सोमवार है बाज़ार बन्द और कर्तार की छुट्‌टी। क्योंकि अभी तक कुलदीप और नन्हें का स्कूल में दाख़िला नहीं करवाया गया था, कर्तार की छुट्‌टी के दिन बच्चे बड़े ख़ुश रहते हैं। खाने में भी कुछ ख़ास बनाया जाता है, आज भी दोनों बच्चों को गोदी में बैठाये कर्तार बच्चों से यही पूछ रहे थे कि वो क्या खायेंगे। नन्हें कुछ कहता है और कुलदीप कुछ। फ़ैसला हो पाता इससे पहले ही फ़ोन की घण्टी बज उठी। फ़ोन उठाते ही कर्तार ने बड़े अदब से कहा, 'पैरीपोना भरजाई जी', बात पूरी होते ही उन्होंने प्रकाश और तारा को बताया कि यशपाल का परिवार शॉपिंग के लिये राजामण्डी आ रहा है, सुदेश के यहाँ होकर सब वहाँ आयेंगे और खाना भी इधर ही खायेंगे। अब प्रकाश नये सिरे से खाने के बारे में तय करने लगती है, वो तारा से भी कुछ बनाने के लिये कहती है। ये सुनकर नन्हें तारा का मुँह पकड़ के बार-बार यही कहे जा रहा है, 'अम्माँ खील बनाओ खील।' प्रकाश कर्तार से कहती है, घर में जो बनाना होगा वो तो बन ही जायेगा, लेकिन वो साहेब के लिये बुलाखी की दुकान की गुझिया ज़रूर ले आयें। अब नन्हें ख़ुशी में नाचते 'गुदिया गुदिया' कहने लगता है। उसे देख-देखकर प्रकाश और कर्तार रीझे जा रहे थे, किन्तु आज नन्हें की बाल-लीलाएँ भी मुरझाई-सी तारा को हरा नहीं कर पा रही थी। बारह बजे के लगभग घर की साँकल खटकी, कर्तार ने आगे बढ़ के दरवाज़ा खोला। शोभा, सुनील और अनिल के साथ अन्दर आयी, सभी के हाथों में ख़रीदारी के थैले थे। सुनील ने एक थैले में से बच्चों के खिलौने, कपड़े वगैरह निकालना शुरू किया, जिसे देखते ही नन्हें और कुलदीप उन पर झपट पड़े, घर गुलज़ार हो गया। प्रकाश शोभा को लेकर बरामदे में जाने लगी, तभी शोभा ने ठिठक के तारा को भी आने के लिये कहा, तारा चुपचाप पीछे-पीछे चल दी। लेकिन उसकी नज़र दरवाज़े पर ही लगी रही, ये भाँप कर शोभा ने कहा, 'ये नहीं आये हैं, कहने लगे विदेश जाने की वजह से हिसाब-किताब का काम बौत पड़ा है।' ये सुनते ही तारा का बुझा-सा चेहरा और भी बुझ गया। ये बात प्रकाश की नज़रों से छिपी न रह सकी। तारा का मन उखड़ चुका था, लेकिन वहाँ बैठे रहना उसकी मज़बूरी थी। शोभा उसके चेहरे के पल-पल बदलते

रंग पकड़ने की कोशिश में थी, कहने लगी, यशपाल उसकी बड़ी तारीफ़ें कर रहे थे, कह रहे थे कि बीजिंग में हर किसी के मुँह पे तारा का ही नाम था। सबको देखते हुए शोभा ने बात को आगे बढ़ाया, इतनी छोटी-सी उम्र में ही इसने इतना नाम कमा लिया है, तो आगे चलके नूरजहाँ, लता मंगेशकर बन जाये तो कोई ताज़्जुब नहीं। कुछ रुक कर आगे शोभा कहती है, अब उसे अपना घर भी बसा लेना चाहिए। यही तो उम्र है शादी ब्या की और ये बात सिर्फ़ वो ही नहीं कह रही, सुनील के पापा के मन में भी यही चल रहा है। कह रहे थे गुलशन को बोलेंगे कि तारा की टक्कर का कोई अच्छा रिश्ता ढूँढ़ के लाये। शोभा और भी न जाने क्या-क्या बोलती रही और उसका एक-एक शब्द तारा के दिल पे नश्तर का काम करता रहा। ये बात कोई और भले ही न समझ रहा हो, लेकिन प्रकाश बहुत अच्छी तरह समझ रही थी। दोपहर भोजन करके गुझिया और मिठाई लेते हुये शोभा और बच्चे ताँगा करके सदर के लिये निकल गये।

उन सबके जाने के बाद तारा ऊपर अपने कमरे में गयी तो उस शाम नीचे नहीं उतरी, नन्हें भी उसके पास ही था। शाम को खाने के समय प्रकाश ने तारा को कई आवाज़ें दी, और जब उत्तर न मिला तो उठकर ऊपर चली गयी। नन्हें तो सो चुका था, लेकिन तारा गुमसुम-सी बैठी हुई थी। एक अकेली प्रकाश ही थी जो समझ सकती थी कि तारा के मन में क्या चल रहा है। उसने तारा से बात करने की कोशिश की लेकिन तारा उदासीन ही बनी रही। उसने खाने के लिये ये कहकर मना कर दिया कि दोपहर कुछ ज़्यादा हो गया पेट अभी तक भरा हुआ है। जाते-जाते भी प्रकाश ने तारा को कई बार देखा। इससे पहले उसे इतना उदास उसने कभी नहीं देखा था। प्रकाश का मन नहीं माना, वो लौटी और तारा के पास बैठकर उसका सिर सहलाते कहने लगी, उसे उसके बच्चों की क़सम, उसे बताना ही होगा कि वो इतना गुमसुम क्यों है। तारा प्रकाश से लिपट के रोते-रोते कहती है, 'जब से दिल्ली से आयी है साहेब ने उसका एक भी फ़ोन नहीं लिया, उससे बात नहीं कर रहे, ऊपर से उसकी शादी की सोच रहे हैं, वो क्या करे कुछ समझ नहीं पा रही।' कुछ देर चुप रहने के बाद वहाँ से जाते हुए प्रकाश ने इतना ही कहा, 'साहेब अपना इतना बड़ा कारोबार छोड़कर उसके साथ विदेश चले गये, अब लौटकर काम में लगे होंगे, इसमें इतनी चिन्ता की क्या बात है' और प्रकाश वहाँ से चली गयी।

प्रकाश का पुराना नियम है सुबह तड़के ही उठकर सबसे पहले कपड़े धोने बैठ जाती है। आगरा में पानी की किल्लत उसने शुरू से ही देखी है, इसलिये जल्दी उठकर पहले कपड़े धोकर वो नहाती है, और फिर कर्तार और तारा को भी आवाज़ें देती है। एक ही आवाज़ में तारा उठकर अपने ऊपर के बाथ-रूम में कपड़े धो लेती

और पानी भर लेती। आज भी प्रकाश के जगाने पर कर्तार तो नहाने चले गये, लेकिन तारा का न कोई जवाब आया न ही रोज़ जैसी किसी तरह की खटर-पटर की आवाज़। प्रकाश ने एक बार फिर ज़ोर से पुकारा, 'तारा उठ जा नल चला जायेगा', उसे तारा का उत्तर तो न मिला, लेकिन नन्हें के घिग्घी बाँधे अम्माँ... अम्माँ...कहते रोने का स्वर सुन प्रकाश चौंकी। ऊपर देखते हुए चिल्लायी, 'की होया नन्हें पुत्तर तू अभी से जाग गया', नन्हें साँसें रोक के रोये जा रहा था। अब प्रकाश से न रुका गया वो तेज़ी से सीढ़ी की तरफ़ लपकी। तब तक कर्तार भी नहाकर बाहर आ चुके थे वो भी ऊपर की तरफ़ देखने लगे। इतने में ही प्रकाश की ज़ोरदार चीख़ती-सी आवाज़ उनके कानों में पड़ी, 'हाय रब्बा... दारजी... दारजी, मैं केया छेती ऊपर आओ', कर्तार दो-दो सीढ़ियाँ लाँघते जैसे ही ऊपर कमरे में पहुँचे, ये देखकर उनकी आँखें फटी रह गयीं कि तारा के बिस्तर की चादर का एक बड़ा हिस्सा ख़ून से रंगा हुआ है और तारा निश्चेष्ट पड़ी है। प्रकाश तारा को हिलाते-डुलाते, 'तारा आँखें खोल' कहे जा रही है, लेकिन तारा जैसे की तैसे पड़ी हुई है। ये सब देखकर कर्तार कहते हैं, 'तू नन्हें नूं सम्हाल मैं तारा को लैके अस्पताल जाता हूँ।' कर्तार तारा को उठाकर एक मिनट के लिये नीचे बरामदे में पड़े तख़्त पर लिटाते हैं और कमरे में जाकर जल्दी से क़मीज़ पहन बाहर आकर तारा को उठा गली में निकल जाते हैं। रोज़ की तरह एक कोने में सब्जी वालेकादिर का ठेला आज भी वहीं पड़ा देख कर्तार ने आनन-फानन में तारा को उस पर लिटाया, और तेज़ी से ठेला ढकेलते गली के मुँहाने की तरफ़ बढ़ गये।

अस्पताल के इमरजेंसी वार्ड के बाहर कुछ स्ट्रेचर पड़े देख कर्तार ने तारा को ठेले से उठाकर स्ट्रेचर पर डाला और फुर्ती से अन्दर ले गया। ड्यूटी पर अभी रात का ही स्टाफ था। तारा का परीक्षण करते ही डॉक्टर ने कहा, 'ये तो पुलिस केस है लड़की ने सुसाइड अटेम्प्ट किया है, वो इसे हाथ नहीं लगा सकते।' घबराहट में कर्तार ने फ़ौरन ही पास में रखे फ़ोन से यशपाल का नम्बर डायल किया, नम्बर लगते ही रोते हुए कर्तार ने यशपाल को सारी बात बता डाली। और यशपाल के कहने पर कर्तार ने फ़ोन तुरन्त डॉक्टर को पकड़ा दिया। यशपाल से बात करते ही डॉक्टर ये कहते हुए इलाज़ में लग गये, कि उन्हें पहले बताना चाहिए था कि ये यशपाल आहूजा का पेशेण्ट है।

लगभग घण्टे-भर बाद ही कुलदीप और नन्हें को पड़ोस में कहीं छोड़कर बदहवास-सी प्रकाश भी अस्पताल पहुँच गयी। आँखें फाड़े यहाँ-वहाँ देखती वो कर्तार को ढूँढ़ ही रही है, कि पीछे से यशपाल की आवाज़ आयी 'परकाश', प्रकाश ने मुड़कर देखा, यशपाल शायद बिस्तर से उठकर सीधे यहाँ चले आये थे। पास आते ही उन्होंने पूछा, 'तारा कैसी है?'

'साहेब... मैं तो बस अभी-अभी यहाँ पहुँची हूँ', कहते वो रो पड़ी।

'परकाश पहले मैनू ऐ दस कि होया की?'

'अब मैं क्या बोलूँ साहेब, दो दिन से बड़ी परेशान लग रही थी। कल शामी खाना भी नहीं खाया, मैंने पूछा आख़िर बात क्या है इतनी गुमसुम क्यों है? तो मेरे से लिपट के हिचकियों से रोने लगी, बोली, जब से दिल्ली से आयी हूँ साहेब ने मेरा एक भी फ़ोन नहीं लिया, मुझसे बात नहीं कर रहे, ऊपर से मेरी शादी की सोच रहे हैं।' इतना सुनते ही यशपाल का चेहरा स्याह पड़ गया। जब से कर्तार ने फ़ोन पर उन्हें ये दुर्घटना की बात बतायी थी, तब से उनके मन में यही बात चल रही थी, जो अभी-अभी प्रकाश ने उनसे कही। अब प्रकाश और यशपाल दोनों साथ-साथ अस्पताल में जाते हैं। उन पर नज़र पड़ते ही डॉक्टर पास आकर उन्हें बताता है कि काफ़ी खून बह चुका था अगर यहाँ लाने में और देर हो जाती तो पेशेण्ट का बचना मुश्किल होता, फ़िलहाल वो ख़तरे से बाहर है और होश में है। प्रकाश रोते-रोते पूछती है, 'क्या वो उसे अन्दर जाकर देख सकते हैं।' डॉक्टर हाँ में सिर हिला देता है। प्रकाश और यशपाल तारा के कमरे की तरफ़ बढ़ते हैं।

अन्दर कमरे में तारा अभी गफ़लत में है और उसे सेलाईन चढ़ रहा है। धीरे से दरवाज़ा खोलकर प्रकाश फ़ौरन अन्दर चली जाती है, जब कि अपराध बोध में जकड़े यशपाल दरवाज़े पर ही ठिठके तारा के ज़र्द पड़े चेहरे को देखे जा रहे हैं। प्रकाश तेज़ी से आगे बढ़ के एक हाथ से अपनी रुलाई दबाते दूसरे से उसका सिर सहलाती है, तारा की पलकें फड़फड़ाने लगती है। प्रकाश थोड़ा झुक के उसके कान में फुसफुसाती है, 'तेरे साहेब आये हैं।' इतना सुनते ही तारा आँखें खोल देती है, उसकी बड़ी-बड़ी आँखें जैसे अपने साहेब को ढूँढ़ने लगीं। प्रकाश मुड़ के इशारे से यशपाल को पास आने के लिये कहती है और ख़ुद एक तरफ़ हट जाती है। यशपाल बोझिल क़दमों से तारा के बेड की तरफ़ बढ़ते हैं। दोनों की आँखें मिलती हैं, तारा की आँखों में आँसू भर आते हैं। यशपाल उसके सिर पर हाथ रखते हैं और कहते हैं, 'बस चुप हो जा, अब कभी मत रोना... तेरे साहेब हैं न तेरे साथ', तारा हल्के से हाँ में सिर हिलाती है और आँखें मूँद लेती है।

उसी शाम तारा को अस्पताल से छुट्टी मिल गयी, कर्तार और यशपाल उसे घर लिवा लाये। थोड़ी देर बैठने के बाद अपने घर जाते-जाते उन्होंने तारा से कहा, 'अब दोबारा ऐसा कुछ नहीं होना चाहिए, आगे से जब भी तुझे मेरे से बात करनी हो, तू मुझे फ़ोन लगा सकती है घर या दफ़्तर किधर भी।' ये कहकर यशपाल बाहर निकल जाते हैं। प्रकाश और तारा की आँखें मिलती हैं, तारा के पपड़ाये होंठों पर हल्की-सी मुस्कान उभर आती है।

यूँ तो शोभा प्रकाश से फ़ोन पर तारा के हाल-चाल ले ही रही थी। लेकिन रात को जब निढाल से यशपाल घर आये, तो उनके आगे चाय की प्याली रखते हुए उसने पूछ ही लिया, 'अब कैसी है तारा?'

'ठीक है, भगवान् के शुक्र से उसकी जान बच गयी।'

'आपको कुछ पता चला क्यों किया उसने ये सब?'

'ग़लती मेरी ही थी, जब से दिल्ली से लौटा अपनी गिल्ट की वजह से उसका एक भी फ़ोन रिसीव नहीं किया, दूसरे उसके सामने शादी-ब्याह की बातें छिड़ गयीं। शायद यही सब उससे बर्दाश्त नहीं हुआ और...'

'शादी व्या की बात पर कोई ऐसे करता है, कभी-न-कभी तो शादी करनी ही पड़ेगी।'

'शादी करना-न-करना उसका पर्सनल मामला है। मेरी ही ग़लती थी जो ये बात मैंने तुम्हारे सामने छेड़ी, लेकिन आइन्दा कभी हम इस बात को उसके सामने नहीं उठायेंगे। एक बात और, जो हुआ वो सब मैंने तुम्हें बता दिया और वादा भी किया, वो ग़लती कभी दोहरायी नहीं जायेगी। लेकिन एक वादा मैं तारा से भी कर आया हूँ, कि उसकी ज़रूरत के समय जैसे अभी तक मैं उसके साथ खड़ा रहा, आगे भी खड़ा रहूँगा। अब मेरे और तुम्हारे बीच तारा का कोई ज़िक्र नहीं आना चाहिए।' शोभा को लगा यशपाल की बातें ग़लत तो नहीं है, लेकिन शादी न होने की स्थिति में तारा नाम का काँटा उसे चुभता ही रहेगा। अब अपने मन की शान्ति के लिये इतना तो वो कर ही सकती है कि प्रकाश के परिवार से भी पूरी तरह रिश्ता ख़त्म कर दे। न वो वहाँ जायेगी, न फ़ोन पर बात करेगी, और न ही तारा का नाम उसकी ज़बान पर आयेगा। और शोभा ने फ़ोन पर प्रकाश से ये बात कह भी दी।

§ 15 §

रात का खाना खाने के बाद प्रकाश बिस्तर में चली गयी। सिया भी कुछ देर के लिये प्रकाश के पास आकर लेट गयी। प्रकाश का चेहरा अपनी तरफ़ घुमाते सिया कहती है, 'बेबे यशपाल नाना ने तारादेवी को प्रॉमिस कर दिया कि वो हमेशा की तरह उसके साथ खड़े रहेंगे, दूसरी तरफ़ उन्होंने अपनी वाइफ़ से भी फेथफुल रहने की बात कही... तो क्या वो अपने वादे निभा पाये?'

'हाँ बिल्कुल... जैसे वो पहले दिन से हमेशा तारा की हर परेशानी में उसके साथ खड़े रहे, वैसे ही अपनी ज़िन्दगी के आख़िरी वक़्त तक जब-जब तारा को

उनकी ज़रूरत पड़ी, साहेब उसके साथ ही खड़े होते और पति-पत्नीवाले रिश्ते में भी उस एक बार की ग़लती के बाद उन्होंने शोभा भाभी को शिकायत का कोई मौक़ा नहीं दिया। सही बोलूँ तो लाखों में एक आदमी थे साहेब, काम का नशा ऐसा था कि लाहौर से आने के बाद बीस सालों में चमड़े के जूतों के कारोबार में साहेब आगरा में पहले नम्बर पर आ गये, और कुछ सालों के बाद तेरे विलायत में भी उनका काम फैलने लगा।'

'हाँ... वहाँ तो सुनील अंकल से मैं मिल भी चुकी हूँ, मतलब ये कि नाना ने हर बात में बैलेंस बनाये रखा, पर तारादेवी जो मन-ही-मन यशपाल नाना को अपना हज़बैण्ड मानने लगी थीं। क्या इस एकतरफ़ा रिश्ते में ख़ुश थीं?'

'हाँ, वो कहती थी मैंने साहेब को हर तरह से पा लिया है, वो हमेशा मेरे साथ रहते हैं। उनके अलावा मेरे पास नन्हें हैं, संगीत है और मेरे कुंज-विहारी हैं। बहुत मसरुफ़ रहती थी तारा। जगह-जगह संगीत के कार्यक्रम होते थे, फिर नन्हें बड़ा हो रहा था, उसकी पढ़ाई-लिखाई की चिन्ता, उसका स्कूल... हर काम में वो एक पत्नी की तरह साहेब से सलाह लेती और फिर आगे बढ़ती। साहेब तो महापुरुष थे ही, जब भी समय मिलता यहाँ आते, कुलदीप और नन्हें को घुमाते फिराते, कभी-कभी तारा को लेके भी घूमने फिरने निकल जाते।' सिया को जैसे कुछ याद आता है वो उठ के बैठ जाती है, 'सॉरी बेबे मैं आपको सोने के टाइम में भी परेशान कर रही हूँ, पर मुझे लगता है वो सवाल जो अभी मेरे मन में आया कहीं भूल न जाऊँ।'

'हाँ, हाँ पुच्छ ले मुझे अभी कौन-सी नींद आ रही है।'

'बेबे, तारादेवी ने नन्हें बाबा की माँ नसीम से कुछ प्रॉमिस किये थे कि वो उन्हें उनके फ़ादर की मर्ज़ी के मुताबिक इस्लामिक एजूकेशन दिलवायेंगी, उनकी शादी-ब्याह भी उनकी कौम में ही करवायेंगी... तो क्या ये सब उन्हें याद रहा?'

'हाँ पुत्तर, उसे तो ख़ुद से किये वादे भी कभी नहीं भूलते थे। नन्हें जब सात साल का हुआ, उसे मालूम पड़ा कि शहज़ादी के ख़ानदान की कोई बुज़ुर्ग जो गली में दादी के नाम से जानी जाती थी और बहुत ही नेक दिल ख़ातून थी, वो गली के छोटे-छोटे पाँच सात बच्चों को नमाज़ की आयतें न सिर्फ़ याद करवाती, बल्कि उनका मतलब भी समझाती थीं। उन्हें ऊर्दू और अरबी का भी अच्छा ज्ञान था, इसलिये बच्चों को धीरे धीरे ऊर्दू और अरबी भी लिखना-पढ़ना सिखातीं, साथ ही उन्हें तहज़ीब-याफ़्ता भी करातीं। तारा नन्हें को जब उनके यहाँ लेकर गयी, तो वहाँ मौजूद बच्चों को देख नन्हें थोड़ा उखड़ गया, क्योंकि पिछले एक साल से कुलदीप के साथ वो सेण्ट जॉन्स ब्वायज़ स्कूल में भी जाने लगा था। साहेब ने ही इस स्कूल में बच्चों का एडमीशन करवाया था। ये बहुत बड़ा स्कूल था, जहाँ बच्चों को

यूनिफॉर्म में जाना होता था। नन्हें ने दादी के यहाँ पढ़ाई के लिये जाने से साफ़ इन्कार कर दिया। ये वो पहला अवसर था जब तारा ने नन्हें को तफ़सील में उसके माता-पिता और उनकी इच्छाओं के बारे में बताया, ये भी कहा कि उनके सपने पूरे करना उसका कर्त्तव्य है। हालाँकि पाँच साल का होने के बाद ही तारा ने उसे उसके माता-पिता के बारे में बताना शुरू कर दिया था, लेकिन अब शायद वो अधिक समझदार हो जाने के कारण मन-ही-मन ये सोचकर दुखी भी होने लगा कि जैसे बेबे कुलदीप की माँ है, वैसे तारा अम्माँ उसकी माँ नहीं हैं। तारा के साथ मन्दिर तो वो चार वर्ष की आयु से जाने ही लगा था, तो एक दिन तारा ने कृष्ण की कहानी सुनाते हुए उसे बताया कि उन्हें भी जन्म देनेवाली माँ वो नहीं थीं जिन्होंने उन्हें पाला। जन्म दिया देवकी माँ ने और पाला यशोदा माँ ने। इसी तरह तारा उसकी यशोदा माँ है... साथ ही उसने ये भी कहा, अकेली तारा ही नहीं बेबे भी उसकी यशोदा माँ ही है क्योंकि उन्हीं का दूध पीकर वो बड़ा हुआ। इस तरह नन्हें को अपनी मज़हबी तालीम मिलनी भी शुरू हो गयी। फिर जब वो दस साल का हुआ, तो तारा और मैं जुम्में के दिन नन्हें को घर के पासवाली उस्मानिया मस्ज़िद में लेकर गये जहाँ उसने नमाज़ पढ़ना शुरू किया। आज तक जुम्में-के-जुम्में नन्हें इसी मस्ज़िद में नमाज़ पढ़ने जाता है।' इतना कहकर प्रकाश को हँसी आ गयी। कहने लगी, 'कोई पूछे कि नन्हें इतना मज़हबी कैसे हो गया कि मन्दिर भी जाये, मस्ज़िद भी जाये, गुरुद्वारे भी जाये, तो मन्दिर का तो तैनू सारा ख़बर ही है। इतवार-के-इतवार वो हमारे साथ गुरुद्वारे जाने लगा और मस्ज़िद का तैनू अभी बताया। ऐस करके बचपन से ही ये सब उसकी आदत में आ गया और उसकी रोजी-रोटी, उसका नाम सम्मान है—उसका संगीत, वो भी उसे बचपन से घर में ही मिला। तारा रियाज़ करती थी जो उसके कानों में पड़ता था। चौदह बरस का हुआ तब तक तो वो तारा के साथ संगीत के प्रोग्रामों में तानपूरे की संगत के लिये भी जाने लगा था। लेकिन एक बात ज़रूर बोलनी पड़ेगी कि, साहेब न तारा के पति थे, न ही नन्हें के पिता... लेकिन वो जब तक जिन्दा रहे उन्होंने ये दोनों ही फ़र्ज़ पूरे किये।'

'बेबे, एक तरह से यशपाल नाना, तारादेवी, नन्हें बाबा और आप लोग एक कम्प्लीट फैमिली ही थे, तो फिर तारादेवी बाबा के साथ अशोक नगर रहने क्यों चली गयी?'

'उसकी वजह थी पुत्तर... नन्हें बड़ा हो रहा था, कॉलेज जाने लगा था। ये देख तारा के मन में नसीम की कही बात बार-बार कौंधती कि, उसकी और उसके शौहर की इच्छा रही कि उनकी जो भी औलाद हो उसका शादी व्या उन्हीं की कौम में हो। तारा ने कई बार मुझसे ये भी बोला कि, बहू बन के जो लड़की उसके घर में आयेगी वो अलग तरह के रहन-सहन और खान-पान की आदतें लेकर आयेगी, तो कहीं

साथ-साथ रहना उसे बन्दिश न लगे इसलिये वो एक ऐसा घर चाहती है जो साथ भी हो लेकिन अलग भी हो। जहाँ बहू अपने मनमर्ज़ी की गृहस्थी बसा सके और नन्हें भी उससे दूर न हो। यही सब सोचकर जब श्रीराम के पिता जी ने अशोक नगर बसने का ज़िक्र किया, तो साहेब से सलाह करके उसने फ़ौरन ही एक बड़ी ज़मीन ख़रीद ली। साहेब ने एक बात शुरू में ही कह दी थी कि ज़मीन तुमने ले ली ठीक किया, लेकिन तुम्हारे मन का मकान मैं खड़ा करवाऊँगा और ऐसा ही हुआ, साहेब ने सरस्वती कुंज को इस तरह बनवाया कि ऊपर की मंज़िल में नन्हें का भावी परिवार अपने मन माफ़िक रह सके और नीचे के घर में तारा रहे, साथ ही वहीं उसके संगीत स्कूल का सपना भी पूरा हो सके। तूने देखा होगा पुत्तर, एक सीढ़ी दोनों मंज़िलों को जोड़ती ज़रूर है, पर हैं दोनों स्वतन्त्र।' सिया बिस्तर से उतर के जम्हाई लेते कहती है, 'बेबे आज मेरा आपको बोत सारा तंग करने का मन हो रहा है।'

'तो कर ले ना, तू भी क्या याद करेगी कि इण्डिया विच एक दमदार बुड्ढी मिली थी', बिस्तर से उठते सिया बोली, 'वेरी गुड... मैं तो अपने लिये कॉफ़ी बनाने जा रही हूँ आप चाय पियोगे?'

'पिला दे पुत्तर।'

एक ट्रे में अपना कॉफ़ी मग और बेबे की चाय का गिलास लिये सिया कमरे में आती है। इस बीच बेबे भी तकियों का ढासना लगाकर बैठ चुकी है। ट्रे पलँग पर रखकर सिया भी पास ही बैठ जाती है। कॉफ़ी का घूँट भरते वो बेबे से पूछती है, 'नये घर में तारादेवी कितने साल रहीं?'

'करीब दस साल, यूँ समझ ले नये मकान में उन्नीस सौ सत्तर में वो रहने गयी... बहत्तर लगते ही तारा ने जन्नत से नन्हें की शादी करवा दी, और फिर अगले दो सालों में ही घर में दो बच्चे आ गये कबीर और नर्गिस, उसी बीच उसका संगीत विद्यालय भी खुल गया। फिर उन्नीस सौ उन्यासी में तो वो और साहेब दोनों ही तेरह दिन के फरक से हम सारों को रोता छोड़ के चल दिया' कुछ पलों की ख़ामोशी के बाद सिया, 'बेबे एक बहुत इम्पोर्टेण्ट क्वेश्चन... साहेब ने तारादेवी के बेटे बहू और उनके रहने का अरेंजमेण्ट तो ठीक-ठाक कर दिया, लेकिन नन्हें बाबा की वाइफ़ और तारादेवी के बीच कैसी रिलेशनशिप रही?'

'बोत चंगी, जन्नत को नन्हें पहले ही समझा चुका था कि तारा अम्माँ शाकाहारी हैं इसलिये उनकी रसोई नीचे अलग है, पर इसका ये मतलब नहीं कि वो जन्नत के हाथ का बना खाना नहीं खायेंगी, वो उन्हें शाकाहारी बना के जब चाहे खिला सकती है। सच बोलूं पुत्तर, जन्नत न सिर्फ़ तारा की, मेरी भी बड़ी इज़्ज़त करती थी।'

ये कहते कहते उनका गला रुँध आया, 'मेरा नसीब ही बड़ा ख़राब निकला, मेरे सारे अपने मेरे से बोत पैले मैनू छड़ के चले गये। तारा ने पचास भी पूरे नहीं किये थे, और जन्नत तो नर्गिस का व्या करके चालीसवाँ लगते ही चल दी। मैनू देख, मेरी बारी आती ही नहीं है', इतना कहकर बेबे रो पड़ीं। फ़ौरन ही कॉफ़ी मग ट्रे में रख सिया बेबे के आँसू पोंछते कहती है, 'बेबे आपको अभी एलबर्ट और मेरी शादी भी तो देखनी है, अब तो मैंने डिसाइड भी कर लिया है शादी इधर इण्डिया आकर ही करेंगे ठीक है न बेबे।' बेबे सुबकते हुए सिया का माथा चूम लेती है और हाँ में सिर हिलाती है।

ट्रे नीचे रख के एक बार फिर सिया, बेबे के पास सिरहाने से टिक के बैठ जाती है, 'बेबे तारादेवी के जाने से तो ये घर सूना ही पड़ गया होगा?'

'अरे, वो और नन्हें पूरे बीस साल रहे इस घर में, ख़ाली घर भाँयँ-भाँयँ करता था, लेकिन हमारा मिलना जुलना आख़िर तक बना रहा। या तो मैं उधर चली जाती, या तारा इधर चली आती। अक्सर तो तारा मैनू उधर ही रोक लेती ये बोलकर कि, भाभी आप भी तो कभी-कभी अपनी बहू और पोते-पोती के साथ रह लिया करो। सच्ची बोलूँ, बहू और बच्चों का जो आनन्द किसी को मिल सकता होगा तो मैनू उस घर में ही मिला, और-तो-और बग़ल के घर से श्रीराम की बहू सुशीला और रवि भी मेरे होते वहाँ ख़ूब आते, परिवार का सुख तो मैंने वहीं देखा।', थोड़ा झिझकते हुए सिया वो सवाल पूछ बैठती है जो उसके मन में बहुत समय से था, लेकिन बस पूछा ही नहीं, 'बेबे एक बात बताइये, श्रीराम चाचा, बाबा, कुलदीप अंकल ये सब हमउम्र ही हैं, सबकी फैमिलीज़ बन गयीं, पर कुलदीप अंकल...?', बेबे गहरी साँस छोड़ते, 'आज तूने एक बार फिर मेरा सूखा घाव कुरेद के हरा कर डाला। कुलदीप का व्या तो नन्हें के व्या के चार साल बाद समझो हो ही गया था। कुड़ी ख़ूब सोणी थी, व्या के पहले भी कई बार इस घर में आयी गयी, सबका दिल जीत लिया। लेकिन नहीं, ये सब करके वो शायद अपने और हमारे दोनों ख़ानदानों की आँखों में धूल झोंक रही थी। गुरु द्वारे में व्या के बाद दारजी ने ख़ूब वड्डी दावत का इन्तज़ाम कर रखा था। लेकिन जब ग्रन्थी जी ने लड़की को मण्डप में आने के लिये कहा तो पता चला लड़की उत्थे है ही नहीं'

'मतलब?'

'मतलब ऐ कि कुड़ी नूं ऐ व्या करना ही नहीं था, वो किसी और मुण्डे को चाहती थी और उसी के साथ भाग गयी', आँखें पोंछते प्रकाश, 'उसके बाद मेरे पुत्तर नूं सम्हलने में ही कई बरस लग गये, और उसने हम सबको बोल दिया कि अब उसके

आगे शादी व्या का नाम भी न लिया जाये.... सच कहूँ पुत्तर, मेरे लिये सबसे बड़ा ग़म अगर कोई है, तो यही कि मेरे बाद मेरा कुलदीप अकेला रह जायेगा।' प्रकाश रोने लगती है, सिया उसकी पीठ सहलाने लगती है। कुछ पलों की ख़ामोशी के बाद सिया पूछती है, 'आपने बताया तारादेवी इस घर में बीस साल रहने के बाद अशोक नगर गयीं। इसका मतलब सबकी एज भी बीस साल बढ़ गयी होगी, यशपाल नाना भी साठ क्रॉस कर रहे होंगे। क्या तब भी उनका तारादेवी और परिवार से मिलना-जुलना पहले जितना ही बना रहा?'

'बिल्कुल बना रहा... साहेब तो पहले की तरह महीने में दो तीन चक्कर लगाते ही थे। फ़व्वारे से अपने घर जाते में पहले यहाँ आते और फिर अशोक नगर चले जाते। मैंने बोला था न तारा और नन्हें के लिये साहेब परिवार के मुखिया जैसे थे। छब्बीस जनवरी उन्नीस सौ पचहत्तर के दिन तारा को पद्मश्री सम्मान मिलने की घोषणा हो चुकी थी। इस ख़बर से तारा से भी बढ़ के अगर कोई ख़ुश था तो वो थे साहेब। उन्होंने एक बोत बड़ी पार्टी की तैयारी भी कर डाली, लेकिन तारा ने दिल्ली जाने की एक शर्त रखी कि, यदि साहेब साथ जायेंगे तो ही वो सम्मान लेने जायेगी और पार्टी होगी। क्योंकि वो अगर आज इस ऊँचाई पर पहुँची है तो उन्हीं की बदौलत। यशपाल के सामने धर्मसंकट तो आ ही चुका था, यदि वो तारा के साथ जाते हैं तो शोभा को बुरा लगेगा, और नहीं जाते तो तारा अपने जीवन का ये महत्त्वपूर्ण अवसर व्यर्थ ही गँवा देगी... अतः यशपाल ने तारा की इस ख़ुशी में शामिल होने का निर्णय ही लिया। उसी साल तारा ने अपने घर के लिये गड्डी ख़रीदी और ड्राइविंग भी सीखी। एक बारी साहेब को बैठाकर सिकन्दरा तक चक्कर कटाने ले गयी। उसका आत्मविश्वास देखकर साहेब बड़े ख़ुश हुए, कहने लगे मैं बोलता था न ये लड़की बहुत आगे जायेगी। एकटक बेबे को देखे जा रही सिया के मुँह से निकलता है, 'हाऊ रोमाण्टिक'

'की बोली तू?'

'कुछ नहीं बेबे, अब कार भी आ गयी थी... फिर तो घूमना-फिरना चलता ही रहता होगा इस स्पेशल कपल का।'

'ना रे, शायद तारा को किसी की बुरी नज़र लग गयी। एक बारी तारा और साहेब गड्डी में घूमते हुए लाल किले तक पहुँच गये, तारा ने साहेब से पूछा ताजमहल चलें?' साहेब ने हँसते हुए जवाब दिया, 'ताज तो मून लाइट में देखने लायक़ होता है अभी तो क्वालिटी में जा के लंच लेते हैं।'

'बेबे, तारादेवी आपको अपनी सारी बातें बताती थीं?' हँसते हुए बेबे कहती है, 'तभी से जब साहेब उसके मन में पेली-पेली बार बसे। तब भी उसने मैनू ही दसा

था। कई बार मैंने उससे ये भी बोला, ये कैसी जिन्द जी रही है तू, रिश्ता पूरी तरह ही जोड़ ले। उसका जवाब सुन के मैं दंग रह गयी, वो बोली रिश्ता तो मेरा पूरी तरह ही जुड़ा हुआ है, जब भी काम पड़ता है साहेब मेरे साथ ही होते हैं', बेबे जैसे कहीं दूर खोती जा रही थी, 'एक दिन ऐसे ही साहेब के साथ घूम फिर के ऐत्थे चली आयी और मेरे से कस के लिपट गयी। मैंने बोत पूछा तो कहने लगी, कुछ दिनों से साहेब दो क़दम भी चलते हैं तो हाँफने लगते हैं, पूछा तो बात टाल जाते हैं। लेकिन आज जब गाड़ी से उतरने को हुए, तो ठिठककर मुझे देखने लगे और अचानक बोले, न जाने क्यों मुझे ऐसा लग रहा है कि ये हमारी आख़िरी मुलाक़ात है। ये सब बताते हुए तारा बहुत रो रही थी। मैंने उसे समझाया किसी कारण से साहेब चिन्ता में होंगे तो ये सब मुँह से निकल गया होगा। लेकिन तीन दिन बाद ही दारजी ने मैनू दसा कि साहेब कुछ दिनों के लिये भरजाई जी के साथ सुनील के घर लन्दन जा रहे हैं। ये बात तारा को बताते हुए मैंने बोला कहीं साहेब का इरादा सुनील के साथ ही रहने का न बन रहा हो, और यही सोच के तेरे से आख़िरी मुलाक़ातवाली बात कही हो।'

'नहीं भाभी इतना बड़ा फ़ैसला लिया होता तो वो मुझे ज़रूर बताते, मुझे बार-बार ऐसा लगता है जैसे वो मुझसे कोई बात छुपा रहे हैं।' उसके बाद दिनोंदिन तारा की बेचैनी बढ़ती ही चली गयी। जब तक वो कोई काम कर रही होती उसका ध्यान बँटा रहता, लेकिन ख़ाली होते ही वो गुमसुम-सी कहीं अकेले में बैठ जाती, फ़ोन की तरफ़ घण्टों देखती रहती। मैंने एक दो बार दारजी से फ़ोन पर साहेब के हाल- चाल लेने के लिए कहा। पर दारजी ने मेरे को बोला साहेब मना करके गये हैं, उधर के नम्बर पर फ़ोन न लगाना। ये बात जानकर तारा बेबस-सी होकर रह गयी। इसी बीच मैं कुछ दिनों के लिये उसके पास जाकर भी रही, क्योंकि मुझे वो दिन नहीं भूला था जब वो साहेब के कारण ही जिन्द दाँव पे लगा चुकी थी। कई बार रात में मेरी आँख खुली तो देखूँ वो बिस्तर पर है ही नहीं, बाहरवाले हॉल में बैठी कुछ लिख रही है। दबे पाँव आगे बढ़ के झाँका, तो देखा उसके सामने ही साहेब के साथवाली उसकी वो फ़ोटो रखी है जो मैनू दिखाते बखत उसने बताया था कि ये फ़ोटो उसने गुलशन से कह के तब चुपचाप खिंचवा ली थी जब वो पद्मश्री लेने साहेब के साथ दिल्ली गयी थी। उसके बाद भी कई बार मैंने उसे उस तस्वीर के साथ बातें करते, रोते देखा। कई वड्डे-वड्डे प्रोग्राम का बुलावा भी उसने लौटा दिया, साहेब के बिना तिल-तिल घुले जा रही थी तारा।

फ़िक्र तो हम सारों को ही थी, क्योंकि किसी को साहेब की कोई ख़बर नहीं मिल रही थी। मैनू चंगी तरह याद है वो सोमवार की रात थी और मई महीने की

उन्तीस तारीख। उसी दिन जन्नत ने मैनू बताया कि कई रोज़ से अम्माँ का खाना-पीना आधा भी नहीं रह गया था, पर उस शाम को उनका जी बैठने लगा, हाथ पैर ठण्डे से हो गये, ये देख नन्हें फ़ौरन ही डॉ. कुण्टे को घर बुला लाये, उन्होंने कहा इनका ब्लड प्रेशर नीचे चला गया है और ये काफ़ी कमज़ोर हो गयी हैं। उन्होंने तारा को एक इंजेक्शन दिया और अगले दिन कुछ टेस्ट करवाने के लिये भी लिख दिये। मैंने जन्नत को ये बोल के तसल्ली दी कि मैं तारा को समझाऊँगी, ऐस करके जब रोटी पानी के बाद दारजी सो गये, तो मैंने तारा को फ़ोन लगाया, प्यार से समझाया कि वो सबर रखे, उसके कुंज-विहारी साहेब को जल्दी ही उनसे मिलवायेंगे। ऐसा लग रहा था जैसे मैं ही बोलती जा रही हूँ तारा एकदम चुप, मैंने ये कह के फ़ोन रख दिया कि कल अशोक नगर आती हूँ। फ़ोन रख के मैं अपने कमरे में सोण वास्ते जैसे ही पहुँची, फ़ोन विच एस.टी.डी. की घण्टी ऐन्नी ज़ोर से बजने लगी कि मेरा दिल दहल-सा गया। जब तक मैं मुड़ के फ़ोन तक पहुँचूं कुलदीप फ़ोन ले चुका था। देखते-ही-देखते उसका चेहरा सफ़ेद पड़ने लगा, और रिसीवर रख के ये कहते ज़ोर-ज़ोर से रोने लगा, 'बेबे हमारे साहेब नहीं रहे' इतना सुनते ही मैनू सबसे पहला ख़याल तारा का ही आया। दारजी को सोते से नहीं जगाया, मैंने और कुलदीप ने रोते-रोते ही रात गुज़ार दी। मैनू दारजी और तारा दोनों की ही बड़ी फ़िकर थी। स्वेरे कुलदीप ने फ़ोन लगाकर नन्हें को ऐत्थे ही बुला लिया, वो आया तब तक दारजी भी जाग चुके थे। साहेब की ख़बर उसे और दारजी को सुनायी गयी तो एक बार घर में कोहराम-सा मच गया। एक बात बताऊँ, मेरे दारजी दिल के बड़े ही कमज़ोर थे, उनको सम्हालना मुश्किल हो रहा था, साथ ही मैं तारा के लिये भी फ़िक्रमन्द थी। सोचा मेरे सीने से लग के एक बारी रो लेगी तो उसका दर्द थोड़ा हल्का पड़ जायेगा। दारजी को कुलदीप के भरोसे छोड़ मैं नन्हें के साथ अशोक नगर निकल गयी।

जैसे ही हम घर पहुँचे, जन्नत ने दरवाज़े पर ही बताया दिल्ली से गुलशन अंकल आये हुए हैं और अम्माँ के कमरे में ही हैं। इतना सुनते ही मैं और नन्हें समझ गये कि साहेब की ख़बर तारा को अब तक मिल चुकी होगी। मैं तारा के कमरे के दरवाज़े पर पहुँची, तारा बिलख-बिलख कर कहे जा रही थी, 'साहेब ने मुझे धोखा दिया, इतने समय से कैन्सर से जूझ रहे थे और मुझे बताया तक नहीं, बस ये कहकर चल दिये कि शायद ये आख़िरी मुलाक़ात है... मुझसे वादा किया था कि मेरी हर परेशानी में मेरे साथ खड़े रहेंगे, तो अब जब कि मैं इतनी परेशान हूँ वो कहाँ हैं? कहाँ जाऊँ उन्हें ढूँढ़ने? किस नम्बर पर उनसे बात करूँ? बताओ न गुलशन भइया तुम्हीं बता दो।' उसकी ये हालत देख मेरे से बर्दाश्त नहीं हुआ, मैंने गुलशन को परे करके उसे झप्पी में भर लिया। गुलशन सुबकते हुए बोला, 'मैं तो दिल्ली से इसे रुलाने वास्ते

ही आया था', और आँखें पोंछते वो बाहर निकल गया। तारा रोते-रोते थक के शान्त हो गयी। मैंने उसे पलँग पर बैठाया और ख़ुद भी पास में बैठ उसकी पीठ सहलाते हुये समझाण लगी कि अब उसके साहेब नहीं रहे, इस सच को मानते हुए अब से उसे हर परेशानी से अकेले ही मुक़ाबला करना होगा। मैंने तारा का मुँह उठा के अपनी तरफ़ देखने के लिये कहा और उसने देखा, तो मैंने उसे बताया, साहेब की ख़बर से दारजी एकदम टूट से गये हैं, मेरा उनके पास होना ज़रूरी है मैनू जाना होगा, वो थोड़ा स्थिर हो जायें तो मैं फिर तेरे पास आ जाऊँगी। उसने हाँ में सिर हिलाया, अपने बाथ-रूम में जा के मुँह धोया और बाहर हॉल में आकर सीधे फ़ोन की तरफ़ बढ़ गयी। और उसने पण्डित विष्णुराम जी को घर आने के लिये कहा। नन्हें और जन्नत को सारा कुछ समझा के मैं घर लौट आयी।

ये सब सुनाती बेबे और सुनती सिया की आँखें बरस रही थी, 'मैं घर तो आ गयी लेकिन मेरा दिल ओत्थे ही पड़ा रहा। इधर दारजी ने बिस्तर पकड़ लिया, तो उन्हें छोड़कर भी तारा के पास नहीं जा सकती थी। लेकिन सारों से फ़ोन पर हाल लेती रहती थी। श्रीराम ने मैनू बताया कि तारा, साहेब की आत्मा की शान्ति के लिये पण्डित विष्णुराम से तेरह दिन की सभी क्रियाएँ और संस्कार करवा रही हैं। तेरहवीं के दिन ब्राह्मणों को भोजन करा के अपने हाथों से उसने सभी को वस्त्र और दक्षिणा भी दी। तेरहवीं की शामी दारजी के संग जब मैं अशोक नगर पहुँची तो तारा को देखकर चौंक गयी, ऐसे लगा जैसे तेरह दिन नहीं तेरह साल उम्र बढ़ गयी है उसकी। तारा चुपचाप अकेली कमरे में बैठी हुई थी, मैंने आगे बढ़ के उसे गले लगा लिया। मैं रोती रही पर वो ख़ामोश थी। मैंने कहा, 'झल्ली तूने साहेब के लिये इतना कुछ कर डाला, अभी तेरे मन में और भी कुछ रह गया हो तो वो भी पूरा कर डाल।'

'कुछ भी नहीं रह गया भाभी... सब पूरा हो गया', इतना कह के वो लेट गयी और पास ही लगे बेड स्विच से बत्ती बुझा दी। 'मुझे और दारजी को नन्हें ने उस रात उधर ही रोक लिया। स्वेरे मैं और दारजी जाग चुके थे, इसलिए जैसे ही नन्हें मन्दिर से लौटा मैंने सोचा नीचे ही चाय बना लूँ, तब तारा को जगाऊँ और हम सारे इकट्ठे चाय पियेंगे। चाय लाकर बैठक की मेज़ पर रखी, और तारा को बुलाने उसके कमरे में चली गयी, वो करवट से सोयी हुई थी। मैंने उसे कई आवाज़ें दीं वो ज़रा भी न हिली, फिर मैंने आगे बढ़ के उसके बाज़ू पर हाथ रखा, वो बर्फ़ जैसी ठण्डी पड़ी हुई थी, मैं डर गयी, मैंने उसे सीधा करना चाहा तो उसका बेजान हाथ पलँग के नीचे झूल गया।' इतना कहते-कहते प्रकाश की हिचकियाँ बँध गयी। सिया उसे चुप कराने लगी, 'बेबे चुप हो जाओ, बेबे चुप हो जाओ', कहते ख़ुद भी रोने लगी। जब प्रकाश और सिया शान्त हुईं, घड़ी में

सुबह के तीन बजे हुए थे, और प्रकाश तारा-यशपाल की पूरी कहानी सिया को सुना चुकी थी।

§ 16 §

अगले ही दिन सिया अपना सामान पैक कर चुकी थी। लेकिन प्रकाश अपनी अलमारी में बड़ी देर से 'केत्थे रखा, केत्थे रखा' बोलते कुछ ढूँढ़े जा रही थी। सिया कहती है वो क्या ढूँढ़ रही है। 'तैनू देने वास्ते ऐसी यादगार जिसमें तुझे एक साथ तेरे यशपाल नाना, तारादेवी और मेरा सभी का प्यार और आशीर्वाद मिल जायेगा... हाँ मिल गया', अब वो एक डिब्बा निकालकर खोलती है जिसमें सोने की वो पेण्डेण्ट चेन रखी है जो तारा प्रकाश के लिये बीजिंग से लायी थी, काँपते हाथों से वो सिया को पहनाते हुए कहती है, 'ये तारा बीजिंग से मेरे वास्ते लायी थी, उसने बताया इसे साहेब ने पसन्द किया... तो तुझे मिल गये न हम तीनों के आशीर्वाद।'

'थैंक यू बेबे', कहती इमोशनल होती सिया बेबे से लिपट जाती है, 'आप बहुत याद आओगे बेबे', तभी कुलदीप की आवाज़ सुनकर दोनों आँसू पोंछते अलग होती हैं। 'सामान रेडी है पुत्तर?'

'हाँ अंकल... वो नन्हें बाबा कहाँ हैं?'

'वो किसी काम में फंस गया है, उसने मुझे फ़ोन पर बोला कि मैं तुझे अशोक नगर पहुँचा आऊँ चल', सिया बेबे के पैर छूती है, 'अपना ध्यान रखना बेबे और मैं एलबर्ट को आपसे मिलवाने लाऊँगी बाय बेबे', और वो दरवाज़े से बाहर निकल जाती है कुलदीप उसके दोनों बैग खींचते हुए आगे निकल चुका है, बेबे उसे गली में एक तरफ़ मुड़ जाने तक देखती रहती है।

ताँगा सरस्वती कुंज पर रुकता है, जिसमें से कुलदीप और सिया सामान उतार रहे हैं। सामने पप्पू की दुकान पर हमेशा की तरह खड़े लड़के, जिनका काम ही आये-गये की ख़बर रखना है। सिया को देख उनमें से एक बोल पड़ता है, 'अरे अंग्रेज़न आय गयी समान के संग।'

'जे कहाँ से आय गयी।'

'जा के पता करूँ का', लड़के हँस पड़ते हैं। इस बीच सामान लेकर सिया और कुलदीप अन्दर जा चुके हैं।

विजय संगीत की कक्षा ले रहा है, छात्र-छात्राओं में अंजुम, संजुम भी हैं। सिया को देखते ही संजुम उठने को होती है लेकिन विजय के इशारे से मना करने पर फ़ौरन

बैठ जाती है, सिया भी इशारे से कहती है वो ऊपर जा रही है। कुलदीप ये कहकर निकल जाता है कि वो बाद में आयेगा। ऊपर जाकर सिया हिना और कबीर से मिलती है। हिना मुँह फुलाये शिकायती अन्दाज़ में कहती है, 'कंगीगली क्या गयीं तुम तो हमें भूल ही गयीं, ऐसा होवे क्या ननद भाभी का रिश्ता?'

'अरे भाभी जिस काम से इण्डिया आयी थी, वो काम तो करना ही था न, काम हो गया, अब तो बस छुट्‌टी-ही-छुट्‌टी है'

'सच्ची, तो मैं कह रही इस दफ़ा मैं और तुम इकल्ले मॉल चलेंगे, वहाँ से तुम जो अण्डर गारमेण्ट्स लायी थी, वो हमारी कज़िन करिश्मा को भौत पसन्द आये हैं, उसके लिये भी लाने हैं। अच्छा ये बताओ अपने भाई के संग कॉफ़ी पियोगी या हमारे संग चाय।' ज़ोर से हँसते हुए सिया कहती है, 'कुछ नहीं, मैं तो अपनी अंजुम, संजुम के साथ आइसक्रीम खाने जाऊँगी', नाम लेते ही दोनों लड़कियाँ वहाँ पहुँच गयीं, और बातों का ढेर लगा दिया। हिना चिढ़ के वहाँ से जाते हुए बोली, 'हाँ भई भाभियाँ तो बाहर की होवें, अपने तो जेई होवें।'

सिया, कबीर और विजय के साथ ड्राइंग-रूम में बैठी है। विजय पूछता है, उसकी किताब के लिये उसे पूरी सामग्री मिल गयी। सिया कहती है, क़रीब-क़रीब मिल ही गयी, अब तो बस नन्हें बाबा से तारादेवी की संगीत शिक्षा और सम्मान आदि के बारे में पूछना है । इतने दिन कहाँ निकल गये पता ही नहीं चला, यहाँ से वापस जाकर इण्डिया उसे बहुत याद आयेगा। यूँ तो वो आधी दुनिया घूम चुकी है, बहुत-कुछ देख चुकी है, लेकिन जो प्यार मोहब्बत और परिवार का अहसास उसने यहाँ पाया वो कहीं और नहीं मिला। विजय कहता है, अगली बार जब वो आयें, उसके साथ उत्तराखण्ड चलें उसके गाँव, यूँ समझिये गाँव के पचास घर पूरा एक परिवार है। सिया कुछ कहती उससे पहले ही डोर-बेल होती है। कबीर 'बाबा होंगे' कहते दरवाज़ा खोलता है, दरवाज़े पर नन्हें ही हैं। सिया को देखते ही वो मुस्कराते तो हैं, लेकिन उनके चेहरे पर भरपूर थकान है। जब तक वो बैठें तब तक विजय पानी का गिलास लेकर आ गया, एक ही साँस में पूरा पानी पीकर गिलास लौटाते नन्हें बोले, 'जीते रहो बेटा।' कुछ ही देर में चाय भी सामने आ गयी, कबीर कहता है, उसे मालूम था कि बाबा दयाल बाग़ में किसी कॉलेज के कार्यक्रम में गये हैं। लेकिन इतनी देर होने के कारण वो चिन्तित भी था, उसने दो बार मोबाइल लगाने की कोशिश भी की लेकिन उन्होंने फ़ोन ही नहीं उठाया, उसे बड़ी चिन्ता हो रही थी। अगर और कुछ देर हो जाती, तो वो कॉलेज से सम्पर्क करता। चाय पीकर नन्हें धीरे-धीरे रिलेक्स हो रहे हैं। वो बताते हैं, प्रोग्राम से तो वो समय से ही निकल आये थे, और आगरा कॉलेज तक पहुँच भी गये थे, लेकिन एक जगह जमा भीड़ के कारण उन्हें ताँगा रुकवाना पड़ा, और उतर के मालूम करना चाहा कि बात क्या है। लोग कहने लगे,

'एक छोरी ऐ बहुत चोट आयी है, कोई बदमाश जाये बाइक से गिरा गयौ और जे किसी रिक्शा की चपेट में आय गयी'। तब तक भीड़ चीरते नन्हें आगे पहुँच चुके थे। देखा, वो रोती, तड़पती लड़की और कोई नहीं हरिराम की लड़की शारदा है। उन्होंने फ़ौरन ही दो लोगों की मदद से उसे ताँगे में बैठाया और भगवती से कहा, 'ताँगा अस्पताल ले चले, वहाँ इंजेक्शन और मरहम पट्टी के बाद बच्ची को उसके घर पहुँचाया, वहाँ थोड़ी और देर लग गयी। हरिराम भाई साहब का गुस्सा तो सब जानते ही हैं। एक तो शारदा के कॉलेज से घर न पहुँचने के कारण पहले ही परेशान थे, अब लड़की को इस हालत में देखकर सहानुभूति जतलाना तो दूर उल्टा उस पर गरज़ने लगे।' कबीर ने पूछा, 'लेकिन बाबा, शारदा ने बताया कि उसे कॉलेज में देर क्यों हुई या चोटें कैसे लगी?' नन्हें बताते हैं, शारदा अपने कॉलेज से रोल नम्बर लेकर अकेली ही निकली और रिक्शे के लिये इधर-उधर देखने लगी, वैसे रोज़ाना तो वो और उसकी पक्की सहेली आरज़ू साँझा रिक्शा करती हैं। वो बीच में कहीं उतर जाती है, और शारदा अपने घर चली आती है। आज जैसे ही वो थोड़ी आगे बढ़ी, हेलमेट लगाये एक बाइक सवार ने उसे बताया कि उसकी फ्रेण्ड आरज़ू का ऐक्सीडेण्ट हो गया है। सुनते ही शारदा घबराहट में चिल्लायी, ये क्या हो गया उसे अभी उसके पास जाना है, और वो रिक्शा रोकने लगी, पर बाइक सवार ने कहा, आप बैठिये दो मिनट में आपको अस्पताल पहुँचाये देते हैं। बाइक तेज़ी से आगे बढ़ने लगी, लेकिन जब अस्पताल वाले मोड़ से भी आगे बढ़ गयी तो शारदा ने कहा, भइया अस्पताल तो पीछे छूट गया बाइक मोड़ो। ये सुनकर बाइक सवार हँसने लगा, और बोला, भइया नहीं हम तो सइयाँ हैं। इतना सुनते ही शारदा बुरी तरह घबरा गयी और ज़ोर से चिल्लायी 'मम्मी', बाइक सवार को लगा लड़की ने आसपास खड़ी अपनी मम्मी को देखकर ही उसे पुकारा है, उसने शारदा को धक्का देकर नीचे गिरा दिया और आगे बढ़ के ग़ायब हो गया। चलते ट्रैफिक के कारण शारदा के पैर पर से कोई रिक्शा गुज़र गया और पैर के पंजे का फ्रैक्चर हो गया। बच्ची दर्द से कराह रही थी, लेकिन हरिराम भइया उसे बहलाना पुचकारना तो दूर, शारदा और उसकी माँ को ही कसूरवार ठहराने लगे, कि क्या ज़रूरत है लड़की को इतना पढ़ाने की। शान्ति भाभी जो कि टीचर हैं, बहुत समझदार हैं, उन्होंने भी जवाब में कहा, लड़कियाँ पढ़ेंगी नहीं तो आगे कैसे बढ़ेंगी, ऐसा ही है तो रोज़ समय निकाल कर लड़की के साथ आया-जाया करें। अब पैंतरा बदलकर हरि भाई साब ये कहने लगे, पढ़-लिख के अगर बड़ी समझदार हो गयी होती ये लड़की तो बाइक का नम्बर याद कर लेती, और तब वो देखतीं, उम्र-भर वो गुण्डा जेल में कैसे चक्की पीसता, छोड़ता नहीं वो उसे। ये सारी बातें सुनकर सभी चिन्तित हो गये। कबीर कहने लगा, 'जितना ही लड़कियों को आगे बढ़ाने की बातें की जा रही है उतनी ही वो असुरक्षित होती जा

रही हैं। पढ़ने और नौकरी के लिये घर से तो निकलना ही होगा न, लेकिन छेड़छाड़, तेज़ाब डाल देना, बलात्कार करके नृशंस हत्याएँ, ये सब वारदातें दिनोंदिन इतनी बढ़ती ही जा रही हैं कि लड़कियों के माँ-बाप चैन से सो नहीं पाते। इनमें कमी तभी आयेगी जब क़ानून मज़बूत किये जायेंगे, और अपराधियों को सख़्त सजाएँ दी जायेंगी। तभी संजुम ऊपर से ही चिल्लाती है, दादू खाना तैयार है मम्मी कह रही हैं खाना नीचे ले आयें।

'बिटिया, मम्मी से कहो बस हम थोड़ा नहा के तरोताज़ा हो जायें फिर सब एक साथ ही खाना खायेंगे।'

रोज़ के नियम के अनुसार साढ़े पाँच बजे नन्हें मंगला आरती के लिये घर से निकल, श्रीराम के घर के बाहर उसे पुकार ही रहे थे कि पीछे से सिया की आवाज़ सुन वो पलट के देखने लगे, 'बाबा मैं भी आ रही हूँ', श्रीराम भी बाहर आ चुके हैं, हाँफते हुए वहाँ आकर सिया कहती है, 'गुड मॉर्निंग... अरे जब से मैं आयी हूँ बिहारी जी के मन्दिर की कितनी कहानियाँ सुन चुकी हूँ कि जब-जब मन्दिर के सामने से मेरा आना-जाना हुआ, हर बार मन हुआ कि अन्दर चली जाऊँ, और अब तो मेरे वापस लौटने का समय भी आ चुका है इसलिये मैंने सोचा एक बार दर्शन तो कर ही लूँ', नन्हें चुटकी लेते, 'तू आरती के समय जा रही है इसलिये आरती तो तुझे भी गानी पड़ेगी।'

'मुझे थोड़ी न आती है आरती, वैसे तारादेवी जो आरती गाती थीं कुंज-विहारी जी वाली वो ही होगी न, ठीक है आज याद कर लूँगी तो कल गा दूँगी।' मन्दिर आ चुका था, वो यहाँ-वहाँ देखते हुए श्रीराम और नन्हें के पीछे-पीछे मन्दिर में चली गयी। श्रीराम आरती की व्यवस्था में लग गये, और नन्हें तुलसी चौरे के पास अपनी रोज़ की जगह पर बैठ गये। यहाँ-वहाँ देखते हुए सिया नन्हें से पूछती है, वो इस जगह बैठकर आरती गाते हैं। नन्हें कहते हैं, तारा अम्माँ भी इसी जगह बैठती थी, और वो उनके ही पास। सिया नन्हें के पास बैठते हुए कहती है, तो आज वो उनकी जगह बैठेगी। सहज रूप में नन्हें कह जाते हैं, जो जिसकी जगह लेता है उसे उसके काम भी करने पड़ते हैं। श्रीराम पूजा आरती की व्यवस्था के उपरान्त एक बार मुड़ के नन्हें को देखते हैं और फिर दोनों आरती शुरू कर देते हैं। सिया कभी मूर्ति और कभी नन्हें को देखते होंठ चलाने लगती है। आरती समाप्त होने पर सिया कहती है, वो हाल में ही प्रकाश के मुँह से तारादेवी की पूरी कहानी सुनकर आयी है इसलिये उसे मन्दिर में जगह-जगह वही दिखलायी पड़ रही हैं। बाहर निकलते हुए श्रीराम से वो कहती है, उनके पिता जी उसके यशपाल नाना की बड़ी तारीफ़ें करते हैं, फिर तो वो भी कभी इस मन्दिर में आये होंगे। श्रीराम कहते हैं, हाँ सँझा आरती में साहेब कई बार यहाँ आ चुके हैं, उन्होंने तो पिता जी से ये भी कहा था कि अगर वो कहें

तो यहाँ एक भव्य मन्दिर का निर्माण करवाया जा सकता है। पर पिता जी ने ये कहकर मना कर दिया कि ये उनका पारिवारिक मन्दिर है और वो इसे कमाई का साधन नहीं बनाना चाहते। श्रीराम तो प्रात: आरती के लिये वहीं रुक गये और नन्हें सिया के साथ घर लौट गये।

सुबह के साढ़े आठ बज चुके हैं बच्चियाँ स्कूल जा चुकी हैं। कबीर ऊपर से ताज़ा बना हुआ नाश्ता लेकर आता है जिसमें इडली, पोहा और नन्हें के लिये ब्रेड ऑमलेट है, गरमागरम चाय विजय नीचे के किचेन से बनाकर ले आता है। नाश्ते के साथ ही बातों का सिलसिला चल पड़ता है। नन्हें पूछते है, 'एलबर्ट कब आ रहा है।'

'एट्थ को... उसने होटल की बुकिंग भी करवा ली है।'

'ये क्या बात हुई होनेवाला दामाद होटल में रहेगा?'

'ये उसकी मर्ज़ी, पर मैं तो यहीं हूँ न... बाबा प्लीज़ मेरे लिये आप दो-तीन घण्टे निकालिये और तारादेवी की म्यूज़िकल जर्नी के सारे डिटेल्स बताइये।'

'ठीक है, इतवार के रोज़ संगीत कक्षाओं की छुट्टी रहेगी तो ये काम कर डालेंगे।' बाउल में से प्लेट में ढेर सारी चटनी डालते हुए सिया कहती है, वो भाभी से चटनी की रेसीपी सीखकर जायेगी बहुत टेस्टी है। मुँह चलाते हुए सिया नन्हें से कहती है, बेबे जन्नत आण्टी की बड़ी तारीफ़ें कर रही थीं, बता रही थीं कि वो उन्हें भी तारा अम्मा जैसी ही रेस्पेक्ट देती थीं।

'बेशक... जन्नत से जिसके लिये जो हो सकता था वो करती थी।'

शरारती हँसी के साथ सिया कहती है, 'और आपके लिये?'

'हमारे लिये... अरे हम पर तो जान छिड़कती थी, कहती थी, कबीर के बाबा जैसी ख़ूबसूरत शख़्सियतें लाखों में एक होती हैं।' ये सुनकर कबीर, सिया, विजय सभी हँसने लगे। सिया कहती है, 'वेरी गुड... और बाबा आप आण्टी को किस तरह प्रेज़ करते थे?'

'भई वो तो हमें नहीं आता था, वैसे सच कहें तारा अम्माँ ने हमारी शादी बड़ी जल्दी ही करवा दी, कहती थी वो अपनी ज़िम्मेदारी पूरी कर देना चाहती हैं, इसी चक्कर में हमारी एक तमन्ना पूरी न हो सकी।'

'क्या', सब नन्हें को ही आँखें गड़ाये देखे जा रहे हैं।

'अरे भई यही कि हम आगरा कॉलेज के लेडी किलर कहे जाते थे, बड़ी लड़कियाँ मरती थीं हम पर, और उनमें से एक तुम्हारी मॉम भी थीं।'

'हौ... ये आप कह रहे हैं, लेकिन मॉम ने तो मुझे कभी कुछ नहीं बताया।'

‘अरे भई वो तो टीन एज इनफैचुएशन था, वैसे भी जल्दी ही वो साहेब से ज़िद करके पढ़ाई के लिये ऑक्सफ़ोर्ड चली गयी, कुल मिला के हम ये कह सकते हैं हमारी शादी हुई और कामयाब भी रही, लेकिन इश्क़-विश्क़ हमने नहीं किया।’ नन्हें की नज़र दीवार घड़ी पर पड़ती है, वो उठते हुए कहते हैं, ‘तुम लोग बातें करो हमारा तो अख़बार पढ़ने का टाइम हो गया। अरे हाँ कबीर, कल शाम को घर के बाहर हनीफ़ मिल गया था, बता रहा था हाजी साहब की तबीयत ठीक नहीं चल रही तुम लोग उन्हें देखकर आये?’ कबीर कहता है, ‘कल ही वो अपने क्लाइण्ट के पास सदर गया था तो उनके यहाँ भी हो आया। उन्हें टाईफाइड हो गया था, पहले से ठीक हैं, लेकिन कमज़ोर बहुत हो गये हैं। इतवार को वो हिना और लड़कियों को लेकर जाने की सोच रहा है।’

‘इतवार के दिन तो उन्हें सिया के साथ बैठना है, तो ऐसा करें आज ही दोपहर बाद ताजगंज हो आते हैं।’ ताजगंज सुनते ही सिया के कान खड़े हो जाते हैं, वो पूछती है, वो ताजमहल जायेंगे। नन्हें बताते हैं, ‘ताजमहल से सटा एक पुराना मोहल्ला है ताजगंज, वहाँ कबीर की ससुराल है।’ सिया मुँह बनाते कहती है, ‘उसने एलबर्ट के साथ ताजमहल देखने का प्रॉमिस किया है इसलिये वहाँ तो नहीं जायेगी, लेकिन भाई की ससुराल तो जा ही सकती है।’

‘क्यों नहीं... लेकिन वो तो ताँगे में जायेंगे, वो ताँगे में बैठ सकेगी?’ सिया हँसते हुए कहती है, वो तो हॉर्स राइडिंग भी करती है ताँगे से क्या डरना। नन्हें कहते हैं, घर से तीन बजे निकलेंगे वो तैयार रहे।

भगवती ने ठीक ढाई बजे ताँगा कस के तैयार कर दिया, थोड़ी देर में ही नन्हें और सिया भी आ गये। पहले नन्हें ने दुलारी के पुट्ठे सहलाये, उसे थपका और फिर दोनों ताँगे में बैठ गये। नन्हें ने भगवती से कहा, ‘ताजगंज लै चल हाजी जी के घर।’, ताँगा सरपट भाग चला। ठण्डी सड़क होते हुए मोती कटरा, नूरी दरवाज़ा, दरेसी, किनारी बाज़ार, रावतपाडा से गुज़रते ताजगंज पहुँच गया। बीच में एक जगह नन्हें ने सिया से कहा, ‘हम ताजमहल के बिल्कुल क़रीब से गुज़र रहे हैं।’ ये सुनते ही सिया ने कस के आँखें मूँदते कहा, ‘मैं प्रॉमिस कभी नहीं तोड़ती बाबा, और मैंने एलबर्ट से प्रॉमिस किया है।’ ये सुनकर नन्हें ख़ुशी में भर के कहते हैं, ‘वाह आजकल हैं ही कितने लोग जो वादे निभाते हैं, फिर तो एलबर्ट भी ऐसा ही होगा, ख़ूब ख़ुश रहोगे तुम दोनों।’ तभी ताँगा हाजी जी के घर के बाहर रुक जाता है। यहाँ सिर्फ़ उनका घर है तबेला थोड़ी दूर पर है। नन्हें को अचानक सामने देख चौधरी काले ख़ान चौंक जाते हैं, ‘अरे-अरे समधी जी... आप... अचानक? और जे संग में लाली कौन है?’ नन्हें हाजी जी को बैठाते हैं और कहते हैं, उनकी तबीयत के बारे में मालूम पड़ा तो उनसे रुका न गया, और उन्होंने इस लड़की के बारे में पूछा, तो समझ लें घर

की ही लड़की है, रहती विलायत में है यहाँ काम से आयी है। कुछ ही देर में हिना की माँ उन लोगों की ख़ातिरदारी में लग गयी। ये देखकर कबीर के सास-ससुर हैरान थे कि विदेश में रहनेवाली लड़की इतनी सीधी-सरल कैसे हो सकती है। सिया के मुँह से हिना और अंजुम, संजुम की बातें सुन-सुनकर उन्हें लगा जैसे सिया बरसों से उनके साथ ही रह रही है, और-तो-और घर से निकलते-निकलते उसने इण्डिया में होनेवाली अपनी और एलबर्ट की शादी का न्योता भी उन्हें दे डाला। ये पूछने पर कि कब हो रही है शादी। सिया कहती है इस बारे में लन्दन पहुँचकर वो लोग डिसाइड करके बतायेंगे। कुल मिलाकर सिया ने थोड़ी ही देर में पति-पत्नी का दिल जीत लिया। जाने से पहले हिना की माँ ने उसे अपने हाथों का कढ़ा हुआ गुलाबी रंग का एक सुन्दर-सा दुपट्टा दिया, जिसे ख़ुशी में भर सिया ने उसी समय ओढ़ लिया। हाजी जी और उनकी पत्नी के ढेर सारे आशीर्वाद लेकर सिया नन्हें के साथ घर लौटते हुए यही कहे जा रही थी, उसकी समझ में नहीं आ रहा है कि इण्डिया से लौटकर लन्दन में अब उसका मन कैसे लगेगा।

§ 17 §

एलबर्ट के आने के दिन निकट आ रहे थे, सिया अपने बचे-खुचे काम जल्दी- जल्दी निपटाने में लगी हुई थी। लगभग रोज़ ही उसकी सुबह नन्हें के साथ मन्दिर की आरती से शुरू होती, फिर दिन में हिना के साथ थोड़ा बहुत घूमना फिरना, यहाँ- वहाँ की बातें, अंजुम, संजुम के स्कूल से आ जाने पर उनके साथ ख़ूब सारी मस्ती। एक रोज़ सुबह उठते ही उसने सोचा अब उसे पैकिंग के बारे में भी सोचना चाहिए, बिना इस्त्री किये कपड़े यूँ ही बैग में ठुँसे हुए देख उसे लगा, अगर कपड़े प्रेस करवा के ढंग से रखे जायें तो बची हुई जगह में आगरा से कुछ ऐसी गिफ़्ट्स ख़रीद के डाली जा सकती है जो लन्दन में अपने फ्रेण्ड्स को दी जा सकें। इसी उठा-धरी में उसे सूटकेस के कोने में पड़ा वो मोबाइल दिखा जो मॉल से उसने केसर के लिये ख़रीदा था, लेकिन उसे दे नहीं पायी थी। उसी समय हिना गेस्ट रूम में आयी और शिकायतें करने लगी, अब जब कि उसके जाने में गिनती के रोज़ बचे हैं तो पता नहीं वो ख़ुद को किन आलतू-फ़ालतू कामों में लगाये रखती है। सिया कहती है, वो पैकिंग करने की सोच रही थी, लेकिन ये इतने सारे बिना प्रेस किये कपड़े सूटकेस में घुस ही नहीं रहे हैं, क्या कोई है जो कपड़े प्रेस कर सके। 'पिस्ता अभी घर में ही है वो घण्टे भर में सारे कपड़े इस्त्री कर देगी।'

'क्या माँ के साथ केसर भी आयी है?'

'वो तो उसी रोज़ से दिखलायी नहीं पड़ी जिस दिन वो उसके साथ मॉल गयी थी। पूछा तो पिस्ता ने बताया वो पढ़ाई में लगी रहती है, क्यों कोई काम था?'

'मैंने केसर के लिये एक मोबाइल फ़ोन लिया था लेकिन उसे अभी तक दे नहीं पायी।'

'लाओ हम पिस्ता को दिये देते हैं वो उसे दे देगी।'

'नहीं भाभी उसे मोबाइल यूज़ करना सिखाना भी तो पड़ेगा, कोई बात नहीं मैं विजय के साथ जाकर उसे ख़ुद ही दे आऊँगी।'

भोजन के उपरान्त सिया विजय को लेकर केसर के घर के लिये निकल पड़ी। उसका घर अशोक नगर जहाँ ख़त्म होता था, उससे पहले ही एक गली में था। दो तीन बार साँकल बजाने पर भी जब दरवाज़ा नहीं खुला, तो सिया और विजय एक-दूसरे को देखने लगे। इस बार विजय ने उसका नाम पुकारते हुए कहा, 'केसर... बेटा दरवाज़ा खोल मैं विजय भइया', कुछ देर में दरवाज़ा खुला सामने सहमी हुई केसर खड़ी थी। उसको इतना घबराया-सा देख सिया ने पूछा, उसकी तबीयत तो ठीक है। बिना कुछ बोले दो क़दम पीछे सरकते पहले उसने 'नमस्ते' किया और फिर 'आइये जीजी'। सिया आँखें घुमा-घुमाकर वो छोटी-सी कोठरी देख रही थी जिसमें पूरा घर बसा हुआ था। इस बीच केसर पीतल के दो गिलासों में पानी लिये सामने आ गयी थी, गिलास लेकर एक तरफ़ रखते हुए सिया उसे प्यार से खाट पर बैठाते ख़ुद भी बैठ गयी और पर्स में से मोबाइल का डिब्बा निकालते उसकी तरफ़ बढ़ाते, 'ये तुम्हारे लिये मोबाइल है, उस दिन तुम मॉल में कुछ देर के लिये अकेली रह गयी थीं तो कितना डर गयी थीं। अगर मोबाइल होता तो हम में से किसी को भी काण्टेक्ट कर सकती थीं, ये लो अब तुम्हें उस तरह की परेशानी कभी नहीं होगी... तुम्हें मोबाइल यूज़ करना आता है?', केसर सिर्फ़ हाँ में सिर हिला देती है। 'वेरी गुड... अच्छा ये बताओ उस दिन के बाद तुम घर क्यों नहीं आयीं? सब तुम्हें याद करते हैं, तुम्हारी मम्मी ने बताया तुम स्टडीज़ में लगी हो', जिस समय से सिया ने केसर को मोबाइल दिया और बोलना शुरू किया, केसर पल-पल रुआँसी होती चली जा रही थी। सिया की आख़िरी बात सुन वो हाथों में मुँह छिपाकर ज़ोर-ज़ोर से रोने लगी, ये देख सिया और विजय दोनों ही घबरा गये। सिया केसर को लिपटाते पुचकारते पूछती है, 'क्या हुआ बेटा... क्या बात है?' कई बार पूछने पर सिसकते हुए केसर उस रोज़ मॉल में फ़ैयाज़ हसन द्वारा उसके साथ की गयी छेड़छाड़ की बात बताती है, और ये भी कहती है कि वो लड़का घर के सामनेवाली चाय की दुकान पर अक्सर ही होता है, और जब भी वो उधर से गुज़रती है उस पर आवाज़ें कसता

है उसे उस लड़के से डर लगता है, इसलिये उस दिन के बाद घर से ही नहीं निकली। सिया और विजय एक-दूसरे को देखते हैं। विजय पूछता है, वो उस लड़के का नाम जानती है? केसर न में सिर हिलाती है। सिया पूछती है, अगर सामने आ जाये तो वो उसे पहचान सकती है? केसर हाँ में सिर हिलाती है। विजय हाथ की घड़ी देखते हुए कहता है, 'थोड़ी देर में ही संगीत कक्षा शुरू होने का समय हो जायेगा साथ ही चाय की दुकान पर लड़कों की अड्डेबाजी भी, जब से संगीत सीखनेवालों में लड़कियों की संख्या बढ़ गयी है, इन निठल्ले लड़कों की चायबाजी भी बढ़ गयी है।', सिया बड़ी मुश्किल से केसर को अपने साथ चलने के लिये राज़ी कर पाती है। वो कहती है, आख़िर उनके डर से वो कब तक घर से बाहर नहीं निकलेगी, वो पढ़ लिख रही है, एक दिन काम के लिये भी घर से बाहर निकलेगी, अगर जीवन में इसी तरह डरती रही तो ख़ुद अपने पाँवों पर खड़ी कैसे होगी? अपनी माँ का सहारा कैसे बनेगी? ये सब सुनते हुए केसर का डर कम होता चला गया और वो दरवाज़े पर ताला लगा के सिया और विजय के साथ अशोक नगर की तरफ़ बढ़ने लगी।

पप्पू की चाय की दुकान इस समय पूरे शबाब पर थी, सामने पड़ी बेन्चें और दुकान के अन्दरवाली मेजें भी ग्राहकों से भरी हुई थीं। एक तो ये चाय का ही समय है, दूसरे परीक्षाएँ होने के कारण छात्र एक-दूसरे के नोट्स लेने-देने के लिये भी अक्सर यहाँ आ जाते हैं। लेकिन कुछ दिन पहले किशोर, हनीफ, और राकेश के बीच हुई कहा-सुनी के बाद से जैसे लड़कों में गुटबाजी-सी हो गयी है। मोहल्ले के सभी लड़के एक तरफ़—राकेश और फ़ैयाज़ हसन एक तरफ़। वैसे भी इन दोनों को पैसों का बहुत दम्भ था। पप्पू को फ़ैयाज़ हसन से तगड़ी टिप मिल जाने के कारण दुकान की एक मेज़ एक तरह से उनके नाम ही आरक्षित हो गयी थी, आज भी ये दोनों वहीं बैठे हुए थे। पप्पू के रेडियो पर विविध भारती के पुराने दिलकश गाने ज़ोर-ज़ोर से बज रहे थे, साथ-साथ अपनी पतली बेसुरी आवाज़ में पप्पू भी गा रहा था। कुछ समय से ही यहाँ आनेवाले लड़कों में से एक विद्यार्थी अपना चश्मा सम्हालते एकाएक बोला, 'अरे छटंकी तो आज भौत दिना बाद दिखाय पड़ी', उसके साथ-साथ कुछ और लोग भी मुड़-मुड़ के उस दिशा में देखने लगते हैं जिधर से विजय और सिया, केसर के साथ चले आ रहे थे। जैसे-जैसे दुकान पास आ रही थी केसर के हाथ पैर सुन्न होते जा रहे थे, सिया बीच-बीच में उसकी पीठ थपथपाकर जैसे उसकी हिम्मत बढ़ा रही थी। पप्पू की नज़र भी इन तीनों पर पड़ी, चाय छानते हुए वो बार-बार उस तरफ़ देखे जा रहा था। तभी सिया, विजय और केसर को सरस्वती कुंज में न जाकर दुकान की तरफ़ मुड़ते देख जैसे उसमें करेण्ट दौड़ जाता है और ज़ोर से, 'गुड ईवनिंग मैडम जी... बोलो कित्ते का छुट्टा दूँ आज तो गल्ला भरौ पड़ौ है।' बिना कोई जवाब दिये सिया केसर का हाथ थामें दुकान के अन्दर आ गयी और उसने

केसर से कहा, 'सबको अच्छी तरह से देखकर बताओ क्या वो इनमें से कोई है?' ये कहने के साथ ही वो उसकी पीठ थपकते उसे आश्वस्त भी करती जा रही है। केसर ने अपनी सहमी दृष्टि यहाँ-वहाँ घुमायी और न में सिर हिलाया, अब सिया ने अन्दर बैठने की जगह की तरफ़ इशारा करते कहा, 'वहाँ भी कुछ लोग बैठे हैं।' केसर ने दृष्टि उस तरफ़ गड़ायी और एक तरफ़ उँगली तान दी। सिया समझ नहीं पायी कि ये इशारा किसकी ओर है। इस बीच वहाँ बैठे सभी लोगों का ध्यान इन्हीं लोगों पर था, विशेष रूप से किशोर और हनीफ़ का। सिया के ये पूछने पर कि, 'वहाँ कौन', धीरे-से केसर कहती है, 'चेक की शर्टवाला', ये उत्तर न सिर्फ़ सिया और विजय, किशोर और हनीफ़ भी सुनते हैं और भीतर दुकान में बैठे चेक की शर्ट पहने फ़ैयाज़ हसन को देखने लगते हैं। किशोर के मुँह से धीरे-से निकलता है, आज निकलेगी साले की हवा। सिया आगे बढ़ के पप्पू से चेक की शर्टवाले का नाम पूछती है। पप्पू बड़े आदर से कहता है, 'वो... भौत बड़े बाप के बेटे हैं फ़ैयाज़ हसन', अब सिया केसर का हाथ थामें आगे बढ़कर ऊपर दुकान में बैठे फ़ैयाज़ हसन की तरफ़ बढ़ती है जिसके सामने ही राकेश बैठा हुआ है। सिया को केसर के साथ देख राकेश के मन में कुछ आशंका उठती है जिसे वो हल्की मुस्कान में दबा देता है। सिया टेबिल खटखटाते हुए, 'मिस्टर फ़ैयाज़ हसन', फ़ैयाज़ चौंक के सिया की तरफ़ देखता है और हड़बड़ाकर खड़ा होते, 'यस मेम'।

'आप इस लड़की को जानते हैं?', केसर को देख अपनी घबराहट दबाते हुए, 'नो'।

'नो? नहीं जानते?'

'अ... एकाध बार शायद कहीं देखा है।'

इस बीच केसर की आँखों से डर के मारे आँसू बहने लगते हैं। अब किशोर और हनीफ़ ख़ुद को नहीं रोक पाते और पास आकर किशोर कहता है, 'झूठ मत बोलिये।'

'म...म... मैं झूठ क्यों बोलूँगा।'

'आप बोल रहे हैं झूठ... जब भी ये लड़की दुकान के सामने से गुज़री है आपने बकवास की है।' इतना सुनते ही राकेश किशोर से भिड़ जाता है, 'एक बार तोये समझायौ पर तोये समझ न आयी, हाथ धोय के पीछे पड़ गये हो सब-के-सब मेरे दोस्त के', केसर ज़ोर-ज़ोर से रोते हुए कहती है, 'न राकेश भाई साब... आप ना जानों, जे भौत ख़राब छोरा है, आते-जाते गन्दे-गन्दे इशारे करै आवाज़ कसै', बीच में सिया बोली, 'और उस दिन मॉल में क्या हुआ था बताओ-बताओ', अब राकेश खुलकर फ़ैयाज़ का कवच बन के सामने आ खड़ा होता है। 'ये क्या तमाशा लगा

रखा है? इस दो कौड़ी की नौकरानी की लड़की ने आपके उल्टे सीधे कान भर दिये, और आप मेरे दोस्त की इ़ज़्ज़त उतारने चली आयीं... जानती हैं ये कौन है? इसके फ़ादर का ज्वेलरी का बिज़नेस है, एक्सपोर्ट का काम होता है, आगरा में किसी से भी अगर उनका ज़िक्र करें तो सब जानते हैं उन्हें, नाम है परवेज़ हसन बहुत इ़ज़्ज़त है उनकी।'

'इ़ज़्ज़त तो सबकी होती है एक मेड की भी, ये क्या दो कौड़ी की... दो कौड़ी की बोले जा रहे हो।'

'देखिये मैडम आप भले ही हमारे फैमिली फ्रेण्ड की गेस्ट हैं, इसका मतलब ये नहीं कि आप मेरे दोस्त पर इतने घटिया इल्ज़ाम लगायेंगी, वो भी साली इस लौंडिया के लिये, जिसकी माँ हमारे घरों की जूठन साफ़ करती है, और भी न जाने किस-किस के साथ क्या-क्या करती होगी साली भेन चो...'

तड़ाक... तड़ाक... तड़ाक... राकेश के गाल पर एक साथ सिया के चाँटे-पर-चाँटे पड़ते चले गये। ठीक इसी समय सरस्वती कुंज से निकलकर अपने घर जाते श्रीराम ने दुकान पर राकेश को गाली देते सुना, और सिया को चाँटा मारते देखा। चाँटे के जवाब में राकेश सिया का हाथ पकड़ने को ही था कि श्रीराम पर नज़र पड़ते ही वो ठण्डा हो के पीछे हट गया, बाक़ी सब भी मुड़ के श्रीराम को देखने लगे और फ़ौरन ही भीड़ बिख़रने लगी, वहाँ पहुँचकर श्रीराम सभी से 'का है गयौ... का है गयौ' पूछने लगे, लेकिन विजय उनका हाथ थाम दुकान के बाहर ले जाने लगा और पीछे-पीछे सिया और केसर भी चल पड़ी। जाते-जाते एक बार सिया ने पलट के देखा, राकेश अभी भी गुस्से में तमतमाये चेहरे से उन्हें ही घूरे जा रहा था। सिया से आँखें मिलते ही वो मुँह-ही-मुँह में कुछ बुदबुदाया जो अस्पष्ट था।

नन्हें के दरवाज़ा खोलते ही श्रीराम, सिया, केसर और विजय को सामने देख नन्हें हँसते हुए बोले, 'अरे श्रीराम तू तौ यहाँ से हवाल गयौ, और फिर आय गयौ?' संगीत कक्षा में कुछ छात्र-छात्राएँ आ चुके थे इसलिये विजय उधर ही चला गया, बाक़ी सब बैठक खाने की तरफ़ मुड़ गये। वहाँ पहुँचते ही सिया केसर से प्यार से कहती है, वो ऊपर जाकर पानी-वानी पीये, वो भी अभी आती है। केसर के जाने के बाद नन्हें सिया और श्रीराम को ग़ौर से देखते पूछते हैं, वो लोग कहाँ से आ रहे हैं कोई ख़ास बात। संगीत कक्षा की ओर देखते दबी ज़बान में श्रीराम कहते हैं, 'जे तो दुनिया जाने कि बाप-बेटन की नाक पे हमेशा गुस्सौ धरौ ही रै, लेकिन जे ख़बर न थी कि कल का छोरा राकेश भैन बेटियों के सामने भी माँ भैन की गालियाँ दे सकै', रुँधे गले से, 'माफ़ करना सिया बेटा' इतना कहकर श्रीराम निकल जाते हैं। श्रीराम के जाते ही नन्हें ने सिया से जानना चाहा कि बात क्या है। केसर के साथ पिछले

दिनों जो हुआ वो सब बताते सिया कहती है, 'उस लड़के के डर से केसर बीस दिनों से अपने घर में ही बन्द रही।' कुछ याद करते नन्हें कहते हैं, इसका मतलब ये वही लड़का हुआ जिसके बारे में उस रोज़ चक्कीवाले का लड़का कह रहा था कि दूसरे मोहल्ले के लड़के यहाँ का माहौल बिगाड़ रहे हैं, और राकेश उसकी तरफ़दारी करता रहता है। नन्हें के चेहरे पर चिन्ता की हल्की छाया उभर आयी। वो कहते हैं, इतना कुछ हो जाने पर सिया का हाथ उठ जाना स्वाभाविक है, किन्तु उन्हें ये आशंका भी है कि कहीं ये लड़के बेचारी केसर और उसकी माँ का जीना हराम न कर दें। वो सिया से ऊपर चलने के लिये कहते ख़ुद भी साथ हो लेते हैं।

हिना के कमरे में केसर की माँ पिस्ता रो-रो कर कह रही थी, 'जब जे केसर तीन बरस की थी तभी उसके पिता जी हैजे में मर गये, तब से आज तक मजूरी करके ही हमने छोरी को पाला है। सुबह-सुबह घर से काम पे निकल जाना और सँझा को लौट के अपनी कोठरिया बन्द करके सो जाना जे आसान न होवै। जवान औरत का मरदों की बुरी नीयत से बचते हुए इज़्ज़त की ज़िन्दगी गुज़ार पाना भौत कठिन है, और मेरे लिये तो दोहरी मुश्किल अपने संग-संग अपनी जवान होती छोरी की भी चिन्ता करनी है। बस आपकौ घर है जहाँ मैं इसे दिन-दिन भर के लिये छोड़ दूँ, मोये और किसी का भरोसा नाय, पर अब जे मेमसाब ने जो कियौ है, या के बाद इसका क्या करूँ? कहाँ ले जाय के छिपा दूँ?', हिना हाँ में सिर हिलाती कहती है, 'फ़िकर की बात तो है ही, वैसे भी पण्डित जी के बड़े लड़के का हमारे घर में आना-जाना तो है ही नहीं, हमें तो किसी ने कहा, वो हमें विधर्मी-विधर्मी कहता फिरता है, हमें उससे कोई मतलब नहीं है, लेकिन डर इस बात का है कि आज जो हुआ उसकी वजह से हमारी घर की लड़कियों के लिये ख़तरा न पैदा हो जाये।' तभी नन्हें और सिया को कमरे में आते देख हिना ने सिर पर दुपट्टा खींच लिया और उठ खड़ी हुई। नन्हें और सिया समझ चुके थे कि यहाँ क्या बात-चीत चल रही है। नन्हें पिस्ता को समझाते हुए कहने लगे, 'अगर किसी फोड़े में समय रहते चीरा लगाकर मवाद बाहर न निकाला जाये, तो वो एक दिन नासूर बन सकता है और जान भी ले सकता है। यूँ समझो आज इस वारदात ने काफ़ी समय से पनप रहे फोड़े पर चीरा लगाया है, वर्ना इतने दिनों से जो लड़का केसर बिटिया को परेशान कर रहा था उसके बारे में किसी को कुछ ख़बर ही न थी। वो तो सिया ने हिम्मत दिखायी और आगे बढ़ के ये जतला दिया कि केसर लावारिस नहीं है, उसके भी अपने हैं जिन्हें उसकी फ़िक्र है, और ये बात सच भी है पिस्ता, हमें अपने बच्चों के साथ-साथ उन सब की फ़िक्र है जो हमसे जुड़े हुए हैं, ज़िम्मेदारी है ये हमारी। एक बहुत ख़ास बात, आज के वक़्त में ये तो नहीं किया जा सकता कि बच्चियों को ताले में बन्द करके रखो। वो घर से निकलेंगी, पढ़ेंगी और वो ताक़त पैदा करेंगी कि अपने पैरों पर खड़ी हो सकें।

इसलिये उनकी इच्छा है, जब तक माहौल में गर्मी है वो और केसर इसी घर में आकर रहें, तुम्हें भी बेफ़िक्री रहेगी और हमें भी।' वो हिना से पूछते हैं, उसे इस बात पे कोई एतराज़ तो नहीं है। हिना कहती है, 'कैसी बातें करते हैं बाबा हम भी तो आख़िर लड़कियोंवाले ही हैं, माँ की फ़िक्र अच्छी तरह से समझते हैं।' हिना पिस्ता से कहती है वो आज-के-आज अपना और केसर का सामान लेकर यहीं चली आये।

रात नौ बजे के लगभग जब एक-एक कर मोहल्ले की दुकानें समेटी जा रही थी, उसी समय हरिराम की बाइक सीधी सार्वजनिक टेलीफ़ोन बूथ पर आकर रुकी, और हरिराम बाइक से उतर के बोला, 'गोपाल नेक फटाफट सौ रुपये का बी.एस.एन.एल. का रिचार्ज डाल दियौ।'

'पण्डित जी अच्छौ भयौ आप टैम से आ गये मैं दुकान बन्द ही कर रौ, लो है गयौ', हरिराम उसे सौ का नोट देकर जैसे ही बाइक मोड़ने लगता है, गोपाल की बात सुन ठिठक जाता है। 'आज का भयौ आपको ख़बर तो होगी ही पण्डित जी।'

'का भयौ?', गोपाल उसे आज पप्पू की दुकान पर हुई घटना ब्योरेवार सुना डालता है, और आख़िर में हाथ जोड़ते कहता है, 'पण्डित जी अशोक नगर में आपके परिवार की तूती बोलै, सब इज़्ज़त करें आप लोगन की, अपने बेटे को समझा देना कि किसी ग़लत आदमी के लिये मोहल्लेवालों से बैर लेना ठीक नाय' हरिराम अपना सारा क्रोध बाइक को किक मारते उतारता है और वहाँ से चल देता है।

घर का बाहरी लोहे का फ़ाटक ढकेल कर हरिराम घर में आता है, बाइक खड़ी कर फ़ाटक में ताला लगा के वो सीढ़ी से ऊपर अपने घर में चला जाता है। रोज़ की तरह शान्ति पहले उनके पैरों पर पानी डालती है और पूछती है, 'तवा चढ़ाऊँ।'

'राकेश आ गयौ?'

'आज तो सँझा से अपने चौबारे में ही है', इतना सुनते ही हरिराम धड़धड़ाते हुए छतवाली सीढ़ी चढ़ने लगता है, शान्ति आशंकित-सी उसे देखती रहती है।

हरिराम चौबारे का दरवाज़ा ढकेलता है पर दरवाज़ा अन्दर से बन्द है। अब वो राकेश को एक साथ कई आवाज़ें देता है, दरवाज़ा खुलता है। राकेश के कमरे में टी.वी. चल रहा है, हरिराम पहले रिमोट से टी.वी. बन्द करता है फिर सीधे मुद्दे की बात पर आता है कि, उसके बार-बार समझाने के बावजूद उस विधर्मी लौंडे से दोस्ती तोड़ना तो दूर, अब वो उसके कुकर्मों को ढकने के लिये मोहल्ले वालों से दुश्मनी भी मोल लेगा? राकेश भड़क के कहता है, 'ये सब झूठ है उसके दोस्त ने कोई ग़लत काम नहीं किया, असल बात तो ये है कि सब-के-सब फ़ैयाज़ हसन के स्टेटस से जलते हैं।' ये सुनते ही हरि बिफ़रे साँड़-सा गरज़ते हुए कहता है, 'यानी तू और तेरा वो स्टेटसवाला दोस्त सच्चा और बाक़ी सब झूठे, देख राकेश इस बात

पर मत फूलियो कि आज तक अगर तेरे पापा ने तेरी हर मर्ज़ी पूरी की है, तो तेरी हर ग़लती को भी सही मान लेंगे। सबसे पहली बात, मेरे बार-बार कहने के बावजूद कि उस छोरे के संग मोये तेरा उठना-बैठना, खाना-पीना बिल्कुल पसन्द नाय, पर तूने उसे नहीं छोड़ा, यहाँ तक कि आज पूरा मोहल्ला उसके ग़लत कामों के साथ तेरा नाम भी जोड़ रहा है। इसलिये आज आख़िरी बार कहूँ कि अगर तोये अपने बाप-दादा के नाम की ज़रा-सी भी इज़्ज़त है तो उस विधर्मी का साथ देना छोड़ दे।' चौबारे से नीचे आकर अन्दर कमरे में जाते हुए हरि, शान्ति से कहता है, कल सुबह तड़के ही अहमदाबाद की गाड़ी है, वो पन्द्रह दिनों के हिसाब से सूटकेस में उसके कपड़े लत्ते जमा दे।

नन्हें जुम्में की नमाज़ पढ़ के उस्मानिया मस्ज़िद से बाहर आये और लोगों से बात-चीत करते आगे बढ़ रहे थे, तभी किसी ने उन्हें आवाज़ दी, 'अरे नन्हें', नन्हें ने मुड़ के देखा और फ़ौरन ही हाथ जोड़ते, 'नमस्ते चाचा जी।'

'बहुत दिनों बाद देखा बेटा... कंगीगली बिल्कुल ही भूल गये।'

'अरे नहीं चाचा जी... कोई अपनी माँ को भी भूलता है, यहीं तो मैं लोट-पोट के बड़ा हुआ हूँ।'

'अच्छा ये बता, तू अभी भी मन्दिर आता-जाता है या बचपन की बात बचपन के संग गयी', हँसते हुए नन्हें कहते हैं, 'चाचा जी बचपन चला जाता है लेकिन बचपन की आदतें नहीं जाती, मन्दिर जाना भी इन साठ सालों में समझिये आदत ही बन चुका है।'

'सही बात कही... चल जीता रह ख़ुश रह', थोड़ा आगे चल के नन्हें बायीं तरफ़ कंगीगली में मुड़ गये। जुम्में के दिन मस्ज़िद से लौटते हुए बेबे के घर जाना और उन्हीं के साथ बैठ के भोजन करना भी नन्हें का नियम बन चुका है। बेबे को भी नन्हें की आस लगी रहती है, और उस दिन वो उसी की पसन्द का खाना बनवाती हैं। दरवाज़े की बिल्ली घुमा के नन्हें घर में दाख़िल हुए और आवाज़ लगायी, 'बेबे हम आ गये', बेबे अपने कमरे में ही थीं। इधर कुछ दिनों से उनकी तबीयत नरम चल रही थी। तबीयत तो उससे पहले भी ठीक नहीं थी, लेकिन जितने दिन सिया यहाँ रही, बेबे अपने स्वास्थ्य की तरफ़ से लापरवाह हो गयी थीं। इस बात पर नन्हें ने उन्हें हल्की-सी डाँट भी पिलायी। इसी बीच शहज़ादी खाना ले आयी, नन्हें और बेबे बातें करते हुए भोजन करने लगे। बातों में भी उनका एक मात्र विषय था सिया। उसके बारे में पूछने पर नन्हें बताते हैं, आज तो वो कबीर, हिना और बच्चियों के साथ फ़तेहपुर सीकरी घूमने गयी है, रात तक लौट आयेगी और अगले दिन दोपहर तक एलबर्ट भी आगरा पहुँच जायेगा। बेबे कहती हैं, सिया बता रही थी आठ महीने

से ये लड़का उसी के घर में रह रहा है, वो तो उनसे ये तक कह गयी है कि उसके काम धंधे से लगते ही वो इण्डिया आकर उसके साथ व्या भी कर लेगी। गहरी साँस छोड़ते हुए, 'वाहे गुरु करें उसकी ये इच्छा पूरी हो जाये, बता रही थी, जब आठ साल की थी इसके माँ बाप का तलाक़ हो गया, और फिर दोनों ने ही दूजा व्या कर लिया, और इस बच्ची के लिये किधर भी कोई ठीया न बचा। इसका व्या हो जाये, घर बस जाये, मेरी तो बस यही दुआ है।' नन्हें कहते हैं, उनकी दुआएँ सिया को ज़रूर लगेगी और वो सदा सुखी रहेगी। खाने के बाद हाथ धोकर नन्हें ने आलमारी में से निकालकर बेबे को खाने के बादवाली दवाई दी, साथ ही नज़र में ये भी भर लिया कि कौन कौन-सी दवाएँ ख़त्म हो चुकी हैं। कुछ देर तक दोनों बतियाते रहे, लेकिन जब नन्हें को अपनी बात के उत्तर में बेबे की नाक बजती सुनायी दी, वो समझ गये बेबे सो गयी हैं। वो उठे और जाते-जाते शहज़ादी से कहा वो अन्दर से सांकल लगा ले।

हालाँकि दोपहर अब ढलान पर थी फिर भी सड़क और दुकानें अभी भी अलसायी हुई थीं। आगे बढ़ते हुए नन्हें ने बुलक्खी चाचा की दुकान की तरफ़ देखा, जगदीश अँगोछा पहने बनियाइन को पेट पर चढ़ाये ठीक टेबिल फैन के सामने बैठा हुआ था और उसके दो कारीगर दुकान के फ़र्श पर गहरी नींद में सोये पड़े थे। नन्हें पर नज़र पड़ते ही जगदीश ने उनसे राम-राम की और सिया के बारे में पूछा, 'वो विलायतवाली लाली कैसी है भौत दिना से दिखी नहीं।' नन्हें ने हँसते हुए जवाब दिया, 'इसीलिये कहते हैं जगदीश परदेसियों से दिल न लगाना, पर ये लड़की तो जैसे सभी के दिलों में समा गयी है।' 'समायेगी ही, आते-जाते ख़ुद ही बातें करने लगे... अंकल कैसे हो, आज गुझिया नहीं बनी, कह रही थी आपकी दुकान से गुझिया लै के लन्दन जाऊँगी।'

'हाँ अब तीन चार दिन में जाने ही वाली है।'

'अच्छा... बिससे कहना मिलके ज़रूर जाये', नन्हें सिर हिलाते आगे बढ़ते ये सोचने लगते हैं कि कुछ ही दिनों में इस लड़की ने कितने दिलों में जगह बना ली है।

फ़तेहपुर सीकरी से वापस आने में काफ़ी देर हो चुकी थी, इसलिये सभी को सोते-सोते क़रीब एक बज गया। परीक्षाएँ हो चुकी थीं और अंजुम, संजुम की छुट्टियाँ चल रही थीं, इसलिये सिया और बच्चियाँ देर तक सोती रहीं। सिया का मोबाइल कई बार बज चुका था, लेकिन गहरी नींद में होने के कारण वो सुन न सकी। नीचे किसी काम से आयी हिना फ़ोन की आवाज़ सुन गेस्ट-रूम में आयी, और देखा, सिया के मोबाइल में एलबर्ट की बहुत सारी मिस्ड कॉल है, अब हिना ने सिया को हिलाते हुए कहा, 'लगता है तुम्हारे एलबर्ट जी यहाँ पहुँच गये हैं, देखो कितनी सारी

कॉल आ चुकी है।' सिया हड़बड़ाकर उठ बैठती है और मोबाइल देखती है, 'ओह माइ गॉड... एलबर्ट दो घण्टे से फ़ोन ट्राय कर रहा है और मैंने सुना ही नहीं'। वो फ़ोन लगाती है और जैसे ही चहक के कहती है, 'हाय ऐली', हिना मुस्कराती हुई कमरे से बाहर चली जाती है। कुछ देर बाद तैयार हो के सिया बाहर आती है। उस समय नन्हें बैठक खाने में कुछ लोगों के साथ व्यस्त थे। सिया पर नज़र पड़ते ही वो उससे पूछते हैं, वो कहीं जा रही है। सिया बताती है, एलबर्ट होटल पहुँच चुका है वो वहीं जा रही है, और कल बेबे से एलबर्ट को मिलाते हुए फिर यहाँ आयेगी। नन्हें कहते हैं, ठीक है। सिया बाहर निकल जाती है।

एलबर्ट इस बार भी होटल गोवर्धन में ही रुका था। रिसेप्शन पर उसका रूम नम्बर पूछ के सिया वहाँ पहुँची, खटखटाते ही दरवाज़ा खुल गया। एलबर्ट को सामने मुस्कराता खड़ा देख सिया आगे बढ़ के उससे कसके लिपट गयी, और कुछ देर वैसे ही खड़ी रही। उससे अलग होते ही एलबर्ट ने उसे ग़ौर से देखा और कहने लगा, 'लुकिंग वेरी ब्यूटीफुल... पहले से कहीं ज़्यादा, लेकिन थोड़ा-सा वेट पुट ऑन किया है तुमने।'

'ह्वाट... यू मीन मैं मोटी हो गयी हूँ?'

'नो नो... मोटी नहीं लेकिन सेक्सी हो गयी हो', सिया उसकी पीठ पर दो तीन मुक्के जड़ती है और एक बार फिर दोनों एक-दूसरे की बाहों में बँध जाते हैं।

नन्हें ने कबीर और हिना से कहा, कल सुबह की ट्रेन से वो और विजय कानपुर निकल जायेंगे। कल रात वहाँ कार्यक्रम है परसों सुबह वापस आना होगा, और हाँ सिया कह रही थी, वो एलबर्ट के साथ कल शाम को पहले बेबे के यहाँ जायेगी और फिर यहाँ आयेगी, यानी रात का खाना यहीं होगा। वो सोच रहे थे, अगर खाने पर रवि, मीरा, तुलसी और राधा को भी बुला लिया जाये, तो बराबरी के चार लोग होने से हल्का-फुल्का माहौल बना रहेगा। वो आगे कहते हैं, वैसे भी आनेवाले वक़्तों में रिश्ते-नाते तुम्हीं लोगों को निभाने हैं, नयी पीढ़ी के बच्चे एक-दूसरे के जितना क़रीब आयेंगे उतना ही अच्छा। वो कबीर से कहते हैं, हमारी हिना बेहतरीन खाना बनाती हैं इसमें कोई शक नहीं, फिर भी विदेश से आये मेहमान को ध्यान में रखते हुए कुछ बाहर से मँगाना ठीक लगे तो मँगा लेना। हिना ख़ुशी-ख़ुशी कहती है, 'बाबा आप ज़रा-सी भी फ़िक्र न करें, हम सब सम्हाल लेंगे और कल के खाने के लिये मीराँ को आज ही फ़ोन कर देंगे।'

अगली सुबह नन्हें विजय के साथ कानपुर चले गये। हिना सुबह से ही शाम के खाने की तैयारियों में लग गयी। हालाँकि मीराँ ने फ़ोन पर कहा था कि वो खाना बनाने में उसकी मदद के लिये आ जायेगी, लेकिन हिना ने ये कहकर मना कर दिया, कि घर में पिस्ता है लड़कियाँ हैं सब हो जायेगा।

लंच के बाद सिया ने कुलदीप को फ़ोन पर बताया कि बेबे एलबर्ट से मिलना चाहती थीं, इसलिये थोड़ी देर बाद वो उसे लेकर कंगीगली आनेवाली है। ये सुनकर कुलदीप ने कहा, वो ज़रूर आये लेकिन तीन चार रोज़ से उनकी तबीयत कुछ ठीक-ठाक नहीं है, और ये तो वो जानती ही है कि उत्साह में भर के वो बोलना शुरू करती हैं तो रुकने का नाम नहीं लेतीं, इसलिये वो ख़ुद ही थोड़ी देर बाद कोई बहाना बना के उठ जाये। 'समझ गयी अंकल' कह के वो फ़ोन बन्द करती है।

सिया ऐसा ही करती है लेकिन बेबे की डाँट भी खाती है, कि अगर वो इतनी व्यस्त थी तो आयी ही क्यों थी। चलते समय बेबे अपने बटुऐ में से पाँच सौ रुपये का नोट निकालकर एलबर्ट को देते, 'पुत्तर ऐ शगुन का रख, आगे व्या तो इण्डिया विच ही होनेवाला है', सिया बेबे से कसके लिपटते कहती है, 'तभी तो बोलती हूँ बेबे अपनी तबीयत ठीक करो, नहीं तो मेरी शादी कौन करवायेगा', बेबे अपनी आँखें पोंछते हुए उसके सिर पर हाथ रखती है, 'तेरे व्या से पहले मैनू कुछ नहीं होना।' बेबे, सिया और एलबर्ट को दरवाज़े तक छोड़ने आती है और कुलदीप उन्हें साथ लेकर बाहर निकल जाता है।

तैयार खाना ऊपर से नीचेवाली रसोई में लाकर रख दिया गया था, ताकि जब सब खाने बैठें खाना फ़ौरन ही गर्म करके परोसा जा सके। खाने से पहले मुँह चलाने के लिये कई तरह के नमकीन, काजू और कोल्ड ड्रिंक भी तैयार रखे थे। हिना ने सारे सामान पर नज़र डालते हुए कहा, 'ऊपर से सब आ गया न, कुछ छूटा तो नहीं', पास खड़ी मीराँ सब देखते हुए कहती है, 'सब आ गया लेकिन ये दोनों जो राजामण्डी से रबड़ी लाने गये हैं अभी तक आये ही नहीं। मैंने तुमसे पहले ही कहा था हिना किसी एक को भेजो, कबीर भाई साब और ये अगर साथ-साथ निकलते हैं तो इनके लौटने का भरोसा नहीं होता।' तभी रवि की आवाज़ सुन दोनों ही मुड़कर देखती हैं, रवि और कबीर रसोई के दरवाज़े पर रबड़ी के मटकन्ने लिये खड़े हैं, जिन्हें रसोई के पत्थर पर रखते रवि कहता है, 'ये पत्नियाँ अपने पतियों की बुराई करने का एक मौक़ा नहीं छोड़ती हैं।' बात पूरी करते कबीर कहता है, 'क्यों हिना, तुमने कहा नहीं था हरिपर्वतवाली दुकान से ही मीठे पान बनवाकर लाना, बस वहीं देर लग गयी।'

बाहर बैठक में अंजुम, संजुम, तुलसी और राधा ने फूलों के सुन्दर गुलदस्ते बनाकर जगह-जगह रख दिये हैं। लेकिन दरवाज़े पर तोरण लगाने के लिये उन्हें स्टूल नहीं मिल रहा, तभी केसर को याद आता है और वो स्टोर-रूम से दौड़ के स्टूल ले आती है। बाहर खड़ी होकर सभी मिल-जुल कर तोरण लगा ही रही हैं कि सिया की आवाज़ सुन के हाथ से तोरण छूट जाती है, अब तोरण-वोरण भूलकर

अंजुम, संजुम फ़ौरन ही मुड़ के उसकी तरफ़ भागती हैं, लेकिन साथ में एलबर्ट को देख के शरमा के अन्दर चली जाती हैं।

घर में सभी एलबर्ट को सिया के होनेवाले पति के रूप में देखते उसकी आवभगत में लग जाते हैं। धीरे-धीरे अंजुम, संजुम की झिझक निकल जाती है और वो भी उसे फूफू-फूफू कहकर घेर लेती हैं। एलबर्ट दिखने में एकदम हीरो लगता है, रवि की लड़कियाँ भी एक तरफ़ खड़ी उसे देखते हुए कहे जा रही हैं, फूफा जी तो एकदम सलमान ख़ान जैसे दिख रहे हैं।

सिया रसोई में हिना और मीरा के साथ डिशेज़ वगैरह देख रही है। कबीर और रवि यूँ तो एलबर्ट के पास ही बैठे हुए हैं, लेकिन उन्हें लड़कियों से घिरे एलबर्ट से बात करने का मौक़ा ही नहीं मिल रहा है। एलबर्ट के चेहरे की खीझ देख कबीर अंजुम, संजुम को हल्के से डाँटते हुए कहता है, 'क्यों परेशान कर रही हो अंकल को, अन्दर जाकर सबको बुलाकर लाओ।', मुँह बनाते बच्चियाँ उठ ही रही हैं, कि देखती हैं ट्रे में कोल्ड ड्रिंक और स्नेक्स लेकर हिना और मीराँ बाहर आ रही हैं, साथ में सिया भी है। नाश्ते का सामान टेबिल पर रखा जाता है, और अब सिया सबसे एलबर्ट का परिचय करवाती है, 'ये हमारे कबीर भाई, ये इनकी वाइफ़ और मेरी डार्लिंग हिना भाभी, और ये नन्हें बाबा की परियाँ यानी हमारी प्यारी नीसेज़ अंजुम, संजुम', रवि के परिवार का परिचय करवाते हुए कबीर कहता, 'मेरे फ़ादर और इनके फ़ादर चार साल की उम्र से फास्ट फ्रेण्ड्स हैं और हम सब एक फेमिली जैसे हैं", हिना काजू और मिठाई की प्लेट आगे बढ़ाते एलबर्ट से खाने के लिये कहती है लेकिन वो मना करते कहता है, 'सॉरी मैं ये फ़्राइड चीजें नहीं खाता... आय विल हैव दिस ओनली', ये कहकर वो कोल्ड ड्रिंक का ग्लास उठा लेता है। लड़कियाँ भी फटाफट कोल्ड ड्रिंक लेकर पीते हुए एलबर्ट से लन्दन के बारे में सवाल करने लगती हैं, अनमना-सा एलबर्ट कभी जवाब देता है कभी चुप रह जाता है। अचानक अंजुम, संजुम की आँखें मिलती हैं वो, 'मैं पूछूँगी फूफू से... मैं पूछूँगी' कहते आपस में तू-तू मैं-मैं करती हैं। हिना डाँटते हुए कहती है, 'क्यों परेशान कर रहे हो तुम लोग फूफू को, अरे हमें भी तो बात करनी है।'

'नहीं मम्मी प्लीज़ एक क्वेश्चन पूछने दो न', सिया सिर हिला के इशारे में कहती है, पूछो-पूछो। संजुम पूछती है, 'फूफू आपने फूफी से शादी की डेट फिक्स कर ली क्या? वो न, मालूम पड़ जाये तो हम लोग उसी हिसाब से अपने कपड़े लत्ते सिलवायेंगे।' इस बीच एलबर्ट का चेहरा तमतमाने लगा है।

'वो क्या है फूफू, फूफी ने बोला वो शादी इण्डिया में करेंगी, तो यहाँ तो शादी में बहुत सारी रस्में होती हैं, उतने ही कपड़े सिलवाने पड़ेंगे, इसीलिये हम पूछ रहे

थे।' बात काटते हुए चिढ़े स्वर में सिया को देखते एलबर्ट कहता है, 'व्हाट रबिश... शादी? इण्डिया में?' इतना सुनते ही हिना छेड़छाड़ के मूड में भरी कहती है, 'कोई बात नहीं ननदोई जी इण्डिया न सही हम लोग लन्दन आ जायेंगे। अब जब कि सिया इस घर की बेटी बन ही गयी है, तो हम लोगों को तैयारी भी तो वैसी ही करनी होगी, इस बार कम-से-कम अपने ख़ास रिश्तेदारों की लिस्ट हमें दे जाइयेगा ताकि हम उनके लिये तोहफ़े वगैरह की ख़रीदारी शुरू कर दें।' इतनी देर से भीतर-ही-भीतर सुलगता एलबर्ट जैसे फट-सा पड़ता है, 'ये सब आप क्या बोल रहे हैं? और सिया तुमने इन लोगों से क्या कह दिया है? अभी हमने वेडिंग प्लान ही कहाँ की है जो तुमने सबको इण्डिया में शादी की बात बोल दी', सिया थोड़ा झिझकते हुए उसे समझाने की कोशिश करती है, 'यहाँ इण्डिया में जब दो लोगों में रिलेशनशिप हो जाती है तो वेडिंग के बारे में भी बातें शुरू हो जाती हैं, ऐण्ड व्हाट्स रॉन्ग इन दिस.... आज नहीं तो कल वी आर गेटिंग मैरीड।'

'ठीक है, तो तुम तभी अपने इन रिलेटिव्स को इन्फॉर्म कर देना', सिया का चेहरा उतर जाता है। ये देखकर हिना उसके हाथ पर अपना हाथ रखते एलबर्ट से कहती है, 'माफ़ करियेगा एलबर्ट जी, जब हमें सिया से मालूम हुआ कि आप लोग काफ़ी वक़्त से संग-संग रहते हैं, तो हमें लगा कि अब जब कि इण्डिया में इसका भी एक परिवार बन चुका है, तो क्यों न हम लड़कीवाले बन के बाक़ायदा आपसे शादी-ब्याह की बात करें। लेकिन आप तो नाराज़ हुए जा रहे हैं... वैसे आपके मन में है क्या? आप सिया से शादी तो करेंगे न? ये बात मैं सिया की भाभी की हैसियत से पूछ रही हूँ।' माहौल गंभीर हो चुका है, सबकी नज़रें ख़ुद पर टिकी देखकर एलबर्ट जैसे जान छुड़ाने के लिये एकाएक हँसने लगता है और सिया को अपनी तरफ़ खींचते कहता है, 'ऑफकोर्स...' अरे भाभी जी मैं सिया से ही शादी करूँगा, बट दिस इज़ टू अभी एकदम से नहीं... ऐक्चुअली मैं किसी अच्छी जॉब के लिये ट्राय कर रहा हूँ, जॉब लगते ही वी विल प्लान द वेडिंग ऐण्ड विल इन्फॉर्म यू।' कबीर आँखों के इशारे से हिना को बात ख़त्म करने और खाना लगाने को कहता है। सभी औरतें उठकर रसोई में चली जाती हैं। सिया भी उठने लगती है लेकिन एलबर्ट उसका हाथ खींचकर उसे बैठाते हुए उसके कान में कुछ कहने लगता है, जिसे सुनकर सिया के चेहरे पर मुस्कराहट आ जाती है और वो उसकी पीठ पर हल्के से मुक्का मार के वहाँ से रसोई की तरफ़ चल देती है। कबीर और रवि एक-दूसरे को देखते चैन की साँस छोड़ते हैं।

डिनर के बाद रवि, मीराँ और बच्चियाँ अपने घर जाने के लिये उठते हैं, मीराँ कहती है, अगर टाइम हो तो वो एलबर्ट के साथ उनके घर भी आये, दादा जी उसे बहुत याद करते हैं। सिया कहती है, वो कोशिश करेगी लेकिन टाइम अब बहुत कम

है। उनके जाने के बाद एलबर्ट ने सिया से होटल चलने की बात कही, तो सिया उसे एक तरफ़ ले जाकर प्यार से समझाकर कहती है, 'देखो ऐली दो दिन यहाँ सबके साथ रहूँगी तो सबको अच्छा लगेगा, तुम्हारे साथ तो अब लाइफ़ लॉन्ग रहना है।'

'ऐज़ यू विश' कहकर एलबर्ट आगे बढ़ता है, सिया उसे रोककर, 'पर हाँ, कल बाबा वापस आ जायेंगे उनसे मिलने तुम्हें ज़रूर आना है... आय थिंक ईवनिंग में ठीक रहेगा', ओ. के. कहकर एलबर्ट सामने से जाते रिक्शे को रुकवाकर उसमें बैठकर सिया को बाय कहता है रिक्शा आगे बढ़ जाता है।

नन्हें अगले दिन सुबह कानपुर से वापस तो आ गये, लेकिन उनके साथ कोई अतिथि भी थे जो आन्ध्रा से कानपुर आये हुए थे, और उन्हें आगरा यूनिवर्सिटी में कुछ काम था इसलिये नन्हें उन्हें अपने साथ ही लिवा लाये, और दिन-भर उन्हीं के साथ व्यस्त रहे। एलबर्ट के साथ एक छोटी-सी मुलाक़ात ज़रूर हुई लेकिन फिर वो जल्दी में अपने मेहमान के साथ निकल गये। चाय का समय हो रहा था, हिना ने एलबर्ट से पूछा, चाय के साथ हल्का-सा उपमा, पोहा या इडली कुछ खायेंगे। वो हाँ में सिर हिलाता है, कुछ ही देर में हिना चाय-नाश्ता लेकर आ जाती है। सिया चाय पीते हुए हिना से कहती है, 'मैं सोच रही थी दिल्ली के लिये भी टैक्सी सामनेवाले पंजाब टूर्स ऐण्ड ट्रैवेल्स से ही बुक करवा लूँ?' दिल्ली सुन हिना चौंक के पूछती है, 'क्या ताजमहल का प्रोग्राम कैन्सिल?'

'नहीं भाभी... ताज देखते हुए वहीं से होटल चले जायेंगे, और फिर दिल्ली के लिये निकल पड़ेंगे', हिना हाँ में सिर हिलाती कहती है, 'हाँ ये ठीक रहेगा।'

शाम को सिया एलबर्ट के साथ टैक्सी बुक कराने घर से निकलती है। उस तरफ़ बढ़ते हुए सिया की नज़र चाय की दुकान पर टिकना स्वाभाविक ही था। रोज़ के मुक़ाबले दुकान ख़ाली-सी पड़ी थी, गिनती के दो चार ग्राहक यहाँ-वहाँ बैठे थे। सिया सीधे पंजाब टूर्स ऐण्ड ट्रैवेल्स की तरफ़ बढ़ने लगी। उसके पासवाले सार्वजनिक टेलीफ़ोन बूथ पर राकेश अपना मोबाइल रिचार्ज करवा रहा था। सिया और एलबर्ट उसके बराबर से गुज़र गये, लेकिन किसी ने किसी को नहीं देखा। दुकान पर पहुँचकर सिया ने बताया कि वो नन्हें बाबा की फैमिली से है और उसे कल ग्यारह अप्रैल के लिये दिल्ली की टैक्सी बुक करानी है।

'घर से कितने बजे निकलेंगे आप?'

'ऐक्चुअली हमें कल मून-लाइट में ताज भी देखना है, हम लोग घर से मेरे लगेज़ के साथ शाम सात बजे तक निकल जायेंगे, मिड नाइट तक होटल गोवर्धन पहुँचकर वहाँ से चेक आउट करके सीधे दिल्ली।' एजेन्सीवाला सब नोट करता जा

रहा है और फिर कहता है, 'ठीक है कल शाम को सात बजे गाड़ी सरस्वती कुंज पहुँच जायेगी।'

आज सिया इस घर से एक तरह से विदा होनेवाली है। यूँ तो वो दो दिन पहले ही सामान पैक कर चुकी थी लेकिन चलनेवाले दिन मीराँ कुछ मिठाई के डिब्बे और विष्णुराम जी की तरफ़ से भेजी गयी एक साड़ी ले आयी, इधर हिना ने भी आगरे का दालमोठ, पेठा और भी न जाने क्या-क्या उसके सामने लाकर रख दिया। सिया इस सबको बैग में एडजस्ट करने में लग गयी। अंजुम, संजुम उससे अगली बार जल्दी आने का वादा लेने लगीं। ख़ुद सिया नन्हें बाबा से कहती है, अगली बार जब वो आयेगी, उनसे कुंज-विहारीवाली आरती ज़रूर सीखेगी। देखते-देखते शाम हो गयी, कबीर ने कहा टैक्सी आ चुकी है। लगेज़ डिक्की में रखवाया जाने लगा, हिना ने सिया की नज़र उतारी और फिर दही-बूरा खिलाकर कहा, 'जल्दी-जल्दी आना मैं अपनी हाथों से तुम्हें दुल्हन बनाऊँगी।' घर से बाहर पाँव निकालते-निकालते सिया रुक गयी और पलटकर नन्हें के सीने से लग कहने लगी, उसे सबकी बहुत याद आयेगी। नन्हें उसे थामें-थामें बाहर टैक्सी तक लाते हुए कहते हैं, 'जब भी याद आये, हवाई जहाज में बैठ के सीधी इण्डिया आ जाना।' एलबर्ट टैक्सी में बैठ चुका है और घर में चल रहे मेलो ड्रामा से थोड़ा ऊब रहा है। घर के बाहर खड़े नन्हें बाबा का परिवार सिया को देखते हुए हाथ हिला रहे हैं और सिया भी, गाड़ी आँखों से ओझल हो जाती है।

§ 18 §

अँधेरा हो चुका था गाड़ी अपने गन्तव्य की ओर तेज़ी से बढ़ी जा रही थी। लगभग डेढ़ घण्टे बाद गाड़ी पार्किंग एरिया में रुक गयी जहाँ और भी बहुत से वाहन खड़े थे। यहाँ से लेकर ताजमहल तक का पूरा रास्ता आरक्षित क्षेत्र होने के कारण पर्यटकों को यहाँ से ताजमहल तक पैदल ही जाना पड़ता है। एलबर्ट और सिया गाड़ी से उतरते हैं, ड्राइवर कहता है, उन्हें गाड़ी यहीं खड़ी मिलेगी, वैसे वो क़रीब कितने बजे तक वापस आयेंगे। एलबर्ट कहता है 'बिफोर इलेवन।' इन्हें देखकर अनेक गाइड इनकी तरफ़ लपकते हैं, जो दावा करते हैं कि वो वहाँ की एक एक ईंट के इतिहास के बारे में जानते हैं। एक गाइड को साथ लेकर ये लोग ताजमहल की तरफ़ बढ़ते हैं। विदेशी पर्यटकों की संख्या अच्छी ख़ासी है। गाइड बताता है, शरद पूर्णिमा की रात को यहाँ पाँव रखने की जगह नहीं होती। ताजमहल में प्रवेश करने के साथ ही सिया एक प्रकार के सम्मोहन में जकड़ने सी लगती है, वो देखती है जगह-जगह

खड़े, बैठे युगल एकटक चाँदनी की चादर में लिपटे इस मोहब्बत के पैगम्बर को देखे जा रहे हैं। गाइड ताजमहल के इतिहास को रटे-रटाये तरीक़े से बोले जा रहा है। एलबर्ट और सिया एक-दूसरे का हाथ थामें आगे बढ़ रहे हैं, एक जगह मुख्य ईमारत में दाख़िल होने के पहले गाइड उनसे जूते उतारने और वहीं पड़े कपड़े के स्लीपर्स पहनने के लिये कहता है। एलबर्ट तो पहन लेता है लेकिन सिया कहती है, वो नंगे पाँव चल के इस जगह को महसूस करना चाहती है। ताजमहल को घूम-घूमकर अच्छी तरह देखने के बाद वो लोग वापस लौटकर अपने जूते पहनते हैं। आगे बढ़ते हुए सिया देखती है, ताजमहल के शानदार बाग़ीचे के बीच संगमरमर का एक ख़ूबसूरत हौज़ बना हुआ है जिसमें चारों तरफ़ लगे फ़ौव्वारों से पानी झरता रहता है। हौज़ के बीचोबीच चबूतरे पर एक बेंच बनी है, जहाँ तक पहुँचने के लिये संगमरमर के रास्ते बने हुए हैं। उस बेंच पर बैठकर प्रेमी युगलों का पेशेवर फ़ोटोग्राफ़रों से 'तुरन्त फ़ोटो' खिंचवाना एक रवायत-सी बन चुकी है। अनेक जोड़ों को वहाँ फ़ोटो खिंचवाते देख सिया का भी मन हुआ, और उसने ज़िद करके एलबर्ट के साथ एक फ़ोटो खिंचवा ली, वहीं खड़े फ़ोटो देखते उसने एलबर्ट से कहा, 'अब तो ये लव मोन्यूमेण्ट भी हमारी लव स्टोरी का विटनेस बन चुका है, देखो ठीक हमारे पीछे ही खड़ा है।' आगे बढ़ते हुए एलबर्ट कहता है, वो राइटर तो थी ही लेकिन इण्डिया आ के इतनी इमोशनल हो गयी है कि कभी-कभी उसे डर लगता है, क्या वो उसके मन के लायक़ ढल सकेगी। अब दोनों ताजमहल के बाहर आ चुके हैं, सिया मुड़ के ताज से कहती है, जल्दी ही शादी के बाद वो लोग एक बार फिर यहाँ आयेंगे। इस समय क़रीब साढ़े दस बज रहे थे एलबर्ट ने कहा, 'लेट्स गो।'

नन्हें अपने समय के अनुसार खाना खाकर और थोड़ा टहलने के बाद कमरे में आकर सो चुके थे। कबीर को एकाउण्ट्स का काम करते हुए सोते-सोते साढ़े ग्यारह बज गये थे, तकिये पर सिर रखते ही वह सो गया। सभी गहरी नींद में थे। एकाएक डोर-बेल बजती सुन कबीर की ही आँखें खुली, इस बीच और दो बार घण्टी बज चुकी थी। जब तक कबीर नीचे उतरकर आये, विजय दरवाज़ा खोल चुका था, कबीर ने पूछा, 'कौन है विजय?', सामने खड़े पंजाब टूर्स ऐण्ड ट्रैवेल्स के ड्राइवर को देखते ही वो पहचान गया और पूछने लगा क्या बात है?, ड्राइवर ने बताया जो सवारियाँ उनके यहाँ से उसकी गाड़ी में बैठीं थीं, उन्होंने उससे कहा था, ताजमहल घूम-घाम के हद-से-हद ग्यारह बजे तक वो लोग आ जायेंगे और फिर होटल जायेंगे, लेकिन ताजमहल बन्द होने के समय तक वो उनके लौटने का इन्तज़ार करता रहा, फिर कई बार साहेब का नम्बर लगाने की कोशिश की लेकिन नम्बर उठा ही नहीं, और क्योंकि मैडम का लगेज़ डिक्की में पड़ा था इसलिये उसे सामान

देने यहाँ बेवक़्त आना पड़ा। सिया का लगेज़ दरवाज़े पर रख के वो तो वहाँ से चल दिया, लेकिन कबीर के चेहरे पर हवाइयाँ उड़ रही थीं, विजय भी परेशान था। कबीर समझ नहीं पा रहा था क्या करे, अचानक फ़ोन पर एक नम्बर लगाते बोल उठा, 'बाबा घबरा जायेंगे इसलिये नहीं जगा सकता, लेकिन कुलदीप चाचू को इन्फॉर्म करना ज़रूरी है।' पत्रकार होने के नाते गहरी-से-गहरी नींद में भी मोबाइल बजते ही कुलदीप की आँख फ़ौरन खुल जाती है। फ़ोन पर कबीर का नाम देख वो और भी चौकन्ना हो गया, 'क्या हुआ पुत्तर?' कबीर ने सारी बात बतायी और पूछा क्या किया जाये। कुलदीप ने कहा वो ताजगंज पुलिस थाने फ़ोन लगाकर जानने की कोशिश करता है कि उनके पास ताजगंज इलाके से किसी तरह की वारदात की ख़बर तो नहीं आयी। ये कहकर उसने फ़ोन काट दिया, और दो मिनट बाद ही कबीर को बताया कि वहाँ तो किसी वारदात की कोई सूचना नहीं पहुँची, फिर भी चिन्ता की बात तो है ही, सबेरे तक देखते हैं नहीं तो कुछ करेंगे।

इसी कशमकश में रात बीतती चली गयी, न जाने कब कबीर नीचे सोफ़ा पर ही ढुलक गया और विजय भी। अभी-अभी पौ फटी ही थी कि कबीर का फ़ोन घनघनाया, जिसे उसने लेटे-लेटे ही कान से लगा लिया, लेकिन अगले ही पल वो झटके से ऐसे उठ बैठा जैसे उसे बिच्छू ने डंक मारा हो। वो अभी सिर पकड़े बैठा ही था कि सुबह की आरती से लौटे नन्हें उसे इस हाल में बैठे देख चौंककर बोले, 'अरे कबीर आज सुबह-सुबह यहाँ? तबीयत तो ठीक है?' कबीर दौड़ के नन्हें के पास आकर कस के लिपट सुबकता-सा कहने लगा, 'बाबा बहुत बुरा हुआ... बहुत बुरा' नन्हें उसे यूँ ही थामें-थामें अपने कमरे के भीतर ले जाते हैं, और दस मिनट बाद ही दरवाज़े की तरफ़ जाते हुए विजय से कहते हैं, वो लोग ज़रा सदर तक ज़रूरी काम से जा रहे हैं, बहू पूछे तो बता देना।

सुबह का वक़्त होने के कारण दूर-दूर तक कोई रिक्शा नज़र नहीं आ रहा था, बेचैनी में भरे नन्हें कहते हैं, वो ताँगा निकालकर लाते हैं। इतने में ही एक ऑटोरिक्शा किसी सवारी समेत आती नज़र आयी, जो संयोग से श्रीराम के घर से थोड़ा आगे जाकर रुकी और सवारी उतर गयी। नन्हें ज़ोर से पुकारते हैं, 'ऑटो'। ऑटो मुड़ने लगती है, इधर कबीर मोबाइल पर कुलदीप से इतना ही कहता है, कि वो जल्दी-से-जल्दी सदर के रामतेज अस्पताल पहुँच जायें, वो लोग भी घर से निकल रहे हैं। ऑटो सामने आकर रुकता है, पिता-पुत्र दोनों बैठ जाते हैं, कबीर के 'सदर रामतेज अस्पताल' कहते ही ऑटो सड़क पर दौड़ने लगती है। बेहद तनाव में होने के कारण कोई किसी से बात नहीं कर रहा। ऑटो अभी ठण्डी सड़क पर पहुँची ही है कि, कबीर का मोबाइल बज उठता है, वो फ़ोन सुनता है और एकाएक ऑटोवाले से कहता है, 'ऑटो घुमाकर एस. एन. हॉस्पिटल ले लो', साथ ही कुलदीप का नम्बर

लगा के उसे भी एस. एन. अस्पताल पहुँचने के लिये कहता है। नन्हें की घबराहट बढ़ती जा रही है, वो बार-बार कबीर को देखते हैं लेकिन चुप ही रहते हैं।

अस्पताल के बाहर ही बाइक लिये कुलदीप खड़ा था। इन लोगों की ऑटो रिक्शा को देखते ही उसने कबीर को पुकारा, रिक्शा वहीं छोड़ तीनों साथ-साथ अस्पताल के अन्दर दाख़िल हुए। कुलदीप जिससे कबीर की विस्तार में कोई बात नहीं हुई थी, अब उसे वो सब बताता है जो उसके ससुर ने उसे बताया था। सुनकर कुलदीप सकते में आ जाता है। अभी ये दोनों बात-चीत कर ही रहे थे, कि एम्बुलेंस का सायरन सुन उनका ध्यान बँट गया। वो देखते हैं आगे-आगे एम्बुलेंस और उसके पीछे पुलिस जीप अस्पताल में दाख़िल हो रही है। नन्हें, कुलदीप और कबीर तीनों ही उस तरफ़ तेज़ी से बढ़ने लगे। देखते-ही-देखते अस्पताल के दो वार्ड ब्वॉय फुर्ती से एम्बुलेंस के पास स्ट्रेचर ले गये, एम्बुलेंस के दो कर्मचारियों ने चादर से ढकी सिया को स्ट्रेचर पर लिटा दिया, और दोनों वार्ड ब्वॉय तेज़ी से स्ट्रेचर अस्पताल के अन्दर ले जाने लगे। पुलिस जीप से उतर ताजगंज पुलिस दल भी उसके पीछे-पीछे चल दिया। अस्पताल जैसी जगहों में दुर्घटनाओं या अपराधिक वारदातों की सनसनी खेज़ ख़बरों की तलाश में इक्का-दुक्का पत्रकार अक्सर वहाँ मँडराते दिख जाते हैं। सिया को अन्दर ले जाते देख ऐसे ही दो पत्रकार जानकारी लेने के लिये पुलिसवालों की तरफ़ लपके, लेकिन कुलदीप सिंह जैसे वरिष्ठ पत्रकार के वर्जना में उँगली हिलाते ही वो जहाँ-के-तहाँ रुक गये। कुलदीप ये कहकर अन्दर चला गया कि उसे ताजगंज पुलिस से बात-चीत करनी है। एम्बुलेंस से उतरे हाजी साहब पर नज़र पड़ते ही फुर्ती से कबीर उनकी तरफ़ बढ़ा, और सलाम करके हाथ थामें उन्हें नन्हें के पास ले आया। पास पहुँचकर जैसे ही हाजी साहब ने नन्हें के कन्धे पर हाथ रखा, बड़ी देर से आँखों में रोककर रखे गये उनके आँसू बरस पड़े। उनकी पीठ सहलाते, भरे गले से हाजी साहब इतना ही कह पाए, 'दिल छोटा मति करो समधी ज़ी अल्लाह इस बच्ची पर अपनी रहमत ज़रूर बरसायेंगे... चलो अन्दर चलो।' इतना कहकर सब अन्दर चले गये।

सिया को ऑपरेशन थियेटर में ले जाया गया, कुलदीप कॉरिडोर में खड़ा पुलिस से बात-चीत कर रहा था। हाजी, कबीर और नन्हें को अन्दर आया देख उनकी तरफ़ इशारा कर कुलदीप इन्स्पेक्टर चन्दन सिंह से कुछ कहता है, अब पुलिस और कुलदीप नन्हें के पास आते हैं। प्रभावित करने के इरादे से कुलदीप पुलिस को ये भी बताता है, ये उस्ताद रमज़ान अली ख़ान जाने-माने शास्त्रीय संगीत गायक हैं। इन्स्पेक्टर नमस्कार करके कहता है, 'अस्पताल के पुलिस कक्ष में चल के बात-चीत करते हैं... हाजी साहब आप भी आइये।' कुलदीप कबीर से कहता है, वो ओ. टी. के आसपास ही रहे।

पुलिस कक्ष में ताजगंज पुलिस थाने का इन्स्पेक्टर चन्दन सिंह सबको सामने बैठाकर बात-चीत शुरू करते हुए बताता है कि, उन्हें सुबह सात बजे के लगभग रामतेज अस्पताल से फ़ोन मिला कि, सुबह की सैर करनेवाले कुछ व्यक्तियों को ताजगंज इलाक़े में ही कहीं अचेतावस्था में एक युवती पड़ी मिली, जिसे मानवता के आधार पर वो लोग उठाकर रामतेज अस्पताल तक ले आये, लेकिन लड़की के शरीर पर कई गोलियाँ लगी देखकर उन्हें लगा ये पुलिस केस है, साथ ही पीड़िता की हालत अति गम्भीर होने के कारण वो उसे तुरन्त आगरा के सरकारी एस. एन. हॉस्पिटल में भेज रहे हैं। इतना सुनते ही पुलिस ने डॉक्टर से पीड़िता को एम्बुलेंस में रखवाने और पुलिस दल को वहाँ दस मिनट के भीतर पहुँच जाने का आदेश दिया। इतना समय नहीं था कि वहाँ चश्मदीद गवाहों के बयान लिये जा सके, इसलिये वो मुख्य गवाह चौधरी काले ख़ान को भी अपने साथ ही लिवा लाये। यहाँ आने पर कुलदीप जी से उन्हें मालूम हुआ कि उस्ताद रमज़ान अली ख़ान हाजी साहब के समधी हैं और पीड़िता इन्हीं की मेहमान थी। अच्छा हुआ वो भी यहीं मिल गये, वर्ना पूछ-ताछ के लिये इन्हें भी बुलाया जाता।

इन्स्पेक्टर चन्दन सिंह नन्हें का बयान दर्ज करते हुए पूछता है कि, पीड़िता से उनका क्या रिश्ता है। वो उनके यहाँ कब से रह रही थी। वारदात के दिन उनके घर से कितने बजे, किसके साथ कहाँ के लिये निकली थी। जवाब में नन्हें सिया के बारे में सारी जानकारियाँ देते हैं, जिसमें एलबर्ट पाण्डे का ज़िक्र भी आता है। वो ये भी बताते हैं, सिया की गुमशुदगी की ख़बर रात के लगभग दो बजे टैक्सीवाले ने घर आकर दी जो सिया का लगेज़ लौटाने आया था। उसके आगे की बुरी ख़बर सुबह के वक़्त उन्हें हाजी साहब के फ़ोन से मिली, और सब-कुछ जानने के बाद वो अपने बेटे कबीर और दोस्त कुलदीप के साथ यहाँ पहुँच गये।

अब इन्स्पेक्टर चन्दन सिंह चौधरी काले ख़ान का बयान दर्ज करने लगता है। वो बताते हैं, फ़ज्र की नमाज़ के बाद वो रोज़ाना अपने चन्द पड़ोसियों के साथ सुबह की सैर के लिये निकल जाते हैं, आँखों से थोड़ा कम दिखने लगा है इसलिये साथ में टॉर्च भी रखते हैं। एक जगह अचानक वो किसी चीज से टकराकर गिरने को हुए पर सम्हल गये। किसी ने कहा, 'वहाँ तो कोई औरत पड़ी हुई है।' इतना सुन उन्होंने टॉर्च जलाकर देखा तो मुँह के बल गिरी कोई ख़ातून नज़र आयी, वो थोड़ा झुके तो गुलाबी रंग के दुपट्टे को देखते ही पहचान गये कि ये तो उनकी बीवी के हाथ का काढ़ा गया वो दुपट्टा है जो कुछ ही दिन पहले उन्होंने उस लड़की को दिया था, जो उनके समधी जी के साथ उनके घर आयी थी। इतना कहकर हाजी साहब फूट-फूटकर रोने लगे। नन्हें उनकी पीठ सहलाने लगते हैं। ख़ुद को सम्हालते हाजी आगे कहते हैं, उसके बाद उन सबको यही ठीक लगा कि उसे जल्दी-से-जल्दी अस्पताल

पहुँचाना चाहिए। क़िस्मत से एक ख़ाली ताँगा भी दिखलायी पड़ गया तो बच्ची को उसी में डालकर सदर के रामतेज अस्पताल ले गये, उसके बात की तो सारी बातें उन्हें मालूम ही हैं।

इन्स्पेक्टर चन्दन सिंह नन्हें और हाजी साहब दोनों के बयानों पर उनके हस्ताक्षर लेकर कहता है, अगर ज़रूरत पड़ी तो उन्हें पूछ–ताछ के लिये ताजगंज पुलिस थाने बुलवाया जा सकता है। कुर्सी से उठते हुए इन्स्पेक्टर ये भी कहता है, जहाँ से पीड़िता को उठाया गया है वहाँ से कुछ दूरी पर किसी पेड़ के पीछे एक लेडीज़ पर्स बरामद किया गया है। वो इस समय उनके पास ही है, क्या उनमें से कोई उसकी शिनाख़्त कर सकता है। नन्हें के हाँ कहने पर न्स्पेक्टर चन्दन सिंह सिपाही को इशारा करता है, और वो सील किये गये कपड़े के थैले में से बड़ी एहतियात से एक पर्स निकालता है, जिसे देखते ही नन्हें के मुँह से फ़ौरन निकलता है, 'ये तो सिया का है।' इन्स्पेक्टर कहता है, उन्हें आशा जगी है कि शायद इस पर्स में पीड़िता का मोबाइल या डायरी जैसे कोई सूत्र महत्त्वपूर्ण मिल सकते हैं, जो पुलिस को उस शख़्स तक पहुँचा सके जो आख़िरी वक़्त तक पीड़िता के साथ था। इस बीच अन्दर–बाहर करते कुलदीप ने बताया, सिया को तीन गोलियाँ लगी थीं जिनमें से दो को तो निकाला जा चुका है, लेकिन तीसरी गोली उसकी खोपड़ी में कहीं फँसी हुई है जिसे निकालने से पहले उसका एम.आर.आई. किया जा रहा है। चिन्तित से नन्हें कभी कुलदीप को और कभी हाजी को देखते हुए इन्स्पेक्टर से इजाज़त माँगते हैं, और उसके हाँ में सिर हिलाते ही पुलिस–कक्ष से बाहर निकल जाते हैं। एक बेंच पर बैठे कबीर की निगाह जैसे ही इन सब पर पड़ती है, वो उनकी तरफ़ जाता है और पूछता है, 'पुलिस की औपचारिकताएं पूरी हो गयीं', कुलदीप हाँ में सिर हिलाते कबीर से पूछता है, 'सिया की एम.आर.आई. हो गयी?'

'जी... डॉ. मित्रा ने एम.आर.आई. रिपोर्ट दिल्ली में एम्स के न्यूरोसर्जन को भेजी है, उनका रिप्लाई मिलने पर ही ब्रेन सर्जरी का डिसीजन लिया जायेगा', तभी डॉक्टर मित्रा अपने जूनियर डॉक्टर के साथ वहाँ आकर कबीर से कहते हैं, उन्हें ग्रीन सिग्नल मिल गया है, पेशेण्ट का ऑपरेशन फ़ौरन ही किया जायेगा। सबकी तरफ़ देखते हुए डॉक्टर आगे पूछते हैं, 'ऑपरेशन से पहले फ़ॉर्म पर सिग्नेचर कौन करेगा?' इससे पहले कि कबीर हाथ आगे बढ़ाये, नन्हें फ़ॉर्म पर हस्ताक्षर कर देते हैं और पूछते हैं, 'ऑपरेशन में कितना वक़्त लगेगा डॉक्टर साहब?'

'ठीक से तो नहीं बताया जा सकता, फिर भी छह से बारह घण्टे तो लग ही सकते हैं।'

डॉक्टर की टीम वापस ओ.टी. में लौट जाती है। उनके जाते ही कबीर ने कुलदीप से कहा, ऑपरेशन में तो काफ़ी टाइम लगेगा, इसलिये वो अब्बा जी को

ताजगंज का रिक्शा करके बाबा के साथ घर निकल जायें, वो यहीं रुका हुआ है। कुलदीप कहता है, वैसे तो वो भी नहीं जाता लेकिन घण्टे-भर के लिये घर जाकर शहज़ादी से कहना ज़रूरी है कि उसके लौटने तक वो या शौक़त बेबे के पास ही बने रहें। इतना कहकर वो, हाजी साहब और नन्हें दोनों से ही चलने के लिये कहता है। हाजी साहब थोड़ी आनाकानी के बाद सभी के दबाव के आगे झुककर जाने के लिये तैयार हो जाते हैं। पर नन्हें वहाँ से जाने के लिये राज़ी न हुए। बल्कि कबीर से ये भी कहा, वो दोनों सुबह से हिना को कुछ बताये बग़ैर घर से निकल आये थे, उनके फ़ोन भी बन्द हैं, वो बेचारी घबरा रही होगी, इसलिये कुछ देर के लिये घर जाकर कबीर उसे सब-कुछ बतला दे और ये भी कह दे, सिया के होश में न आने तक उसके यहाँ आने की कोई ज़रूरत नहीं है। कबीर, कुलदीप और हाजी साहब तीनों ही अस्पताल के बाहर चल दिये। और नन्हें ऑपरेशन थिएटर के पास ही एक बेंच पर दोनों हाथ बाँधे बैठ गये, आँखें मुँदने लगीं... उनके कानों में बारी-बारी से मस्ज़िद की अज़ान, मन्दिर की घण्टियाँ और गुरुद्वारे की गुरु वाणी गूँजने लगी।

कबीर को अकेला आया देख हिना ने नन्हें के बारे में पूछा, आवाज़ सुनकर विजय भी वहाँ आ गया और एकाएक पूछ बैठा, 'भाई सिया कैसी है?' हैरानी में दोनों का मुँह ताकती हिना पूछती है, 'सिया? सिया को क्या हुआ? वो तो दिल्ली में होगी, शाम पाँच बजे का उसका हवाई जहाज है।' कबीर लाचारगी में अपना हाथ सिर पर मारते कहता है, कौन-सा हवाई जहाज वो बेचारी तो...। ये सुन विजय सकपका जाता है, और हिना गुस्से में भरी कहती है, 'साफ़-साफ़ बताओ क्या हुआ है सिया को? कहाँ है वो?' अब कबीर सारी कहानी सुनाता है, सुनते-सुनते हौलिया के हिना सीने पे हाथ धर कुर्सी पर बैठकर रोने लगती है और अचानक ही आक्रोश में भरी कहती है, 'सब उसी नासपीटे एलबर्ट का किया धरा है, पल्ला झाड़ना चाहता था वो सिया से।' कबीर उसे समझा-बुझा के जैसे ही शान्त करता है, वो कहती है, वो अभी-के-अभी अस्पताल जायेगी। कबीर कहता है, अभी ऑपरेशन चल रहा है, डॉक्टर ने कहा है सब-कुछ ठीक रहा तो होश आने में एक या दो दिन लग सकते हैं। फ्रेश होकर वो फ़ौरन ही लौट जायेगा, बस हिना इस बात का ख़याल रखे कि बेबे और अंजुम, संजुम को इस बारे में कुछ न मालूम हो।

ताजगंज पुलिस दल अस्पताल से निकलकर नन्हें के बयान के आधार पर सीधे होटल गोवर्धन पहुँची और रिसेप्शन पर एलबर्ट पाण्डे नाम के गेस्ट का कमरा नम्बर पूछा। तुरन्त ही रिसेप्शन पर मौज़ूद लड़के ने कहा, 'वो तो रात में ही चेक आउट कर गये।'

'कितने बजे?'

‘मैं रजिस्टर देखकर बताता हूँ।’

एलबर्ट के चेक आउट का समय सुबह दो बजे का बताया गया। इन्स्पेक्टर चन्दन सिंह ने वो कमरा देखना चाहा जहाँ वो रुका था। लड़के ने कहा, बेशक वो कमरा देख सकते हैं लेकिन सुबह आठ बजे उस कमरे में नये गेस्ट चेक इन कर चुके हैं। इन्स्पेक्टर ने उससे ये भी पूछा, जितने दिन वो यहाँ रुके, क्या उनके कोई मिलने-जुलनेवाले यहाँ आये? ‘जिस दिन वो यहाँ पहुँचे थे बस उसी दिन कोई मैडम यहाँ आयीं थीं, रात-भर यहीं रुकी थीं और अगली दोपहर दोनों साथ-साथ कहीं बाहर चले गये थे, उसके बाद फिर यहाँ किसी को नहीं देखा गया।’

पुलिस दल फ़ौरन ही वहाँ से बाहर निकल आया। बात-चीत करते हुए ये लोग जीप से ताजगंज पुलिस थाने की ओर बढ़ रहे थे, चन्दन सिंह कहता है, बयान के मुताबिक पीड़िता और एलबर्ट शादी भी करनेवाले थे, इन हालात में लड़की पर इतना बड़ा हमला होना और लड़के का रातोंरात फ़रार हो जाना उसे शक के घेरे में लाता है। वो सब-इन्स्पेक्टर भाटी से कहता है, बयान में उस्ताद रमज़ान अली ख़ान ने बताया था कि दिल्ली से इन दोनों की पाँच बजे की लन्दन के लिये उड़ान थी, अब साढ़े चार तो बज ही गये हैं फिर भी एक कोशिश की जा सकती है। ये कहकर इन्स्पेक्टर दिल्ली इंटरनेशनल एअरपोर्ट का नम्बर लगाने का कई बार प्रयास करता है, लेकिन जब नम्बर लगता है उन्हें बताया जाता है कि लन्दन की फ़्लाइट ने अभी-अभी उड़ान भरी है।

पुलिस टीम ताजगंज थाने पहुँच चुकी है। वहाँ इन्स्पेक्टर चन्दन सिंह सब-इन्स्पेक्टर भाटी से वो पर्स एहतियात के साथ खोलने के लिये कहता है जिसकी शिनाख़्त हो चुकी है। अचानक ही वो ये भी पूछ बैठता है, इसके फिंगर प्रिण्ट्स ले लिये गये हैं?

‘जी ज़नाब बैग मिलते ही ये काम करवा लिया था।’ पर्स खोला जाता है जिसमें से सिया का पासपोर्ट, उसका और कुछ अन्य विज़िटिंग काड्र्स, मेकअप का सामान, मोबाइल फ़ोन और ताजमहल में खींचा गया सिया और एलबर्ट का फ़ोटोग्राफ़ निकलता है। फ़ोटो देखते ही इन्स्पेक्टर चन्दन सिंह सब इन्स्पेक्टर और दूसरे पुलिसकर्मियों से कहता है, ‘ये बात तो साबित हो गयी कि पीड़िता अपने ब्वॉयफ्रेण्ड के संग ताजमहल गयी थी जहाँ उन्होंने ये तस्वीर खिंचवायी।’ मोबाइल उठाकर इन्स्पेक्टर फ़ोन लिस्ट खोलता ही है कि उसे एलबर्ट का नाम और नम्बर दिखलायी पड़ता है। अब सिर हिलाते हुए वो सिया के नाम का विज़िटिंग कार्ड उठाकर, ‘बयान में कहा गया है कि ये लड़का पीड़िता के घर में ही रहता है, यानी ये रहा पता और ये रहा फ़ोन नम्बर। लड़के को लन्दन पहुँच जाने दो, लंडन पुलिस की मदद से इस

तक पहुँचने में कोई दिक़्क़त नहीं आयेगी, वैसे पीड़िता के होश में आने क़े बाद ही हम शायद अपराधी तक पहुँच सकेंगे।'

शयन की आरती करके और मन्दिर का दरवाज़ा लगा के श्रीराम बाहर निकले ही थे कि किसी ने उनसे राम-राम की, उसे पहचानकर श्रीराम ने पूछा, 'अरे बालो तू ड्यूटी पर जाय रौ है या आय रौ है?' वो बताता है कि रात की ड्यूटी पर जा रहा है, लेकिन उन्हें देखकर उसे वो बात याद आ गयी जो सारे दिन वो पेट में रख के घूमता रहा पर कही किसी से नहीं।

'ऐसी क्या बात है बता न।' अब बालो जो एस.एन. हॉस्पिटल में बार्ड ब्वॉय है, बताता है कि कैसे आज सुबह उसने पुलिस की देख-रेख में उस लड़की को अस्पताल में ले जाते देखा, जिसे उनके और नन्हें बाबा के साथ कई बार आते-जाते देख चुका है। बड़ी सुन्दर, सबसे हँसने-बोलनेवाली छोरी है वो, सुनने में आया उस पर किसी ने गोलियाँ चलायी हैं। वो ये भी कहता है, सुबह अस्पताल में नन्हें बाबा और उनका छोरा भी था। ये सब सुनते हुए श्रीराम की आँखें और मुँह फटा जा रहा है। मुँह से अचानक निकलता है 'सिया', इस बीच गली के दो चार लोग वहाँ और जमा हो चुके थे। 'अरे बो छोरी विलायतवाली'

'बो तो बहुत भड़िया छोरी है, आते-जाते ख़ूब बोलती-बतियाती है।'

'बिस बेचारी की किससे दुस्मनी है सकै।'

इस बीच श्रीराम बिना किसी से कुछ बोले घटिया उतरते ही चले गये। वो सोच रहे थे, सिया तो आज सुबह लन्दन जानेवाली थी... फिर ये कैसे हो गया...? क्या करें, नन्हें के घर जायें? पर काफ़ी देर हो चुकी है। अगर सब-कुछ ठीक-ठाक होगा तो कल मंगला आरती में मिलेंगे ही, नहीं तो फिर लौटते में वो उनके घर जायेंगे।

रात के ग्यारह बज चुके थे, ऑपरेशन थिएटर के बाहर नन्हें और कुलदीप एक बेंच पर बैठे हुए थे, कबीर चाय की दो गिलास लाकर उन्हें देता है। अभी उन्होंने एक ही घूँट भरा है कि ऑपरेशन थिएटर की लाल बत्ती बुझती है, और कुछ ही देर में डॉक्टर मित्रा और उनके सहायक डॉक्टर ओ. टी. से बाहर आते हैं। नन्हें और कुलदीप फ़ौरन ही खड़े हो जाते हैं, नज़दीक आकर डॉक्टर मित्रा सभी को देखते हुए बताते हैं, ऑपरेशन सक्सेसफुल रहा लेकिन पेशेण्ट अभी अण्डर ऑब्ज़रवेशन है और वेण्टीलेटर पर है। नन्हें से रहा नहीं जाता वो पूछ बैठते हैं, क्या वो उसे देख सकते हैं। डॉक्टर मित्रा न में सिर हिलाते कहते हैं, 'ये एक बहुत ही मेजर ऑपरेशन है, पेशेण्ट अभी क्रिटिकल कण्डीशन में है, ऐसे में वो कोई भी इन्फेक्शन कैच कर सकता है और कण्डीशन बिगड़ सकती है। ऐटलीस्ट चौबीस घण्टों तक किसी आउट साइडर को पेशेण्ट के पास नहीं जाने दिया जा सकता, वैसे कुछ ही देर में हम उन्हें आई.सी.यू. में शिफ्ट कर देंगे।'

नन्हें ज्यों ही बेंच पर बैठने लगते हैं, कबीर उन्हें रोकते हुए कहता है, अब वो और चाचू दोनों घर जाकर आराम करेंगे। कुलदीप कुछ बोलना चाहता है लेकिन कबीर के अधिकारपूर्ण स्वर... 'प्लीज़ आप लोग घर जाइये' सुनकर दोनों चुपचाप बाहर की ओर जाने लगते हैं।

अगले दिन सुबह मंगला आरती में नन्हें को न आया देख श्रीराम उद्विग्न हो गये और आरती सम्पन्न होते ही मन्दिर से निकल नन्हें के घर की ओर चल पड़े। अभी वो घटिया उतर के अपने घर तक ही पहुँचे थे, सामने से आते नन्हें को रिक्शा रोकते देख उन्होंने ज़ोर से आवाज़ मारी 'नन्हें'। रिक्शा में चढ़ते-चढ़ते नन्हें ठिठक गये और दो क़दम आगे बढ़े, तब तक श्रीराम पास पहुँचते ही शिकायतों की झड़ी लगाते रोते-रोते कहने लगे, उसने उसे पराया कर दिया, इतनी बड़ी बात हो गयी, चौबीस घण्टे गुज़र गये, और घर की ख़बर उसे कोई रास्ते चलता दे रहा है। बात समझकर श्रीराम के कन्धे पर हाथ रख नन्हें ने संक्षेप में उन्हें पूरी बात बताते हुए कहा, ऑपरेशन तो हो गया है लेकिन अभी भी बच्ची का संकट टला नहीं है, होश आ जाये तो ही तसल्ली होगी। वैसे भी पुलिस का मामला है इसलिये फ़िलहाल वो मुँह बन्द रखना ही उचित समझते हैं, वो भी ये बात एक दो दिन अपने तक ही सीमित रखे। आँखें पोंछते श्रीराम पूछते हैं, क्या वो सिया को देखने अस्पताल आ सकते हैं? 'डॉक्टर ने फ़िलहाल किसी को भी उसके पास जाने से मना किया है, जैसे ही डॉक्टर से इजाज़त मिलेगी हम तुम्हें बता देंगे', रिक्शा में बैठते-बैठते नन्हें कहते हैं 'कुंज- विहारी जी से प्रार्थना करना हमारी बच्ची को जल्दी ही बिल्कुल ठीक कर दें।' रिक्शा आगे बढ़ा और श्रीराम खड़े-ही-खड़े आँखें मूँदे मुँह-ही-मुँह में कुछ बुदबुदाने लगे।

इधर नन्हें का रिक्शा अस्पताल के बाहर रुका, उधर कुलदीप की बाइक। दोनों सिया के बारे में बातें करते अन्दर गये और आई.सी.यू. की तरफ़ मुड़ गये। एक कमरे के बाहर पड़ी बेंच पर बाँहों का सिरहाना बनाये आँखें मूँदे कबीर लेटा हुआ था। नन्हें ने कबीर के सिर पर जैसे ही हाथ फेरा, उसने आँखें खोली और फ़ौरन ही उठ बैठा। इस बीच सिया की जो-जो रिपोर्ट कबीर को मिली थी वो उसने इन दोनों को बता दी, ये भी कि अभी तक उसे होश नहीं आया। कुलदीप कबीर से कहता है, अब वो घर जाये आराम करे। कबीर वहाँ से चल देता है।

कबीर बाहर निकल रहा है, और वो दो रिपोर्टर अन्दर दाख़िल हो रहे हैं जो कल सुबह कुलदीप के घुड़कने से लौट गये थे। दरअसल उन्हें सिया की जितनी भी झलक मिली, साथ ही उस्ताद रमज़ान अली ख़ान उर्फ़ नन्हें भाई को वहाँ मौजूद देख उन्हें मामला हाई प्रोफाइलवाला लगा था इसलिये किसी चटपटी ख़बर की तलाश में वो आज यहाँ फिर आ पहुँचे। इनमें से एक रिपोर्टर गोकुलपुरा का ही था

जिसकी नज़र वार्ड ब्वॉय बालकृष्ण उर्फ़ बालो पर पड़ी, वो आगे बढ़ा और पिछले दिन का हवाला देते उससे पूछा, उस लड़की का क्या केस है। वो कहता है, उसे इतना ही मालूम है कि ताजगंज सदर एरिया में किसी ने उस पर गोलियाँ चलायीं। सुबह बेहोशी की हालत में उसे पड़ी देख कुछ लोग उसे अस्पताल ले आये, ऑपरेशन करके गोलियाँ तो निकाल दी गयीं हैं, लेकिन लड़की अभी होश में नहीं आयी है। चलते-चलते वो एक सवाल और दाग़ देते हैं कि उनके साथ आगरा के जाने-माने संगीतकार रमज़ान अली ख़ान को भी देखा गया, तो क्या उनसे पीड़िता का कोई रिश्ता है। बालो कहता है, वो तो नहीं पता लेकिन उसने उन्हीं के साथ कई बार उसे मोहल्ले में आते-जाते देखा है। तभी किसी ने वार्ड ब्वॉय को पुकारा और वो वहाँ से चला गया। 'चलो कल के लिये एक ख़बर तो तैयार हो गयी।' कहते वो दोनों पत्रकार वहाँ से चल दिये।

आज टीटू हरिराम के घर में दूध की थैली डालना भूल गया था, इसलिये शान्ति ख़ुद दूध लेकर आ रही थी। फ़ाटक सरका के वो अन्दर आयी और बन्द करके कुण्डा डाल कर वो अभी अपने घर की दो सीढ़ियाँ ही चढ़ी थी कि उसके कानों में देवर-देवरानी की आवाज़ें पड़ने लगीं। सुशीला पूछ रही थी कि, रोज़ तो वो दोनों आरतियाँ करने के बाद घर आते हैं लेकिन आज बीच में ही कैसे आ गये। उत्तर में श्रीराम के फफकने की आवाज़ सुन शान्ति के कान खड़े हो गये, वो एक सीढ़ी और चढ़ के खिड़की में से भीतर झाँकने लगी। जहाँ श्रीराम और सुशीला खिड़की के पास ही खड़े दिखे, शान्ति ने खिड़की के पल्ले पर धीरे से खट-खट की तो पति-पत्नी दोनों ही बाहर की तरफ़ देखने लगे, शान्ति वहीं सीढ़ी पर बैठ गयी और दबी आवाज़ में पूछने लगी, 'का भयौ देवर जी रोय काहे रै हो।', आँखें पोंछते हुए श्रीराम ने उन्हें वो सब बता दिया जो अभी-अभी उन्हें नन्हें से मालूम हुआ था। सुनते ही सुशीला और शान्ति दोनों ही चौंक गयीं। शान्ति कहती है, राकेश के पापा के कारण भले ही वो नन्हें भइया के यहाँ जा नहीं पाती, लेकिन रवि, मीराँ और बच्चों से उस घर के हाल-चाल ज़रूर लेती है। मीराँ बता रही थी, दो-तीन दिन पहले सिया और उसके दोस्त के संग सबका खाना-पीना हुआ था, हँसी-ख़ुशी वो घर से चली भी गयी, अब ये क्या ग़ज़ब हो गया। किसने किया होगा ये सब। श्रीराम गहरी साँस छोड़ते हुए कहते हैं, 'अभी तो सवाल-ही-सवाल है, ठाकुर जी की कृपा से छोरी बच जाये, तो उसी से जवाब भी मिलेंगे।' उठते हुए शान्ति कहती है, ठाकुरजी उसकी रक्षा ज़रूर करेंगे बड़ी अच्छी लड़की है, वो तो एक ही बार उससे मिली है जब वो पिता जी से मिलने आयी थी। शान्ति ऊपर चढ़ने लगती है तभी सुशीला पूछती है, 'कई दिनों से जेठ जी की आवाज़ सुनायी नहीं पड़ रही, कहीं ब्याह-व्याह कराने गये हैं क्या?'

'वो तो दस तारीख़ को गुजरात निकल गये, सूरत और अहमदाबाद में दो ब्याह है और एक गृहप्रवेश की पूजा है, पन्द्रह दिना तो लग ही जांगे', ऊपर जाते जाते ठिठककर 'छोरी के हाल-चाल देते रहना देवर जी', इतना कहकर शान्ति ऊपर चली जाती है।

विज़िटिंग आवर्स होने के कारण अस्पताल में मरीजों के परिजनों और मिलने-जुलनेवालों का आना-जाना लगा हुआ था, लेकिन आई.सी.यू. के कॉरिडोर में अपेक्षाकृत कम आवा-जाही थी। कबीर शाम को घर से आते हुए कुलदीप और नन्हें के लिये थर्मस में चाय और नाश्ता लेकर आया था। काफ़ी ना-नूं के बाद नन्हें खाने के लिये राज़ी हुए। अभी वो लोग नाश्ता ख़त्म करके ही चुके थे कि, इन्स्पेक्टर चन्दन सिंह और सब इन्स्पेक्टर भाटी, दो सिपाहियों के साथ कॉरिडोर में आते दिखे। उन्हें देखते ही नन्हें और कुलदीप खड़े हो गये। दुआ-सलाम के बाद बिना रुके पुलिसवाले उस कमरे में चले गये, जहाँ चौबीसो घण्टे मरीजों की सेवा के लिये डॉक्टर और नर्स ड्यूटी के अनुसार उपस्थित रहते हैं। इन्स्पेक्टर द्वारा डॉक्टर से सिया की रिकवरी के बारे में जानकारी माँगने पर उन्हें बताया गया, मरीज़ की हालत स्थिर है लेकिन अभी होश नहीं आया। पुलिस के ये पूछने पर कि कब तक होश आने की आशा है। डॉक्टर कहते हैं, ये कोई मामूली ऑपरेशन नहीं ब्रेन सर्जरी का केस है, वैसे भी छत्तीस से अड़तालीस घण्टे तो लगते ही हैं और अभी तो ऑपरेशन हुए सिर्फ़ बीस घण्टे ही हुए हैं।

'कल शाम तक हम इनका बयान ले पायेंगे?' डॉक्टर अपना गुस्सा दबा के कहते हैं, 'हो सकता है कल शाम तक पेशेण्ट होश में आ जाये, लेकिन उसका ब्रेन इस लायक़ कहाँ हो पायेगा जो याद कर-कर के ख़ुद पर हुए टॉर्चर की बातें आपको बता सके।'

'वी नो डॉक्टर... लेकिन हम भी क्या करें, हम भी अपनी ड्यूटी ही निभा रहे हैं, ठीक है हम आपके टच में रहेंगे और जब आप कहेंगे तभी आकर इनका बयान रिकॉर्ड करेंगे।' पुलिसवाले कमरे से कॉरिडोर में निकलने को होते हैं, तभी रुककर चन्दन सिंह नन्हें और कुलदीप के पास आकर कहता है, हालाँकि सारा दारोमदार पीड़िता के बयान पर ही है, फिर भी वो हाथ-पर-हाथ धरे नहीं बैठे हुए हैं। मौजूदा हालात को देखते उनका शक पीड़िता के ब्वॉयफ्रेण्ड पर ही जा रहा है, और इस बारे में वो अपना काम भी शुरू कर चुके हैं। जिस लेडीज़ पर्स की शिनाख़्त उन्होंने पीड़िता के पर्स के रूप में की थी, उसे खोलने पर उन्हें मोबाइल फ़ोन और विज़िटिंग कार्ड से एलबर्ट पाण्डे का फ़ोन नम्बर और ऐड्रेस मालूम पड़ा और उन्होंने लन्दन सिटी पुलिस से सम्पर्क भी किया। उन्होंने आश्वासन दिया है कि चौबीस घण्टों के भीतर वो उस आदमी से उनकी वीडियो

कॉन्फ्रेन्सिग करवा देंगे। कुलदीप फ़ौरन ही पूछता है, 'वो कैसे जानेंगे कि वो सही आदमी से ही बात कर रहे हैं?'

'लकीली पर्स में उन्हें पीड़िता की एक फोटो मिली है जिसमें ताजमहल की बैकग्राउण्ड में वो एक मर्द के साथ कपल की तरह बैठी हुई है... ज़ाहिर है वो एलबर्ट पाण्डे ही होगा।' हाँ में सिर हिलाते नन्हें के चेहरे पर से एक काला साया गुज़र जाता है। पुलिसवाले वहाँ से निकलते हैं, उनके पीछे-पीछे कबीर भी निकल जाता है। गहरी साँस छोड़ते हुए नन्हें कहते हैं, 'कितने अरमान सजाये बैठी थी ये लड़की, न जाने किस-किस को अपने ब्याह का न्योता तक दे डाला था इसने।' कबीर बाहर से आई.सी.यू. में आते हुए कहता है, नौ बज चुके हैं अब वो लोग घर के लिये निकलें। नन्हें थोड़ा अनखनाते हैं इस पर कुलदीप कहता है, 'चल चलते हैं स्वेरे थोड़ा जल्दी निकल आयेंगे और कबीर को घर भेज देंगे।'

कुलदीप अस्पताल के लिये तैयार हो रहा था। तभी दरवाज़े की साँकल खड़की 'अख़बार होगा' कहते कुलदीप ने दहलीज़ में जाकर दरवाज़ा खोला और अख़बार लिया। पहले पेज पर नीचे की ओर छपी एक ख़बर पर नज़र पड़ते ही उसका माथा ठनका और वो फ़ौरन ही गली में लपका। दायें-बायें देखा, बायीं ओर मुड़ती गली में पेपरवाला किसी के घर में पेपर डाल रहा था। कुलदीप ने वहीं से पुकारा 'पेपर', पेपरवाले ने जैसे ही पलट के देखा, कुलदीप ने उससे कहा, कुछ दिनों तक वो उसके घर में पेपर न डाले, जब चाहिएगा वो उसे बता देगा। हाथ में पकड़े अख़बार को मोड़ मसोस कर गली में ही फेंक कुलदीप घर वापस लौट आया। घर में बीमार चल रही बेबे जैसे अख़बार के लिये तैयार ही बैठी थी, 'अख़बार केत्थे है?'

'अख़बार नहीं आया बेबे, कोई गली में किसी का पता पूछ रहा था उसे बताने निकल गया।' कुलदीप शहज़ादी को पुकारकर कहने लगा, जल्दी से उसका नाश्ता लगा दे। सुनते ही बेबे बोली, 'ऐ आजकल तू स्वेरे-स्वेरे केत्थे निकल जांदा है?'

'ये कैसा स्वाल बेबे, तू तो जानती ही है तेरा पुत्तर जर्नलिस्ट है, और उनके लिये न कोई सुबह होती है न रात।'

'वो तो ठीक है, पर अभी तू बोल रहा है अख़बार भी नहीं आया, उसी के सहारे मेरा सारा दिन निकल जाता है', नाश्ता ख़त्म कर हाथ मुँह पोंछते कुलदीप घर से निकलते हुए बेबे से कहता है, तबीयत अगर ज़रा भी गड़बड़ लगे तो वो उसे फ़ोन लगा दे।

मंगला आरती करने के बाद गली में आकर छजली पे बैठ के रोज़ ही श्रीराम लाला की दुकान की चाय पीते हुए अख़बार पढ़ते हैं। अख़बार का एक-एक पन्ना वहाँ बैठे, खड़े कई लोगों के हाथों में होता था। श्रीराम के हाथ में बीच का कोई पन्ना

था। तभी लाला चायवाला पहले पन्ने की एक ख़बर पढ़ता वहाँ चला आता है। 'परसों रात ताजगंज इलाक़े में एक युवती पर गुण्डों ने फायरिंग की और उसे सुनसान इलाक़े में अचेतावस्था में छोड़कर भाग गये। सुबह की सैर करनेवाले कुछ लोगों ने उस युवती को अस्पताल पहुँचाया, जहाँ गोलियाँ निकालकर उसे बचा तो लिया गया है किन्तु अभी तक वो बेहोश है। सूत्रों के अनुसार पीड़िता का नाम सिया कपूर बताया जा रहा है।' इतना सुनते ही श्रीराम को छोड़ सभी सिया को याद करते कहते हैं, 'जे वही छोरी है न जो आपके और नन्हें भाई के संग कई बार इधर से गुज़री?', श्रीराम धीरे से हाँ में सिर हिलाते कहते हैं, 'उन्हें भी इस बारे में कल ही मालूम हुआ।'

'अरे बो बेचारी तो परदेसन थी, उसकी यहाँ काऊ से दुस्मनी-उस्मनी तो होगी नहीं, फिर बिसे कौन ने गोली मारी?'

'अरे लाला जे मती भूलो बो अच्छी-ख़ासी सुन्दर छोरी है, आजकल रोज़ ही ऐसी ख़बरन से अख़बार भरौ रै कि फलां ने फलां के संग दुष्कर्म कियौ और मार डालौ।'

'चोप्प', पण्डित श्रीराम इतनी ज़ोर से दहाड़े कि सब चुप हो गये... 'किसी छोरी के बारे में ऐसी अशुभ बातें काये कौ सोचौ, कछु ना भयौ उसके संग सब ठीक है जायगौ।' ये सुनकर सभी हाँ में सिर हिलाने लगे।

नन्हें के घर में हिना के लिये ख़ास तौर पे उर्दू का अख़बार आया करता है, जिसमें ये ख़बर पढ़ते ही वो गुस्से में चिल्लाती है, 'हरामज़ादे नासपीटे एलबर्ट तोये दोज़ख में भी जगह न मिलेगी', और वो रो पड़ती है। तभी उसे नर्गिस का फ़ोन मिलता है जो सिया के बारे जानकर चिन्तित है और उसे देखने आगरा आने की सोच रही है। हिना उसे सिया के हाल-चाल देते हुए कहती है, फ़िलहाल किसी को उससे मिलने नहीं दिया जा रहा है, लेकिन वो फ़िक्र न करे वो उसे सिया के हाल-चाल देती रहेगी।

किशोर, सुखदेव और हनीफ़ आज कई दिनों के बाद चाय की दुकान पर आये थे। किसी दूसरी मेज़ पर बैठा कोई ग्राहक अख़बार के पन्ने पलट रहा था, उस पर नज़र पड़ते ही हनीफ़ तपाक से बोला, उन लोगों ने आज के अख़बार में सिया मैडम पर गोलीबारी की ख़बर पढ़ी? दोनों ही हाँ में सिर हिलाते हैं, फिर सुखदेव कहता है, कोई बता रहा था रात में अपने ब्वॉयफ्रेण्ड के साथ वो ताज देखने गयी थी, गुण्डागर्दी तो आजकल चल ही रही है, हो सकता है लूट-पाट के इरादे से ही उन पर अटैक किया गया हो जो भी हुआ भौत ग़लत हुआ, उन्हें इन्साफ तो मिलना ही चाहिए ये कहते किशोर उठ खड़ा हुआ।

हरिराम के घर में माँ–बेटी मिल के अख़बार पलट रही हैं। सिया से सम्बन्धित ख़बर पढ़ते ही शारदा ज़ोर से कहती है, 'मम्मी, सिया दीदी को गोली लगने और अस्पताल में उनका इलाज़ चलने की ख़बर अख़बार में आ गयी', माँ के ये पूछने पर कि उसे होश आया कि नहीं इस बारे में कुछ लिखा है। 'हाँ लिखा है... ऑपरेशन तो हो गया लेकिन अभी वो बेहोश है।' माँ बेटी के बीच चल रही ये बात–चीत वहीं बैठे राकेश के कानों में पड़ती है और वो उनसे अख़बार लेते हुए कहता है, 'अरे, सिया जी के साथ इतनी बड़ी दुर्घटना हो गयी?' ये कह के वो पेपर लेकर वहाँ से चल देता है।

नन्हें और कुलदीप अस्पताल में जा रहे थे, जगह–जगह लोग अख़बार पढ़ते दिखलायी पड़ते हैं। कुलदीप बड़बड़ाते हुए कहता है, 'स्साला आज ये ख़बर घर–घर पहुँच गयी... इसीलिये उस दिन उन दोनों रिपोर्टरों को मैंने रोका था, लेकिन फिर आये होंगे और किसी को खोद–खाद के ख़बर निकालकर ले गये होंगे।'

'कब तक रोक लेगा तू किसी को, तू ख़ुद भी तो एक पत्रकार है। ख़बरें ढूँढ़ना और छपवाना यही तो तेरी भी रोजी–रोटी है।' कुलदीप कहता है, वो किसी के पेट पर लात नहीं मारना चाहता, सिर्फ़ इसलिये डर रहा था कि सिया के ज़िन्दा बचे रहने की ख़बर जानकर अपराधी कहीं भाग न निकले। दोनों आई.सी.यू. वार्ड में जाते हैं। वहाँ कबीर को न देख नन्हें कहते हैं, 'कबीर कहाँ होगा?'

'अन्दर रूम में ही होगा', कहते कुलदीप उसका नम्बर लगाता है। अगले ही पल कबीर रूम से बाहर आता है। नन्हें उससे सिया के हाल–चाल लेते हैं। कबीर बताता है, डॉक्टरों के अनुसार उसकी रिकवरी अच्छी हो रही है, लेकिन अभी होश नहीं आया है। कुलदीप उसे घर जाने को कहता है, और वो शाम को आयेगा कहते चल देता है। कुलदीप नन्हें से कहता है, आई.सी.यू. में एक बार में कोई एक ही रह सकता है... अभी नन्हें चला जाये, थोड़ी देर बाद वो चला जायेगा। नन्हें सिया के कमरे में जाते हैं। जैसे–जैसे वो उसके पास पहुँच रहे हैं उनका मन भरा चला आ रहा है... ज़िन्दगी से भरपूर लड़की आज कितनी बेज़ान और लाचार–सी यहाँ पड़ी हुई है। वो बेड के पास रखे स्टूल पर बैठकर उसे एकटक देखने लगते हैं। उसकी एक–एक बातें उन्हें याद आ रही हैं। इतने कम समय में सबसे घुल–मिल कर वो कई परिवारों का एक अहम् हिस्सा बन चुकी है। तभी उन्हें सिया के होठों पर हल्की–सी जुम्बिश दिखलायी देती है, वो उसकी तरफ़ थोड़ा झुकते हैं, वो धीरे–धीरे बुदबुदा रही है... 'एलबर्ट... एलबर्ट' नन्हें फुर्ती से उठ कमरे के बाहर निकल डॉक्टरोंवाले कमरे में जाकर बताते हैं कि सिया को होश आ गया। चीफ़ मेट्रन और नर्स दौड़े–दौड़े सिया के रूम में जाकर उसे चेक करते हैं, लेकिन अब सिया एक बार फिर पूर्व स्थिति में ही आ चुकी है। नन्हें घबराकर नर्स से पूछते हैं, 'इसे ये क्या

हो गया, अभी-अभी तो ये बोल रही थी।' मेट्रन कहती है, 'ऑपरेशन हुए छत्तीस घण्टे हो चुके, अब इन्हें किसी भी समय होश आ सकता है चिन्ता की कोई बात नहीं', कहकर मेट्रन और नर्स लौट जाती हैं।

इस बीच कुलदीप ने काफ़ी समय अस्पताल के पुलिस कक्ष में भी गुज़ारा। फिर जैसे ही इन्स्पेक्टर चन्दन सिंह, सब-इन्स्पेक्टर भाटी और कान्स्टेबिल वहाँ आये, कुलदीप ने उनसे पूछा, क्या उन्हें इस मामले में कोई और जानकारी मिली। इन्स्पेक्टर कहता है, गाड़ी तो अब तभी आगे बढ़ेगी जब पीड़िता होश में आयेगी, वो तो यहाँ उसकी फॉरेन्सिक जाँच की रिपोर्ट लेने आये हैं। पुलिस दल के साथ ही कुलदीप भी वार्ड की तरफ़ चल देता है।

डॉक्टर वार्ड का राउण्ड लेकर अपने कमरे में पहुँच चुके थे, जहाँ पहले से उपस्थित इन्स्पेक्टर चन्दन सिंह उनसे पीड़िता की फॉरेन्सिक जाँच की रिपोर्ट तलब करता है। डॉक्टर के कहने पर फ़ौरन ही नर्स इन्स्पेक्टर को रिपोर्ट थमा देती है। जिसे देखते हुए इन्स्पेक्टर चन्दन सिंह के माथे पर बल पड़ने लगते हैं, मुँह से निकलता है, उन्हें डाउट तो था लेकिन रिपोर्ट से क्लियर हो चुका है कि पीड़िता के साथ एक नहीं बल्कि दो लोगों ने बर्बरता पूर्वक बलात्कार किया है। इन्स्पेक्टर चन्दन सिंह रिपोर्ट लेकर जैसे ही बाहर निकलने को होता है, देखता है कुलदीप दरवाज़े पर ही खड़ा है। गहरी आँखों से कुलदीप को देखते हुए इन्स्पेक्टर कहता है, 'पीड़िता को उन जानवरों के साथ काफ़ी संघर्ष करना पड़ा, उसके नाखूनों में धँसे उनकी स्किन के रेशे, जिस्म से चिपके उनके बाल और उनके सीमेन के ज़रिये उन नरपशुओं के डी.एन.ए. का परीक्षण तो हो चुका, बस अब उनके पकड़े जाने पर इस रिपोर्ट से उनके डी.एन.ए. का मैच होना ही बाक़ी है।' इतना कहकर इन्स्पेक्टर अपने साथियों के साथ वार्ड के बाहर निकल जाता है और कुलदीप लड़खड़ाता-सा वहाँ पड़ी बेंच पर बैठ दोनों हाथों से अपना सिर पकड़ लेता है। बड़ी मुश्किल से अपने आँसू ज़ब्त करते हुए वो एक बार सिया के कमरे के दरवाज़े की ओर देख उठ खड़ा होता है, आगे बढ़ थोड़ा-सा दरवाज़ा खोल धीरे से नन्हें को पुकारता है, और उसके देखने पर उसे इशारे से बाहर बुलाता है। नन्हें एक बार सिया को देख पलट के बाहर आ जाते हैं।

नन्हें 'हाँ बोल' कहते कुलदीप के पास बैठ जाते हैं कुलदीप ख़ामोश है। 'क्या हुआ बोल न... डॉक्टर ने कुछ बोला... सिया ठीक तो हो जायेगी न?' उत्तर में कुलदीप की बड़ी देर से दबायी रुलाई फूट पड़ती है और रोते-रोते ही वो, वो सब बताता है जो अभी-अभी उसे मालूम हुआ था। सुनकर नन्हें जैसे पथरा से जाते हैं, फिर चुपचाप उठकर सिया के कमरे में चले जाते हैं। बेड के पास पड़े स्टूल पर बैठ एकटक सिया को देखने लगते हैं, उनके मुँह से धीरे से निकलता है, 'या अल्लाह... इन्सानी रिहाइशें जंगलों में क्यों तब्दील होती जा रही हैं।'

कबीर नन्हें और कुलदीप के लिये चाय नाश्ता लेकर शाम को घर से निकल ही रहा था कि उसका मोबाइल बजता है। ये हरिराम की पत्नी शान्ति का फ़ोन है जो चिन्तित स्वर में पूछती है, सिया को होश आया या नहीं। कबीर कहता है, सुबह जब वो अस्पताल से निकला था तब तक तो होश नहीं आया था, दिन-भर में बाबा या कुलदीप चाचू ने भी कोई ख़बर नहीं दी, उसके जाने पर ही मालूम होगा कि सिया अब कैसी है। कबीर रिक्शे में बैठ जाता है। और शान्ति जैसे ही अपना फ़ोन बन्द करती है देखती है, कन्धे पर बैग टाँगे राकेश सामने खड़ा है पूछने पर बताता है, ये तो वो जानती ही है कि उसकी परीक्षाएँ आनेवाली हैं, और उसकी आदत शुरू से ही किसी दोस्त के साथ पढ़ाई की तैयारी करने की है। पापा के बार-बार डाँटने पर उसने अपने ख़ास दोस्त फ़ैयाज़ हसन का साथ तो छोड़ दिया, अब पढ़ाई के लिये वो जमुना पार अपने एक दोस्त के घर जा रहा है पेपर होते ही लौट आयेगा। शान्ति कहती है, जहाँ भी रहे वहाँ से उसे फ़ोन करता रहे, इन दिनों उसके पापा यहाँ नहीं हैं वर्ना शायद वो उसे जाने भी न देते। राकेश माँ को आश्वासन देकर घर की सीढ़ियाँ उतर जाता है।

लगभग पाँच बजे सिया के हाथ की उँगलियों में कम्पन होते देख नन्हें चौकन्ने हो उसे एकटक देखने लगे। एकाएक सिया ने अपनी पूरी आँखें खोल दीं और यहाँ-वहाँ देखते ज़ोर से चिल्लाने लगी, 'एलबर्ट... प्लीज़ सेव मी...एलबर्ट... एलबर्ट', ये आवाज़ें इतनी तेज़ थी कि कॉरिडोर में शाम के राउण्ड पर निकले डॉक्टर मित्रा भी हड़बड़ाये से कमरे में आ गये। सिया पूरी तरह होश में आ चुकी थी, लेकिन उसकी घबराहट और उत्तेजना को देखते हुए डॉक्टर ने नर्स से कोई इंजेक्शन लगाने के लिये कहा, जिसे लगाते ही उसकी आँखें धीरे-धीरे मुँदने लगी। नन्हें ने ये सब देख डॉक्टर से कहा, सिया तो फिर से बेहोश हो गयी। डॉक्टर ने जवाब दिया, वो बेहोश नहीं हुई उन्होंने उसे इंजेक्शन देकर सुला दिया है। अब तक तो वो जान ही चुके होंगे कि उसके साथ कितनी दरिन्दगी हुई है, होश में आते ही फिर से उसी ट्रॉमा में जाकर उसकी कण्डीशन और ज़्यादा न बिगड़े इसलिये उन्होंने उसे ये इंजेक्शन दिया है। वैसे अब चिन्ता की कोई बात नहीं है धीरे-धीरे ये रिकवर करती चली जायेगी, परसों शाम तक उसे नार्मल रूम में शिफ्ट कर दिया जायेगा, लेकिन वो चाहेंगे वहाँ ऐसे लोग न आयें जो इनके घावों पर नमक छिड़कें। वो पुलिस को भी इनके बयान लेने की परमीशन तभी देंगे जब ये मेण्टली उसके लिये तैयार हो चुकी होंगी।

कुछ ही देर में कबीर के वहाँ आते ही नन्हें घर के लिये रवाना हो जाते हैं। अभी वो अस्पताल से बाहर आये ही हैं कि उनका मोबाइल बज उठा। फ़ोन पर श्रीराम है जिन्हें नन्हें से मिले कई रोज़ हो चुके थे। वो एक ही साँस में उस पर अपनी

शिकायतों का ढेर लगा देते हैं। जवाब में नन्हें इतना ही कहते है, वो शान्त हो जाये, वो बस घर ही पहुँच रहे हैं।

जब से नन्हें अस्पताल में व्यस्त हुए, दोनों समय की संगीत कक्षाएँ विजय ही लेता है। आज शाम की संगीत कक्षा समाप्त हो चुकी थी और विजय श्रीराम के पास बैठा हुआ था, जो नन्हें का फ़ोन पाते ही सीधे यहाँ चले आये थे। नन्हें अन्दर आते हैं, उतावले से श्रीराम खड़े होकर उनकी तरफ़ बढ़ते हैं, लेकिन नन्हें हाथ के इशारे से बैठने को कहकर स्वयं उनके पास जाकर बैठ जाते हैं, तब तक विजय उनके लिये पानी का गिलास लाकर उन्हें पकड़ा देता है। इस बीच दिन-भर से सिया के पूरे समाचार जानने की आस में बैठी हिना भी नीचे आकर पीछे कहीं ठिठक गयी थी। श्रीराम जानना चाहते थे कि पुलिस क्या कर रही है। इस बात पर नन्हें को फॉरेन्सिक रिपोर्ट याद आ गयी और वो सिर झुकाये ख़ामोश से रह गये। श्रीराम के दोबारा पूछने पर वो कहते हैं, 'पुलिस और डॉक्टर सभी अपने-अपने काम में लगे हुए हैं, डॉक्टर ने आज ही पुलिस को फॉरेन्सिक जाँच की वो रिपोर्ट सौंपी है जो बेहद शर्मनाक और दुखद पहलू की तरफ़ इशारा करती है।' इतना सुन पीछे खड़ी हिना सतर्क हो जाती है। नन्हें आगे कहते हैं, 'उस बेचारी लड़की के साथ दो-दो जानवरों ने हैवानियत को अन्जाम दिया है', हिना का हाथ उसके सीने पर आ जाता है, आँखें और मुँह फट से जाते हैं। 'लेकिन हाँ, पुलिस और हम सबका जो शक बार-बार एलबर्ट पर जा रहा था, वो काफ़ी हल्का पड़ चुका है। एक तो वीडियो कॉन्फ्रेन्सिंग के ज़रिये ताजगंज पुलिस उससे लम्बी बात-चीत कर चुकी है, उससे भी अहम् बात जो मैं अभी पुलिस को नहीं बता पाया—पूरी तरह होश आने पर सिया सिर्फ़ एलबर्ट नहीं, सेव मी एलबर्ट कहे जा रही थी। इससे ये ज़ाहिर होता है उसके साथ कोई और था, और वो एलबर्ट से ख़ुद को बचाने के लिये कह रही थी। पुलिस को आगे बढ़ने के लिये अब सिर्फ़ सिया के बयान की ज़रूरत है जो डॉक्टर्स के अनुसार दो-तीन रोज़ बाद ही लिया जा सकेगा।' हिना जो बड़ी देर से अपनी रुलाई रोके हुए थी, अब उसकी सिसकियाँ फूट पड़ती हैं। नन्हें और श्रीराम दोनों ही मुड़कर देखते हैं नन्हें कहते हैं, 'हिना बेटा ये रोने का वक़्त नहीं है, देखो... सिया के जिस्मानी घाव तो डॉक्टर ठीक कर देगा, और वो घर भी आ जायेगी, लेकिन उसके रूहानी घाव जो बहुत गहरे हैं उन्हें भरने में तुम्हें ही उसकी मदद करनी होगी।' हिना दुपट्टे से आँसू पोंछते हुए कहती है, वो उसे देखने कब जा सकती है। नन्हें कहते हैं, एक बार वो आई.सी.यू. से निकल आये, उसका पुलिस बयान हो जाये, उसके बाद फिर मिल लेना।

अगले दिन सुबह के अख़बार की इस ख़बर ने गोकुलपुरा में खलबली मचा दी, कि तीन दिन पहले सिया कपूर पर गोलीबारी का जो समाचार छपा था, उसी

मामले में पुलिस द्वारा उस पर बलात्कार की पुष्टि भी की गयी है। आशा की जाती है कि पीड़िता के होश में आने पर ही अपराधियों के बारे में जानकारी मिल सकेगी। सबके मुँह ये कहते नहीं थक रहे थे कि जिसने भी ये दुष्कर्म किया है, वो जल्दी-से-जल्दी पकड़ा जाये और उसे अपने किये की कड़ी-से-कड़ी सज़ा मिले। इस ख़बर ने चाय की दुकान पर भी सनसनी फैला दी, यहाँ उठने-बैठने वाले लगभग सभी लड़के अब ये तय कर चुके थे कि इस मामले की छानबीन में वो पूरी तरह से पुलिस का सहयोग करेंगे। जो लोग सिया को नन्हें के मार्फ़त जानते थे, वो उन्हें फ़ोन पर सम्पर्क करने की कोशिश भी करने लगे। ताजगंज से हाजी साहब भी सुबह-शाम फ़ोन के ज़रिये नन्हें से सिया के हाल-चाल लेते रहते थे।

उस सुबह जब नन्हें और कुलदीप अस्पताल पहुँचे, कमरे के बाहर ही कबीर ने उन्हें बताया, डॉक्टरों के अनुसार सिया की स्थिति अब काफ़ी बेहतर है। शायद दो दिनों के बाद वो पुलिस को उसका बयान लेने की अनुमति भी दे देंगे। लेकिन उन्होंने ये भी कहा है कि इन दो दिनों में उनके क़रीबी लोग उनसे कम-से-कम मिलें तो उचित रहेगा, क्योंकि अब वो ठीक है और उसे सब-कुछ याद आ चुका है, हो सकता है उसी विषय पर बार-बार बात-चीत करने का उसके स्वास्थ्य पर बुरा असर पड़े। ये सुनकर नन्हें और कुलदीप सहमति में सिर हिलाते हैं, और तय करते हैं अब वो लोग भी विज़िटिंग आवर्स में ही आयेंगे, श्रीराम का भी सिया को देखने का बहुत मन है उनको भी साथ ले आयेंगे।

अख़बार के माध्यम से गोकुलपुरा से अशोक नगर तक जो ख़बर फैल चुकी थी, वो धीरे-धीरे जन आक्रोश बनती जा रही थी। जब भी नन्हें उस रास्ते से गुज़रते, लोग उत्तेजना में भरे उनसे यही कहते जब भी वो राक्षस पकड़े जावें, उन्हें सीधे सूली पर चढ़ा दिया जाये।

सिया को सामान्य कक्ष में स्थानान्तरित किये जाने के अगले ही दिन पुलिस द्वारा उसका बयान लिया जाना था। उससे पहली शाम जब कुलदीप, नन्हें और श्रीराम सिया से मिले, अपने-अपने शब्दों में तीनों ने एक ही बात कही कि पुलिस बयान में बिना झिझके उन्हें वो सब-कुछ बताये जो उसके साथ घटा है। नन्हें ने उसका वो हाथ थामते, जिसमें सलाईन नहीं लगी हुई थी कहा, 'बेटा ये जंग तुम्हें जीतनी ही है और इस जंग में तुम्हारे साथ हम सब हैं', सुनते ही सिया के आँसू बहने लगते हैं, 'ना, आँसू बहाकर अपनी एनर्जी कम मत करो', सिया ना में सिर हिलाते इतना ही कहती है, 'बाबा एलबर्ट मुझे छोड़कर क्यों चला गया?' सिर्फ़ ये एक पंक्ति कानों में पड़ते ही नन्हें, श्रीराम और कुलदीप के लिये अपने आँसू रोकना मुश्किल हो गया। अस्पताल से वापसी में कुलदीप कहता है, कल जब पुलिस सिया का बयान रिकॉर्ड करेगी, बेशक वो लोग उस कमरे में नहीं रहेंगे लेकिन यहाँ आसपास ज़रूर रहेंगे।

क्योंकि वो जानता है ऐसे मामलों में पुलिस इतने खुले सवाल पूछती है कि उनका जवाब देना औरतों को कई-कई मौतें मार डालता है। सिया की हालत तो पहले से ही कितनी नाज़ुक है, अगर वो उसे बता देंगे कि वो लोग बाहर ही हैं तो लड़की की हिम्मत बनी रहेगी।

सुबह लगभग दस बजे पुलिस टीम अस्पताल के प्राइवेट वार्ड में पहुँची और ड्यूटी पर मौजूद डॉक्टर को बताया कि वो पीड़िता मिस सिया कपूर का बयान रिकॉर्ड करने के लिये उसके रूम में जाना चाहते हैं। डॉक्टर की स्वीकृति मिलने पर सभी सिया के कमरे की ओर बढ़ गये। सिया भी मानसिक रूप से इस सबके लिये तैयार हो चुकी थी। इन्स्पेक्टर चन्दन सिंह की ओर से पहला प्रश्न किया गया

'मिस सिया कपूर आप आगरा में कब से हैं?'

'ट्वेण्टी सेकण्ड फेब।'

'उससे पहले?'

'मैं ब्रिटिश सिटिज़न हूँ, लन्दन में रहती हूँ, प्रोफेशन से राइटर जर्नलिस्ट हूँ और यहाँ पद्मश्री तारादेवी शर्मा द ग्रेट सिंगर, पर बुक लिखने के लिये आयी हुई थी। क्योंकि मिस्टर रमज़ान अली ख़ान उनके एडॉप्टेड सन हैं इसलिये उन्हीं से कॉण्टेक्ट करने के बाद अपने ब्वॉयफ्रेण्ड एलबर्ट पाण्डे के साथ आगरा आयी थी, जो कुछ ही दिनों के बाद लन्दन लौट गया था और मैं लोगों से बात-चीत करके अपनी बुक के लिये मैटीरियल जमा करती रही, इसी बीच कुछ फेमिलीज़ से मेरा घर जैसा रिश्ता बन गया। इतने कम टाइम में ही इण्डिया में मुझे वो प्यार और अपनापन मिला जो इससे पहले मैंने कभी जाना ही नहीं था। मेरा काम पूरा हो गया और एलबर्ट यहाँ दोबारा आया, क्योंकि उसने प्रॉमिस किया था कि हम मून-लाइट में साथ-साथ ताज देखेंगे। इसलिये मून-लाइट की ईवनिंग को ही मैं और एलबर्ट लगेज़ के साथ नन्हें बाबा के घर के सामने से ही टैक्सी हायर करके निकल गये। सोचा ये था कि ताजमहल देखकर हम होटल गोवर्धन जायेंगे, और वहाँ से एलबर्ट का सामान उठाकर सीधे दिल्ली निकल जायेंगे।'

'एलबर्ट होटल में ठहरा था?'

'यस... नन्हें बाबा तो चाहते थे वो उनके घर पर ही ठहरे, लेकिन उसे ये ठीक नहीं लगा।'

'आप लोग ताजमहल लगभग कितने बजे पहुँचे होंगे?'

'करीब नौ बजे... फिर साढ़े दस बजे तक हम ताज में ही रहे, घूमे फिरे, फोटो क्लिक करवाये और वहाँ से बाहर निकलकर उस तरफ़ बढ़ने लगे जहाँ हमारी टैक्सी पार्क्ड थी। नज़दीक पहुँचकर एलबर्ट अपने मोबाइल से टैक्सी ड्राइवर को कॉण्टेक्ट

करने लगा, वो या तो सो गया था... आइ मीन, को एलबर्ट उसे कॉण्टेक्ट करने में बहुत टाइम लग रहा था। मैं भी उसी की तरफ़ देख रही थी, तभी किसी ने कस के मेरा हाथ पकड़ा और खींचा, जब तक मैं कुछ समझ पाती, मैं एक कार के अन्दर थी जो स्टार्ट हो चुकी थी। रात के अँधेरे की वजह से गाड़ी के अन्दर मुझे किसी का चेहरा नज़र नहीं आ रहा था। मैं चीख़े जा रही थी एलबर्ट एलबर्ट... एक बार उसकी धीमी-सी आवाज़ में मुझे अपना नाम भी सुनायी पड़ा, शायद वो गाड़ी के पीछे-पीछे दौड़ रहा था। क्योंकि छुटने की कोशिश करते हुए भी मैंने देखा, आगे ड्राइविंग सीट पर बैठे आदमी के हाथ में गन थी जो उसने विण्डो के बाहर निकाली और देखते-ही-देखते गाड़ी ने स्पीड पकड़ ली और सब-कुछ पीछे छूटता चला गया।' सिया जो भी बोले जा रही थी, वो सब इन्स्पेक्टर के मोबाइल में वीडियो के रूप में रिकॉर्ड हो रहा था। इन्स्पेक्टर चन्दन सिंह आगे पूछता है, 'उसके बाद क्या हुआ?'

'पीछे की सीट पर जो आदमी बैठा था वो मेरे साथ ज़बरदस्ती करने लगा, कपड़ों की खींचतान, टॉर्चर... मेरे मुँह से भी गालियाँ निकलती चली गयीं, 'स्टॉप दिस बास्टर्ड', अब उस आदमी ने पहले तो मुझ पर थूका और बोला, 'बास्टर्ड की बच्ची... कुछ टाइम बाद तू भी ये वर्ड ख़ूब सुनेगी जब तेरे जने को दुनिया बास्टर्ड बोलेगी' ये कहते उसने मेरी जीन्स खींचनी शुरू कर दी, मैं विरोध में उस पर लातें चलाने लगी, हाथ काट लिया, उसके चीख़ने पर ड्राइविंग सीट पर बैठे आदमी ने एक हाथ पीछे डालकर मेरा हाथ पकड़ने की कोशिश की। मैंने उसके हाथ में ज़ोर से दाँत गड़ा दिये, चीख़ते हुए वो बोला, राकेश इसे छोड़ियो मत, इसे ज़माने भर की नौकरानियों की लौंडियों की बड़ी फ़िकर है, आज हम इसकी इज़्ज़त तार-तार कर देंगे। इन बातों से मैं फ़ौरन समझ गयी कि वो कौन हैं और मुझसे किस बात का बदला ले रहे हैं। मुझे फिज़िकली टॉर्चर करते हुए बारी-बारी से कई बार इन दोनों ने मेरे साथ रेप किया, फिर एक जगह गाड़ी रोक के मुझे खींच के बाहर फेंक दिया, और मेरा जो भी सामान गाड़ी में था वो भी। फेंके जाने के बाद मुझे ज़ोर-ज़ोर से चिल्लाते देख उनमें से एक ने ये कहते मुझ पर दो फायर किये, इस साली का मुँह हमेशा के लिये बन्द करना ज़रूरी है। दूसरी गोली के बाद भी मेरी चीखें सुनकर जो बात कानों में पड़ी, वो ये थी.. साले राकेश तुझे तो गन पकड़ना भी नहीं आता निशाना क्या लगायेगा, और फिर तीसरी गोली चली उसके बाद मेरी आँखों के आगे अँधेरा छा गया, और उसके आगे का मुझे कुछ याद नहीं।'

'अभी आपने जो बदला लेने की बात कही, जिसमें एक का नाम आपने राकेश बताया... और हाँ दूसरे का नाम?'

'वो मुझे नहीं पता, क्योंकि जिस दिन राकेश के साथ मेरी कहा-सुनी हुई, तब इस बन्दे को राकेश मेरा दोस्त, करोड़ पति बाप की औलाद वगैरह-वगैरह ही कहे जा रहा था।'

'इन लोगों से आपकी कहा-सुनी कब और कहाँ हुई?' इस प्रश्न के उत्तर में सिया वो पूरी बात बताती है जब वो केसर को अंजुम, संजुम के साथ मॉल लेकर गयी थी, और वहाँ उसके साथ राकेश के इस दोस्त ने छेड़छाड़ करने की कोशिश की, जिसके डर की वजह से बीस-बाईस दिन वो घर से ही नहीं निकली। फिर बाद में जब उसने सिया को डर-डर के सारी बात बताते ये भी कहा, कि वो लड़का चाय की दुकान पर अक्सर खड़े रहनेवाले लड़कों में से एक है जो पहले भी कई बार उस पर आवाज़ें कस चुका है। ये सुनकर उसे बहुत बुरा लगा कि, एक ऐसी लड़की जिसका बाप नहीं है और माँ दस जगह झाड़ू बर्तन करके इज़्ज़त से अपना घर चला रही है, उसी की लड़की डर की वजह से ख़ुद इतने दिनों से घर में दुबकी बैठी है। मुझे भी ये सारी बातें मालूम न होती, अगर वो मोबाइल देने मैं नन्हें बाबा के शिष्य विजय के साथ उसके घर न गयी होती जो मैंने मॉल से केसर के लिये ख़रीदा था।'

'वो चाय की दुकान कहाँ है?'

'नन्हें बाबा के घर के सामने' इन्स्पेक्टर चन्दन सिंह सब-इन्स्पेक्टर भाटी से कहता है, जहाँ ये बेहोश पड़ी मिलीं उसके पास से पुलिस टीम ने जो सामान बरामद किया था वो इन्हें लौटा दें। भाटी दो पैकेट उसकी तरफ़ बढ़ाते कहता है, ये उसका पर्स और ये दुपट्टा। इन्स्पेक्टर चन्दन सिंह कहता है, उसके अपने ब्वॉयफ्रेण्ड एलबर्ट के साथ सरस्वती कुंज से निकलने के बाद ये दुर्घटना हो जाने, और उसके अचानक लन्दन लौट जाने की वजह से सभी का शक उस एलबर्ट पाण्डे पर ही जा रहा था, लेकिन लन्दन सिटी पुलिस की सहायता से उससे उनकी जो बात हुई, उसकी अब पुष्टि हो चुकी है। एलबर्ट पाण्डे ने बताया, कि वो चलती गाड़ी के पीछे सिया-सिया पुकारते भाग रहा था लेकिन गाड़ी की खिड़की में से उस पर तानी गयी गन देखकर वो इतना डर गया कि इण्डिया छोड़कर भागने में ही उसे अपनी भलाई दिखी। ये सुनकर सिया के मन का घाव जैसे रिसने लगा, एक गहरी साँस छोड़ उसने कहा, 'उसे इस बात का दुःख है और हमेशा रहेगा... आय थॉट ही लव्स मी, अब मैं अकेली नहीं हूँ, मेरी हर प्रॉब्लम में वो मेरे साथ खड़ा है... बट आय वाज रॉन्ग, वो मुझसे नहीं सिर्फ़ अपने आप से प्यार करता है... दैट्स ह्वाय ही लेफ्ट मी ऐण्ड रैन।' ये कहने के साथ ही पहली बार सिया की आँखें भर आयी। इन्स्पेक्टर सिया से पूछता है, और कोई बात जो ख़ुद अपनी तरफ़ से वो उन्हें बताना चाहेगी। सिया जो काफ़ी थक चुकी

है कहती है, अभी उसे और कुछ याद नहीं आ रहा, अगर आयेगा तो वो उन्हें ज़रूर बतायेगी।

सिया का बयान दर्ज हो जाने के बाद पुलिस ने अपनी 'लाइन ऑफ एक्शन' तैयार की और सबसे पहले अशोक नगर स्थित पप्पू चायवाले की दुकान पर पहुँच गयी। जब से सिया कपूर के साथ हुई दुर्घटना की ख़बर अख़बार में छपी थी, गोकुलपुरा और अशोक नगर में जगह-जगह यही चर्चा चल रही थी। आज पुलिस को पप्पू की दुकान की तरफ़ बढ़ते देख वहाँ बैठे और आस-पास की सभी दुकानवालों के कान खड़े हो गये। इन्स्पेक्टर ने चायवाले से उसका नाम पूछते हुए उसकी दुकान पर आने-जानेवाले ग्राहकों के बारे में पूछा, और जब पप्पू ने बताया, दुकान तो दिन-भर चलती ही रहती है, लेकिन मुख्य ग्राहक कॉलेज में पढ़नेवाले लड़के ही हैं, क्योंकि आसपास के कुछ घरों में छात्र किराये पर रहते हैं और उन्हीं के कारण पासवाला भोजनालय, पब्लिक फ़ोन बूथ, पान सिगरेट की दुकान, और उसकी चाय की दुकान चल निकली है। अब इन्स्पेक्टर हफ़्ता दस दिन पहले मिस सिया कपूर की किसी राकेश नाम के लड़के के साथ हुई कहा-सुनी के बारे में जानना चाहता है। सकपकाया-सा पप्पू सब-कुछ सही-सही बता देता है। आगे पुलिस पूछती है, 'राकेश का पूरा नाम क्या है और वो कहाँ का लड़का है?'

'साब राकेश शर्मा... सामने सरस्वती कुंज से दो घर छोड़ के पण्डित विष्णुराम का घर है, ये उन्हीं का पोता और हरिराम का बेटा है।'

'राकेश ने अपने जिस दोस्त के बचाव में सिया कपूर से बहस बाजी की थी, उसका नाम क्या है और वो कहाँ रहता है?'

'उसका नाम फ़ैयाज़ हसन है साब, यहाँ रोज़ आने वाले लड़कों में एक वही है जो इस मोहल्ले का नहीं माईथान का है।' बात-चीत अभी चल ही रही थी कि किशोर और हनीफ़ को दुकान में आता देख पप्पू कहता है, 'ये जो दो लड़के आ रहे हैं, झगड़ेवाले दिन यहीं थे।' इतना सुनते ही इन्स्पेक्टर चन्दन सिंह मुड़कर उन्हें देखता है और इशारे से अपनी तरफ़ बुलाता है। पूछ-ताछ शुरू होने पर दोनों कहते हैं, वो और यहाँ रोज़ आनेवाले कुछ और लड़के तय कर चुके हैं कि सिया कपूर के मामले में पुलिस को कोऑपरेट करेंगे। पुलिस के पूछने पर वो फ़ैयाज़ हसन द्वारा केसर को अक्सर छेड़े जाने और मॉल में उसे परेशान करने की बात बताते हैं। ये भी कि इन बातों के कारण लड़की ने डर के घर से निकलना ही बन्द कर दिया, ये मालूम होने पर सिया जी उसे घर से यहाँ लायीं और छेड़नेवाले लड़के की पहचान करवायीं। फ़ैयाज़ हसन का नाम बताने पर राकेश भड़क गया और लड़की की माँ के लिये अपशब्द बोलते-बोलते माँ-बहन की गाली तक दे गया जिस पर सिया जी

ने राकेश के गाल पर कसकर तमाचा जड़ दिया, यहाँ जो कुछ हुआ वो इतना ही हुआ। पुलिस के पूछने पर उन्होंने राकेश और फ़ैयाज़ के मोबाइल नम्बर, ईमेल आई डी और अपने साथ खिंचे उन दोनों के कुछ फ़ोटोग्राफ्स भी दे दिये।

चाय की दुकान के बाद आसपास की अन्य दुकानों में पूछ-ताछ करता पुलिस दल सार्वजानिक फ़ोन बूथ पर पहुँचा। अख़बार की ख़बरों के कारण सिया की चर्चा जगह-जगह चल ही रही थी, इसलिये इन्स्पेक्टर ने जब गोपाल से सिया के बारे में पूछा तो गोपाल ने फ़ौरन कहा, वो उसे जानता तो नहीं लेकिन अच्छे से देखा है, जिस़ दिन पप्पू की दुकान पे हरिराम के लड़के से उनकी झड़प हो गयी थी उस दिन देखा, फिर उसके दो दिन बाद ही वो किसी के साथ इसी तरफ़ आ रही थी, उसे लगा वो उसी की दुकान पर आ रही है, लेकिन सिया जी सीधी साथवाली दुकान पंजाब टूर्स ऐण्ड ट्रेवल्स की तरफ़ चली गयीं। इन्स्पेक्टर अचानक एक सवाल करता है, उस वक़्त उसकी दुकान पर कोई और भी था? गोपाल सोचते हुए कहता है, हाँ, राकेश ही मोबाइल रिचार्ज करवा रहा था। इस उत्तर पर चन्दन सिंह और भाटी की नज़रें मिली और भाटी ने पूछा, क्या उसने भी मैडम को देखा था? कुछ सोचकर गोपाल ने कहा, इतना ध्यान तो उसने नहीं दिया। पूछ-ताछ की आख़िरी दुकान थी पंजाब टूर्स एण्ड ट्रैवेल्स, जहाँ इन्स्पेक्टर ने सिया कपूर की बातें छेड़ते पूछा, क्या वो उसे जानते हैं?

'यूँ तो उन्हें कई बार आते-जाते देखा ही था, लेकिन दस तारीख की शाम वो किसी के साथ यहाँ से ताजमहल और वहीं से दिल्ली तक की टैक्सी बुक करवाने आयी थीं', पूछने पर उसने बताया सरस्वती कुंज से ताजमहल के लिये उन्होंने शाम सात बजे का टाइम लिया था। इन्स्पेक्टर ने आगे पूछा, उस समय उनकी दुकान पर कोई और भी ग्राहक था। जवाब न में मिला, अपनी तरफ़ से दुकानवाले ने ये भी कहा, मैडम के फ्रेण्ड ने मेरे ड्राइवर से कहा था ज़्यादा-से-ज़्यादा ग्यारह बजे तक वो लौटकर पार्किंग में आ जायेंगे। ड्राइवर वहाँ साढ़े बारह तक रुका रहा, उसे उन लोगों के फ़ोन बन्द मिल रहे थे, इसलिये फिर मुझसे पूछकर वो गाड़ी वापस लाया और मैडम का सामान कबीर साब के यहाँ दे आया। इन्स्पेक्टर ये कहकर वहाँ से चल दिया कि अगर ज़रूरत हुई तो वो ड्राइवर से भी बात करेंगे।

चाय की दुकान पर सिया के राकेश से हुए झगड़े का कारण केसर थी, इसलिये पुलिस का उससे बात करना भी आवश्यक था। वो काफ़ी सहमी हुई थी लेकिन नन्हें, हिना, कबीर, विजय, श्रीराम सभी के समझाने पर उसने पूरी बात पुलिस को बता दी। पुलिस के जाने के बाद श्रीराम ने कहा, उसने अपने परिवार में सबसे कह रखा है कि अगर पुलिस सिया के बारे में कोई जानकारी माँगे तो जितना भी वो जानते

हैं उन्हें बता दें। भइया दस दिनों से गुजरात गये हुए हैं इसलिये उसने भाभी को भी सब-कुछ अच्छी तरह समझा दिया है।

पहले चरण में अशोक नगर में की गयी पूछ-ताछ से सिया के बयान की पुष्टि हो चुकी थी। दूसरे चरण में राकेश शर्मा और फ़ैयाज़ हसन, इन दोनों के अरेस्ट वारण्ट जारी करना, इन्हें पकड़ना और इनसे सच उगलवाना ही पुलिस का लक्ष्य था।

जब से सिया प्राइवेट रूम में आयी, नन्हें और श्रीराम दोनों के ही परिवारों में से कोई-न-कोई उसके पास बना रहता। लेकिन कबीर और नन्हें दोनों ने ही सबसे कह रखा था, कि वो लोग सिया के आगे कोई ऐसी बात न छेड़ें जिससे उसकी तक़लीफ़ें और बढ़ जायें। कबीर, डॉक्टर के नियमित सम्पर्क में था, उनके अनुसार सिया को पाँच छह दिन बाद डिस्चार्ज मिल सकता था। बेबे को इस घटना की अभी तक कोई जानकारी नहीं थी, कुलदीप के आगे वो अक्सर बड़बड़ाती रहतीं... आजकल के सारे बच्चे निर्मोही होते हैं... पीठ मुड़ी और भूल गये, सिया भी ऐसी ही निकली।

§ 19 §

पुलिस पूरी तैयारी के साथ सिया के अपराधियों को पकड़ने के मुहिम पर लग चुकी थी। इस क्रम में सबसे पहले पुलिस टीम फ़ैयाज़ हसन के घर अरेस्ट वारण्ट के साथ पहुँची, घर में सिर्फ़ नौकर चाकर ही थे। पूछने पर उन्होंने बताया साहब लोग ख़ानदान की शादी में शरीक़ होने के लिये कल ही सिंगापुर गये हैं। पुलिस द्वारा फ़ैयाज़ के पिता परवेज़ हसन का मोबाइल नम्बर माँगने पर एक नौकर उनका विज़िटिंग कार्ड पकड़ा देता है। घर से बाहर निकलते ही इन्स्पेक्टर परवेज़ हसन का मोबाइल नम्बर लगाता है, जो फ़ौरन ही लग जाता है। दूसरी तरफ़ से परवेज़ पूछता है, वो कौन बोल रहे हैं। चन्दन सिंह अपना परिचय देते हुए कहता है, उसे उनके बेटे फ़ैयाज़ से बात करनी है, उसका जो नम्बर उनके पास है वो बन्द आ रहा है। परवेज़ बताता है, फ़ैयाज़ सिंगापुर नहीं आ सका, लेकिन वो ये जानना चाहता है कि पुलिस उसके बेटे से क्या बात करना चाहती है। इन्स्पेक्टर कहता है, दरअसल छात्रों के बीच झगड़े की एक घटना होने के कारण पुलिस उनसे पूछ-ताछ कर रही है, इसी सिलसिले में उन्हें उनके बेटे से भी बात करनी थी, और वो उनके घर भी गये, अब अगर वो उनके साथ सिंगापुर में नहीं है तो कहाँ है। परवेज़ बताता है, कुछ समय से वो घर के जूअॅलरी बिज़नेस में काफ़ी दिलचस्पी लेने लगा है, पाँच दिन पहले

उसने बताया था दिल्ली के पते से मेल पर कुछ बहुत बड़े ऑर्डरर्स आये हैं, इसलिए वो ख़ुद उस ऐड्रेस पर जाकर तसल्ली करना चाहता है कि आर्डर देनेवाली पार्टी जेनुइन है भी या नहीं, वो तेरह तारीख़ को ही दिल्ली निकल गया था। इस पर इन्स्पेक्टर ने सवाल किया, इन दिनों तो इग्ज़ाम चल रहे हैं वो छोड़ के वो बाहर कैसे चला गया। परवेज़ ने बताया, उसका सिर्फ़ एक ही पर्चा बाक़ी रह गया है जो कुछ दिनों बाद है तब तक वो वापस आ जायेगा, वैसे कोई ख़ास बात तो नहीं है। चन्दन सिंह इतना कहकर फ़ोन बन्द कर देता है कि अगर होगी तो उन्हें जानकारी हो जायेगी।

माईथान से पुलिस जीप अशोक नगर की तरफ़ बढ़ने लगी और सरस्वती कुंज पार करके पण्डित विष्णुराम के घर के बाहर रुक गयी। पुलिस दल जीप से उतर के लोहे का गेट खोल के अन्दर दाख़िल हुआ। इन्स्पेक्टर की नज़र ऊपर जाती एक सीढ़ी और फिर नीचे ही बने एक मकान पर पड़ती है, कुछ सोचकर चन्दन सिंह नीचे का दरवाज़ा ही खटखटाता है, दरवाज़ा रवि खोलता है। पुलिस के ये पूछने पर कि राकेश शर्मा का घर यही है। रवि कहता है, वो उसके ताऊ जी का लड़का है जिनके घर का रास्ता उस सीढ़ी से जाता है। पुलिस जैसे ही सीढ़ी की तरफ़ बढ़ी, रवि कहता है, वो उन्हें ऊपर ले जायेगा क्योंकि घर में अकेली ताई जी ही हैं। ऊपर जाते हुए इन्स्पेक्टर पूछता है, 'बाक़ी सब कहाँ हैं?'

'ताऊ जी तो शादी-ब्याह करवाने गुजरात गये हुए हैं, और राकेश के बारे में उसे नहीं मालूम', हरिराम के घर के भीतर पुलिस को देखकर शान्ति हड़बड़ा जाती है। इन्स्पेक्टर चन्दन सिंह उससे पूछता है, 'राकेश शर्मा आपका बेटा है?'

'जी'

'कहाँ है वो?'

'वो घर में नहीं है।'

'कहाँ गया है और कब?', शान्ति बताती है, राकेश परीक्षा की तैयारी कम्बाइन स्टडीज से करता आया है, पाँच दिन पहले वो अपने किसी दोस्त के घर चला गया है।

'कहाँ?'

'कह रहा था जमुना पार कोई दोस्त है, इससे ज़्यादा तो उसने नहीं बताया।' चिन्तित-सी शान्ति इन्स्पेक्टर से पूछती है, कि वो राकेश के बारे में इतनी पूछ-ताछ क्यों कर रहे हैं। यहाँ भी इन्स्पेक्टर कुछ छात्रों के बीच हुए झगड़े, और उसी के बारे में चल रही जाँच-पड़ताल की बात कहता है, जाते-जाते ये भी कहता है कि अगर वो घर आ जाये तो उसे ताजगंज पुलिस चौकी भेज देना।

पण्डित जी के घर से बाहर निकल जीप में बैठते हुए इन्स्पेक्टर और सब इन्स्पेक्टर आपस में बातचीत कर रहे हैं, इन दोनों लड़कों का पाँच दिन पहले ही घर से बाहर जाना इस शक को मज़बूत करता है कि दोनों एक साथ ही भागे हैं। भाटी ये भी कहता है, पाँच दिन पहले तेरह तारीख़ थी, और उसी दिन अख़बार में पहली ख़बर ये छपी थी, कि लड़की पर किसी ने फायरिंग की लेकिन ऑपरेशन द्वारा गोलियाँ निकाल दी गयी हैं। ज़ाहिर है कि ये पढ़ के उन्हें अन्देशा हुआ होगा कि जिसे मारने के इरादे से उन्होंने गोलियाँ चलायी थीं, वो तो बच गयी और होश आते ही वो सारे राज़ खोल देगी। चन्दन सिंह कुछ सोचते हुए कहता है, पुलिस चौकी पहुँचते ही सबसे पहले इस घटना की डीटेल्स और इन दोनों गुनाहगारों के चित्र और फ़ोन नम्बर वगैरह अधिक-से-अधिक पुलिस स्टेशनों को मेल करने हैं ताकि जल्दी-से- जल्दी ये भगोड़े पुलिस की गिरफ़्त में आ जायें।

बाईस तारीख को अस्पताल से लौटकर कबीर ने परिवार को शुभ सूचना दी कि अगले दिन सिया को अस्पताल से डिस्चार्ज मिल जायेगा और वो घर आ जायेगी। ये सुनते ही सभी के चेहरों पर रौनक आ गयी। हिना चहकती हुई बोली, वो आज ही सिया का कमरा तैयार कर देगी, और जब तक वो पूरी तरह ठीक नहीं हो जाती, सिया के पास नीचे ही सोयेगी। उत्साह में भरी वो कबीर से ये भी कहती है, कि घर लाने से पहले वो डॉक्टरों से अच्छी तरह समझ ले कि उसे खानपान में ऐसा क्या दिया जाये कि वो जल्दी ही पहले जैसी हो जाये। अंजुम, संजुम फूफी के घर आने की बात जानकर बेहद ख़ुश हैं। लेकिन हिना उन्हें झिड़कते हुए कहती है, फूफी के पास ज़्यादा मँडराई तो वो उनकी हड्डियाँ तोड़ डालेगी।

बाहर बैठक में नन्हें, श्रीराम और कुलदीप के साथ बैठे हुए थे, श्रीराम ने हाथ जोड़ते ऊपर देखते कहा, 'ठाकुर जी के घर देर भले ही हो जाये पर अँधेर नाय, आख़िर बिन्होंने हमारी सिया ऐ भी नयी ज़िन्दगी दै ही दी ना।' भर आयी आँखें पोंछते नन्हें कहते हैं, 'साँची कह रौ है श्रीराम अब तो जे सिया हमारी ही है, पहले हमें लगतौ इसके संग कोई है जिसे ये अपनौ कह सकै, पर वो तो दुम दबाय के भाग गयौ, अब तो जेई इसकौ घर और जेई परिवार। वैसे भी हमारे यहाँ तो जेई रीत चली आय रही है, जनम देवे वालों से बढ़ के ग़ैर अपने हो जावैं, अब बताओ साहेब और तारादेवी मेरे कौन थे... लेकिन आज मैं जो कछु हूँ बिन्हीं

की बदौलत हूँ। ऐसे ही सिया के संग भी हम सबन कौ किसी जनम कौ कोई सम्बन्ध ज़रूर रयौ होयगौ।' अचानक नन्हें को जैसे कुछ याद आता है वो कुलदीप से कहते हैं, सिया बेबे की जान है लेकिन उनके स्वास्थ के कारण इतने दिनों तक हमने उनसे इतनी बड़ी बात छिपाये रखी, कल सिया घर भी आ जायेगी, उसके आने के पहले ही कुलदीप बेबे को सब-कुछ बता दे, और अगर वो आना चाहें तो उन्हें यहीं भेज दे। उठते-उठते कुलदीप कहता है, 'हाँ-हाँ ठीक है पर तू सोच ले इतना कुछ सुन के वो हम दोनों को बख़्शनेवाली नहीं हैं।' नन्हें मुस्कराते हुए कहते हैं, 'हमारी माँ है बेबे जो चाहे सज़ा दें हमें मंज़ूर है।'

पुलिस की तत्परता ने रंग दिखाया और बाईस तारीख की सुबह ही गाज़ियाबाद के वैशाली पुलिस स्टेशन से इन्स्पेक्टर चन्दन सिंह को सूचना मिली कि विगत रात दोनों ही अपराधी वैशाली के एक गेस्ट हाउस से गिरफ़्तार कर लिये गये, और उसी शाम उन्हें लेकर वैशाली पुलिस ताजगंज पुलिस स्टेशन पहुँच जायेगी। ऐसा हुआ भी, रात नौ बजे के लगभग वैशाली पुलिस ने राकेश शर्मा और फ़ैयाज़ हसन दोनों ही अपराधियों को ताजगंज पुलिस के सुपुर्द कर दिया।

बिना समय गँवाये इन्स्पेक्टर चन्दन सिंह और सब इन्स्पेक्टर भाटी दोनों ने सिया के बयान के आधार पर अपराधियों पर सवालों की गोलियाँ दागनी शुरू कर दी। शुरू में दोनों ने ही पल्ला झाड़ने की कोशिश की, पर जैसे ही इन्स्पेक्टर का इशारा पाकर उन पर टॉर्चर किया जाने लगा, धीरे-धीरे उनकी ना हाँ में बदलने लगी, और सुबह होने तक वो अपने सभी अपराध स्वीकार कर चुके थे। टूटी-फूटी हालत में राकेश और फ़ैयाज़ को पुलिस लॉकअप में छोड़ रात-भर के जागे इन्स्पेक्टर चन्दन सिंह ने जम्हाई लेते हुए भाटी से कहा कि कल ही डी.एन.ए. मैच करने के लिये इन दोनों का ब्लड सैम्पल फॉरेन्सिक लैब भिजवा दिया जाये।

सुबह ग्यारह-साढ़े ग्यारह बजे तक कबीर सिया को लेकर घर पहुँचनेवाला था, इसलिये दस बजते ही श्रीराम का पूरा परिवार नन्हें के घर पहुँच गया, और जिस वक़्त एस.एन. हॉस्पिटल की एम्बुलेंस सरस्वती कुंज के बाहर रुकी, श्रीराम और नन्हें इन दोनों के ही परिवार सिया के स्वागत में घर के बाहर ही खड़े मिले। कबीर, रवि, मीराँ सभी ने एहतियात से सिया को एम्बुलेंस से उतारा और घर के अन्दर ले जाने लगे। दरवाज़े पर ही नन्हें खड़े थे, जैसे ही सिया धीरे-धीरे दो सीढ़ियाँ चढ़ के उनके पास पहुँची, दोनों की आँखें मिली, नन्हें ने सिया का

सिर अपने सीने से लगा लिया और ख़ुद ही उसे सहारा देकर आगे बढ़े। तब तक सभी अन्दर आकर उसके चारों तरफ़ खड़े हो चुके थे। नन्हें ने बड़े प्यार से सिया से कहा, 'देखो बेटा... तुम्हारा ये पूरा परिवार इतने दिनों से हर लम्हा तुम्हारे लिये ही दुआएँ कर रहा था।', सब पर नज़र डालते हुए सिया की आँखें भर आयीं, उसने मुस्कराने की कोशिश की, और धीरे से बोली, 'थैंक यू।' अब आगे बढ़ के हिना और मीराँ ने उसे सम्हाला और जैसे ही गेस्ट-रूम की तरफ़ बढ़ने को हुई, पीछे दरवाज़े से बेबे की दु:ख और क्रोध में भरी आवाज़ उभरी, 'नन्हें, खोते दा पुत्तर सामने आ', सभी बेबे की तरफ़ देखते हैं, नन्हें फ़ौरन ही आगे बढ़ के कुलदीप द्वारा लायी जा रही बेबे की ह्वील चेयर को घर के अन्दर खींचने में सहायता करने लगते हैं। फिर दोनों ही एक साथ ह्वील चेयर सिया के पास ले जाकर रोक देते हैं। उन्हें देखते ही सिया ज़ोर से रो पड़ती है। बेबे नन्हें का सहारा लेकर उठती हैं और सिया को कस के लिपटाते हुए कहती हैं, 'ना पुत्तर, ऐ रोण दा बखत नहीं है अभी तो उन कुत्तान नूं सूली चढ़वाणां है... तैनू जंग जीतनी है। और रोना किस बात पे, तेरी कोई ग़लती थोड़े ही है, जिनकी ग़लती है उन्हें हम सारे छोड़ेंगे नहीं', अचानक नन्हें की तरफ़ देखते बेबे कहती है, 'देख नन्हें अगर त्वाड़े दिल में इस बच्ची के वास्ते ऐन्नी-सी भी जगह है तो इन्साफ़ न मिलने तक इस जंग को जारी रखना।' अब सिया को उसके रूम की तरफ़ ले जाया जा रहा है, जाते-जाते बेबे ख़ुद ही पलट के सबसे सख़्ती से कहती है, 'अभी थोड़े दिनों तक सिया को कोई प्रेशान न करे, वैसे जब तक वो बिल्कुल ठीक नहीं हो जाती, मैं ऐत्थे ही रहूँगी।' और वो ख़ुद भी सिया के पीछे चल देती है।

शहर के हर प्रमुख अख़बारों के पहले पृष्ठ सिया काण्ड के समाचारों से भरे हुए थे जिनमें अपराधियों के पकड़े जाने की ख़बर प्रमुख रूप से छापी गयी थी। यूँ तो पाठक इस तरह के समाचारों के आदी होते जा रहे हैं, क्योंकि ऐसी दो चार घटनाएँ अब रोज़ाना ही पढ़ने-सुनने को मिल जाती हैं। किन्तु गोकुलपुरा और अशोक नगर के लोगों के लिये ये ख़बर दो जाने-पहचाने नामों के कारण बहुत ख़ास थी। एक तो सबका मन जीत चुकी सीधी सरल हँसमुख लड़की के साथ बलात्कार जैसा जघन्य अपराध, दूसरे उसको अन्जाम देनेवाला मोहल्ले के जाने-माने कर्मकाण्डी ब्राह्मण पण्डित विष्णुराम का पोता और पण्डित हरिराम का पुत्र। गोकुलपुरा के साथ ही आगरा की जूअॅलर्स बिरादरी में भी हड़कम्प मचा हुआ था कि इतने नामचीन आदमी का बेटा इतनी गिरी हुई हरकत कैसे कर सकता है। सुबह तड़के अख़बार में ये ख़बर पढ़ते ही परवेज़ हसन के घर के सबसे पुराने नौकर ने सिंगापुर फ़ोन लगाकर अपने मालिक को जब ये सब सुनाया, तो एक बार को तो उन्होंने उसे डाँट के चुप करवा दिया, लेकिन दूसरे पल जैसे ही उसे

आगरा पुलिस द्वारा उससे सम्पर्क करने की बात याद आयी, वो पसीने में नहा गया और उसने तुरंत ही भारत लौटने का निर्णय लिया।

रोज़ की तरह मंगला आरती के बाद श्रीराम लाला की दुकान की छजली पर बैठे अन्य कई लोगों के साथ अख़बार पढ़ रहे थे, तभी लाला चायवाला ज़ोर से चिल्लाया, 'अरे पण्डज्जी जे ख़बर आपने पढ़ी पहले पन्ने की', श्रीराम के साथ सभी लाला की तरफ़ देखने लगे... 'बो जो सिया के बारे में गोली-वोली मारने की ख़बर आयी ना, आज उसकौ ही खुलासौ है, लाली ऐ होश आय गयौ है, बिसने पुलिस कौ बतायौ कि जिन दो लोगों ने बिसके संग कुकर्म करके गोलियाँ चलायीं, बिनमें से एक तौ तुम्हारौ भतीजौ ही है, और दुसरौ...।' बात काटते ज़ोर से दहाड़ते श्रीराम, 'चोप्प.... सुबह-सुबह मोसे ठिठोली करै है', तब तक कोई दूसरा जो लाला के हाथ से अख़बार लेकर वो ख़बर पढ़ चुका है, कहता है, 'ना पण्डज्जी एक कुकर्मी तौ हरिराम कौ छोरा राकेश ही है और दुसरौ कोई माईथान कौ फ़ैयाज़ हसन। अब तो जे दोनों ही ताजगंज पुलिस के कब्जा में हैं।' अब श्रीराम के लिये वहाँ बैठे रहना असम्भव-सा हो गया और वो तेज़ी से घटिया उतरने लगे, लेकिन अभी भी लोगों की आवाज़ें उनका पीछा कर रही थीं, 'ऐसी कुलबोरक औलाद होवै से तो भलौ आदमी बेऔलाद ही रह जावै।'

'अरे दुनिया भर के देवी-देवता, जादू मन्तर करवै के बाद ब्याह के पन्द्रह बरस पीछे हरिराम के घर पैदा हुवौ तो जे राक्षस।'

'मोये तो बड़े पण्डज्जी विष्णुराम की चिन्ता होये, बे सुनेंगे तो उन पर क्या बीतेगी, ज़रा सोचो।'

आगे बढ़ते हुए श्रीराम का दम-सा फूलने लगा था। सच ही तो है, पिता जी को मालूम पड़ेगौ, वो तो जीते जी ही मर जावेंगे। अपना घर लाँघ के श्रीराम सरस्वती कुंज के फ़ाटक पर पहुँचे, अन्दर हाथ डाल के फ़ाटक की सिटकनी खींची, और घर के अहाते में दाख़िल होकर जैसे ही बरामदे में पैर रखा, एक बार फिर उनका माथा गरम हो गया—वहाँ भी दो तीन अख़बार पड़े हुए थे। जब से सिया के साथ ये दुर्घटना हुई, अस्पताल आने-जाने का क्रम चला, तब से नन्हें का मंगला आरती में जाना बन्द ही है। अब सिया घर आ गयी है, दिन-भर उसे आँखों के सामने देखना यानी उस पर से गुज़रे सभी अकल्पनीय क्षणों को बार-बार जीने जैसा है। इन स्थितियों में कोई एक नहीं पूरा परिवार ही प्रभावित होता है। वर्ना लोहे का फ़ाटक खड़का नहीं कि घर में से कोई भी आकर फ़ौरन अख़बार

उठा के ले जाता है। काँपते हाथों से श्रीराम ने अख़बार उठाये और दरवाज़े की घण्टी बजा दी। कुछ देर बाद दरवाज़ा विजय ने खोला, श्रीराम को देख, 'प्रणाम चाचा जी... आइये' कहते एक तरफ़ होकर उन्हें बैठक की तरफ़ जाने का रास्ता दिया। आगे बढ़ते श्रीराम ने पूछा, 'नन्हें जाग गया?'

'जी, मैं उनके लिये चाय ही बना रहा था, आप बैठिये मैं उन्हें भेजता हूँ', विजय अभी जाने के लिये मुड़ा ही था कि ऊपर से कबीर और अपने कमरे से नन्हें एक साथ ही आते दिखलायी पड़े।

'नमस्ते चाचा जी... घण्टी बजी तो सोचा...' इसके आगे वो कुछ कहे, नन्हें श्रीराम के क़रीब आकर उसे कन्धे से घेरे सोफ़ा की तरफ़ बढ़ते, 'दरअसल जब से ये उथल-पुथल हुई है कोई-न-कोई हाल-चाल लेने यहाँ चला ही आता है, इसलिये मैंने घर में कह रखा है, घण्टी बजते ही मैं विजय या कबीर में से ही कोई दरवाज़ा खोले और तसल्ली करने के बाद ही घर के अन्दर लाये', इतना कहकर नन्हें की आँखें श्रीराम पर टिकीं, 'का बात है श्रीराम... ऐसौ तो मैंने तोये कभी ना देखौ।' इतना सुनते ही श्रीराम नन्हें से कस के लिपटकर बच्चों की तरह रोने लगे। अब नन्हें, कबीर और चाय की ट्रे लेकर खड़ा विजय तीनों ही घबरा जाते हैं। नन्हें, श्रीराम को सोफ़ा पर बैठाकर कुछ देर बाद उसके शान्त होने पर पूछते हैं, 'क्या हुआ।' उत्तर में श्रीराम नन्हें के हाथ में अख़बार पकड़ा देते हैं। अख़बार खोलते ही एक जगह नन्हें के साथ सभी की आँखें गड़-सी जाती हैं, और देखते-ही-देखते चेहरे तनने लगते हैं, चेहरे पर आक्रोश स्पष्ट दिखलायी पड़ने लगता है। एक साथ ही कबीर और नन्हें के मुँह से निकलता है राकेश? इतना सुनते ही श्रीराम की रुलाई फिर से फूट पड़ती है। लेकिन इस बार नन्हें बिना कुछ बोले जस-के-तस बैठे रह जाते हैं, और हाथ में पकड़े अख़बार को कस के मसोसने लगते हैं, ऐसा करते हुए उनकी आँखें जैसे बाहर निकली पड़ रही हैं। ये देखकर विजय को लगता है उसने गुरु जी के मुख पे इस तरह का क्रोध, और घृणा के भाव इससे पहले कभी नहीं देखे। श्रीराम की रुलाई अब सिसकियों में बदल चुकी है और वो कह रहा है, 'जा काछीगली गोकुलपुरा के लोग पिता जी के चरण धोय-धोय के पीते रहे, बिन्ही के नाम के संग आज बिनके पोते का नाम जोड़ के ख़ानदान पर थूक रहे होंगे, मेरी समझ में ना आ रौ किस कुएँ बावड़ी में जाय के प्राण त्याग दऊँ।'

'ये प्राण त्यागने का समय नहीं, उन नागों के सिर कुचलने का समय है जिन्होंने एक मासूम की हँसती-खेलती ज़िन्दगी को डँसा है। ऐसी बात नहीं कि

इस बात को ले के पहली बार मुझे तक़लीफ़ हुई है। जब भी ऐसा कुछ सुनता हूँ, बहुत तकलीफ़ होती है, और वो तक़लीफ़ कई गुना तब बढ़ जाती है जब उसकी सुनवायी नहीं होती, और अगर होती भी है तो दसियों साल बाद, जब जेल में ही सही खाते, पीते, सोते गुनहगार अपनी एक लम्बी उम्र जी चुका होता है। दूसरी तरफ़ इन्साफ़ मिलने की आस में ही कोई सौ-सौ मौतें मरते हुए ही बरसों गुज़ार देता है। लेकिन इस बार मैं ऐसा नहीं होने दूँगा, और मैं अकेला ही नहीं तुम सबको भी ये रोना-धोना भुलाकर इस जंग में मेरे साथ खड़े रहना होगा। पूछो तो सिया मेरी क्या लगती है, उस बेचारी का तो माँ, बाप, भाई, बहन कोई नहीं है, फिर भी हमें लड़ना है क्योंकि सिया की जगह वो मेरी नर्गिस, अंजुम, संजुम हो सकती है, तेरी तुलसी, राधा, मीराँ हो सकती है और राकेश की ख़ुद की बहन शारदा हो सकती है... कोई भी हो सकती है।' जिस समय नन्हें बोल रहे हैं कबीर, विजय और श्रीराम अपलक उन्हें देखे जा रहे हैं, उनकी वाणी की ऊर्जा को अपने अन्तस में उतारे जा रहे हैं। जैसे ही श्रीराम मुड़कर बाहर जाने को होते हैं तभी एकाएक नन्हें, 'श्रीराम नैक रुकियो' नन्हें आगे बढ़कर श्रीराम की आँखों में आँखें डालकर कहते हैं, 'श्रीराम... या से पहले कि कोई बाहरी आदमी आय के पिता जी पे इस ख़बर का वज्रपात करे, हम दोनों उन्हें धीरे-धीरे तैयार करके सारी बातें बताय देते हैं आज-के-आज... चल।'

राजामण्डी स्टेशन पर ट्रेन से उतरकर हरिराम ने कुली के लिये यहाँ-वहाँ दृष्टि घुमायी, क्योंकि घर से तो वो एक ही बैग लेकर चला था लेकिन जजमानों के घर से बर्तन भाँड़े, पाक मिष्ठान इतना कुछ बढ़ गया था कि, एक की जगह सामान के दो नग हो गये थे। कुली मिला लेकिन बड़ा मुँह फाड़ने लगा, हरिराम ने झल्लाकर कहा, वो कोई परदेसी नहीं है जो उल्टे उस्तरे से मूँड़ोगे। इसी तू-तू मैं-मैं के बीच एक दूसरा कुली जो उधर से गुज़र रहा था कहने लगा, अरे ये पण्डित हरिराम जी हैं रोज़ के आने-जानेवाले, सामान उठा ले। इसी कहा-सुनी के बीच पासवाली बेंच पर बैठे अपनी ट्रेन की प्रतीक्षा में अख़बार पढ़ते हुये लोगों में से एक के कान में जैसे ही ये बात पड़ी, उसने मुँह उठा के देखा और पास बैठे अपने साथी से कहा, 'जेई है हरिराम जिसके छोरे की ख़बर अख़बार में छपी है।' उधर से गुज़रते हरिराम के कान में ये बात पड़ी, क़दम रुकने को हुए, लेकिन तेज़ चलते कुली के पीछे उसे भी उतना ही तेज़ चलना था। अभी वो बाहर तक भी नहीं पहुँचा था कि एक जगह खड़े होकर अख़बार बाँचते लोगों में से किसी ने कहा, अरे पण्डित हरिराम तो अशोक नगर में हमारे पड़ोसी हैं, उनके लड़के ने इतनी गिरी हुई हरकत कर डाली। अब हरिराम पूरी तरह से बेचैन

हो उठा, स्टेशन से बाहर आते ही उसने कुली से दो मिनट रुकने के लिये कहा और वहीं बैठे अख़बार विक्रेता से अख़बार ख़रीद डाला। पहले पृष्ठ के निचले भाग में प्रमुख रूप से छापी गयी ख़बर—'सिया कपूर के अपराधी पुलिस गिरफ़्त में' पढ़ते ही उसके पैर काँप से उठे, उधर कुली रिक्शे में उसका सामान रख के ज़ोर से चिल्लाया, 'अरे पण्डज्जी अपना सामान सम्हाल लो।' स्वयं को व्यवस्थित करते हरिराम ने कुली को पैसे दिये और रिक्शे में बैठते कहा, 'अशोक नगर।' स्टेशन से चल के रिक्शेवाले ने जैसे ही रिक्शा राजामण्डी बाज़ार की तरफ़ मोड़ना चाहा, हड़बड़ाये से स्वर में हरिराम ने कहा, 'ना-ना इधर से नहीं ठण्डी सड़क से घुमाय के निकाल ले।' रिक्शेवाला रिक्शा बढ़ाते हुए बोला, 'उधर से तो बहुत लम्बा पड़ेगा।' हरिराम ने उसे झिड़कते हुए कहा, 'जैसा उसे कहा गया वैसा ही करे पैसे जितने बनेंगे उतने मिल जायेंगे।' वाकई अगर बाज़ार की तरफ़ से घुमाकर बल्का बस्ती, अहीरपाड़ा होते रिक्शा लिया जाता तो पन्द्रह मिनट में घर के बाहर खड़ा होता, लेकिन अख़बार में अपने चिरंजीव की करतूत पढ़ने के बाद अपनी ही गली मोहल्लों से गुज़रने का साहस उसमें नहीं रह गया था। जब स्टेशन पर ही दो लोगों ने उसे पहचान लिया, तो अपने ही इलाक़े में उसके लिये मुँह उठाना मुश्किल हो जायेगा... लेकिन कब तक, कब तक मुँह छिपाये फिरेगा वो? उसकी समझ में नहीं आ रहा था कि उसकी पीठ मुड़ते ही इतना कुछ कैसे हो गया? इतना तो वो जानता है कि राकेश भी स्वभाव से उसी जैसा क्रोधी है किन्तु बलात्कार, हत्या? ये निम्न प्रवृत्तियाँ उसमें कहाँ से आयीं... अवश्य ये उसके उस विधर्मी मित्र की कुसंगति का ही प्रभाव है। अपने जजमानों की आवभगत, दक्षिणादि से वो इतना सन्तुष्ट होकर लौटा था कि मन-ही-मन तय कर चुका था, कि इस वर्ष बी. कॉम. की परीक्षा उत्तीर्ण कर लेने के उपरान्त वो राकेश को एक बाइक ख़रीदकर दे ही देगा। जवान लड़का है दूसरे लड़कों के पास निजी वाहन देखकर उसका मन भी डोलता ही होगा। उसे वो दिन याद आ गया जब उसके ज़िद करने पर पिता जी ने उसे साइकिल दिलायी थी। रिक्शा अशोक नगर पहुँच चुका था, हरिराम ने घर के फ़ाटक पर रिक्शा रुकवाया और रिक्शेवाले को पैसे देते हुए एक नज़र सड़क पर डाली। सुबह के साढ़े सात बज चुके थे और आमदोरफ़्त बढ़ चुकी थी, कुछ दुकानें खुल रही थीं। हरिराम को ऐसा लगने लगा, जैसे हर किसी की नज़र उसी पर टिकी हुई है, उसके कान भी बजने लगे... 'देखो ये ही है उस बलात्कारी का बाप हरिराम', हरिराम के पाँव एकाएक कमज़ोरी से भर उठे, क़दम उठने का नाम नहीं ले रहे थे। आज जीवन में पहली बार उसके मन में ये विचार उठा, काश धरती फट जाये और वो उसमें समा जाये।

हरि ने फ़ाटक का कुण्डा उठाया, फ़ाटक खोला और बैग अन्दर खींच, फ़ाटक बन्द करके फिर से कुण्डा गिरा दिया। वो सामान खींचते हुए सीढ़ी की तरफ़ बढ़ा और भारी क़दमों से सीढ़ियाँ चढ़ने लगा। फ़ाटक की आवाज़ सुनने के बाद सीढ़ी पर किसी को सामान के साथ ऊपर जाते देख श्रीराम के घर में सभी जान गये कि हरिराम ही आया होगा।

सीढ़ियों का दरवाज़ा जो कमरों के सामने छत पर खुलता था उघड़ा ही पड़ा था। ये शायद हरिराम के मन का सन्नाटा ही था कि घर में पाँव रखते, घर भी उसे भाँयँ-भाँयँ करता-सा लगा। बैठक में ही सामान रख वहीं पड़े दीवान पर बैठकर कुछ पल घर के किसी सदस्य के आने की प्रतीक्षा करने के बाद उसने शारदा को आवाज़ दी, शारदा भी दो-तीन आवाज़ों के बाद ही आयी, आँखें सूजी-सूजी थीं। हरिराम ने पूछा, 'का बात है तबीयत ठीक नाय?' शारदा चुप रही, 'तेरी मम्मी कहाँ है सोय के ना उठी?', इतना सुनते ही शारदा सिसक-सिसक के रोने लगी और उसने एक जगह से अख़बार उठाकर हरि के हाथ में पकड़ा दिया, जिसे एक तरफ़ पटकते, 'जे बाद में पढ़ लुंगौ, तू तो मोये जे बता मेरे पीछे से घर में कोई आयौ गयौ?' तब तक अन्दर से हाथ में चाय की प्याली लिये शान्ति भी बाहर आ चुकी थी। उसका चेहरा भी ऐसा जैसे घण्टों से रो रही हो। सब-कुछ जानते बूझते भी शान्ति को देखकर हरिराम ने अपनी बात दोहरायी। शान्ति ने बताया, हफ़्ते-भर पहले पुलिस घर आयी थी, वो राकेश को पूछ रहे थे।

'तूने पूछौ नहीं क्यों पूछ रहे हैं वो राकेश ऐ।'

'बिन्होंने कही कुछ छात्रों के बीच झगड़ौ है गयौ है, वाई के बारे में उससे पूछ-ताछ करनी थी।'

'पुलिस से राकेश की बात-चीत भई?'

'वो घर में नहीं था, आपके गुजरात जाने के अगले ही दिना जमुनापार के किसी दोस्त के घर चलौ गयौ।' ये सुनते ही हरिराम की भौंह में बल पड़ गये, वो राकेश के वहाँ जाने का कारण पूछता है, तो शान्ति वही बताती है जो राकेश ने उसे बताया था। ये सुनकर हरिराम कहता है, 'जाते समय राकेश ने जमुना-पार वाले लड़के का नाम पता तो बताया ही होगा' जवाब में शान्ति चुप रह गयी। माँ के बचाव में शारदा ही बोलती है, 'भइया जल्दी में निकल गये थे, उसके बाद दो-चार दिन उनका फ़ोन भी आया था... और फिर...।' बात पूरी करते हरिराम चिल्लाता है, 'और फिर दोस्त के संग मिल के बिसने जे काण्ड कर डालौ, लेकिन मैं जानूं मेरौ छोरा इतनौ नीच काम ना कर सकै, जे सब उस विधर्मी कौ

ही बुनौ भयौ जाल है, जिसमें मेरौ छोरा फँस गयौ', तैश में खड़े होते हरि कहता है, 'लेकिन मैं छुड़ा लाऊँगौ उसे, सज़ा तो असली मुज़रिम को ही मिलेगी देख लीयौ।'

परवेज़ हसन आगरा के जाने-माने फ़ौजदारी वकील सद्दाम कुरैशी को साथ लेकर दोपहर एक बजे के लगभग ताजगंज पुलिस स्टेशन पहुँचा और पुलिसवालों से पूछते इन्स्पेक्टर चन्दन सिंह के पास पहुँच गया। परवेज़ ने जब उन्हें अपना परिचय दिया, इन्स्पेक्टर ने बताया अगले दिन उसी मामले की अदालत में पहली पेशी है और वो लोग उसी की तैयारी में लगे हुए हैं। हर पिता की तरह परवेज़ हसन भी बातों के ज़रिये अपने बेटे को दूध का धुला ही बताना चाहता है। इस पर चन्दन सिंह फ़ैयाज़ हसन और राकेश शर्मा के संगीन जुर्मों का हवाला देते हुए कहता है, इन अपराधों को दोनों लड़के कबूल भी कर चुके हैं। वकील सद्दाम कुरैशी कहता है, कई बार बच्चे दबाव में भी ग़लत बयानी कर जाते हैं, इसीलिये फ़िलहाल हम फ़ैयाज़ हसन की बेल लेना चाहते हैं। इन्स्पेक्टर और सब-इन्स्पेक्टर एक-दूसरे को देखते हैं। इन्स्पेक्टर चन्दन सिंह इतना ही कहता है, वो कोशिश करके देख ले लेकिन केस तो फुल प्रूफ़ है। अभी ये लोग बात-चीत कर ही रहे हैं कि हरिराम भी उनकी तरफ़ आता दिखलायी पड़ता है। पास आकर वो इन्स्पेक्टर को अपना परिचय देते हुए मामले की जानकारी चाहता है और अपने पुत्र पर लगाये गये आरोप का विरोध करता है। सब-इन्स्पेक्टर भाटी कहता है, वो वही सब कह रहा है जो अभी-अभी परवेज़ हसन कह चुके हैं, और इसके आगे वो भी वही कहेगा जो इन्होंने कहा, वो भी बेल के लिये ही आये होंगे न, तो उन दोनों के लिये जवाब एक ही है, वो बेल-अप्लीकेशन ले के कल दीवानी कचहरी पहुँच जायें। इतना कहकर इन्स्पेक्टर और सब-इन्स्पेक्टर जाने के लिये जैसे ही उठते हैं, हरिराम कहता है, वो राकेश से मिलना चाहता है। लेकिन उसे साफ़ मना कर दिया जाता है।

नन्हें अपने घर में मोहल्ले के कुछ लोगों से घिरे बैठे थे, जिनमें से बुलक्खी चाचा का बेटा जगदीश, छोटेलाल दूधवाले का लड़का, करीम चाचा का पोता और लाला चायवाला दु:ख और आवेश में भरे एक ही बात कहे जा रहे थे, अभी तक तो उन्हें इसी बात का दु:ख था कि परदेस से आयी एक सरल सुशील लड़की के साथ उनके शहर में इतना कुछ हो गया। लेकिन आज की ये ख़बर पढ़ के तो सिर ही झुक गया कि उन पशुओं में से एक पण्डित विष्णुराम जी का पोता है। तभी नन्हें का मोबाइल बजा, जिसे सुनकर रखते हुए उन्होंने सबको बताते हुए कहा, अभी-अभी कुलदीप से ख़बर मिली है कल दीवानी कचहरी में मामले की पहली सुनवायी है, वो प्रार्थना करें कि अपराधियों को उनके किये की

सज़ा और हमारी बच्ची को इन्साफ़ मिले।

दीवानी कचहरी आगरा की जिस अदालत में आज सिया के अपराधी राकेश शर्मा और फ़ैयाज़ हसन को पुलिस द्वारा तय की गयी चार्जशीट के साथ जज के सामने पेश किया जाना था, वहाँ फ़िलहाल चल रहे किसी मामले की सुनवायी के अतिरिक्त अगली दो सुनवाइयों के लोगों की भीड़-भाड़ भी जमा थी। मौज़ूदा मामले की सुनवायी समाप्त होते ही कटघरे में खड़े आरोपी को पुलिस ने बेदर्दी से खींचकर बाहर निकाला, और उनके साथ के लोग भी पीछे-पीछे अदालत से बाहर निकलने लगे। इसी समय अर्दली ने यहाँ-वहाँ देखते हुए ज़ोर से पुकारा, 'राकेश हरिराम शर्मा और फ़ैयाज़ हसन', पुलिस हथकड़ियाँ लगे राकेश और फ़ैयाज़ को कटघरे तक लाकर भीतर ढकेलती है। वकील सद्दाम कुरैशी के साथ आगे बढ़ते परवेज़ और हरिराम में से हरिराम की नज़र पहले राकेश पर जाती है, और बाद में क्रोध और घृणा मिश्रित दृष्टि फ़ैयाज़ हसन पर टिक जाती है। मुँह-ही-मुँह में वो जैसे कह रहा हो, 'जो कछु भयौ इस विधर्मी के ही कारण भयौ है।'

पुलिस इस मामले से जुड़ी सभी जानकारियों, गवाहियों, बयान और पुलिस द्वारा तय की गयी धाराओं के दस्तावेज़ सरकारी वकील को देती है, जो उन पर नज़र डालने के बाद जज साहब के सामने मामले पर रोशनी डालता है और काग़ज़ात उनकी तरफ़ बढ़ा देता है। जज सरसरी तौर पर काग़ज़ात देखने के बाद अपराधियों से उनके नाम पूछता है। इसी बीच परवेज़ हसन और हरिराम का साँझा वकील सद्दाम कुरैशी अपना परिचय देते हुए दोनों अपराधियों की बेल की अर्ज़ियों से सम्बद्ध वक़ालतनामा जज की ओर बढ़ाते बेल के आवेदन पर ध्यान देने का निवेदन करता है। जज महोदय जो पुलिस द्वारा तैयार की गयी चार्जशीट देख चुके थे, बेल की अपील सुन फ़ौरन ही ख़ारिज करते कहते हैं, इन जघन्य आरोपों के चलते बेल दिये जाने का प्रश्न ही नहीं उठता। अगली सुनवायी के लिये तीन महीने बाद जुलाई महीने की पच्चीस तारीख बताते हुए, उस दिन की कार्रवाई समाप्त हो जाती है।

जिस समय पुलिस राकेश और फ़ैयाज़ को कटघरे से निकालने लगती है, पल-भर के लिये परवेज़ की आँखें उसके बेटे से मिलती है जिनमें गहरी निराशा दिखलायी पड़ रही है। घृणा और पराजय से जूझता हरिराम फुर्ती से चलकर सबसे पहले बाहर निकल जाना चाहता है, लेकिन रास्ते में किसी से टकराने के कारण वो ठिठकता है, सामने कुलदीप खड़ा है जो उसे ही देखे जा रहा है। अपमान में फुंफकारता-सा हरि तेज़ी से अदालत के बाहर निकल जाता है।

नन्हें के घर की बैठक में सभी कुलदीप के कचहरी से लौटकर आने का इन्तज़ार कर रहे हैं। लगभग चार बजे कुलदीप के आते ही नन्हें ऐसे चौकन्ने होकर बैठ गये, जैसे कुलदीप आज ही फैसले की ख़बर लेकर आया हो। बेबे का मन तो बहुत कर रहा था कि वो भी यहाँ आकर बैठ जायें, लेकिन वो आयेंगी तो सिया भी पीछे-पीछे चली आयेगी। बेशक अब वो घर में थोड़ा-बहुत चलती-फिरती है, लेकिन फ़िलहाल सभी उसे कोर्ट-कचहरी के क़िस्सों से दूर ही रखना चाहते हैं। वैसे भी डॉक्टरों ने डेढ़ महीने के बेड रेस्ट पर ज़ोर दिया है। कुलदीप दिन-भर का थका हारा आ रहा था, इसलिए सबसे पहले केसर और हिना सबके लिये चाय नाश्ता ले आयी। कुलदीप ने कोर्ट की सारी गतिविधियों के बारे में बताया। परवेज़ हसन और हरिराम द्वारा लगायी गयी ज़मानत की अर्ज़ी रद्द किये जाने की बात सुनकर सभी आशा में भर उठे। विशेष रूप से नन्हें, वो कहने लगे, 'वाह... फ़ालतू में ही लोग पुलिस और न्यायपालिका वगैरह को भ्रष्ट कहते हैं, देखा, ज़मानत नहीं दी न... मुझे पूरा भरोसा है जल्दी ही हमें न्याय भी मिलेगा... अगली तारीख़ कब की है?' नन्हें का उत्साह कम न होने पाये ये सोचकर सिर्फ़ तीन महीने बाद की तारीख़ बताते हुए भी इस बात पर ज़ोर दिया कि, वो बीच में गर्मी की छुट्टियाँ भी आ गयी हैं न इसीलिये। सन्तुष्ट से उठते हुए नन्हें ने विजय से कहा, संगीत कक्षा का समय हो रहा है, फिर कुलदीप से कहा, चल बेबे के पास चलते हैं।

हरिराम का स्वभाव जानते हुए रवि अपने परिवार को पहले ही ये बात समझा चुका था, कि जब तक ताऊ जी मुक़दमें के बारे में ख़ुद से कुछ न बतायें, उनसे कोई सवाल न किया जाये, इसीलिए शाम को जब हरि अपने घर की सीढ़ियाँ चढ़ रहा था तो उसे देखकर भी किसी ने कुछ न कहा। सीढ़ी चढ़ के दरवाज़े की घण्टी दबाते ही शान्ति ने द्वार खोला। उसने हरि से कुछ कहना भी चाहा, किन्तु वो सामने ही छत पर बनी सीढ़ियाँ चढ़ के सीधा राकेश के चौबारे में चला गया।

देखते-ही-देखते ये तीन महीने भी निकल चले। नन्हें के घर में सभी इस बात का ख़याल रखते थे कि सिया को अकेला न छोड़ा जाये लेकिन उसे थकने भी न दिया जाये। अंजुम, संजुम जो नौंवी पास कर दसवीं में आ चुकी थीं, इन छुट्टियों का लाभ उठाते हुए संगीत का ख़ूब रियाज़ कर रही थीं। बेबे के कहने पर हिना और कबीर लड़कियों को एक दो बार मॉल भी ले गये, जहाँ उन्होंने अपने मनपसन्द हीरो सलमान ख़ान की पिक्चर भी देख ली। डेढ़ महीना पूरा होते ही अस्पताल में सिया का चेकअप होना था, सो वहाँ जाने से पहले ही उसने नन्हें से कहा, हॉस्पिटल से वो सीधे कंगीगली चली जायेगी, अब वो ठीक है इसलिए

अपनी किताब का काम पूरा करना चाहती है जिसके लिये एकान्त उसे वहीं मिलता है। इस बात पर हिना को थोड़ा बुरा लगा, लेकिन कबीर और नन्हें के समझाने पर वो भी समझ गयी। कुलदीप बेबे के साथ सामान लेकर पहले ही घर पहुँच गया था, जब कि सिया अस्पताल में चेकअप करा के नन्हें के साथ बेबे के घर पहुँच गयी।

उस दिन नन्हें का श्रीराम से ये कहना कि पण्डित विष्णुराम जी को राकेश के कुकृत्यों के बारे में बता देना उचित रहेगा, अन्यथा आकस्मिक रूप से ज्ञात हुई ये ख़बर उनको बहुत बड़ा मानसिक आघात दे सकती है। सब-कुछ सुनने जानने के बाद पण्डित जी दो दिनों तक निर्जीव से पड़े रहे, उनकी ये स्थिति देख सभी चिन्तित हो गये, किन्तु तीसरे ही दिन उन्होंने श्रीराम को बुलाकर नन्हें के पास ये सन्देश भिजवाया कि अपने सारे काम छोड़ के वो साहेब की नातिन को न्याय दिलवाने के प्रयासों में जुट जाये, वर्ना ऊपर जाकर वो साहेब से नज़रें कैसे मिला पायेंगे। रही बात उनके पोते राकेश की तो समझो वो उनके लिये मर चुका है। पण्डित विष्णुराम जी की इस बात ने परिवार में सभी का मनोबल बढ़ाया। श्रीराम अपने बड़े भइया की हालत समझते हुए भी वो उनके लिये कुछ कर तो नहीं सकते थे, लेकिन सुशीला से उन्होंने कह रखा था कि वो शान्ति भाभी के सम्पर्क में बनी रहे। ऐसे ही एक दिन बातों के बीच रोते हुये शान्ति ने कहा, राकेश को तो उसकी करनी ने हमसे अलग कर दिया लेकिन उसके पापा की चिन्ता में वो घुली जा रही है जिनका खाना-पीना भी लगभग आधा हो गया है।

सिया तारादेवी की पुस्तक के नोट्स टाइप करने में लगी हुई थी। पर इस बार बेबे ने उसे ऊपर के कमरे में नहीं रहने दिया, सोती वो बेबे के साथ ही थी और अपना काम बैठक में करती थी। नन्हें लगभग रोज़ ही कंगीगली का एक चक्कर लगाते थे, उनके अलावा जिसे भी सिया से मिलने आना होता था वो उससे पूछ के ही आता। चौबीस जुलाई को जब नन्हें मस्ज़िद से नमाज़ पढ़ के आये, तब कुलदीप ने उन्हें बताया कल केस की तारीख़ है। उसे अपनी तरफ़ देखते हुए पाकर कुलदीप ने पूछा वो उसके साथ चलना चाहेगा, नन्हें ने ना में सिर हिलाते हुए कहा, उसे तो बस फ़ैसला सुनने की लगी है.... जितनी जल्दी हो सके।

अदालत में बैठे लोग कार्रवाई शुरू होने की प्रतीक्षा में थे। एक कोने में जेल पुलिस राकेश और फ़ैयाज़ को लेकर आ चुकी थी। एक बेंच पर हरिराम

गुमसुम- सा बैठा हुआ था तभी उसकी पीठ पर धौल मारते कोई पूछता है, 'तू यहाँ का कर रौ है।' हरि चौंक के एक बार उसकी तरफ़ देखता है और फिर वैसे-का-वैसा बैठते, 'अपने पापन कौ फल भोग रयौ हूँ भीमा और का', इससे पहले कि वो कुछ और कहे, दरवाज़े से परवेज़ हसन और उसके वकील सद्दाम कुरैशी को आते देख वो चुप हो गया। वकील अपने स्थान की तरफ़ बढ़ गया और परवेज़ हरिराम के बिल्कुल नज़दीक आकर बैठ गया। उसके स्पर्श मात्र से जैसे सैकड़ों धतूरे हरिराम की देह में धंस गये हों, उसने थोड़ा खिसकना चाहा लेकिन बेंच पर जगह नहीं थी। परवेज़ की आँखें यहाँ-वहाँ जैसे अपने बेटे को ढूँढ़ रही थीं। अभी उसकी नज़र फ़ैयाज़ पर पड़ी ही थी कि उसका वकील आकर उसे बताता है, 'आज सुनवायी नहीं होगी', हरि हड़बड़ा के पूछता है, 'क्यों ना होगी?' वकील बताता है, पहलेवाला जज रिटायर हो गया और यहाँ अभी किसी दूसरे जज को नियुक्त नहीं किया गया, इसलिये आज फिर कोई नयी तारीख़ बतायी जायेगी। उसी समय राकेश और फ़ैयाज़ का नाम पुकारा गया, और उनकी हाज़िरी लगाये जाने के बाद उन्हें अगली तारीख़ तीस नवम्बर की दे दी गयी। ये सुनते ही सबसे पहले हरिराम ही दरवाज़े की तरफ़ बढ़ता है पीछे से, 'मैं भी आ रौ हूँ' कहता भीमा उसके साथ चलने लगता है। भीमा कहता है, 'जे बड़ौ बुरौ चक्कर है, आज मेरी गवाही है जाती तो कछु पैसे मिल जाते', हरि चुप है... 'अब जिसके भाग में जैसी रोटी लिखी हो बोई मिलै, अब मोये देख ले बरसों से झूठी-सच्ची गवाही देकर ही घर चलाय रौ हूँ', हरिराम सिर झुकाये चुपचाप आगे बढ़ रहा है इसलिये आज एक बार फिर वो कुलदीप से टकरा जाता है। कुलदीप को देखते ही हरि का दोस्त भीमा चहकते हुए कहता है, 'अरे सरदार जी कैसे हो बहुत दिनान में दिखे, और हाँ आप या अदालत में किसी मुक़दमें के चक्कर में आये हो तो लौट जाओ, आज जज नाय आयौ।' अन्दर की तरफ़ जाते कुलदीप उससे कहता है, वो अगली तारीख़ पता करने जा रहा है।

कचहरी से बाहर आकर जैसे ही हरिराम ने रिक्शा तय किया भीमा भी चढ़ के रिक्शे में बैठ गया और अपने झूठे-सच्चे बयानों के क़िस्से सुनाने लगा। अचानक ही हरि की जाँघ पर हाथ मारते वो पूछता है, वो कचहरी किस काम से आया था। इस पर हरि उसे घूर के देखते हुए पूछता है, जो ख़बर पूरा आगरा जानता है वो उसे नहीं मालूम। ना में सिर हिलाते भीमा कहता है, पिछले आठ महीने से वो अपने छोटे लड़के के पास रतलाम में था, पन्द्रह दिन पहले ही आया है। हरि सारा क़िस्सा बताते हुए कहता है, 'भीमा हमारा बचपन संग-संग काछीगली में ही गुज़रा है, तूने हम ब्राह्मणों के घर की उस ज़माने की आस्थाएँ भी देखी है।'

'सब देखौ है सब याद है, चाची कैसे तेरे किसी छोटी जात या मुसलमान से छिव जाने पर तोये नंगौ करके पानी की बाल्टी उलट देती थीं और इन लोगों को मरे विधर्मी, मरे म्लेच्छ कहा करें थीं।'

'सच्ची कहूँ भीमा इन विधर्मियों को देखते ही मोये आग-सी लग जाये लेकिन फूटे करम, सैकड़ों मन्नतों से मांगे मेरे राकेश का दिल भी अपने दादा, चाचा की तरह म्लेच्छों की ओर ही झुके। जिस लौंडे फ़ैयाज़ की वजह से मेरा छोरा आज फँसा है वो मोये कभी ना सुहाया, पर क्या किया जाये प्रारब्ध में जेई लिखा था कि मैं भी अब इन म्लेच्छन के संग कोरट कचहरी में डोलतौ फिरूँ।' हरिराम का गला रुँध जाता है, 'जी में तो आये गले में फन्दा डाल लूँ और राम नाम सत्य।' भीमा, हरि की पीठ थपथपाते उसे दिलासा देते कहता है, वो ऐसी बात न करे, रही जीवनशैली की बात तो जिसे जैसे भाये उसे वैसे ही रहना चाहिए। एक बात वो ज़रूर कहना चाहेगा कि उसे अपना वकील वही रखना चाहिए जिससे उसका मन मिल सके, और उसे अपनी तरफ़ मोड़ा भी जा सके। अब हरिराम भीमा को ग़ौर से देखने लगता है। उसे भरोसा दिलाते हुए भीमा कहता है, कि वो उसे ऐसा वकील दिलवा सकता है जो बाज़ी ही पलट डाले। हरिराम अभी भी हैरान-सा उसे देखे जा रहा है, 'हाँ मैं तोये ऐसे वकील से मिलवा सकूँ जो राकेश का बयान बदलवा के, एक दो झूठी गवाहियाँ दिलवा के, सारा अपराध उस म्लेच्छ पर ही मढ़वा सकता है।'

'सच्ची?', भीमा पूरे भरोसे के साथ कहता है 'सच्ची'। अचानक भीमा चिल्लाता है, 'अरे रोकियो-रोकियो मोये यहीं उतार दे, यहाँ से सीधौ लोहामण्डी निकल जाऊँगौ।'

नन्हें जो अदालती कार्रवाई के बारे में जानने के लिये आतुर थे, वो कुलदीप से अगली तारीख़ के बारे में जानकर एक बार फिर निराश हुए। लेकिन कुलदीप के समझाने पर कि जज के रिटायरमेण्ट, तबादले या छुट्टी पर जाने की बातों को रोका नहीं जा सकता। ये सुनकर नन्हें ने हाँ में सिर हिलाकर अपनी सहमति प्रकट की।

तारीख़वाले दिन नन्हें ने सुबह-सुबह कुलदीप को फ़ोन लगा दिया जो अभी सोया हुआ था। कुलदीप ने जैसे ही फ़ोन उठाया, नन्हें ने पूछा उसे याद है न कि आज कोर्ट की तारीख़ है। 'अरे हाँ याद है पर अभी तो सुबह के सात ही बजे हैं कोर्ट तो ग्यारह बजे शुरू होती है', नन्हें हल्की-सी झेंप के साथ इतना ही बोले, 'सॉरी यार आजकल वक़्त का होश ही नहीं रहता।'

कुलदीप जब कोर्ट–रूम में पहुँचा, तो देखा परवेज़ अपने वकील सद्दाम कुरैशी के साथ बैठा हुआ है। जेल पुलिस राकेश और फ़ैयाज़ के साथ पीछे की तरफ़ खड़ी हुई है। कुलदीप अभी बेंच पर बैठा ही था कि हरिराम, भीमा और नये वकील अजय श्रीवास्तव के साथ अन्दर आता दिखलायी पड़ता है। परवेज़ का वकील उन्हें देखते हुए परवेज़ से कहता है, 'अजय श्रीवास्तव हरिराम के साथ? क्या उसने इसे हायर कर लिया है?', परवेज़ उदासीन भाव से कहता है, उसे कुछ नहीं पता, केस को शुरू हुए छह सात महीने हो चुके हैं इसी सिलसिले में हरिराम से मुलाक़ातें भी हो रही हैं लेकिन ये आदमी साथ होते हुए भी एक दूरी बनाये रखता है। हरि के भीतर आने के साथ ही जज साहब भी कोर्ट–रूम में आते हैं, जिन्हें देखकर एक बार सभी खड़े हो जाते हैं और उनके अपनी कुर्सी ले लेने पर ही दोबारा बैठते हैं। कुछ ही देर में आरोपियों के नाम पुकारे जाने लगते हैं, दो तीन मुक़दमों के बाद राकेश और फ़ैयाज़ का नाम भी लिया जाता है और पुलिस उन दोनों को लेकर कटघरे की तरफ़ बढ़ती है। तभी परवेज़ हसन के वकील और सरकारी वकील के साथ ही अजय श्रीवास्तव भी आगे की पंक्ति में बैठ जाते हैं। आज इस अदालत में जज का पहला दिन है इसलिये उनका सहायक हर केस की फ़ाइल उन्हें देते हुए केस की जानकारी भी दे रहा है। जज महोदय राकेश शर्मा और फ़ैयाज़ हसन की फ़ाइल देखने के बाद कहते हैं, 'यूँ तो इस केस में कहने–सुनने की कोई गुंजाइश बाक़ी नहीं है फिर भी अदालत आरोपियों को अपनी सफ़ाई में कुछ कहने का एक मौक़ा देती है।' ये सुनते ही सरकारी वकील इस बात पर आपत्ति उठाते हुए कहता है, 'जब दोनों ही आरोपी अपने अपराधों को स्वीकार कर चुके हैं, उसके बाद किसी तरह की सफ़ाई बेमानी है।' अजय श्रीवास्तव अपनी जगह से उठ के जज को अपना वकालतनामा देते हुए बताता है, कि वो राकेश शर्मा की पैरवी कर रहा है और ये कहना चाहता है कि अगर माननीय जज महोदय कुछ कहने का मौक़ा देना चाहते हैं तो इस पर सरकारी वकील को एतराज़ क्यों। इस पर जज स्वीकृति में सिर हिलाते हैं। अजय श्रीवास्तव अपने मुवक्किल राकेश शर्मा को कटघरे में बुलाये जाने का निवेदन करता है। जिस समय राकेश शर्मा कटघरे में लाया जा रहा था, हरिराम और भीमा को छोड़ कुलदीप, परवेज़ और उसके वकील सद्दाम कुरैशी के चेहरों पर अचरज–भरे भाव उभर रहे थे। राकेश के मुँह खोलने से पहले ही अजय श्रीवास्तव उसका हौसला बढ़ाते हुए कहता है, कि आज वो बिना किसी डर या दबाव के जो सच है वही अदालत के सामने कहे। राकेश बताता है, परीक्षा होने के कारण वो पढ़ाई में लगा हुआ था, इसी बीच ग्यारह तारीख़ को उसके दोस्त फ़ैयाज़ हसन ने उसके साथ ताजमहल चलने की ज़िद की। इतना सुनते ही

फ़ैयाज़ के वकील ने एतराज़ उठाते हुए कहा, ये सफ़ेद झूठ है क्योंकि पूरी योजना राकेश शर्मा की बनायी हुई थी। इस पर तीनों ही वकीलों में वाक्-युद्ध चलने लगता है और जज सभी से अदालत की गरिमा बनाये रखने के लिये कहता है। राकेश आगे बताता है, कैसे वो बेमन से उस दिन अपने दोस्त के साथ ताजमहल गया, और प्यार मोहब्बत भरी ज़िद में उसके साथ ड्रिंक भी किया। काफ़ी रात हो जाने के कारण उसने फ़ैयाज़ से घर चलने के लिये कहा, लेकिन नशे में होने की वजह से उसकी ज़िद बढ़ती गयी। और थोड़ा घूमेंगे-फिरेंगे फिर घर चलेंगे कहते उसे अपनी गाड़ी की तरफ़ ले गया। वो दोनों गाड़ी में बैठ गये गाड़ी स्टार्ट हुई, थोड़ा आगे बढ़ी फिर अचानक ही रुक गयी। फ़ैयाज़ दरवाज़ा खोलकर नीचे उतरा और अगले ही पल पीछे का दरवाज़ा खोल किसी लड़की को भीतर ढकेल दरवाज़ा बन्द किया और फिर से गाड़ी भगाने लगा। कुछ ही पलों में ये भी मालूम पड़ गया कि ये लड़की कौन थी। वो दोनों नशे में तो थे ही, उसी हालत में उन दोनों ने अपनी बेइज़्ज़ती और चाँटे का बदला लिया। लेकिन लड़की को मारने के बारे में वो सोच ही नहीं सकता था, उसने तो अपनी आँखों से सचमुच की पिस्तौल तक नहीं देखी थी। लेकिन उसके दोस्त के इरादे कुछ ज़्यादा ही ख़तरनाक थे, वो लड़की को जिन्दा छोड़कर ख़तरा मोल नहीं लेना चाहता था, साथ ही फँसना भी नहीं चाहता था इसलिये फ़ैयाज़ ने अपनी रिवाल्वर से दो निशाने उसी के हाथ से लगवाये जो कि ग़लत जगह लगे, इसलिये तीसरा निशाना उसने ख़ुद ही लगाया जिसके फ़ौरन बाद ही लड़की ज़मीन पर गिर गयी। कुल मिलाकर वो ये कहना चाहता है उससे जितनी भी ग़लतियाँ हुई वो नशे और दबाव में आकर ही हुईं। सद्दाम कुरैशी एतराज़ जतलाते हुए अदालत से पूछता है कि, क्या कोई मर्द किसी के दबाव में ज़बरदस्ती किसी औरत से शारीरिक-सम्बन्ध बना सकता है? वो ये भी कहता है, राकेश ने ही उसके क्लाइण्ट को बताया था कि वो जब अपना फ़ोन रिचार्ज करा रहा था, तभी सिया उसके पीछे से निकलकर टैक्सी बुक कराने गयी, जहाँ उसने ग्यारह तारीख को शाम सात बजे ताजमहल के लिये टैक्सी बुक की। ग़ौरतलब बात ये है कि पंजाब टूर्स ऐण्ड ट्रैवेल्स और टेलीफ़ोन बूथ लगभग सटे हुए हैं, अगर कोई चाहे तो यहाँ-से- वहाँ की बातें साफ़-साफ़ सुन सकता है। राकेश ने भी टेलीफ़ोन बूथ पर खड़े रहते ही टैक्सी की बुकिंग के डिटेल्स सुनने के बाद ही उसने ये सारा प्लान बनाकर उसके क्लाइण्ट को बदला लेने के लिये उकसाया था। जज की ओर से प्रश्न आता है, इस नये बयान की पुष्टि करने के लिये आरोपी के पास कोई गवाह है? उत्तर में अजय श्रीवास्तव भीमा को कटघरे में बुलवाता है, जो शुरू में ही इतना कह देता है कि गाड़ी के अन्दर क्या हुआ इस बात की जानकारी उसे नहीं है, लेकिन इतना

उसने अपनी आँखों से ज़रूर देखा कि ताजमहल घूम-फिर के लौटने पर राकेश घर वापस जाना चाहता था किन्तु उसके दोस्त ने ज़बरदस्ती उसे गाड़ी में ये कहकर खींच लिया कि थोड़ी देर घूमेंगे-फिरेंगे और मौज करेंगे। इस बयान के बीच बड़ा शोर-शराबा चलता रहा, कई बार जज ने सबको चुप भी कराया। जिरह पूरी होने पर अदालत फरवरी की अगली तारीख़ के लिये मुल्तवी कर दी गयी थी। कोर्ट से सरकारी वकील के साथ बाहर निकलते हुए कुलदीप ने जब उससे पूछा, फुल प्रूफ़ केस होने के बावज़ूद इस बयान बदली से क्या मुक़दमें में कोई नया मोड़ आ सकता है। सरकारी वकील पूरे आत्मविश्वास से कहता है, ज़्यादा तो कुछ नहीं, इस नये बयान से राकेश की सज़ा में कुछ कमी हो सकती है, लेकिन सज़ा तो निश्चित है। कुलदीप बाइक स्टार्ट कर ही रहा है कि विजय का फ़ोन देख वो रुकता है, विजय उससे इतना ही कहता है गुरु जी ने कहा है वो कोर्ट से सीधे सरस्वती कुंज ही चला आये।

कुलदीप नन्हें के घर में दाख़िल हो रहा है वहीं उसे श्रीराम भी मिल जाता है जैसे ही दोनों अन्दर पहुँचते हैं, देखते हैं बैठक में काफ़ी लोग जमा हैं जिनमें से कुछ पत्रकार, कुछ न्यूज़ चैनलों के रिपोर्टर और बड़ी संख्या में कंगीगली से लेकर अशोक नगर तक के नन्हें के संगी-साथी और शुभचिन्तक। कुलदीप पर नज़र पड़ते ही एक रिपोर्टर चुटकी कसते हुए कहता है, 'सर हमने आपसे कई बार रिक्वेस्ट की थी कि हमें इस मामले में रोशनी डालने के लिये नन्हें भाई से मिलवा दीजिये, लेकिन आप टाल गये इसलिये आज हम ख़ुद ही यहाँ चले आये।'

'भइया इनसे बातचीत करना बहुत ज़रूरी है, एक तो ये आगरा शहर की जानी- मानी हस्ती हैं, साथ ही किसी-न-किसी नाते सिया जी से भी जुड़े हुए हैं।' दिन-भर से आज की अदालती कार्रवाई के बारे में जानने के लिये बेचैन नन्हें से नहीं रहा जाता और वो पूछ ही बैठते हैं, 'अदालत में क्या हुआ?' इतना सुनते ही पत्रकार सक्रिय हो उठते है और कुलदीप की हर बात नोट करने लगते हैं। एक बार फिर अगली तारीख़ की बात सुनकर नन्हें ख़ुद पर क़ाबू नहीं रख पाते, और जैसे ही कुछ बोलना शुरू करते हैं रिपोर्टर्स अपने माइक उनकी तरफ़ तान देते हैं। 'फिर एक और तारीख़?' बेहद निराशा के स्वर में नन्हें ने जब ये सवाल किया तो कुलदीप ने उसे समझाते हुए कहा, ऐसा शायद न होता अगर एकाएक राकेश अपना बयान न बदलता। नन्हें कहते हैं, 'मैंने क़ानून तो नहीं पढ़ा, बस आम नागरिक की तरह एक सवाल करना चाहता हूँ कि पुलिस जो एक ज़िम्मेदार विभाग है, वो पूरी मेहनत के साथ किसी अपराध की तह तक जाता है, वहाँ से दबे, छिपे, भागते अपराधियों को खींचकर बाहर निकालता है, उनसे

और मामले से जुड़े सभी लोगों से पूछ-ताछ करता है तहकीकात करता है, यहाँ तक कि अपराधियों से सच भी उगलवा लेता है पुलिस ने अपना काम पूरा कर दिया। अब विधि-विभाग का काम बाक़ी है अपराधियों को सज़ा सुनाना, लेकिन फिर से एक नयी शुरुआत करना क्या वक़्त जाया करना नहीं है?' इस बात पर कोई पत्रकार हँसते हुए कहता है, लगता है नन्हें भाई का पाला कोर्ट कचहरी से पहली बार पड़ा है। छह महीने में ही घबरा गये, अरे मुक़दमें तो सालों-साल चलते रहते हैं, बाप मर जाये तो अगली सुनवायी में बेटे को जाना पड़ता है। इस पर सभी ठठा के हँस पड़ते हैं अब थोड़े गुस्से में भरे नन्हें सबको देखते कहते हैं, 'लेकिन ऐसा क्यों होता है इसकी वजह बतायेंगे आप हमें?' कोई गम्भीरता से कहता है, 'वजह यही है कि जिस तेज़ी से अपराध बढ़ रहे हैं उनके मुक़ाबले विधि-विभाग के पास उन्हें निपटाने की क्षमता नहीं है। एक मामला सुलझाया नहीं जा पाता कि दस नये मामले तैयार हो जाते हैं।'

'ठीक है आपकी बात को मैं मानता हूँ साथ ही ये भी कहना चाहता हूँ कि विधि- विभाग अपनी क्षमताएँ बढ़ाता क्यों नहीं है। मैं इकसठ वर्ष का होने को आया, जो आगरा मेरे बचपन का था वो कहीं सिमट के रह गया है, ये अशोक नगर मेरे जन्म के बीस साल बाद अपने वजूद में आया, शहर की आबादी बढ़ती गयी और उनको बसाने के लिये शहर का विस्तार होता चला गया। कुछ नये अस्पताल भी बन गये, होटल, मॉल, सिनेमा-घर कितना बढ़ चुका है ये शहर, लेकिन कचहरी के नाम पर तब भी मैं दीवानी कचहरी का नाम सुनता था और आज भी। अगर अपराध अधिक बढ़ रहे हैं तो न्यायालय भी अधिक बढ़ने चाहिए। पंचायतों की तर्ज़ पर भी न्यायालय चलाये जा सकते हैं क्योंकि क़ानून प्रशिक्षित लोगों की कमी नहीं है। एक दो बार कचहरी जाना हुआ, देखा पचासों डिग्री शुदा वकील कोर्ट के बाहर काम की तलाश में यहाँ-वहाँ घूम रहे हैं। मैंने सुना कुछ ख़ास मुक़दमें निपटाने के लिये फ़ास्ट ट्रैक कोर्ट भी बैठाये जाते हैं, तो अगर हर मुक़दमें को छोटे-छोटे फ़ास्ट ट्रैक में सुना जाये तो उन बेरोज़गार क़ानून के ज्ञाताओं को काम मिल जाये साथ ही मुक़दमें भी जल्दी-जल्दी निपटते चले जायें और पेण्डिग केसेस की लिस्ट भी छोटी होती चली जाये। काश ये बात भी कोई समझ सके कि जो परिवार कोर्ट कचहरी के मामलों में उलझे रहते हैं उन पर कितना ज़्यादा मानसिक तनाव बना रहता है। मैं... मैं हूँ इसकी जीती- जागती मिसाल। अब अगर आप ये पूछेंगे कि सिया से मेरा क्या रिश्ता है... तो मैं यही कहूँगा, उससे मेरा इन्सानियत का रिश्ता है क्योंकि मेरा मज़हब ही इन्सानियत है। मुझे पैदा किया मुस्लिम माँ बाप ने, दूध पिला के ज़िन्दा रखा एक सरदारनी ने और पाल-पोस के किसी लायक़ बनाया हिन्दू औरत ने, और इसी वजह से

मैं बचपन से ही मन्दिर भी जाता रहा, मस्ज़िद भी जाता रहा और गुरु द्वारे भी जाता रहा। लेकिन जब से मेरी बच्ची के साथ ये हादसा हुआ है मैंने सब छोड़ रखा है यहाँ तक कि अपना संगीत भी... हाँ साँसें लेने के लिये फ़िलहाल रोटी ज़रूर खाता हूँ, लेकिन मैं तय कर चुका हूँ कि अब अगर इस अगली सुनवायी में मेरी सिया को इन्साफ़ और उन दरिन्दों को सज़ा न सुनायी गयी तो मैं खाना भी छोड़ दूँगा।' नन्हें की ये बातें सुनकर मोहल्ले वाले भी आवेश में भर उठे, पत्रकार और रिपोर्टर जो जाने की तैयारी में थे वो उनसे पूछने लगे कि वो लोग ख़ाली पन्ने ही भर के जा रहे हैं या अख़बार में छापेंगे भी। इस पर फ़ौरन ही एक रिपोर्टर बोल पड़ता है, 'अख़बार में तो ख़बर कल सबेरे छपेगी लेकिन टी.वी. में वो आज रात को ही देख सकते हैं।' पत्रकारों के जाने के बाद ख़ुद भी वहाँ से निकलते-निकलते सभी ने कुलदीप से कहा, सुनवायी की तारीख़ के दो दिन पहले वो उन्हें याद ज़रूर दिला दे, इस बार वो सब-के-सब कचहरी पे धावा बोलेंगे। श्रीराम भी जाने के लिये उठे और कहने लगे, सँझा आरती करके वो घर पहुँचेंगे और सबको बतायेंगे कि आज टी.वी. में नन्हें बोलेगा।

टी.वी. के प्राइम टाइम में घर के पुरुष अपने कामों से वापस आ चुके होते हैं इसलिये अब टी.वी. पर उनका क़ब्ज़ा होने के कारण अधिकतर न्यूज़ चैनल ही चलते रहते हैं। नन्हें, कुलदीप और श्रीराम के घर में तो सब जानते ही थे कि आज ख़बरों में नन्हें की कवरेज ज़रूर होगी। मोहल्ले के भी काफ़ी लोगों को पता ही था, और धीरे-धीरे पता लगता गया कि आज की ख़बरों में हमारे नन्हें बाबा भी दिखेंगे।

अलग-अलग चैनलों पर अलग-अलग समय लोगों ने ये ख़बर देखी। हिना के अब्बा ने भी देखी और उस पर सभी की प्रतिक्रियाएँ लगभग एक जैसी थीं कि, न्याय प्रक्रिया की गति बढ़नी चाहिए और अपराध सिद्ध होते ही आरोपियों को शीघ्र-से-शीघ्र दण्ड और गुहार लगानेवाले को इन्साफ़ मिलना चाहिए। ये ख़बर देख आवेश में भरे मोहल्लेवाले अगली सुनवाई पर कचहरी जाने का मन बना लेते हैं। टी.वी. की आज की ख़बर अगली सुबह के अख़बारों में विस्तार में छपी और सिया के मुक़दमें में लोगों की दिलचस्पी बढ़ने के साथ ही न्याय प्रक्रिया पर नन्हें द्वारा उठाये गये सवाल लोगों की चर्चा का विषय बन गये।

टी.वी. और अख़बार की ख़बरों की वजह से सिया कपूर का केस लोगों की ज़ुबान पर चढ़ा हुआ था। पर अगर कोई सबसे ज़्यादा परेशान था तो वो था अभियुक्त फ़ैयाज़ हसन का पिता परवेज़ हसन, जिसकी गिनती शहर के शरीफ़ लोगों में होती थी। वो अपने वकील सद्दाम कुरैशी से कहता है, उसने बड़े अफ़सोस के साथ ये मान लिया था कि उसके बेटे ने अपने दोस्त की बातों में

आकर एक बहुत बड़े जुर्म को अंजाम दिया। वो ये भी जानता था कि बचाव की लाख कोशिशों के बावजूद उसे उसके किये की सज़ा मिल के ही रहेगी, लेकिन पिछली सुनवायी में तो सारा-का- सारा इल्ज़ाम एक तरह से उसके बेटे पर ही थोप दिया गया, अब ये कहा जा रहा है कि रेप और मर्डर का प्लान ही फ़ैयाज़ का था कितना फ़र्क़ है इन दोनों बातों में। परवेज़ का वकील कहता है, ये तमाम तुरुप के इक्के सज़ा कम करवाने के लिये फेंके गये हैं लेकिन वो फ़िक्र न करे, इस बार तो उन पर अचानक हमला किया गया लेकिन अगली तारीख़ पर वो भी पूरी तैयारी के साथ जायेंगे।

फड़फड़ाते हुए अख़बारों के सामने सिर पर हाथ रखे हरिराम अजय श्रीवास्तव के चेम्बर में गुमसुम-सा बैठा हुआ है। अजय चाय के दो ग्लास लिये कमरे में आता है और हरि के सामने ग्लास ठक से रखते कहता है, 'चलो पण्डित जी नैक गरम हो जाओ... अरे जे का हालत बना रखी है', खोया-खोया-सा हरिराम कहता है, 'लोग कहवैं पैसन में बड़ी ताक़त होय, तो वा परवेज़ हसन के पास कछु कम पैसो है, पर तुम देखौ अख़बारवाले, टी.वी. वाले, सारा-का-सारा मीडिया वा गवैय्ये की चौखट चढ़ गयौ, और वो जो कह रयौ सब कौ सब छाप दियौ। अरे बिसने तो न्याय प्रक्रिया तक ऐ ज्ञान दै डालौ, अब हमारे तुम्हारे लिये बचौ ही का है।' अजय श्रीवास्तव ने चाय सुड़कते हुए कहा, मीडिया से बातचीत करना तो एक फैशन बन गया है। वैसे भी अभी उसने जो गवैय्या शब्द इस्तेमाल किया, वो बिल्कुल सही है। नन्हें गा बजा ही सकते हैं मुक़दमा लड़ना उनके बस की बात नहीं है। अरे अभी उसने पहला पत्ता फेंका है आगे-आगे देखिये, वो ऐसे ऐसे पत्ते चुन-चुन के निकालेगा कि केस की तारीख़-पर-तारीख़ पड़ती चली जायेगी लेकिन मामला उलझता ही जायेगा।

'उससे का होयगौ?'

'जे होयगौ कि सज़ा कौ सारौ ठीकरौ वा म्लेच्छ पर फुटैगौ और तुम्हारे छोरा ऐ मामूली-सी सज़ा काटने के बाद छुट्टी मिल जावैगी।'

घर की रसोई में शहज़ादी के होते हुए भी सिया अदरक इलायची डाल के अपने हाथों से चाय बना रही है, वो शहज़ादी से कुछ बिस्किट निकालने के लिये कहती है और ट्रे उठा के कमरे की तरफ़ चल देती है। बेबे आरामकुर्सी पर आँखें मूँदे बैठी हैं और अख़बार सीने पे दबा हुआ है। सिया जानती है कि इस अख़बार में क्या ख़बर है, दर्द को गले में घुटकते वो ज़ोर से चिल्लाती है 'बेबे गरमागरम चाय', फ़ौरन ही बेबे की आँखें खुल जाती हैं। पास रखी मूढ़ी पर बैठती हुई सिया

चाय का कप बेबे की तरफ़ बढ़ाती है, 'बेबे जल्दी से चाय पीयो और बताओ चाय कैसी बनी है... बेबे जल्दी पीयो न, मुझे अपनी बनायी चाय की तारीफ़ सुननी है', बेबे चाय का घूँट भरती है और गोल-गोल आँखें घुमाते हुए कहती है, 'चाय तो वड्डी सोणी बनी है एकदम मेरी पुत्तरी जैसी', बेबे एकटक सिया को देखते हुए अचानक बोल उठती है, 'जे रब ने ऐन्नी सोणी कुड़ी बनायी उसे नसीब देना कैसे भूल गया।' सिया बेबे की बातों का रुख हल्की-फुल्की बातों की तरफ़ ले जाना चाहती है लेकिन फड़फड़ाते अख़बार की आवाज़ें ऐसा होने नहीं दे रही। घुमा-फिराकर बेबे फिर आज की ख़बर पे आ जाती है। सिया वहाँ से अख़बार उठाकर मोड़-माड़ कर बेबे की नज़रों से दूर कर देती है ये देख चेहरे पर खींचकर लायी मुस्कान के साथ बेबे कहती है, 'अख़बार हटा देने से ख़बरों की हकीक़त नहीं मिटायी जा सकती, कुलदीप ने भी ऐसा करने की बड़ी कोशिशें की थीं, लेकिन सच ने तो सामने आना ही था न।'

'बेबे जिस सच से आप डर रही हैं उसे मैं भुलाने के लिये ट्राय कर रही हूँ। देखिये, डेढ़ महीने बाद जब मैं इस घर में आयी पूरे महीने-भर तक मैं रोती ही रही क्योंकि रुलाई भी वहीं आती है जहाँ कोई आँसुओं को देखनेवाला होता है। आपकी तबीयत भी ठीक नहीं चल रही है, मैंने ख़ुद को डाँटा, कण्ट्रोल किया, और धीरे-धीरे सारी बातों से ध्यान हटाने के लिये तारादेवी की स्टोरी लेकर टाइप करने बैठ गयी। बड़ी ताक़त है उस कहानी में... क्या तारादेवी, क्या मेरे यशपाल नाना और क्या उनकी साइलेण्ट लव स्टोरी। दोनों के बीच न कोई वादे न ही शादी की रस्में, लेकिन आख़िरी साँस तक दोनों अलग-अलग रहकर भी एक साथ ही खड़े रहे इसे कहते हैं प्यार... लव। एक वो था एलबर्ट, जो आठ महीने एक छत के नीचे मेरे साथ रहा और हज़ारों बार आय लव यू बोला, लेकिन उसकी आँखों के सामने वो गुण्डे मुझे खींचकर ले गये और वो भाग गया? मैं जानती हूँ शायद वो मुझे बचा नहीं सकता था लेकिन बाद में मेरे साथ मेरी करेज, मेरी हीलिंग पावर बन के खड़ा तो रह सकता था। आज इतने सारे अनजान लोग मेरे अपनों से भी ज़्यादा अपने बनकर मेरे बचाव में खड़े हैं, और वो जो मेरा अपना होने का क्लेम करता था वो सीधा ये इण्डिया छोड़ के भाग निकला।' आज पहली बार सिया ये सब बोले जा रही थी बेबे की आँखें बरस रही थीं। उनके आँसू पोंछते हुए सिया कहती है, 'डोण्ट क्राई बेबे, मैं भी आज के बाद कभी नहीं रोऊँगी, मुझे तारादेवी की स्टोरी ने बहुत इन्स्पायर किया, एक कोठे से निकाल के लायी गयी लड़की ने अपनी मेहनत से अपनी क़िस्मत ही बदल डाली। हाँ ठीक है उनके पीछे एक यशपाल नाना थे, लेकिन मेरे साथ तो कितने सारे लोग हैं... आप, नन्हें बाबा और साथ में इतनी बड़ी फैमिली है न बेबे', बेबे हाँ में

सिर हिलाती हैं। 'पता है बेबे, तारादेवी की वो बुक टाइप करके मैंने तीन महीने पहले ही पब्लिश होने के लिये लन्दन भेज दी थी, बस एक दो दिन में कभी-भी वो छप के आ सकती है।' तभी दरवाज़े की बिल्ली खड़कने की आवाज़ सुनते ही दोनों के कान बाहर की तरफ़ लग जाते हैं। सिया उठ के दरवाज़े की तरफ़ बढ़ती है देखती है, कुलदीप और नन्हें दोनों ही हाथों में एक-एक पार्सल थामें चले आ रहे हैं।

'माय बुक्स?', जवाब में कुलदीप के चेहरे पर मुस्कराहट देख आगे बढ़कर सिया एक पैकेट लेकर कमरे में चली जाती है और टेबिल पर रख के उसे खोलने लगती है। तब तक कुलदीप और नन्हें अन्दर आकर दूसरा पैकेट भी पास में ही रख देते हैं। बेबे पूछती है, 'ऐ की है।' तब तक पैकेट में से किताब का कवर झाँकने लगता है जिस पर तारादेवी का चित्र है और ऊपर लिखा है 'द बायोपिक ऑफ लेजेंड्री सिंगर पद्मश्री तारादेवी' सभी की आँखें एक साथ उस चित्र से जुड़ जाती हैं। नन्हें के मुँह से निकलता है, 'मेरी तारा अम्माँ कितनी सुन्दर थीं।' दूसरी किताब हाथों में लेकर बेबे उसे एकटक देखे जा रही है, उनकी आँखों से निकलकर आँसू किताब पर टपकने लगते हैं जिन्हें दुपट्टे से पोंछकर, किताब को माथे से लगाकर बेबे वापस रखने को ही है तभी सिया, 'एक मिनट बेबे एक मिनट', कहते वो कवर के बाद एक पेज पलट के दूसरा पेज बेबे के सामने रखते कहती है, 'ये देखो बेबे।'

'की?' अब कुलदीप और नन्हें भी थोड़ा झुककर उस पृष्ठ को देखते हैं जहाँ लिखा है, 'दिस बुक इज डेडिकेटेड टू मिसेज प्रकाश कौर... माय बेबे।', बेबे सबको देखते कहती है, 'तुम सारे-के-सारे क्या देख रहे हो?' सिया एक तरफ़ से चश्मा उठाकर बेबे की आँखों पर लगाते, 'आप ख़ुद पढ़ के बताओ।' 'पी...आर...ए...के...ए...एस...एच... परकाश... ऐ तो मेरा नाम लिखा हुआ है', कुलदीप बताता है ये किताब सिया ने अपनी बेबे को समर्पित की है। बेबे की आँखें दोबारा भर आती हैं और वो सिया को अपनी तरफ़ खींचकर उसके गाल चूमते कहती है, 'तू सच्ची में मेरी ही पुत्तरी है जिन्दी रह।' इस बीच कुलदीप ने शहज़ादी को भेजकर जगदीश की दुकान से गुझिया भी मँगवा ली है। एक गुझिया तोड़कर सिया को खिलाते हुए वो पूछता है, इसे रिलीज़ करने का उसका क्या प्रोग्राम है। सिया फ़ौरन कहती है, प्रोग्राम तो वो ही बनायेगा उसे यहाँ का क्या पता। कुलदीप एक बार नन्हें को देख कुछ सोचकर कहता है, ठीक है वो उसे बतायेगा।

एक दिन पहले ही कंगीगली से अशोक नगर तक के नन्हें से जुड़े अधिकांश लोगों को और ताजगंज में उनके समधी हाजी साहब को ये ख़बर मिल चुकी थी

कि कल दीवानी कचहरी में सिया के केस की सुनवायी है। जैसा कि वो सभी पहले ही तय कर चुके थे, कि इस तारीख पर वो लोग सभी कचहरी पहुँचेंगे। इसलिये आज जब श्रीराम, नन्हें और कुलदीप कचहरी पहुँचे, ताँगे से उतरते ही गुरु द्वारे से आये कारसेवक नन्हें की पीठ थपथपाते पूरे विश्वास से बोले, 'प्रेशान न हो नन्हें वाहे गुरु आज तैनू ही जितायेंगे, आती पूरनमासी को कड़ा प्रसाद चढ़ेगा...', हाजी साब ज़ोश में भरे कहते हैं, 'इंशा-अल्लाह हमारी बच्ची को इन्साफ ज़रूर मिलेगा', नन्हें सिर हिलाकर अन्दर जाने को ही हैं कि उसी समय वहाँ पहुँचे जगदीश, लाला चायवाला, करीम चाचा का बेटा एक साथ ही हाथ जोड़ते कहते हैं, 'कुंज बिहारी लाल की जै... सब भड़िया ही होयगौ।' कुलदीप का इशारा पाकर नन्हें अन्दर जाते-जाते, 'आप सबकी दुआएँ और आशीर्वाद ही मेरी ताक़त है।'

अदालत के अन्दर हरिराम, अजय श्रीवास्तव, परवेज़ और उसका वकील सद्दाम कुरैशी और जेल पुलिस के साथ दोनों अभियुक्त पहले से ही मौजूद थे। श्रीराम, कुलदीप और नन्हें के अदालत में दाख़िल होते ही सभी की आँखें एक-दूसरे पर पड़ी। श्रीराम और राकेश की आँखें मिली भी और छलक भी आयीं, श्रीराम ने चेहरा घुमा लिया। जज महोदय के कुर्सी पर बैठते ही पहली पुकार राकेश शर्मा और फ़ैयाज़ हसन के नाम की ही हुई। औपचारिकताएँ पूरी होने के बाद तीनों ही वकील अपनी-अपनी तरह से सोच रहे थे कि जैसे ही अदालत का आदेश मिले, वो अपनी बात सामने रखें। लेकिन ये अवसर उन्हें नहीं दिया गया क्योंकि जज ने अपनी बात ही यहाँ से शुरू कर दी कि, 'पूरे केस का अच्छी तरह अध्ययन करने के बाद अदालत इस नतीजे पर पहुँची कि पुलिस ने इस गम्भीर मामले की तह तक पहुँचने में कोई कसर नहीं छोड़ी। केस से जुड़े लोगों की गवाहियाँ, सबूत, पीड़िता और अभियुक्तों के बयान, मौका-ए-वारदात से बरामद की गयी चीज़ें, जिनमें सबसे महत्त्वपूर्ण पीड़िता के शरीर और कार से प्राप्त मुजरिमों के बाल, वीर्य के निशान और पीड़िता के नाखूनों में धँसे उनकी खाल के रेशे, जिनसे डी.एन.ए. की जाँच और मिलान सम्भव हो सका। इसी के आधार पर अदालत राकेश हरिराम शर्मा और फ़ैयाज़ परवेज़ हसन को कुमारी सिया कपूर पर बलात्कार और हत्या के प्रयासों के अपराध में क्रमश: धारा तीन सौ छिहत्तर और धारा तीन सौ सात के तहत दस-दस वर्ष की सश्रम सज़ा सुनाती है।'

कुलदीप और श्रीराम एक साथ ही नन्हें से लिपट जाते हैं, जेल पुलिस राकेश और फ़ैयाज़ को लेकर जा रही है। फ़ैयाज़ रोते हुए एक बार अपने अब्बा की तरफ़ मुड़ के देखता है लेकिन परवेज़ हसन मुँह फेर लेता है। अजय श्रीवास्तव

खिसियाया हुआ है, उसे ये उम्मेद न थी कि फ़ैसला आज-के-आज ही हो जायेगा। हरिराम अभी भी अपनी जगह बैठा हुआ है। बाहर निकलते हुए कुलदीप मोबाइल पर किसी को फ़ैसला सुना चुका है, इसलिये जैसे ही नन्हें, श्रीराम और कुलदीप अदालत से बाहर पहुँचते हैं, ख़ुशी में भरे मोहल्लेवाले उन्हें घेर लेते हैं और बधाइयाँ देने लगते हैं। हाजी साहब कहते हैं, 'इतनी जल्दी इतने बड़े मुक़दमों के फ़ैसले नहीं होते, ये तो हमारे समधी जी के रसूख़ और अनशन की धमकी का प्रभाव है जो उन्होंने टी.वी. पर दी थी।'

'और क्या सज़ा तो उसी बात पर मिली है लेकिन हमारे हिसाब से सज़ा कम ही मिली है, ऐसे जानवरों को तो सीधे सूली पर लटका देना चाहिए।'

'कम-से-कम उमर कैद तो होनी ही चाहिए थी क्यों नन्हें बाबा', नन्हें विनम्रता से सबको हाथ जोड़कर कहते हैं, 'मैं न्याय पालिका की इज़्ज़त करता हूँ, उस दिन मैंने सिर्फ़ न्याय प्रक्रिया की गति पर सवाल उठाया था लेकिन जिस तरह आज हमारी बच्ची को न्याय मिला, हम पुलिस और न्याय पालिका के शुक्रगुज़ार हैं।' श्रीराम फ़ौरन ही कहता है, वो जो भी कह रहा है ठीक है, लेकिन इतनी जल्दी ये सज़ा का फ़ैसला न होता अगर उस दिन उसने पत्रकारों के सामने खाना-पीना छोड़ने की बात न कही होती, वो माने या न माने लेकिन शहर में नन्हें की धाक है और उसकी बातों का वजन है । पास से गुज़रते हरिराम के कानों में ये तमाम बातें ज़हर बुझे तीरों-सी चुभे जा रही है, एक तरफ़ थूकते हुए वो कहता है, 'साला म्लेच्छ।'

§ 20 §

नन्हें का ताँगा सरपट भागता अशोक नगर पहुँचा और श्रीराम के घर के बाहर रुक गया। घर में फ़ैसले की ख़बर पहले ही पहुँच चुकी थी और रंगल-मंगल छाया हुआ था। विष्णुराम जी तकिये के सहारे बैठे बेसब्री से नन्हें और श्रीराम के अदालत से लौटने की प्रतीक्षा कर रहे थे, रवि मीराँ से कह रहा था वो सबका मुँह मीठा कराने के लिये थोड़ा-सा हलुवा ज़रूर बना ले। तभी दरवाज़ा खुला और श्रीराम, नन्हें और कुलदीप अन्दर आये, विष्णुराम जी एकदम सीधे बैठ गये, आते ही सभी ने उनके चरण स्पर्श किये और नन्हें, कुलदीप उनके पास ही बैठ गये। ठाकुर जी को भोग लगाने के बाद हलुवा भी सामने आ गया जिसे खाते हुए नन्हें अदालत के पूरे समाचार विस्तार में बताने लगे। तभी कुलदीप ने धीरे से

कहा, वो घर जा रहा है बेबे और सिया इन्तज़ार कर रहे होंगे। नन्हें भी उठते हुए कहते हैं, वो भी उसके साथ जायेंगे। जाते-जाते नन्हें एक बार फिर विष्णुराम जी के पैर छूकर माफ़ी माँगते कहते हैं, जब से ये हादसा हुआ उनसे सब-कुछ छूट गया मन्दिर, मस्ज़िद, गुरुद्वारा, आरती, नमाज़ सब... अब नयी शुरुआत वो कल सुबह मंगला आरती से ही करेंगे। श्रीराम की ओर देखते नन्हें कहते हैं, 'कल सबेरे साढ़े पाँच बजे तोये हाँक लगाऊँगौ तैयार रहियौ।' जिस समय नन्हें और कुलदीप बाहर जाने के लिये मुड़े, उसी समय हरिराम चुपचाप बराबर की सीढ़ियों से ऊपर जा रहा था।

अगली सुबह नन्हें के मंगला आरती में सम्मलित होने की बात सुनकर सभी बहुत प्रसन्न थे। श्रीराम अपने पिता से कहते हैं, उसने तो आरती गाने का आरम्भ ही नन्हें के साथ किया था, पिछले दस महीनों में उसके बिना वो कितना अकेला पड़ गया था बता नहीं सकता। उत्सुकता में भरे घर के सभी सदस्य मंगला आरती में जाने की बात करते हैं। इसी चर्चा के बीच मीराँ को हिना का फ़ोन मिलता है, ख़ुशी में भरी वो कहती है, कबीर कहीं गये हुए हैं उनके आते ही वो सिया के पास जायेगी। बातों में ही जब उसे कल सुबह सबके मन्दिर जाने की बात मालूम हुई, तो हिना कहती है वो तो आज तक कभी मन्दिर गयी ही नहीं, क्या वो उनके साथ जा सकती है। देखते-ही-देखते अगली सुबह की मंगला आरती में श्रीराम और नन्हें के परिवारों का जाना निश्चित हो गया।

भले ही शान्ति अपने पुत्र के किये को शुरू से ही ग़लत ठहरा रही थी फिर भी थी तो आख़िर माँ ही, राकेश की सज़ा की बात सुन के वो बहुत रोयी, बल्कि शारदा और वो दोनों साथ-साथ रोयीं, लेकिन जैसे-जैसे शारदा ने उसे समझाना शुरू किया तो उसके आँसू थमते चले गये। शारदा ने कहा, उस दिन जब वो बदमाश उसका दुपट्टा खींच के बाइक से उसे ढकेल के भाग गया था तो वो कैसी घबरा गयी थी, और पापा ने तो गुस्से में ये तक कह डाला था कि अगर वो लड़का पकड़ायी में आ जाये तो वो उसे जेल की चक्कियाँ पिसवा के छोड़ेंगे। ये सब सुनते हुए शान्ति माँ से अब एक स्त्री बनती जा रही थी।

शाम होने को थी शारदा के कानों में उसके पापा की पुकार पड़ी और वो फ़ौरन ही कमरे से निकल के बाहर चली गयी, देखा एक थैला हाथ में पकड़े हरिराम सीढ़ी के पास खड़ा है। शारदा के पास पहुँचने पर उसने कहा, राकेश की करतूतों के बाद उसके जजमानों ने उससे मुँह ही मोड़ लिया, बात भी ठीक ही है। जिसकी सन्तान ऐसी निकृष्ट हो उसके बाप को अपने घर के पूजा-पाठ के अधिकार कौन देगा, ऊपर से कोर्ट-कचहरी वकीलों के खर्चे, बड़े दिनों बाद

आज उसे सैफई गाँव के एक जजमान ने कथा बाँचने के लिये बुलाया है, कल शाम तक वो लौट आयेगा। ये कहकर वो सीढ़ियाँ उतर के फ़ाटक के बाहर निकल गया। पिता को घर से बाहर गया देख शारदा आधी सीढ़ियाँ उतर के श्रीराम के घर की खिड़की में से भीतर झाँकने लगी। मीराँ, तुलसी, राधा, सुशीला सभी बड़ी चहक-चहक कर बातें कर रही थीं। शारदा खिड़की पे जैसे ही खट-खट करती है, सभी उसकी तरफ़ देखते एकाएक चुप हो जाती हैं। उन्हें लगता है अपने भाई के कारण वो दु:खी होगी, किन्तु शारदा की बातें सुनकर वो समझ जाती हैं कि वो भी उन्हीं की पंक्ति में खड़ी एक लड़की है क्योंकि शारदा, भाई को मिली इस सज़ा को उचित ठहरा रही थी। इसलिये अब उन्हें ये बताने में भी संकोच नहीं होता कि कल की मंगला आरती में उनका और नन्हें बाबा का पूरा परिवार उपस्थित रहेगा। इतना सुनकर शारदा मचलती-सी कहती है, पापा के गुस्से के कारण वो और मम्मी चाहकर भी कभी अपने पारिवारिक मन्दिर के दर्शन नहीं कर सकीं, किन्तु फ़िलहाल पापा बाहर गये हुए हैं तो वो और मम्मी सबके साथ मन्दिर जा सकती है। सुशीला झिझकते हुए पूछती है, 'इस दु:ख की घड़ी में क्या उसकी माँ ऐसा करेगी?' शारदा कहती है, वो तो पक्का ही जायेगी लेकिन मम्मी के बारे में पूछ कर बता देगी। वो ऊपर जाते-जाते पूछती है, 'सुबह घर से कितने बजे निकलना है?'

'साढ़े पाँच।'

कंगीगली के घर में लम्बे समय के बाद आज हँसी ख़ुशी का माहौल दिखलायी पड़ रहा था। हिना, कबीर, नन्हें, कुलदीप, अंजुम, संजुम, सिया, गरमा गरम तले जा रहे पकौड़े और गुझिया खाते हुए हँस बोल रहे हैं, एकाएक सिया चुप हो जाती है बेबे का ध्यान उसकी तरफ़ जाता है वो कहती है, 'की होया पुत्तर तू अचानक ख़मोश क्यों हो गयी?' एक दो बार कुछ नहीं कुछ नहीं कहने के बाद वो इतना ही कह पाती है, अगर वो सब उसके साथ न होते तो न जाने उसका क्या होता। हिना उसके मुँह में गुझिया ठूंसते हुए, 'फ़ालतू की बातें मत कर, ये खा।'

'ठीक ही तो बोल रही है हिना, जो नहीं था उसे भूल जा, अब तो वाहे गुरु का दिया त्वाड़ा ऐन्ना वड्डा परिवार है, पीछे का सारा कुछ भुला के आगे बढ़ और नयी जिन्द शुरू कर', सिया उठ के एकाएक बाहर जाने लगती है, हिना उसका हाथ पकड़ते पूछती है, 'तू कहाँ चल दी?'

'मंगला आरती में मुझे भी तो जाना है, एक जोड़ी कपड़े बैग में डालकर आप सब के साथ ही चलती हूँ', फिर बेबे को देखते, 'है न बेबे।'

'चंगा है... तेरे ही वास्ते तो सारा कुछ छोड़ बैठा था नन्हें, इतने महीनों बाद मन्दिर जायेगा और तू आँखों के सामने होगी तो इसे भी चंगा लगेगा।'

श्री कुंज बिहारी मन्दिर की आरती में इतनी गहमागहमी, रौनक़ कभी नहीं रही जितनी आज थी। लगभग दस महीने बाद नन्हें की मंगला आरती में वापसी के उत्साह में भरे श्रीराम और नन्हें के परिवार भी वहाँ उपस्थित थे। शारदा अपनी माँ को भी समझा-बुझाकर सबके साथ ले आयी थी। श्रीराम सदा की तरह मन्दिर के प्रकोष्ठ में आरती आरम्भ करने की तैयारी में लग गये, और नन्हें हमेशा की तरह अपने स्थान पर आकर बैठे तो सिया भी उनके पास ही आकर बैठ गयी, बाकी सभी प्रकोष्ठ के बाहर खड़े हो गये। श्रीराम ने एक बार मुड़कर दूर बैठे नन्हें को देखा और घण्टी बजाते हुए आरती शुरू करने का इशारा किया। नन्हें के पहली पंक्ति, *'आरती कुंजविहारीकी, श्रीगिरधर कृष्नमुरारीकी।'* उठाते ही सभी ने उनके स्वर में स्वर मिला दिए। सिया को आरती याद नहीं थी, फिर भी नन्हें की देखा-देखी मुँह चलाये जा रही थी साथ ही यहाँ-वहाँ देखती भी जा रही थी। *'श्रवनमें कुंडल झलकाता, नंदके आनंद नन्दलाला'*, एकाएक सिया का ध्यान किसी विचित्र-सी ध्वनि की ओर खिंचा, वो यहाँ-वहाँ देखने लगी। आरती आगे बढ़ रही थी, तुलसी चौरे के पास ही किसी मटमैले-से कपड़े की ओर सिया का ध्यान गया, फिर उसे लगा वो आवाज़ उधर से ही आ रही है। गाते-गाते नन्हें ने सिया की ओर देखा उसकी आँखें कहीं और ही लगी हुई थी। उन्होंने हल्के से उसका कन्धा छुआ, उसने चौंककर नन्हें को देखते फुसफुसाते हुए कहा, 'बाबा वो आवाज़', नन्हें ने, *'गगन सों सुमन रासि बरसै, बजे मुरचंग, मधुर मिरदंग'* गाते हुए उस तरफ़ कान लगाए, उन्होंने भी 'टिक टिक' की स्पष्ट ध्वनि सुनी और चेहरा आशंका से भर उठा। अगली पंक्ति गाते हुए उन्होंने एक नज़र प्रकोष्ठ के पास सिमटे आरती में लीन परिवार और फिर सिया को देखा, फ़ौरन ही झपट के उन्होंने वो कपड़ा उठाया और पलट के दरवाज़े के बाहर निकल गये। सिया ने एक बार पुकारा 'बाबा' और वो उठ खड़ी हुई आरती चलती रही। कुछ लोगों ने सिया की आवाज़ सुन पीछे मुड़कर भी देखा, लेकिन आरती आगे बढ़ती रही और सम्पूर्ण हुई। आरती के घण्टे ज़ोर-ज़ोर से बजने लगे, सभी 'बोलो श्रीकुंज- विहारीलालकी जै' के जयकारे लगाने लगे, उसी बीच धमाके की ज़ोरदार आवाज़ ने सभी को हिला दिया। सिया जो दरवाज़े के पास प्रांगण में ही खड़ी थी, 'बाबा' कहती बाहर की ओर भागी, ये देख बाक़ी सब भी उसके पीछे-पीछे मन्दिर से बाहर निकलने लगे।

उस समय सुबह के साढ़े छह बज चुके थे लेकिन सड़क पर आवा-जाही कम ही थी। ये देखकर जो जहाँ था वहीं ठिठक गया कि नयी गली के पास एक जगह गहरे काले धुएँ का गुब्बार-सा उठ रहा है। गोकुलपुरा से इस तरफ़ काछीगली की ओर आनेवाले और इधर से उस तरफ़ जानेवाले जहाँ-के-तहाँ रुक गये। इधर सबके साथ खड़ी सिया 'बाबा-बाबा' चिल्लाते हुए उस कपड़े और आवाज़ के बारे में बताती जा रही है, तभी दूर खड़ा कोई आदमी चिल्लाया, 'जे तो नन्हें बाबा हैं', जिस-जिस ने सुना उसी ओर दौड़ता चला गया। श्रीराम, कबीर, रवि ये सभी वहाँ पहुँच चुके थे, लोग कह रहे थे लगता है कोई बम फटा है। देखते-ही-देखते अफ़रा- तफ़री-सी मच गयी, किसी ने अशोक नगर पुलिस थाने फ़ोन लगा दिया। पन्द्रह बीस मिनट में ही पुलिस की गाड़ी वहाँ पहुँच गयी और लोगों के पूछ-ताछ के साथ ही नन्हें को, जो अब शव हो चुके थे—पुलिस की गाड़ी में डाला, पंचनामा किया और पोस्ट-मार्टम के लिये ले गये। आठ बज चुके थे लेकिन नन्हें और श्रीराम के परिवारों समेत पूरा मोहल्ला रोता बिलखता 'क्या हुआ क्या हुआ' कहते वहीं जमा रहा। उन्हीं में से एक लड़के का मोबाइल बजा जो ठाकुर किराना स्टोर में डिलीवरी ब्वॉय का काम करता था। रोते-रोते ही उसने हलो कहा, फ़ोन पर दूसरी ओर हरिराम था जिसने पूछा, वो टीटू ही बोल रहा है? रोते स्वर में उसकी हाँ सुनकर हरि ने पूछा, वो रो क्यों रहा है? उसने रोते हुए जल्दी-जल्दी सारी बात बतायी।

'अरे' कहकर हरिराम ने पूछा, 'आज सबेरे दूध की थैली देने घर गया था?'

टीटू ने कहा, वो गया तो था लेकिन दोनों ही घरों में ताला बन्द था। इस पर हरि ने चौंकते हुए कहा, 'अरे कहाँ चले गये सब-के-सब।' टीटू कहता है, बम धमाके की बात सुनकर जब वो काछीगली की तरफ़ आया, तब मालूम पड़ा उसका पूरा परिवार मंगला की आरती के लिये आया हुआ था, जहाँ बम का शक होते ही अपनी जान पर खेलकर नन्हें बाबा बम का थैला लेकर सड़क पर निकल आये और बम फट गया। टीटू अचानक कहता है, उसे शारदा दीदी नज़र आ रही हैं वो उनसे बात कर लें। फ़ोन हाथ में लेते ही शारदा फूट-फूटकर रोते हुए कहती है, 'पापा आज नन्हें चाचा ने अपनी जान देकर हम सबकी जान बचा ली।'

धीरे-धीरे भीड़ छँट रही थी, लोग अपने घर जा रहे थे, पुलिस की गतिविधियाँ ज़ारी थीं, दुःख और आक्रोश में भरे सभी लोगों का एक ही प्रश्न था मन्दिर में बम किसने रखा?

सरोजनी नायडू चिकित्सालय में जहाँ नन्हें का पोस्ट-मॉर्टम चल रहा था, बाहर खड़े परिवारी जन, मित्र, संगीत क्षेत्र से जुड़े व्यक्ति और मोहल्ले के लोग

धीरे–धीरे जमा होते जा रहे थे। सभी की ज़बान पर एक ही बात चल रही थी आख़िर ये सब किया किसने?

लगभग दो घण्टे के बाद ही टी.वी. स्क्रीन के निचले भाग में ये ख़बर चलने लगी 'आगरा के जाने माने संगीतज्ञ उस्ताद रमज़ान अली ख़ान का बम विस्फोट में निधन, मन्दिर में बम किसने रखा इसकी तलाश जारी।'

सुबह के दस बज चुके थे लेकिन शोक का माहौल पहले जैसा ही था। नन्हें बाबा की आकस्मिक मौत का शोक और बम रखनेवाले के प्रति क्रोध बढ़ता ही जा रहा था कि टी.वी. पर ब्रेकिंग न्यूज़ के साथ ही एक नयी ख़बर फ्लैश होने लगी। 'ख़ुद को उस्ताद रमज़ान अली ख़ान की मृत्यु का दोषी ठहराते हुए मन्दिर में बम रखनेवाले ने अशोक नगर थाने में आत्मसमर्पण किया।' अब जगह–जगह ये चर्चा चल रही थी कि वो कौन हो सकता है जिसने नन्हें बाबा की जान लेनी चाही, और क्यों? फिर ये भी बात उठी कि बम रखनेवाले का उद्‌देश्य नन्हें को मारने का नहीं मन्दिर को नुकसान पहुँचाने का रहा होगा। इन तमाम सवालों और अटकलों का उत्तर कुछ ही देर में टी.वी. के परदे पर नज़र आने लगा।

गोकुलपुरा के कुंज विहारी मन्दिर में बम रखने वाले ने आत्मसमर्पण करते हुए अपना नाम पण्डित हरिराम विष्णुराम शर्मा बताया, वो आगरा अशोक नगर का निवासी है और स्वर्गीय रमज़ान अली ख़ान का पड़ोसी और पारिवारिक मित्र है। उसने बताया, काछीगली के सामने बना मन्दिर उनका पारिवारिक मन्दिर है। जब वो बहुत छोटा था तब अपने पिता पण्डित विष्णुराम के साथ लगभग हर आरती में मन्दिर जाया करता था जिनकी सोच बिल्कुल अलग तरह की थी। वो शुरू से ही कहते थे, भले ही उनका ये पारिवारिक मन्दिर है किन्तु इसके दरवाज़े हर उस व्यक्ति के लिये खुले हैं जिसके मन में उनके कुंज बिहारी के लिये श्रद्धा और भक्ति भाव है। दूसरी ओर उसकी अम्माँ पक्की ब्राह्मणी थीं जो छोटी जातिवालों और मुसलमानों से घृणा करती थीं उन्हें विधर्मी और म्लेच्छ कहती थीं। अगर घर के बच्चों में से कोई उनसे छू तक जाये तो नहलाने धुलाने के बाद ही घर में किसी चीज़ को छूने देती थीं। पाँच साल का होने तक हरि के मन में इन सबके प्रति कूट–कूट कर घृणा भर चुकी थीं उसी बीच पद्मश्री तारादेवी के साथ एक बड़ा ही प्यारा–सा बालक मंगला आरती में आने लगा। उसका कण्ठ भी बहुत मधुर था वो लगभग श्रीराम की आयु का ही था, दोनों में गहरी मैत्री हो गयी और मंगला आरती में दोनों का मिलना रोज़ का नियम बन गया। बाद में अम्माँ को मालूम हुआ, वो अनाथ बालक नन्हें जन्म से मुसलमान है लेकिन तारादेवी के घर में पल रहा है। ये जानते ही अम्माँ के पिता जी के साथ झगड़े होने लगे, उन्होंने साफ़–साफ़ कह दिया, कि अगर वो विधर्मी मन्दिर में घुसेगा

तो हम माँ बेटे मन्दिर में क़दम नहीं रखेंगे। पिता जी ने उत्तर में इतना ही कहा, 'मेरे ठाकुर जी मनुष्य-मनुष्य में भेद नहीं कर सकते और न ही मैं करूँगा।' ये सुनने के बाद इस मन्दिर में न अम्माँ गयीं न उसे जाने दिया। एक ओर अम्माँ का हठ, दूसरी ओर वो, जो पिता के प्रेम से वंचित होता चला गया। पिता जी के लिये श्रीराम और नन्हें प्रिय-से-प्रियतर होते चले गये। अम्माँ द्वारा मुसलमानों के लिये जगायी गयी घृणा उसके अस्तित्व में रच-बस चुकी थी, अम्माँ की तरह ही वो भी नीच जात और मुसलामानों को विधर्मी और म्लेच्छ कहकर सम्बोधित करता था। उसके और नन्हें के परिवार के बीच गाढ़े सम्बन्ध बने रहे लेकिन वो अम्माँ की सोच पर ही टिका रहा। उसके भय के कारण उसकी पत्नी और बच्चों का भी नन्हें के यहाँ से खुला व्यवहार न रहा, लेकिन उसका दुर्भाग्य कि उसके इकलौते पुत्र का अभिन्न मित्र भी एक विधर्मी ही बना। उसे अनेक बार डाँटने-डपटने के बाद भी उसने उसका साथ न छोड़ा, यहाँ तक कि उसी के साथ मिल के कुछ समय पूर्व ही उसने एक जघन्य अपराध भी कर डाला, वो स्वयं कहीं मुँह दिखाने लायक़ नहीं रहा। कई तरह के दबाव और तनावों के बीच इन दिनों वो जी रहा था, ऐसे में ही जब उसके कानों में ये बातें पड़ने लगी कि इस म्लेच्छ विधर्मी नन्हें के नाम के दबदबे के चलते और उसके अनशन पर बैठने की धमकी की वजह से अदालत ने इतने कम समय में ही उसके बेटे को सज़ा सुना दी, जब कि ऐसे मुक़दमें तो सालों-साल चलते रहते हैं। ये सब सुनकर उसका तनाव कई गुना बढ़ गया, रह-रह के यही बात उसे खाये जा रही थी कि एक म्लेच्छ इस ब्राह्मण पर कैसे भारी पड़ गया। वो तिलमिला रहा था कि क्या करे। उसने सोचा बचपन से ही उसके भीतर पनप रही ये घृणा तो समाप्त होगी नहीं, तो वो घृणा के कारण को ही क्यों न समाप्त कर डाले।

अधिक-से-अधिक पैसा कमाने के लिये उसने साहूकारों से लेकर चोरों तक की जजमानी पकड़ रखी थी अच्छे बुरे हर तरह के लोग उसे पैसा दे रहे थे। दरअसल कोर्ट में फ़ैसला सुनने के बाद अपने घर की सीढ़ियाँ चढ़ते हुए वो नन्हें को पिता जी से ये कहते सुन चुका था, कि कोर्ट-कचहरी के कारण दस महीनों से उसने मन्दिर, मस्जिद, गुरुद्वारा सब छोड़ रखा था, लेकिन सुबह की मंगला आरती से नन्हें फिर से अपने सारे नियम शुरू कर देगा। वो जानता था, बचपन से ही मन्दिर में नन्हें तुलसी चौरे के पास बैठकर ही आरती गाता है, वहाँ से मुख्य मन्दिर जहाँ मूर्तियाँ प्रतिष्ठित हैं लगभग दस बारह गज की दूरी पर है, वहीं खड़े होकर श्रीराम आरती करता है। वो ये भी जानता था कि मंगला आरती में इन दोनों के अतिरिक्त कोई भी उपस्थित नहीं रहता। ये सब सोचकर उसके मन में एक योजना आयी और वो सैफई का कहकर जमुनापार निकल गया। जहाँ वो एक ऐसे

आदमी को जानता था जो उसका काम कर सकता था। नोटों की गड्डी सामने डालते उसने उससे उतना ही शक्तिशाली बम बनाने की बात की जो एक सीमित क्षेत्र में ही क्षति पहुँचा सके। वो ये भी जानता था, मन्दिर के सीखचोंवाले बाहरी दरवाज़े में जो पुराना ताला लटका रहता है वो बस दिखावटी ही है एक बार दबाते ही खुल जाता है। इसलिये रात के ढाई तीन बजे ही वो बम का थैला तुलसी चौरे के पास रख आया था जिसमें सुबह छह चालीस का टाइम सेट करवा दिया था। टोह लेने के लिये उसने साढ़े सात बजे पहले शारदा को और फिर शान्ति को फ़ोन लगाया, न उठने पर ठाकुर किराना स्टोर के डिलीवरी ब्वॉय टीटू का नम्बर लगाया जो उनके यहाँ सुबह दूध की थैली देने जाता है। उससे ये मालूम पड़ा कि सुबह घर में कोई नहीं था। फिर बम फटने की ख़बर सुनकर जब वो मन्दिर की तरफ़ आया तब उसे मालूम पड़ा कि उसका पूरा परिवार तो मंगला आरती में उपस्थित था जिन्हें उस बम से नुकसान पहुँच सकता था। लेकिन जिसे वो पचास पचपन बरस से म्लेच्छ और विधर्मी कहता आ रहा था उसी ने अपने प्राण गँवा के उसके परिवार की रक्षा की। आज उसे पिता जी की एक बात याद आ रही है जो वो सदा कहते थे—हम मनुष्य हैं, मनुष्य होना ही हमारा धर्म है और मनुष्य धर्म वही, जो अच्छाई से प्रेम करे और बुराई से घृणा। लेकिन वो तो जीवन-भर अच्छाई से घृणा ही करता रहा, अर्थात् वो मनुष्य ही नहीं था। आज पहली बार अपने भीतर बरसों से जमा घृणा को वो पूरी तरह से निकाल फेंक रहा है। वो जानता है, एक अकेला नन्हें एक साथ सैकड़ों हज़ारों के दिलों में बसा हुआ था, उन सभी से माफ़ी माँगते हुए वो क़ानून से अपने किये इस जघन्य अपराध की कड़ी-से-कड़ी सज़ा पाना चाहता है।

एस. एन. अस्पताल का भीतर-बाहर अपने दुलारे, हरदिल अजीज़ उस्ताद रमज़ान अली ख़ान उर्फ़ नन्हें भाई के जनाज़े को काँधा देनेवाले जनसैलाब सा उमड़ा पड़ रहा था। ये सब आज इतने अचानक से हुआ था कि लोगों के लिये यक़ीन करना तक मुश्किल था, कि वो अब अपने नन्हें भाई को कभी देख सुन और छू नहीं पायेंगे। लेकिन ये सच था कि मंगला आरती के लिये घर से निकले नन्हें चिर शयन में लीन हो चुके थे। जैसे ही जनाज़ा उठाया गया, सुबह से अपने बालमित्र की इस आकस्मिक मृत्यु पर विश्वास न करनेवाले श्रीराम छाती फाड़कर रोते हुए बोले, 'ये तूने ठीक ना कियौ नन्हें मोये बीच आरती में छोड़ के चलौ गयौ, अब मैं भी कभी मन्दिर ना जाऊँगौ।' कुलदीप, श्रीराम और नन्हें के परिवारों की रुलाई के सुर एक बार फिर फूट पड़े। इस बीच जनाज़ा मन्थर गति से अपने अन्तिम पड़ाव की ओर बढ़ चुका था।

अगली सुबह अपने पिता का उत्तरदायित्व निभाने के लिये रवि अकेला ही मन्दिर चला गया। मंगला आरती की व्यवस्था करने के साथ ही दीपक प्रज्वलित कर उसने आरती प्रारम्भ कर दी। अभी वो इतना ही कह पाया था, 'आरती कुंज विहारीकी' कि उसी में कुछ और स्वर भी आ मिले, 'श्रीगिरधर कृष्नमुरारीकी'। रवि ने पलट के देखा, तुलसी चौरे के पास नन्हें बाबा की जगह सिया बैठी है और प्रकोष्ठ के बाहर खड़ी शारदा, अंजुम और संजुम आरती आगे बढ़ा रही हैं। आरती के स्वरों के साथ ही सिया के कानों में नन्हें बाबा और अपनी ख़ुद की आवाज़ें साफ़ सुनायी पड़ रही हैं। 'तारा अम्माँ भी इसी जगह बैठती थीं, और फिर मैं यहाँ बैठने लगा।'

'तो आज मैं आपकी जगह बैठूँगी।'

'जो जिसकी जगह लेता है उसे उसका काम भी करना पड़ता है', आरती के साथ-साथ सिया के होंठ चल रहे थे और आँखें बरस रही थीं।

।। इति।।